Eva Demski
Das siamesische Dorf

Roman

Suhrkamp Verlag

© Suhrkamp Verlag Frankfurt am Main 2006
Alle Rechte vorbehalten,
insbesondere das der Übersetzung,
des öffentlichen Vortrags sowie der Übertragung
durch Rundfunk und Fernsehen, auch einzelner Teile.
Kein Teil des Werkes darf in irgendeiner Form
(durch Fotografie, Mikrofilm oder andere Verfahren)
ohne schriftliche Genehmigung des Verlages reproduziert
oder unter Verwendung elektronischer Systeme
verarbeitet, vervielfältigt oder verbreitet werden.
Druck: Ebner & Spiegel, Ulm
Printed in Germany
ISBN 3-518-41740-1
Erste Auflage 2006

1 2 3 4 5 6 – 11 10 09 08 07 06

Das siamesische Dorf

1

*»Nichts kenne ich, ihr Mönche, was ohne
Übung spröder wäre, als das Herz.«*

Die Reden des Buddha

Das Dorf schläft noch. Über der Bucht, die glatt und silbern
wie eine riesige Fischschuppe daliegt, färbt sich der Himmel
rosa. Zwölf Stunden später werden die neuen Dorfbewohner,
die jetzt im Flugzeug aufwachen, in Doppelreihen am Strand
stehen und ihren ersten Sonnenuntergang im Paradies mit Kameras und Photohandys in Besitz nehmen.

Das Dorf hat keine Kirche, keine Schule, keine Apotheke.
Es besteht aus fünfzig gleichen Häuschen mit überdachten
Holzterrassen, an deren Decken Geckos wohnen. Manchmal
hört man ihr Gekicher. Das Hauptgebäude ist eine offene, von
Bougainvilleen überwucherte Halle, die blaugrüne Löwen und
rote Drachen bewachen. Eine junge Frau ist dabei, mit einem
Reisstrohbesen über den blanken Boden zu wedeln. Außer ihr
ist niemand zu sehen. Sie trägt einen königsblauen Anzug mit
einer goldenen Schärpe um die Taille. Die langen schwarzen
Haare hat sie im Nacken zusammengesteckt und mit zwei gelben Hibiskusblüten geschmückt.

Es ist sehr heiß. Die Ventilatoren an der Decke rühren die
Luft um und bringen nicht einmal die Illusion von Kühle,
aber der japanische Destilleriebesitzer, der das Dorf als Mitgift
für die Tochter eines seiner Cousins hat bauen lassen, liebt
Deckenventilatoren, weil sie ihn an Hemingway-Romane erinnern, die er bewundert.

Vom Dschungel und einer sandigen Straße in respektvollem
Abstand gehalten, liegen ganz andere Ansiedlungen. In diesen
Dörfern gleicht keine Hütte der anderen, sie bestehen aus den
seltsamsten Materialien, aus Ölfässern, alten Türen, Bananen-
kartons und allerlei anderem Abfall. Eine Schule gibt es auch

hier nicht, aber zwei Klöster und Hunderte von Geisterhäuschen.

Die glücklichen Einheimischen, die einen Job im neuen Dorf ergattert haben, sind vor Tagesanbruch von ihren Holzpritschen aufgestanden, haben sich ein bißchen Wasser über den Kopf gespritzt und warten jetzt sauber angezogen am Rand der roten Piste, bis der Lastwagen sie abholt. Sechsundzwanzig Mädchen und achtzehn Jungen drängen sich müde auf der Ladefläche und wehren die scharfkantigen Palmwedel ab, die nach ihnen schlagen. Unwillig machen die Hunde, die fast die gleiche Farbe wie die Straße haben, dem Wagen Platz und schleppen sich an den Wegrand, wo einer der Ihren ohne Kopf liegt. Sie ignorieren ihn und suchen den Palmenschatten, um den Tag zu verdösen. Große braune Schmetterlinge taumeln wie Blätter zu Boden und bleiben reglos sitzen, als seien sie sich selber zu schwer.

Müllbehälter aus Lastwagenreifen stehen am Straßenrand, schöne, bauchige Gefäße mit Henkeln an den Seiten, sie glänzen in der Sonne wie Metall. Es riecht nach Fisch, verrotteten Ananas, Blüten und nach etwas Totem.

Die Mädchen und Jungen mit ihren Bündeln sind vom Gehoppel des Wagens wach geworden und schwatzen und lachen so laut, daß ein Fremder hätte denken können, sie seien auf dem Weg in die Ferien.

Sie sind stolz auf ihre Arbeit in dem neuen Dorf, man hat ihnen Englischunterricht versprochen und daß sie Manager werden können, wenn sie gut lernen. Sie wissen nicht genau, was ein Manager ist. Sie kennen auch keinen, nur Madame Sourathorn, die ihnen sagt, wie man Betten richtig bezieht, Handtücher zusammenlegt und Waschbecken putzt. Es ist nicht leicht, das jeden Tag auf die gleiche Art zu machen und nichts zu vergessen, immer frische Orchideenblüten auf den Waschtisch und einen Schokoladentrüffel in die Mitte vom Kopfkissen und an den riesigen Bettlaken so lange ziehen, bis sie keine einzige Falte mehr werfen!

Das Dorf wird sich an diesem Tag wieder einmal mit fremden rosa Ferkelmenschen füllen, die solche großen Betten mögen und sehr böse werden, wenn sie nicht jeden Tag denselben Liegestuhl am Strand bekommen.

Virikit ist zwanzig Jahre alt und hat immer hier gelebt. Sie liebt das vollkommene Halbrund der Bucht und den Wald, aber sie begreift, daß das alles nicht ihr allein gehören kann. Die Fremden brauchen diese seltsamen Häuser mit den mächtigen Betten, sie fürchten sich vor Geckos und hassen die schönen Hahnenkämpfe. Andererseits verschwinden sie nach längstens drei Wochen wieder und lassen Geld da. Man kann für sie waschen, ihnen Gummisandalen und schlechten Mekong-Whisky verkaufen, manchmal laden sie Mädchen oder Jungen zum Essen ein und wollen danach etwas Liebe haben. Sie sind nicht glücklich und bezahlen gern für ein bißchen Freude.

Ihre Frauen haben Stimmen wie Männer und riesige Brüste. Virikit muß lachen, wenn sie sie auf ihren Liegen am Strand sieht oder beim Muschelsuchen. Da bücken sie sich mühsam, ihre großen Sackbusen schaukeln, und wenn sie eine Muschel finden, schreien sie wie dumme Kinder. Sie tun ihr leid, die großen Frauen mit den blaugestreiften Beinen und ihre traurigen Männer, die man so leicht aufregen kann, ohne sich anzustrengen oder irgendwas zu zeigen.

Virikit trägt lange Röcke und knappe, kurze Blusen aus grüner, blauer oder rostroter Seide, ihr Hinterteil ist höchstens so groß wie eine Kokosnuß, und ihre Haare glänzen wie schwarzer Lack. Sie hat sehr kleine Füße und kann stundenlang auf ihnen sitzen, während sie mit einem Messerchen Melonen in Blüten und Papayas in Tiere verwandelt. Die Ferkelfarbenen photographieren das dann hundertmal und sagen, *ju mäk sät wonderfull!* Manchmal ist Virikit gerührt, weil die Fremden sich so bemühen, nett zu sein. Aber man darf nicht vergessen, daß sie auch gefährlich werden können, vor allem die Einsamen, die im Flugzeug ihren Jahre alten Zorn haben mitreisen lassen, weil sie sich keine Minute von ihm trennen wollen.

Nei tu mie ju! sagt Virikit leise und lächelt Madame an, die noch müde ist und deshalb ihr schlechtest gelauntes Gesicht macht.

Das heißt *nice to meet you, meet, meet, meet!* Achtet doch auf die Endungen, ihr sprecht ja wie die Affen! Und dafür bezahlt der Patron den teuren Lehrer!

Indessen steht die Sonne schon hoch über der Bucht, die jungen Dorfbediensteten sind sämtlich in ihre hübschen Uniformen geschlüpft, und Madame kontrolliert Haus für Haus. In ihrem Kopf, stellt sich Virikit vor, rollt eine ellenlange Liste ab, Badesandalen genau im rechten Winkel zum Terrassengeländer, Kimonogürtel zur Schleife mit gleichen Enden gebunden, Schnapsflaschen schräg gestaffelt hintereinander, Eiskübel frisch gefüllt, Blumen überall genau gleich in Art und Anzahl, noch ein Puster geruchfreies Insektenspray. Sie wollen kein Gift, aber auch kein Getier, die Fremden.

In einer halben Stunde wird einer von Virikits Cousins, der auch das Glück hat, im neuen Paradiesdorf arbeiten zu dürfen, in einem Eimerchen samtene Schmetterlinge, große, grüne Heupferde und gelbe Falter einsammeln, reglose Dinger, die Vorderbeine wie zum letzten Gebet gekreuzt. Das darf man die Gäste nicht sehen lassen, sie wären entsetzt.

Der Cousin heißt Tosaphon Tongchaiprasit und wird Mow genannt. Er ist ein frecher, zarter Junge, der jetzt artig in blauen Thaihosen und einem weißen, engen Jackett steckt. Ihm gehört einer der schönsten und wildesten Hähne im ganzen Wald, dem wird er die eingesammelten kleinen Leichen zum Frühstück bringen. Er hat über die Gäste, die heute an seiner Bucht erwartet werden, schon eine ganze Menge in Erfahrung gebracht. Leicht zu verstehen ist das alles nicht, aber Mow hat Pläne, und für die ist es wichtig, daß er mit den Fremden so vertraut wie möglich wird. Sie machen sich nichts aus Wetten, und so läßt er seinen bunten Hahn, seinen Stolz mit den messerscharfen Sporen und dem roten Kamm, in seinem Gefängnis aus geflochtenem Rohr sitzen, wo er träge nach Reiskörnern und Würmern pickt, seinen Mut vergißt und fett wird wie ein Suppenhuhn.

Die Fremden wollen Uhren kaufen und Anzüge machen lassen, manche kommen nur wegen der Liebe, von deren Hitze sie in ihren kalten Ländern Wunderdinge gehört haben. Mow hat als *coffeeboy* angefangen. Längst läßt er seine Pläne viel höher fliegen. Er kennt Massagemädchen und *coffeeboys*, er weiß, wo die ganz jungen zu finden sind. Er kennt Uhrenhändler mit perfekt gefälschten Rolex und Jaeger-LeCoultres, Schneider, Golfclubmanager und Mütter. Er will noch viel mehr wissen von den Wünschen der Fremden.

Seit einem Jahr hat er einen Freund, der ihm besser helfen kann als jeder andere. Mister Oss heißt er, eigentlich anders, aber Mow kann den richtigen Namen seines Freundes nicht aussprechen. Horst! hat der ihm hundertmal vorgesagt, versuch's doch mal, H-O-R-S-T. Ist denn das so schwer? Bald wird Englisch nicht mehr genügen, bei den vielen Österreichern und Deutschen hier, von den Schweizern gar nicht zu reden.

Oss! hat Mow geantwortet und gelächelt. Hi, Mr. Oss!

Mr. Oss wird die neuen Gäste mit ihm abholen, in etwa einer Stunde. Er hat große Macht. Er bestimmt, was die Fremden zum Frühstück bekommen. Als die Bungalows eingerichtet wurden, hat der japanische Boß sich ganz nach Mr. Oss gerichtet. Asiatisch ist ja ganz schön, aber nicht übertreiben! sagt Mr. Oss, und die Fremden loben die schweren Teakholzmöbel und die Kristallspiegel in ihren Paradieshütten.

Mr. Oss kennt die Vorzüge dieses wunderbaren Erdenflecks besser als die primitiven Leute, die das Schicksal zu dessen Ureinwohnern gemacht hat. Wenn es, hat Mr. Oss oft gedacht, umgekehrt gewesen wäre? Diese schläfrigen, nicht recht lernwilligen kleinen Menschen Ureinwohner von Nordrhein-

Westfalen oder dem Allgäu und dafür die von dort für immer im Paradies?

Manchmal denkt Mr. Oss, daß dann hier endlich was voranginge und man nicht alles jeden Tag neu zu erklären bräuchte, später aber, bei Sonnenuntergang mit einem Glas in der Hand, findet er es gut, wie es ist. Vor allem der Frieden! Gar nicht hoch genug einzuschätzen in Zeiten, wo die schönsten Landschaften von Schießereien und Bürgerkrieg verschandelt werden, so daß einem die Touristen schneller abhanden kommen, als man ahnt. Hier wohnt er noch, der Frieden, der allerdings im letzten Jahr ein bißchen gestört worden ist. Mr. Oss denkt nicht gern daran. Er hat versucht, mit seinem eifrigen kleinen Freund Mow darüber zu reden, aber dessen Englisch scheint in Gezeiten zu kommen und zu gehen, wie das Meer. Bei dem Thema ist immer grade Ebbe.

Mow wäre sehr verwundert gewesen, wenn er gewußt hätte, daß Mr. Oss ihn manchmal beneidet. Um seine Zierlichkeit, um die leichten Bewegungen, mit denen er ins Longtailboot klettert oder durch den Busch geht. Um sein Lächeln und die schönen Zähne und um die Haare, die aussehen, als würde nicht eines je ausfallen. Und auch, weil Mr. Oss vermutet, daß Mow und all die anderen im Besitz geheimen Wissens und seltsamer Glücksrezepte sind. Die zwei ungeklärten Todesfälle vom letzten Jahr beunruhigen Mr. Oss mehr, als er sich eingesteht. Er redet sich ein, daß es ihm nur um den Erhalt des für den Tourismus wichtigen Friedens geht, aber in Wirklichkeit fühlt er sich im Paradies immer ein wenig dumm, schlecht informiert, hintergangen. Das stört ihn. Auch die beiden toten Frauen machen sich seit fast einem Jahr über ihn lustig, obwohl gewiß nicht mehr viel von ihnen übrig ist. In diesem Klima verschwinden Tote sehr schnell, bis auf die heiligen Leichen in den Klöstern, die man anschauen darf.

Vielleicht wären ihre Familien sogar stolz, wenn sie wüßten, daß der Tod der beiden in einer großen Konzernzentrale auf der anderen Seite der Erde wochenlang für Unruhe gesorgt hat. Die eine war im Wald gefunden worden und die andere im Meer, beide mitten in der Saison, im Abstand von nur einer Woche. Zum Glück konnten die Gäste die hiesigen Zeitungen sowenig lesen wie die Gesichter der Angehörigen, und Mr. Oss ist sich sicher, daß die meisten der damaligen Dorfbesucher von der Tragödie überhaupt nichts mitbekommen haben.

Dafür spricht, daß von den vorjährigen Gästen vier auch in diesem Jahr wiederkommen. Mr. Oss schaut auf seine Uhr, er erwartet Madame zu einem letzten prüfenden Rundgang, dann wird er einen Bericht mailen und sich für den Empfang der Gäste umziehen. Manchmal fühlt sich Mr. Oss, als bestünde er aus zwei einander vollkommen fremden Menschen. Er weiß nicht einmal, ob der eine den anderen überhaupt erträgt.

Mr. Oss ist etwas über vierzig Jahre alt und ziemlich viel über zwei Zentner schwer. Er hat eine Glatze, die von einer Art Wollsaum aus graublonden Löckchen umkränzt wird. Mit der sanften Resignation des Europäers, die dieser in den Paradiesen der Welt an den Tag legt, kleidet er sich in geräumige und taschenreiche Shorts und die landesüblichen T-Shirts, die es auch in seiner Größe zu kaufen gibt. Die Einheimischen nennen sie *russian size*, aber das wissen die Fremden nicht. Der Ausdruck stammt aus den Textilfabriken, in denen winzige Frauen Büstenhalter für den Export in die Sowjetrepubliken zusammengenäht hatten. Jetzt heißt alles Riesige *russian size*. Auch Mr. Oss ist *russian size*. Außerdem ist er ein Liebender, der nicht müde wird, Sonnenuntergänge zu rühmen. Er möchte Fortschritt nur in verträglichen Portionen einführen. Jetzt schaut er auf den Korb, in dem die Orchideenblüten liegen, mit denen nachher die Begrüßungscocktails geschmückt werden sollen.

Inzwischen ist Madame aus ihren Gemächern gekommen. Sie hat eine taubstumme Dienerin, aber eigentlich ist sie im Dorf nur das, was auf der anderen Seite der Erde als Hausdame bezeichnet würde.

Ich habe es hundertmal gesagt, fängt Mr. Oss an, und aus seinen Tiefen ist ein Grollen zu hören: Die Blüten müssen auf Zahnstocher gespießt werden! Man kann sie nicht einfach in den Drink schmeißen wie eine Olive! Europäer halten schöne Dinge oft für giftig, und wir müssen Rücksicht nehmen, Rücksicht, Rücksicht! Also auf Zahnstocher und nur an den Glasrand!

Madame, die etwa halb so groß ist wie Mr. Oss und einen wundervollen weißen Cheongsam trägt, dreht sich um und schreit etwas in Richtung Küche. Die Küche liegt weit weg von der duftenden offenen Halle mit den Löwen, irgendwo im Souterrain, genau wie die Wäscherei, von der man manchmal in der Dämmerung weiße Wolken aufsteigen sieht. Madames Stimme läßt einen scharfen Schmerz durch Mr. Oss' oberen rechten Backenzahn schießen, aber ihr Echo ist noch nicht verklungen, da stehen schon zwei schöne Mädchen da und halten je einen Becher voll bunter Plastikzahnstocher in den Händen.

Um so was reißen sie sich! sagt Mr. Oss grantig zu Madame. Solche Sachen machen sie gern. Das habe ich schon lang bemerkt. Stumpfsinniges Zeug, an dem sie sich festhalten können.

Madame verzichtet auf einen Kommentar.

Sie hätte ihm erzählen können, daß es für die Mädchen eine Stufenleiter des Abscheus gibt, Bettenbeziehen finden sie am schrecklichsten. Danach kommt gleich der Service beim Frühstück, weil sie die Fremden und ihre Wünsche nicht verstehen und sich vor ihrer Art zu essen ekeln. Natürlich würden sie statt dessen lieber tagelang Blüten auf kleine Spieße stecken oder Melonen in Lotosblumen verwandeln. Was nützt es, wenn Mr. Oss das weiß? Vielleicht weiß er es sogar. Madame hat Respekt vor der stillen Verzweiflung in seinem Blick.

Wir haben ungefähr in einer halben Stunde das Arrivée, sagt Mr. Oss. Ich gehe mich umziehen. Cocktail diesmal Mango, wie besprochen.

Mango, sagt Madame und steht da wie eine Wachskerze, dünn und grade. Man kann ihr kein Alter ansehen. Hinter ihrem linken Ohr steckt eine Hibiskusblüte, und sie hat die Hände mit Ringen beladen. Jeder Ring ein Fremder, ein Barbarengeschenk. Jeder Ring eine Geschichte, Sieg oder Niederlage.

Madame läßt sich keinerlei Nervosität anmerken, obwohl in Kürze mit einem Wiedersehen zu rechnen ist. Der Amethyst mit dem Brillantsplitterkranz hat wieder gebucht. Wenn Madame rot werden könnte, würde sie es bei den Erinnerungen an die Nächte mit dem Amethystmann im vorigen Jahr. Er wird eine Frau dabeihaben, das geht aus den Buchungsunterlagen hervor.

Letztes Jahr war er allein hiergewesen, in einem von den Strandbungalows, teuerste Kategorie. Er war laut, hochmütig und chaotisch, so daß die Mädchen Angst davor hatten, ihm beim Saubermachen zu begegnen. Madame glaubt, daß ihr damals eine Zähmung gelungen ist. Sie weiß aber auch, daß Zähmungen nicht von Dauer sind. Sie wird den Begrüßungscocktail nutzen, um die Situation zu erkunden.

Und während Mr. Oss vor Wohlgefühl stöhnend unter der kalten Dusche steht und sich auf die frischgebügelten Sachen freut, in denen er die neuen Gäste empfangen wird, hat die 767 die Reiseflughöhe verlassen. In der Touristenklasse sind seit dem Morgengrauen immer wieder Revolten aufgeflammt, weil jemand die Toilette zu lang blockiert. Die Maschine ist voll. Die Stewardessen mit den halbherzig muslimischen Kopftüchlein und den engen Seidenröcken lächeln nur noch mit zwanzig Watt. An Bord ist seit zwölf Stunden weder Alkohol serviert noch geraucht worden. Aber es sieht nicht so aus, als würde eine nüchterne und heiter geläuterte Schar das Flugzeug verlassen.

Wenn ich nicht sofort eine Fluppe kriege, werde ich zum Tier, sagt die Dame vom Sitz 10 D zu ihrem Nachbarn. Daß sie einen nicht einmal in der Business rauchen lassen, ist ein Skandal. Dafür zahlt man nun einen Haufen Geld.

Du hast gar nichts bezahlt, sagt der Mann, dem es vor einer halben Stunde gelungen ist, im Klo zu rauchen, ohne entdeckt zu werden, und der jetzt mit der Gelassenheit befriedigter Gier bemerkt: Deine Zeitung hat bezahlt.

Die kriegt auch was dafür, sagt die Dame erschöpft. Sie schämt sich, daß sie seit Stunden an nichts anderes mehr denken kann als an eine Zigarette.

Widerwärtig, sagt sie. Vielleicht ist das meine Chance?

Mach dir keine Illusionen, Kecki, sagt ihr Begleiter. Man soll sich nicht überschätzen. Auch du nicht.

Nicht zum erstenmal denkt Kecki, die sich jetzt im Spiegel ihrer Puderdose betrachtet, daß man seinen Spitznamen ab einem bestimmten Alter aus der Welt schaffen sollte, möglichst noch bevor auffällt, daß der Kindernamen an einer bald Fünfzigjährigen mit einer mühevoll in Größe M gehaltenen Figur ein bißchen merkwürdig klebt. Andererseits ist »Kecki« ein Markenzeichen, redlich und jahrelang erarbeitet, nur das Archiv kann noch zählen, wie viele Artikel und Essays unter diesem Namen erschienen sind. Sie hat schon eine ganze Reihe journalistischer Kleinfürstentümer regiert, Kecki, von der nur wenige wissen, daß sie Albertine Aulich heißt.

Zur Zeit ist sie unterwegs, um Paradiese zu zerstören.

Der Mann neben ihr ist schon so lang nicht mehr ihr Liebhaber, daß die gemeinsame Arbeit von der Vergangenheit nicht gestört wird, sondern sogar profitiert.

Er schaut mit meinen Augen! hat Kecki oft über ihn gesagt, und er hat dazu gelächelt. Ihre Augen interessieren ihn überhaupt nicht. Er ist Photograph, einer von den guten, und Kecki macht zu seinen Bildern Texte, nicht er zu ihren Texten Bilder. Darüber reden sie nicht. Er ist unterwegs, um Paradiese zu retten.

Ich hab wieder viel zuviel mitgenommen, sagt Kecki und sucht in ihrer großen Tasche mit dem Aufdruck BIENNALE DI VENEZIA 1984 nach dem Hemd, das sie statt ihres Pullovers anziehen will. Strümpfe und Schuhe sind längst in die

Venedigtasche gewandert und werden in drei Wochen wieder zum Vorschein kommen.

Füllst du den Einreisezettel aus? Der ist so blödsinnig klein gedruckt.

Der Photograph Max von Deggendorf, von jener Art Adel wie Rosa von Praunheim oder Gottfried von Straßburg, weiß Keckis Daten auswendig. Sie haben zwei Bungalows gemietet.

Mittlerweile würde ich nicht mal mehr mit meiner Mutter in einem Zimmer schlafen. Überhaupt mit keinem Menschen, sagt Kecki.

Max antwortet nicht. Er weiß, daß drei Wochen lang die unterschiedlichsten Nachtgenossen Keckis Bungalow bevölkern werden und daß es zum Abschied eine Reihe von Katastrophen geben wird. Das beunruhigt ihn nicht weiter, er hat es schon oft erlebt.

Ein letztes Mal kommen die Stewardessen, klappen die Tische runter und sperren die müden Passagiere hinter einem Frühstück ein, glühendheiße Brötchen und Omelettes, die wie gelbe Wolle aussehen. Die Chinesen in der Reihe hinter Kecki haben sich Suppe geben lassen und machen beim Essen Lärm. Die kleine verkrüppelte Frau mit den weißen Haaren, die sich beim Abflug einen Fensterplatz, der ihr gar nicht zustand, gesichert hatte, ißt zu Keckis Erstaunen wie schon bei den vorangegangenen Mahlzeiten alles auf, was es gibt.

Wie macht sie das? flüstert Kecki ihrem Begleiter zu, der sofort weiß, wovon sie redet.

Sie hat wahrscheinlich eine andere Art Stoffwechsel, sagt er. Erstaunlich. Oder sie tut es nur, weil es im Preis inbegriffen ist und hungert sonst oder lebt von Haferflocken mit Maggi.

Haferflocken mit Maggi. Das ist so ein Spruch aus Liebeszeiten. Für dich würde ich von Haferflocken mit Maggi leben. Kecki hat das auch mal getan, um dünn zu werden, zwei Wochen lang, die Balletteusen-Diät. Brachte aber nur ein Magengeschwür.

Was macht übrigens die Liebe? fragt Max, um etwas Schwung in die zäh verrinnende Flugzeit zu bringen. Immer ein gutes Thema, eine kleine Stichelei würde über das schreckliche Frühstück hinweghelfen.

Wenn du mich fragst, sagt Kecki ein bißchen bitter, wenn du mich fragst: Ich kann mich nicht erinnern.

Sie schaut einem Mann hinterher, der sich jetzt zur Toilette durchkämpft, von irgendwo weit hinten. Er geht so selbstverständlich gebeugt wie fast alle sehr hochgewachsenen Männer.

Sieht gut aus, sagt sie, aber Max schaut gar nicht hin. Er denkt über den Auftrag nach, dem sie sich jetzt nähern, schon deshalb, meint er, hat er mit all den Touristen in dieser Maschine nichts zu tun. Kecki soll ein Paradies zerstören, wieder eins. Nichts ist einfacher: Man braucht es nur zu entdecken.

Unermüdlich werden sie rund um die Welt geschickt, um sich ein weiteres Mal auf ein unberührtes und gesegnetes Fleckchen Erde herniederzusenken und keine Ruhe zu geben, bis es nicht in mindestens einem Dutzend Katalogen angeboten wird. Jetzt wieder. Eine ausgebuchte Maschine im Landeanflug auf einen Geheimtip, insofern sind sie beide ein bißchen spät dran. Kecki mit der Entdeckung und er mit seinem Rettungsversuch.

Deggendorf ist als Kassengift verschrien, nur sehr exklusive Magazine drucken seine düsteren Bildstrecken. Er sucht die Schlangen in den Paradiesen. Er photographiert Hautkrankheiten und Plastikkanister mit der Plörre, die Touristen als Margaritas verkauft wird. Er photographiert verendete Fischschwärme am Strand und die knochigen Gestelle der armen Gäule, auf denen die Touristen ihre Ausritte machen. Er wird wieder wundervolle Abende mit seiner früheren Geliebten und jetzigen Kollegin Kecki verbringen, in der Hand einen blütengeschmückten Drink und Abendsonnenfeuer im Blick.

Kecki wird sagen, daß die Touristen Lebensretter seien, wenn auch erziehungsbedürftig, und er wird antworten, sie allesamt hätten hier nichts verloren und würden alles Schöne verderben. Diese Elegie hat viele Strophen, und er hofft, daß ihnen noch ein paar neue einfallen.

Der gutaussehende Mann aus den hinteren Reihen hat sich in der Toilette eingeschlossen und lehnt erschöpft an dem winzigen Aluminiumwaschbecken. Der erste Ansturm ist vorbei, man wird ihn vielleicht ein paar Minuten in Ruhe lassen. Er fühlt sich, als sei er in zwölf Flugstunden mindestens zwölf Jahre älter geworden. Um in den Spiegel schauen zu können, muß er sich bücken, und was er sieht, freut ihn nicht. Seitlich an seinen Backen sind tiefe Falten aufgetaucht, er könnte schwören, daß die gestern noch nicht da waren. Er hat seinen Elektrorasierer dabei, eigentlich nur als Alibi – du kannst nicht schon wieder abhauen, mein Lieber! hatte Santa Clara geflüstert, als er sich vom Fensterplatz aus an ihr vorbeischob –, aber jetzt benutzt er ihn, verkrümmt und unglücklich, und führt das summende Ding über sein Gesicht.

Das Gesumme erinnert ihn an Santa Claras Flüstern, das er seit dem Start unaufhörlich in den Ohren hat und das mit ihm abgerechnet, ihn zur Anklagebank gezerrt und dort niedergeworfen hat, gefesselt, mit glühenden Zangen gefoltert – kurz: Santa Clara hat ihm ihre Meinung über den Zustand ihrer Ehe gesagt.

Wie gründlich sie sich wohl auf diese endlosen Stunden der Gefangenschaft vorbereitet hat? Gesammelt und verworfen, kleine Fundstücke aneinandergefügt, in besonders leidenschaftlichen Momenten herausgelockte Geständnisse dazugetan – sie hat mein ganzes Leben in kleinen Schälchen im Gefrierfach aufgehoben, sagt der müde Mann zu seinem Spiegelbild. Und jetzt alle auf einmal rausgeholt.

Triumphierend hat sie registriert, wie erst der Gurt und dann immer wieder das Tablett, das verfluchte Tablett, ihn auf seinem Platz festhalten. Sie hat sich nicht ablenken lassen vom Juwelengefunkel der Emirate, die unter ihnen liegen in einer samtwarmen Nacht, die man ahnen, auf die man sich freuen kann.

Darum geht es jetzt nicht, hat sie gesagt und einen flüchtigen Blick auf das Glitzern weit unter ihnen geworfen. Es geht um uns.

You arr okay, Särr? fragt von draußen eines von den asiatischen Piepsstimmchen, diesen lieblichen Stimmchen, von denen sich niemand eine zwölfstündige Anklageverlesung vorstellen kann.

Er hat keine der Stewardessen richtig angeschaut, denn auch jeder seiner Blicke wäre registriert, katalogisiert und der Anklageschrift an passender Stelle hinzugefügt worden.

Yes, okay, sure, krächzt er und nimmt ein bißchen von dem Aftershave, das nach aufgelösten Bonbons riecht.

Dann sagt er leise, es hilft ja nichts, und krabbelt ergeben den viel zu kurzen Weg zurück an seinen Platz, an der aufmerksamen Kecki vorbei, der er keinen Blick gönnt.

Alle Passagiere hätten sehen können, daß der Himmel sie wie eine Perle umhüllt, ein riesiges, makelloses Rund im Rosa des ersten Schöpfungstages. Aber keiner schaut hin.

Santa Clara hängt todmüde in ihrem Sitz und starrt vor sich hin. Sie weiß nicht, wie sie drei Paradieswochen durchstehen soll, in denen alles gerettet werden muß: Ehe, Schönheit, Jugend, Sorglosigkeit – das Leben. Ihrer beider Leben. Zwölf Stunden lang hat sie die Karten auf das Tischchen gelegt, jetzt ist keine mehr im Ärmel. Er weiß nun, woran er ist. Santa Clara ahnt, daß er ihr einiges nicht verzeihen wird: Daß sie seine Geständnisse aus glücklichen Zeiten, in denen er bereit gewesen war, alles mit ihr zu teilen, mit seiner Alphawölfin, selbst seine Träume und Obsessionen – daß sie die kalt archiviert hat, ohne zu begreifen, welches Geschenk er ihr da gemacht hat! In ihrem Kopf abgeheftet: seine Nachtseiten, das Geoffenbarte! Eine Buchhalterin der Liebe sei sie, eine Seelengeiselnehmerin. Das wird er von ihr denken. Sie weiß immer, was er denkt.

Er schiebt sich an ihr vorbei auf seinen Fensterplatz, sein Gefängnis.

Wir landen bald, sagt er.

Du kannst es wohl kaum erwarten, antwortet sie. Eigentlich hätte sie jetzt etwas ganz anderes sagen wollen, etwas Versöhnliches, als Zeichen für einen Neubeginn. Aber das kann sie noch nicht, sie fühlt sich schwach und ausgelaugt und irgendwie enttäuscht. Vielleicht hat sie zuviel Pulver auf einmal verschossen, und eins weiß sie: In absehbarer Zeit wird er ihr keine neue Munition liefern. Was also tun? Sie verläßt sich erst einmal auf die Rituale, den einzig haltbaren Leim zwischen Mann und Frau.

Ich bin total verspannt, sagt sie. Kannst du mir mal den Nacken massieren?

Die kleine Verkrüppelte mit den weißen Haaren schaut das Paar an, während sie ihre Habseligkeiten in eine Tasche stopft.

Es sieht aus, als ob er einen Teig knetet, sagt sie zu ihrer Nachbarin, einem dicken arabischen Mädchen. Die ist eine angenehme Gesellschaft, geduldig und aufmerksam. Lilly weiß, daß sie kein Wort versteht, das findet sie gut.

Lilly ist mitteilsam, aber nicht, um verstanden zu werden. Drei Wochen lang wird sie immer wieder Menschen suchen müssen, denen sie etwas erzählen kann oder die sich dazu eignen, von ihr beobachtet zu werden. Sie reist allein, da muß man sich Mühe geben. Vor allem jemand wie sie. Sie hat Vertrauen zu ihrem Charme, aber es dauert immer ein bißchen, bis andere ihn bemerken.

Ich lebe in Kanada, sagt sie mit einem betörenden Lächeln zu ihrer Nachbarin, aber eigentlich bin ich aus Deutschland. *Germany!*

Oh, sagt die zu Lillys Überraschung. *Germany!* Bodensee! *Low fat!*

Eigentlich hätten sie das schon zu Beginn des Fluges verhandeln können, aber da war Lilly noch zu sehr damit beschäftigt, Bemerkungen über die Mitreisenden zu machen. Vor allem einer hat ihre Aufmerksamkeit erregt, weil es ihm ohne großen Aufwand gelang, sein Aussehen immer wieder zu verändern. Als probierte er verschiedene Rollen aus, hatte er sich zwischen Frankfurt und Dubai von einem ferienfrohen Trottel mit bunten Hosen und dämlichem Blick in einen unauffälligen Intellektuellen verwandelt. Aber wie? Sicherlich, alle zogen im Flugzeug Sachen aus und an, doch bei dem komischen Mann waren plötzlich alle Farben verschwunden. Außerdem wirkte er ungewöhnlich mißtrauisch. Überprüfte schon beim Einchecken, verborgen hinter seinem grobschlächtigen Bumsbomber-Getue, aufmerksam seine Umgebung, von Lilly ebenso aufmerksam beobachtet. Bei der Zwischenlandung im Emirat war es ihm gar nicht recht gewesen, daß alle die Maschine verlassen mußten. Da hatte er schon anders ausgesehen, sich nach einem leisen Wortwechsel in die Schlange eingereiht, zu Lilly sogar gesagt: Kann man wenigstens eine rauchen! und ein bißchen auf sie hinuntergelächelt.

Sie wäre darüber erstaunt gewesen, daß das Objekt ihres Interesses auch noch andere Passagiere beschäftigte.

Vom Proll zum Prof! sagt Kecki. Irgendwas stimmt mit dem Typ nicht.

Es sollen nur ein paar Reisereportagen werden, hast du schon vergessen, Liebste? Leicht erreichbare Einsamkeit mit Komfort. Frieden bei schönem Wetter. Ausschließlich ungiftige und zahnlose Tiere.

Ich interessiere mich nicht sehr für ungiftige und zahnlose Tiere, sagt Kecki und mustert das merkwürdige männliche Chamäleon immer noch. Den da hab ich schon irgendwo gesehen.

Aber der Flug nähert sich seinem Ende. Alle Passagiere durchwühlen die Müllhalde, die sie während des Fluges um sich angehäuft haben, ob nicht versehentlich wertvolles Eigentum hineingeraten ist, die Schweden mit den beiden Kleinkindern lachen und ignorieren die Aufforderung, sich hinzusetzen und die Gurte anzulegen. Klappkarren, Pampers und eine monströse Tasche, in der jetzt eine ganze Arche Noah aus

Plastiktieren verschwindet – der Gang ist ein Warenlager und das Lächeln der Stewardessen eingetrocknet.

Für letzte Worte ist keine Zeit mehr, auch Lilly hat ihre Konversation mit dem dicken arabischen Mädchen eingestellt. Der geheimnisvolle Mann hat eine Sonnenbrille und einen Panamahut zutage gefördert und sieht wieder anders aus. Santa Clara schaut mit tragischer Miene in ihren Puderdosenspiegel und weiß, daß sie in einer einzigen Nacht wochenlange Vorbereitungen ihr Aussehen betreffend zunichte gemacht hat.

Es war notwendig, sagt sie und fühlt sich so zerbrechlich, als hätte sie eine Woche lang Brechdurchfall gehabt.

Laß uns das jetzt beenden, sagt ihr Mann, den die Aussicht auf baldige Befreiung sichtlich verjüngt.

Am Zielort beträgt die Temperatur zweiunddreißig Grad.

2

»Ich durchschaue, ihr Mönche,
im Geiste das Herz eines Bösen.«

Die Reden des Buddha

Mr. Oss erinnert sich genau an den Sarg. Jedesmal, wenn er am Eingang der Klosteranlage vorbeifährt und durch das bunte Tor auf die Halle und den Tempel schaut, meint er, den Sarg wiederzusehen, mit glitzernden Spiegelscherbchen beklebt, von großen weißen und violetten Orchideengebinden umgeben. Auch jetzt fährt er unwillkürlich langsamer auf der roten, buckligen Straße, das Tor glänzt in der Sonne. Bis zum Flughafen sind es fünfzig Minuten.

Wir Zeit! sagt Mow stolz.

Mr. Oss glaubt, daß Mow weiß, woran er jedesmal denkt, wenn sie am Vat vorbeifahren. Mr. Oss hat aber längst aufgegeben, seinen fremden Freund nach der Geschichte der Frau zu fragen, die damals so prachtvoll und merkwürdig verabschiedet worden war. Und auch wo die andere Frau geblieben war, konnte er nicht herausfinden. Für die hatte es überhaupt keine Totenfeier gegeben, ihre Familie von jenseits der Grenze habe die Leiche geholt, hieß es.

Daß jemand von jenseits der Grenze kommt, also aus dem dunklen und verschlossenen Land, heißt, daß er braunhäutiger ist und ärmer als die anderen, meistens auch kleiner. Mr. Oss aber hatte die ärmliche Tote besser gefallen als die schöne Frau, die damals im Wasser gefunden worden und mit Blumen, Bildern und Hunderten von Räucherstäbchen verabschiedet worden war.

Mehrere currygelb umhüllte Mönche hatten sich neben dem Sarg, der wie eine Diskokugel glitzerte, abgewechselt und Sprüche in ein Mikrophon gerufen, während viele Menschen in der Halle umhergingen und sich von jungen Mädchen Satayspieße und Bier servieren ließen. Mr. Oss hatte niemanden weinen oder schreien sehen, was ihn zunächst verwunderte. Er war schon vielen Arten zu trauern begegnet. Afrikanisches Kreischen und arabisches Kleiderzerreißen und Backenzerkratzen war ihm noch vor wenigen Monaten viel einleuchtender erschienen als dieser Gleichmut hier.

Jetzt finde ich es so besser, sagt Mr. Oss zu Mow in der Hoffnung, daß der ihn begreift.

Sechs Tage und fertig, sagt Mow.

Mr. Oss weiß sehr wohl, daß der Freund nicht von der Verweildauer der neuen Gäste redet, die sie jetzt am Flughafen abholen werden, sondern von der Zeit, die man den Toten noch über der Erde gewähren muß.

Abgesehen davon, daß es ja ziemlich schnell riecht, meint Mr. Oss verlegen, finde ich es eigentlich ganz schön. Und daß immer jemand dabei ist.

Er sieht dem Jungen an, daß in ihm viele komplizierte Gedanken und Erklärungen verzweifelt nach Ausdruck suchen. Das ist Mr. Oss vertraut. Lange Zeit hat es ihn gequält, daß er überall, wo er hingeschickt wurde, nur ein lächerliches Stück von sich hat zeigen können, selbst auf englisch ist er nicht wirklich er selber. Aber damit muß man sich abfinden, das ist der Preis dafür, daß man die ganze Welt kennenlernen darf: Ihn seinerseits lernt die Welt nicht kennen.

Nicht allein sein Toter darf, damit nicht Tiere kommen, sagt Mow und sieht ein bißchen mutlos aus.

Mr. Oss fragt nicht weiter. Sie werden gleich den Flughafen erreichen, da wird eine ganz andere Sprache von ihm erwartet, Kompetenz und Munterkeit. Die Leute wollen zwar ins Paradies, aber es soll überschaubar sein, und es muß einen geben, der mit dem Flammenschwert dafür sorgt, daß nicht die Falschen reinkommen.

Wie viele? fragt Mow.

Sechsundzwanzig, sagt Mr. Oss, wenn sich nicht in letzter Minute noch was geändert hat. Aber dann hätten sie gemailt.

Unser Wagen, der Bus für die Jüngeren und vier Taxis, das müßte reichen.

Elephants? sagt Mow und kichert.

Das ist ein vertrautes Witzchen zwischen ihnen. Bei jedem neuen Schub ist es dasselbe – der Elefantenritt durch den Dschungel gilt als Höhepunkt, als Krönung des Aufenthalts im Garten Eden. Aber dann sehen sich die Menschen und die Elefanten zum erstenmal, und jedesmal sagt einer von den Touristen: Die sind aber hoch! Und warum die Tragekörbe kein Geländer hätten? Und ob die Versicherung Stürze vom Elefanten überhaupt decke? Gleichzeitig sind sie richtig rührend und schälen die Bananen, bevor sie sie vorsichtig den großen, feuchten Rüssellöchern entgegenstrecken.

Natürlich gibt es immer Mutige, und Mr. Oss, der den Ritt nur ein einziges Mal gewagt hat, stirbt tausend Tode, bis die Abenteurer auf ihren großen Reittieren wieder aus dem Wald herauskommen und sich aufführen, als seien sie Livingstone persönlich. Es wird auch diesmal wieder so sein, und Mr. Oss wird wieder nicht durchschauen, nach welchem komplizierten System die einzelnen Familien, denen die Elefanten gehören, die Kunden unter sich aufteilen. Es gibt mindestens drei Camps in der Nähe des Dorfes, und Mow deutet so begeistert auf die Elefantenlosung am Straßenrand, als sei er einer aussterbenden Art auf der Spur. Er verdient an der Vermittlung der Ritte, er ist geachtet in den Camps, vielleicht gefürchtet, wer weiß das schon.

Während sie in die staubige Allee einbiegen, die zum Flughafen führt, bewundert Mr. Oss die großen dreifarbigen Bougainvilleabäume und verschwendet ein paar Gedanken an sich selber. Es gefällt ihm in diesem Land, seit er aufgegeben hat, es verstehen zu wollen.

Jeder hier sieht sofort, daß er ein Fremder ist, also entfällt der schreckliche Zwang zur Anpassung, mit dem ihm seine Kunden in Europa oder Amerika auf die Nerven gegangen waren. Immer gehörten sie dazu, sprachen akzentfrei und aßen bereitwillig gekochte Lämmerköpfe oder Hammelaugen, wenn es als landestypisch galt. Natürlich hätten sie allesamt nie im Leben einen Touristenort oder ein Touristenrestaurant betreten! Und je mehr diese Verbissenheit in Mode kam, desto mehr sehnte er sich nach einer Versetzung, weit weg, in die wahre Fremde. Da war er nun angekommen und gedachte zu bleiben, auch wenn die Firma, die ihn beschäftigte, schon mehrfach Namen und Besitzer gewechselt hatte und gelegentlich seltsame Chefs auftauchten.

Als das Dorf neu eröffnet wurde, hatte ein Abkömmling des Hemingway liebenden Japaners – von dem Mr. Oss weder wußte, wie er hieß, noch ob er in ihm einen Arbeitgeber vermuten durfte – in der frisch gekiesten Auffahrt einen rosa Lamborghini geparkt, den mehrere Angestellte tagelang im Kreis herumschieben mußten, von Palmenschatten zu Palmenschatten.

Mr. Oss hatte damals jemanden gesucht, der diesen grotesken Vorgang stoppen konnte, aber da war niemand. Kein Besitzer, kein Befehlsgewaltiger und wahrscheinlich im Inneren des Gefährtes nicht einmal ein Motor. Mr. Oss erfuhr nie, ob es an seinen Klagen bei Madame lag, daß der Alptraumwagen über Nacht verschwand, von niemandem gesehen oder gehört. Mows Deutsch und Englisch hatten sich damals für Tage in die Ferne verzogen, Madame zuckte vornehm mit den seidenbekleideten Schultern, die Zimmermädchen und Boys kicherten, was sie sowieso fast immer taten, und in Mr. Oss machte sich das unglaublich angenehme Gefühl breit, blöde zu sein und es auch sein zu dürfen.

Mr. Oss interessiert sich nicht für die Liebe im üblichen Sinn und hat vor Dramen und Leidenschaften Angst. Deswegen empfindet er dieses Land als das richtige, das gelobte, und achtet nicht auf dessen Ruf als Mekka der Geilheit. Er ahnt, daß beides irgendwie miteinander zu tun hat, diese Art faulenzender Weisheit und die Bereitwilligkeit, mit der man die verschwitzten Träume der Fremden erfüllt. Mr. Oss interessiert sich auch nicht für Drogen, und Glücksspiele, die hier in tausend knallbunten Varianten zu Hause sind, langweilen ihn. Deswegen ist er ganz sachte ziemlich vermögend geworden, irgendwo auf der anderen Seite der Erde wächst sein Geld vor sich hin, erst ein einziges Mal, bei einem der zahlreichen Besitzerwechsel, ist es vorgekommen, daß er auf sein Gehalt warten mußte. Das heißt, gewartet hat er nicht. Er braucht fast nichts, seine geräumigen Hosen und T-Shirts gibt es auf den Nachtmärkten für ein paar Cent, Zigaretten sind billig. Seine deutsche Agentur – auch sie hat schon mehrfach die Besitzer gewechselt – schickt ihm gelegentlich Geldanlagevorschläge, die er nicht befolgt. Alles in allem könnte man Mr. Oss einen glücklichen Menschen nennen.

Mow hält nun in der heißen, weißen Sonne auf dem Flughafenvorplatz sein Schild hoch, auf dem *Andaman Paradise Resort* steht, mit einer stilisierten Lotosblüte drunter. Man prügelt sich in dieser Gegend um Namen, und für *Paradise*, egal mit welchem Zusatz, muß man bei irgend jemandem einen Haufen Geld lassen. Dafür sind die Japaner zuständig, oder vielleicht Madame? Buddha allein weiß es, aber den kümmert es nicht.

Da kommen sie angestolpert, Männer, Frauen und Kinder, weiß wie Fischbäuche, nur zwei oder drei in Sonnenbankgelb, nein, doch mehr, ein ganzer Pulk. Mr. Oss mag die Farbe nicht.

Sie schieben absurd viel Gepäck in die Sonne, auf die sie sich gefreut haben und die jetzt über sie herfällt wie eine Bestie. Mr. Oss schaut ruhig auf die Schar, aus der er die Seinigen herausfinden muß, sechsundzwanzig. Mit weniger fährt er nicht zurück ins Dorf.

Er hofft, daß er in drei Wochen alle wieder unversehrt hier abliefert. Sie werden eine andere Farbe haben, Strohhüte und noch mehr Gepäck, weil sie Holzelefanten und Sonnenuntergangsbildern nicht widerstehen konnten.

Mr. Oss betet stumm zu einem bunten Dämon, den er im

Vat am Goldenen Huhn gesehen und zu seinem persönlichen Fürsprecher erklärt hat: So hübsch farbig und glitzernd sitzt er dort unter einem Drachenbaum, von Räucherstäbchen und Blumenketten umgeben, sogar eine Brille trägt er auf der Nase, damit er die Wundergläubigen besser sieht. Mr. Oss besucht ihn öfter.

Mach, daß kein Infarkt passiert. Kein Tauchunfall, kein Ärger im Bordell, während die Gattin am Strand liegt und einen Krimi liest. Und bitte mach, daß sie freundlich zu Hunden und Zimmermädchen sind und nicht vom Elefanten fallen. Daß sie gern Reis essen und die Frösche nicht zu laut finden.

Sein Blick zieht eine sekundenschnelle erste Bilanz: Eine Verkrüppelte mit wachem Blick. Heikel. Schweden mit Kindern und Großmutter, genügen sich selber und werden schwere Sonnenbrände haben. Drei, vier Männer allein, man muß abwarten. Die üblichen mittelalten Paare in sämtlichen Stadien der Gereiztheit. Mr. Oss weiß: Jeder erwartet in diesem Land heftige Liebe, auch die. Manchmal klappt das sogar. Andere bringen sie mit, zwei junge Paare scheinen außer einander nichts wahrzunehmen. Alle Achtung, zwölf Stunden Flug und immer noch wie aneinandergenäht. Mow lächelt strahlend, als er sie sieht.

Außer der Krüppelin sind noch ein paar Frauen allein unterwegs, mit festen Schuhen und entschlossenen Gesichtern. Da, ein attraktives Paar, vom Flug ein bißchen ramponiert. Journalisten, sieht der scharfe Blick des Mr. Oss. Sie sind nicht avisiert, das heißt, sie sind nicht von der Agentur eingeladen und werden unter Umständen Gemeinheiten schreiben. Man wird sich kümmern müssen.

Schau jetzt nicht hin, sagt Kecki zu Max und schaut hin: Der Typ guckt sich schon wieder so auffallend um, wie bei der Zwischenlandung. Der hat Angst, daß jemand auf ihn wartet.

Auch Mr. Oss hat den Chamäleonmann längst gesehen: Zu welcher Branche er gehört, ist ihm noch nicht klar, die Auswahl ist groß: Päderast oder Schmuggler, von irgend etwas Gejagter, Scheckbetrüger, gefallener Stern vom Neuen Markt? Serienstar incognito, ehrvergessener Vater, der vor dem Unterhalt davonrennt? Eigentlich sieht er gut aus, nicht sehr groß, ziemlich stämmig, mit dichtem braunem Haar. Schade, daß er seine Augen hinter der Sonnenbrille versteckt, aber dafür hat er hier auf dem grellbeschienenen Platz vor dem Flughafengebäude gute Gründe.

Die vielen schmalen Helfer in sauberen weißen Hosen tanzen förmlich mit den plumpen Gepäckstücken, werfen sie einander zu wie Bälle, schichten sie in die Autos, während die übermüdeten Ankömmlinge sinnlos hinter ihrer Habe herstolpern, Vorsicht! rufen oder: Ist das unser Koffer? Schaust du bitte, ob er ein Etikett vom Colombi hat, dann ist es nämlich unserer!

Halt immer wieder die schöne Ankunftschoreographie, sagt Mr. Oss zu Mow, der natürlich kein Gepäckstück anfaßt. Das Stadium hat er hinter sich.

Irgendwann sind sechsundzwanzig beisammen. Ein Teil quetscht sich jetzt in die Taxis, einige murren, hören aber gleich auf, als sie der kühle Hauch aus der Klimaanlage trifft. Die Liebespaare und die Frauen mit den schweren Schuhen und den Rucksäcken sind mit hochmütigen Gesichtern in den Bus geklettert und drängen sich auf Bänkchen, die man daheim höchstens Hühnern zumuten würde. Ihnen gefällt das, weiß Mr. Oss. Sie wollen schließlich keine Touristen sein, und das beginnt mit den einheimischen Verkehrsmitteln.

In weniger als einer Stunde sind wir da! Er sagt es noch auf englisch und französisch, irgendwas davon werden hoffentlich auch die Schweden verstehen.

Die Straße, die sie jetzt in einem gemächlichen Konvoi entlangfahren – die normale landesübliche Fahrweise sollen die Fremden nicht gleich am Anfang kennenlernen –, gehört schon zu jenem Garten Eden, der sie an der Bucht erwartet. Mr. Oss weiß, daß nur wenige das bemerken werden. Dennoch macht er bei jedem Abholen den kleinen Umweg am Goldenen Huhn vorbei und ist immer wieder neugierig, wer von seinen Schützlingen ihn nach der Ankunft darauf ansprechen wird.

Das Goldene Huhn ist gut acht Meter hoch und steht an der Straße nach Takuapa. Seine Beine bilden ein Tor, das zu einem der Klöster führt.

Mr. Oss kann sich an diesen riesigen, golden gefiederten Beinen nicht satt sehen, aber er besucht das Kloster selber selten, es ist eins von diesen frisch knallrot und weiß gestrichenen, in denen er kein Geheimnis vermutet. Ein Geheimnis hütet für ihn einzig das riesige, hochmütig über die Straße schauende Huhn, das vielleicht überhaupt kein Huhn ist, sondern ein längst ausgestorbener Fabelvogel.

Für Mow, Virikit und all die anderen scheinen goldene Riesenhühner etwas völlig Normales zu sein, so normal wie die heilige Python, die im alten Höhlenkloster gleich neben dem Dorf wohnt und allabendlich ihre Mahlzeit zu sich nimmt, die aus Bananen besteht. *No rrrats, no tchikken!* sagt ein freundlicher Mönch stolz zu dem Dutzend Touristen, die sich im Jahr dorthin verirren. Alles ist normal: Die seltsamsten Launen der Götter gehen in Erfüllung und manchmal auch die der Menschen. Mr. Oss hat hier das Bücherlesen angefangen und nennt eine kleine Bibliothek sein eigen, die er aus den sonnenölverschmierten, eselsohrigen Hinterlassenschaften der Gäste zusammengestellt hat.

Auch diesmal wird er Überraschungen erleben, ungeahnte Schätze oder Schrott, manchmal beides zugleich.

Den mußt du nehmen! sagt Kecki zu Max, als der goldene Vogel vor ihnen auftaucht, und Max, der ziemlich müde ist, empfiehlt ihr, sich über ihren Text und nicht über seine Bilder den Kopf zu zerbrechen.

Santa Clara starrt auf den Göttervogel und schickt ein stummes Gebet zu ihm hinauf, bittet um Rettung der Liebe und Erlösung von allen Übeln, die sie zwölf Stunden lang aufgezählt hat. Laß einfach alle Weiber unter fünfunddreißig sterben, flüstert sie.

Ihr Mann schaut aus dem Taxifenster, sieht Palmen, Kautschukbäume mit an den verwundeten Stämmen hängenden Töpfchen, Bananenstauden mit Blättern wie Bettdecken. Er sieht ein Universum von Flucht- und Versteckmöglichkeiten. Wie leuchtende Siegesfahnen hängen die gelben Tücher der Mönche zum Trocknen in der Sonne.

Das wäre vielleicht eine Möglichkeit, denkt er. Schluß mit Dr. Louis Reinemer, danke, *fini*! Schluß mit der verfluchten Medizinbranche, Schluß mit dem verdammten »Wo du hingehst, da will auch ich hingehen«. Wer hätte je gedacht, daß sie das wörtlich nehmen würde, seine Gattin seit elf Jahren, genannt Santa Clara? Geh in ein Kloster, Ophelia! Und weil sie nicht daran denkt, sollte ich es tun.

Im Bus, dessen Fahrer die Beschaulichkeit nicht lang durchgehalten hat und jetzt über die rote Staubpiste brettert, daß die Bänke hüpfen, versucht Marianne Stricker, Hotelbesitzerin aus dem Bayrischen, sich so lässig zu benehmen, als habe sie ihr ganzes bisheriges Leben auf Buckelpisten verbracht.

Bist du wach, Poldi? fragt sie ihren Mann, der neben ihr schläft. Das hat er auch fast den ganzen Flug hindurch getan, von vielen Mitreisenden beneidet. Nur kurz hatte er sich beschwert, als er in den Klapperbus steigen sollte, wo doch ein paar komfortabel aussehende Taxis dastanden.

So fangen wir gar nicht an, hat Marianne ihren verschlafenen Gatten angefahren und so lange an ihm geschoben, bis er sich zu den jungen *backpackers* auf das Bänkchen gequetscht hat. Sie will dazugehören, wozu genau, weiß sie nicht. Ihre Vorstellung vom Paradies duldet mehrere Schlangen, sie wünscht sich ein bißchen was Gefährliches und hat es auch schon bekommen, das ist gar nicht lang her, und deswegen ist sie hier. Aber den Tiefschläfer an ihrer Seite will sie nicht missen. Es war schwierig gewesen, ihn überhaupt in Gang zu bringen, so weit weg, fort von seiner Zirbelholztheke an der

Rezeption vom Wilden Mann, weg von den Stammgästen im Gewölbekeller und den Glaskaraffen, in denen der Trollinger leuchtet.

Ein Hotelier verreist nicht, hatte er gesagt und seine magere, aufgeregte Gattin angeschaut. Die Welt kommt doch zu ihm, er braucht da nicht hin!

Er lügt und sie auch.

Grade ein Hotelier muß sich umschauen, hatte sie geantwortet und war trollingerfarben angelaufen. Wir werden noch blöd sterben und denken, alle Bäume auf der Welt hätten Nadeln!

Was sie vorhatte, wäre ohne ihn leichter gewesen, aber sie braucht ihn, als Anker, Alibi und überhaupt.

Sie hat dann gesiegt, natürlich. Und ihr Mann Poldi ist seit der Abreise in einen nur selten unterbrochenen Schlaf versunken.

Marianne ist klein und zäh, trägt die Haaruniform aller Blondinen in der gehobenen Gastronomie, das sogenannte Bogenhausener Blond, das für Respekt, aber nicht für Geilheit sorgt. Seit ihr das aufgefallen ist, denkt sie über einen Farbwechsel nach, aber nicht einmal dazu hat bisher die Zeit gereicht. Jetzt will sie neben ihren anderen Plänen irgendwen verführen oder sich verführen lassen, je nachdem, was sich anbietet. Dazu gehört unbedingt, daß man in diesem undefinierbaren Geruch der jungen Rucksackträger sitzt, die Blicke spazierengehen läßt und die rabiaten Stöße spürt, die eine nicht vorhandene Federung schenkt. Der Geruch übrigens ist interessant und ein bißchen aufregend, dort, wo sie und der Poldi herkommen, riecht niemand so. Sie schnuppert diskret, ein bißchen Schweiß, warmer Gummi, Rasierwasser und Selbstgedrehte aus irgendwas. Dagegen riecht Poldi, der an ihre Schulter gesunken ist und dort unangenehm wärmt, einfach und langweilig nach Poldi.

Der Konvoi hat sich längst auseinandergezogen, man müßte eigentlich gleich da sein. Aber jetzt hält der Fahrer, aus dem

Wald sind vier oder fünf Männer gekommen, die scheinbar schnell über die Straße wollen. Sie haben große Hackmesser in der Hand, wie man sie für Kokosnüsse braucht, einer hängt sich vorn an den Fahrersitz, vielleicht will er etwas fragen? Man kann nicht gut sehen, was los ist, die Reisenden, die schläfrig und ergeben auf ihrem Bänkchen hocken, merken eigentlich nur, daß es aus irgendwelchen Gründen nicht weitergeht. Die Störenfriede – aber vielleicht tut man ihnen ja unrecht, und sie sind völlig berechtigt, den Bus aufzuhalten –, die jungen Kerle aus dem Wald also tragen zerschlissene Klamotten wie jedermann hier, allerdings auch Sonnenbrillen. Aber woher sollen die müden Fremden wissen, was an dem kleinen Zwischenfall gewöhnlich und was besorgniserregend sein könnte? Der Fahrer schreit etwas Unverständliches und weist nach vorne, irgendwohin in die Ferne, vielleicht zum Wagen, in dem Mr. Oss sitzt. Marianne schüttelt ungeduldig ihren schweren Poldi ab und merkt, wie sie blaß wird: Kommen die jetzt schon? Kann nicht sein.

Einer der schmächtigen, dunkelhäutigen Kerle schaut ihr direkt ins Gesicht. Er steht ein bißchen seitwärts, und sie sieht trotz seiner Sonnenbrille genau: Der meint mich. Dann grinst er und zieht sein Hackmesser über die Kehle, so dicht über der Gurgel, daß Marianne zusammenzuckt. Der Kerl fängt an zu lachen, er dreht sich ein paarmal um sich selber, und dann hört man, wie der Fahrer den Motor wieder startet. In einer roten Staubwolke rattern und holpern sie davon.

Eigentlich war gar nichts. Man versteht die ja sowieso nicht. Außerdem sieht man vorn den silberglänzenden Honda von Mr. Oss und Mow auftauchen, und von hinten kommen die Taxis heran. Alles in Ordnung.

Beim Begrüßungscocktail in der löwenbeschützten und winddurchschmeichelten Halle lacht man über das kleine Erlebnis. Es ist erst Vormittag, aber alle sind vom langen Flug todmüde, beim Anblick von Madame und ihrer makellos schönen Schar, die die orchideengeschmückten Cocktails herumreichen, wächst die Sehnsucht nach Dusche, Umziehen, Schlafen. Sofort damit anfangen, ein anderer Mensch zu werden, so untadelig seidig und unverschwitzt wie diese da.

Über das Dorf kommt mitten am Tag der Schlaf.

Natürlich, sagt Mr. Oss zu Mow, während er in einem der tiefen Rattansessel mit den geblümten Bezügen sitzt, auf seine ausgestreckten dicken Beine mit den blauen Adern schaut und eine Lonja Brazil raucht, natürlich wiederholen sich die Dinge immer. Was war das eigentlich vorhin im Wald? Ich habe nicht genau mitbekommen, was sich da abgespielt hat, und aus dem, was mir die Neuen erzählt haben, bin ich nicht schlau geworden.

Er wiederholt das ganze noch einmal in Kinderenglisch, aber die Frage ist nicht, wieviel Mow versteht, sondern ob es ihm ratsam erscheint, etwas zu verstehen.

Nicht wichtig für Mr. Oss, sagt er zögernd. *Not now.*

Geht's um jemand Bestimmten? fragt Mr. Oss.

Das *snakeman* weiß, *holy snakeman.*

Religion bleibt draußen aus dem *resort*! sagt Mr. Oss streng. So war es abgemacht! Wir haben ein Geisterhäuschen, das genügt.

Der Buddhismus führt bei manchen Menschen aus dem Westen, besonders bei Gestreßten und Frauen, zu unkontrollierbaren Zuständen, Mr. Oss weiß das aus leidvoller Erfahrung. Überhaupt wirken bei Touristen ungewohnte Religionen ähnlich verheerend wie ungewohntes Essen. Er erinnert sich schaudernd an ein herrliches Dorf im Nordosten Brasiliens, in dem ganze Jahrgänge von Reisenden dem Candomblé und Voodoo-Spielarten anheimgefallen waren. Danach wurde der schöne Ort sofort aus den Katalogen genommen. Jetzt gab es ihn nur noch im italienischen Angebot. Die Italiener waren offenbar immun gegen Magie, vielleicht wegen des Papstes.

Mr. Oss will nicht dran denken. Man muß den Anfängen wehren. Der Schlangenmann und sein schönes Kloster gehören nicht zum offiziellen Besichtigungsprogramm. Die paar Mutigen, die ihn auf eigene Faust entdeckten, würden hoffentlich stark und skeptisch genug sein.

Das Dorf liegt ruhig in der Hitze, die Palmen machen im Seewind ihr Kastagnettengeräusch, am Strand dösen im Schatten der Felsen die Hunde. Mr. Oss liebt sie, das spüren sie, und auch, daß er sie gegen ordnungsliebende Germanen verteidigt. Er läßt mehrmals am Tag den Strand säubern und flüstert den Hunden dankbare Wörtchen zu, weil sie sich würdevoll benehmen und unfehlbar jene Fremden erkennen, die keine Annäherung wünschen.

Mr. Oss liebt auch die Katzen, die durchs Dorf schleichen und ihm gelegentlich ihre Jungen anvertrauen. Er hat verfügt, daß sie an verborgenen Plätzen gefüttert werden, und mischt ihnen amerikanische Antibabypillen ins Futter. In allen Paradiesen der Erde, die er durch seine Arbeit kennengelernt hat, hat er ein ziemlich gesundes Volk von Tieren hinterlassen. Er liebt die Ochsenfrösche und die riesigen grünen Heuschrekken, die trägen Schmetterlinge und alle Vögel, besonders aber die winzigen braunen Webervögel mit ihren Nestern, die wie Einkaufsnetze aussehen. Er versucht, nicht an die Insektentötungsaktion zu denken, für die er sich seiner festen Überzeugung nach dereinst vor Gottes Thron wird verantworten müssen.

Hier bei den Buddhisten muß er sich seiner Neigung nicht so schämen wie in den christlichen oder muslimischen Gärten Eden, die ihm deshalb seit langem verleidet sind. Benehmen sich, als wäre die Arche Noah überflüssig gewesen!

Mow kennt die Marotten seines Chefs, aber was er darüber denkt, weiß niemand. Ihm ist es egal, ob dies eine freundliche oder zänkische Fremdengruppe sein wird, die ihm für die nächsten zwanzig Tage gehört – er ist nur neugierig auf die Wünsche, die sie haben, ob es leicht zu erfüllende oder interessante und damit für ihn lohnende sein werden. Er ist auf alles vorbereitet.

Santa Clara ist zur Stunde wunschlos. Sie liegt nackt unter dem wunderbar kalten Hauch der Klimaanlage, was nicht gesund sein soll, aber das ist ihr egal. Neben ihr schläft, hoffentlich angenehm erschöpft, ihr Mann. Der erste Schritt eines komplizierten, an Fallstricken und Fußangeln reichen Weges ist getan. Jetzt wird sie ihm ein bißchen Leine lassen. Allerdings weiß sie um die Gefahren des Paradieses, schließlich sind dort schon Adam und Eva ins Unglück geraten.

Lilly Gribouille hat man ein Haus in der Nähe des Pools gegeben. Strandbungalows bekommen Einzelreisende in der Regel nicht. Lilly hat ihren müden und krummen kleinen Körper auf dem Kingsizebett hin- und hergerollt, sie kommt sich vor wie in dem Märchen von der Prinzessin auf der Erbse. Allerdings spielt sie die Rolle der Erbse. Sie schafft es nicht, unter die glattgespannten Decken und Laken zu kommen, sie findet auf der großen weißen Fläche keine freundliche Kuhle, keinen Halt. Aber sie ist fest entschlossen, nicht den Mut zu verlieren. Die Schlaflosigkeit ist ihr eine altvertraute Begleiterin.

Hat auch gute Seiten, sagt Lilly laut und schaut aus der Terrassentür. Ein blauer Fetzen Meer leuchtet durch die Tamarisken, auf der anderen Seite sieht sie das schrillere Blau des Pools.

Ich geh schwimmen, beschließt sie.

Deswegen hat sie wieder den weiten Weg hierher gewagt. Wegen dieses Wassers. Es ist das freundlichste und seidigste Wasser auf der Welt, wie geschaffen für eine wie sie. Vorher aber findet sie ganz nebenbei noch die Lösung für das Bettproblem. Auf ihrer Terrasse schaukelt sacht eine Hängematte, zwar viel zu hoch angebracht, aber sie zerrt einen der schweren Holzhocker hin, klettert hinauf und schert sich nicht drum, ob das seltsam aussieht. Fast alles, was sie tut, sieht seltsam aus. Die Hängematte ist aus einem weichen, gestreiften Baumwollstoff mit langen Fransen an der Seite. Lilly rutscht hinein und weiß augenblicklich, daß sie den bestmöglichen Ort gefunden hat, um zur Ruhe zu kommen. Ihre armseligen Knö-

chelchen fügen sich fast ohne Schmerzen in die weiche Stoff-
wölbung, und sie weiß nicht, daß sie den Webervögeln ähnlich ist, die hoch über ihr ihre Netznester gebaut haben.

Das ist also geklärt, sie hat ausgepackt, ihren Kinderbadean-
zug angezogen und ein Hemd drüber, und nun macht sie sich
auf den Weg zum Strand, der, hofft sie, heute noch ihr allein
gehören wird. Kein Spießrutenlauf, kein mitleidiges Hin- oder
Wegschauen: Auch das Dorf gehört nur ihr und einigen Angestellten, die große Wäschewagen vor sich herschieben oder
mit ernster Miene Listen studieren. Vögel keckern, es sind
große, schwarzgelbe Vögel, die eine wichtigtuerische Art haben, über das Gras zu stolzieren. Das Gras ist breitblättrig und
dunkelgrün, trotz der erbarmungslosen Hitze. Lilly bedauert,
daß sie sich barhäuptig und barfüßig auf den Weg gemacht
hat: Jetzt am frühen Nachmittag erreicht sie den Strand nur
mit knapper Not ohne Brandblasen auf den Sohlen.

Bei Circusleuten zum Beispiel oder in Sizilien bringt eine
wie sie Glück. Wie es hier ist, weiß sie nicht. Sie lächelt jeden
an, der ihr begegnet, und prüft, was zurückkommt.

Aber in den Gesichtern der Einheimischen kann sie nichts
lesen. Wahrscheinlich finden sie uns allesamt fürchterlich,
flüstert sie vor sich hin, und machen gar keinen Unterschied.
Vielleicht bin ich ihnen sogar weniger grauslig als die großen
Dicken mit den roten Hälsen.

Jetzt steht sie am Strand, ihre kurzen weißen Haare fühlen
sich an wie eine heiße Mütze. Die Bucht: Ein vollkommenes
Halbrund, der Sand hell, beleckt von zahmen, kleinen Wel-
lenzungen. Direkt vor Lilly liegt eine große Kaurimuschel, als
habe sie auf sie gewartet. Fast faustgroß ist sie, tiefrosa, ohne
jede Beschädigung. Ein perlmuttenes Maul, das winzige regelmäßige Zähne zeigt.

Lilly wickelt sie sorgfältig in ihr Hemd und beschwert das
Ganze mit einer Kokosnuß.

Dann kommt das Glück, das mit nichts anderem zu ver-
gleichen ist. Sie läßt sich auf den warmen, nassen Armen des

Meeres hinaustragen, es scheint ihr, als würde sie mit jeder Bewegung größer und grader. Sie hat nicht die geringste Angst, nicht einmal Respekt vor dem Wasser. Es ist wie Heimkommen.

Das Dorf wird kleiner. Man braucht niemand, sagt Lilly laut zum Meer. Das umarmt sie voll Liebe.

Aber irgendwann muß sie raus, sie will sich ja nicht ersäufen. Obwohl sie bei den langen Gesprächen über die Spielarten des Selbstmords, die man führt, wenn man noch sehr jung ist, dem Wassertod am meisten zugeneigt war.

Lediglich das Argument ihrer sehr pragmatischen Schwester Belle leuchtete ihr ein: Wenn du noch rausschwimmen kannst, kannst du genausogut auch weiterleben. Dann bist du noch nicht soweit.

Ich bin noch längst nicht soweit, sagt Lilly und schwimmt an Land.

Das Dorf beginnt aus der Lähmung des Ankunftstages aufzuwachen. Auf den Terrassen erscheinen Menschen, die Schuhe und Badeanzüge verteilen, die ersten Bediensteten tragen Tabletts mit Drinks durchs Dorf. Die sehen aus wie im Katalog, bunt und groß und blütengeschmückt.

Max und Kecki haben sich auf Keckis Terrasse getroffen, weil die eine bessere Sicht auf den Sonnenuntergang hat, zwischen zwei Palmen hindurch, genau in der Mitte, das ganz große Theater.

Hier hat man den Bogen noch nicht raus, bei welchem Sonnenstand man lossprinten muß, damit die Mai Tais an der Strandbar rechtzeitig zum Finale fertig sind, sagt Max ungewohnt friedlich. Er blickt mit Nachsicht auf blasse Menschen mit allen möglichen Kameras, die geeignete Positionen suchen.

Glaubst du, ich wüßte noch, wann ich jemals einen Sonnenuntergang abgelichtet hätte? sagt er zu seiner Freundin und Kollegin Kecki.

Die fühlt sich wieder wie ein Mensch und gefällt sich sogar

ganz gut in ihrem dünnen blauen Kaftan. Bißchen Tropenschmuck dazu, nichts Besonderes, aber natürlich sternenweit besser als die Bermudamuttis.

Ich weiß jedenfalls, daß ich nie, nie, nie einen beschrieben habe, sagt sie träge und schaut auf den Sonnenball.

Gottes Blut und Eiter, sagt Max und macht eine Handbewegung zu dem wilden Rot und Gold hinüber.

Zyniker sind furchtbar anstrengend, sagt Kecki. Die brauchen soviel Zuspruch. Mich erinnert er an Campari-Orange.

Das Dorf belebt sich. Der neue Koch, der erste, den Mr. Oss, durch schreckliche Erfahrungen vorsichtig geworden, hat probekochen lassen, bereitet das Abendessen vor. Auf ihrem flachen Eisbett liegen mit leuchtenden Augen und starren Mäulern Fische, denen man am frühen Morgen noch hätte beim Schwimmen begegnen können. Berge von Grünlippmuscheln und ein staksiges Gewirr von Seespinnen warten auf die Fremden. Wein aus Südafrika und Singha-Bier, Mekong-Whisky und bunte Cocktails. Es ist für alles gesorgt.

Die Hotelfachfrau Marianne macht schon mal einen kleinen Inspektionsgang und ist entschlossen, nicht so penibel hinzuschauen, wie sie es auf der anderen Seite der Erde in ihrem eigenen Haus gewohnt ist. Vielleicht wird ihr Poldi wenigstens das Abendessen in wachem Zustand erleben.

Sie schaut sich um, damit ihr bloß kein Abenteuerchen entgeht. Natürlich hat sie sofort den interessantesten der Strandbungalows entdeckt, ein etwas älteres Holzhaus, mit einer dicht umwachsenen Veranda auf hohen Stelzen und einer hölzernen Treppe, die kunstvoll an den Stamm eines großen Teakbaums gebaut ist. Es muß lang vor dem Dorf dagewesen sein. Sie sieht die schöne, nicht mehr ganz junge Asiatin vom Empfang hinaufsteigen und oben einen weißhäutigen Mann mit schwärzlichem Kopf, der schnell nach links und nach rechts schaut, wie einer, der darin Übung hat. Dann verschwinden beide im Innern, das von geflochtenen Jalousien beschützt wird.

Na bitte, sagt Marianne neidisch. Wer sagt's denn. In den Neid mischt sich ein wenig Furcht.

Die sind hier anders, das haben wir doch gesehen, flüstert sie. Nicht so empfindlich. Die wissen genau, daß Liebe und Geld immer zusammengehören.

3

»Welcher Mensch aber, ihr Mönche,
gilt als hoffnungsvoll?«

Die Reden des Buddha

Als die neuen Dorfbewohner sich zum Essen aufmachen, ist es schon stockdunkel. Es sägt und sirrt in den Bäumen, über die Wege hüpft es, irgend etwas kichert anhaltend. Kleine Lampen sind in Knöchelhöhe angebracht und weisen den Weg hinauf zum Restaurant. Manche Frauen haben versucht, sich schön zu machen. Andere wollen auf keinen Fall, daß jemand auf falsche Gedanken kommen könnte, sie tragen Baumwollsocken, schlammfarbene Bermudas und dschungeltaugliche Schuhe. Essen ist notwendig und überdies im Preis inbegriffen. Aber das gesellschaftliche Getue drum herum könne man sich schenken, sagen die Frauen zueinander, breiten Wanderkarten über den Platztellern aus, beschweren sie mit Weingläsern und nehmen Salzfäßchen und Brot, um ihre Ziele für den nächsten Tag zu markieren.

Mein Gott, sagt Kecki, die machen alles kaputt, ist es nicht so?

Nichts machen sie kaputt, antwortet Max und lächelt, was sollen sie denn kaputtmachen? Sie marschieren durch den Dschungel, wie sie durch den Hunsrück marschieren würden, treten kein Tier tot, pflücken kein Blümchen und schmeißen keine Dosen in den Wald. So was tun nur die Einheimischen, das weißt du doch. Was hast du gegen diese netten, zufriedenen Tanten?

Wenn die da sind, heißt es, daß es nichts mehr zu entdecken gibt. Die sind Totengräberinnen für Geheimnisse. Zertrampeln alle Wunder, grade weil sie tun, als hätten sie davor Respekt. Sie sind so häßlich, Max, sie dürften gar nicht in einem so schönen Land sein.

Eines von den Serviermädchen kommt an den Tisch, als wollte es Keckis traurigen Satz unterstreichen. Heute, am ersten Abend, tragen die Mädchen zu Ehren der neuen Dorfbewohner goldene Röcke mit pfauengrünen Blusen und ein unwiderstehliches Lächeln, sie sehen wie teure Püppchen aus.

Weißt du jetzt, was ich meine? fragt Kecki und läßt sich von einer Schönheit die Serviette auf die Knie legen, obwohl es dafür eigentlich viel zu heiß ist.

Wer? fragt Max. Ich? Ob ich verstehe, was du meinst? Was für eine blöde Frage! Allerdings mußt du dir den Schuh auch anziehen. Nicht, daß du nach normalen westeuropäischen Standards häßlich wärst. Aber hier?

Für Männer gilt das wohl nicht?

Doch, aber anders.

Sie gehen zusammen zum großen Eisbett am Eingang des Restaurants und suchen einen stachligen, zornig dreinschauenden Fisch aus. Die Abendessenmusik aus Besteckklirren, Schwätzen, Lachen, leisem Klaviergeklimper und Sandalenklappern hört sich fast wie zu Hause an, nur die Palmen machen ihren besonderen Lärm.

Da, sagt Kecki und dreht sich unauffällig zu Lilly Gribouille um, die in ein weißes Anzüglein gehüllt und mit goldenen orthopädischen Schuhen nach einem Platz Ausschau hält: Ob sie wieder den besten kriegt? Wie im Flugzeug?

Eines von den hübschen Serviermädchen geht auf sie zu, gegen Lilly wirkt sie kräftig und hochgewachsen, und führt sie zu einem halb hinter Hibiskus verborgenen, erhöht stehenden Tischchen.

Paß auf, Max, sagt Kecki und berührt den Arm des Photographen, das wird der Feldherrenhügel. Hab ich im Gespür. Man wird sich mit ihr ein wenig unterhalten müssen.

Sie interessiert mich sowieso, sagt Max nachlässig. Sie sieht aus wie Zelda Fitzgerald, nachdem sie in die Schrottpresse geraten ist.

Rührend, wie du überall nach Dekadenz suchst! sagt Kecki.
Hier kannst du dir die Mühe sparen. Hier geht es um ein paar
Götter, Geheimnisse und nicht zuletzt um aussagefähige Kata-
logprosa.

Im Gepäck haben beide unterschiedliches Material. Recherchen zum Reiseunternehmen, ein Persönlichkeitsprofil von
Mr. Oss und ein dünnes Bündel Berichte aus der *Bangkok Post*
über die beiden ungeklärten Todesfälle im vergangenen Jahr
hat Kecki sich zusammenstellen lassen. Max schleppt ein dik-
kes Buch über Tiere und Pflanzen der Region mit, das er im
Lesesaal der Universitätsbibliothek geklaut hat, außerdem *Die
Reden des Buddha*, die selbst in der deutschen Übersetzung
wundervoll sind.

Am heutigen ersten Abend dauert das Essen nicht lang, und
es ist noch nicht entschieden, wer mit wem reden wird.

Man muß sie erst aus der Verpackung holen, sagt Max. Die
sind ja alle noch in der Folie.

Er begleitet seine Freundin auf einem kleinen Rundgang
durch das dunkle Dorf, sie passen auf die Kröten auf, die wie
feuchte Päckchen auf dem Weg liegen, manchmal wischt ihnen der weiche Flügel eines Nachtfalters durchs Gesicht.

Das ist hier anders als daheim, sagt Kecki nachdenklich. Es
gibt nichts Dämmeriges, keine Zwischentöne. Sonne oder
Schwärze, in jeder Beziehung. Entweder platzt alles vor Wachs-
tum, oder es verwest und wird im Nu unsichtbar. Könntest du
hier leben?

Woher soll ich das wissen? antwortet Max ein bißchen muf-
felig. Woher soll ich wissen, ob ich irgendwo leben kann? Bis
ich mir die Frage gestellt habe, bin ich immer schon woanders.
Im Alter bau ich mir ein Häuschen an einem Strom oder an
der Küste, wie die alten Kapitäne es tun.

Im Wald ringsherum sägt, klagt und klappert es, trotzdem
wirkt das Dorf totenstill.

Was ist das dort? fragt Kecki.

Ich sehe nichts, sagt Max.

Doch, da drüben! sagt sie in dem Furchtlose-Reporterin-Ton, den Max nicht ausstehen kann.

Sie sind am künstlichen Lotossee angekommen, der von einem ebenso künstlichen Bach gespeist wird, über den mehrere rote, katzenbucklige Brücken führen. Jetzt sind sie nur Schatten, rußschwarze Muster auf blauschwarzem Grund, die Bodenlämpchen geben grade genug Licht, daß man noch sehen kann, wo man hintritt. Die Frösche schreien wie wahnsinnig, hören alle zusammen plötzlich auf, beginnen wieder, alle zusammen, ein Fausthieb aus Lärm, unter dem man zusammenzuckt.

Tatsächlich, sagt Max und schaut angestrengt in die Schwärze, in der etwas sichtbar wird. Er kneift die Augen zusammen und sagt: Da brauchst du den Dunkelkammerblick!

Als versuche übriggebliebenes Licht, sich an einer Stelle zu sammeln, glimmt da ein schwacher Schein, etwas, das nur wenig von völliger Dunkelheit entfernt ist. Man kann nicht einmal feststellen, ob es sich bewegt oder wie weit es von den beiden tapferen Reportern entfernt ist, die stehengeblieben sind, still und ein bißchen ratlos.

Vielleicht einer von den Angestellten mit einer Taschenlampe, flüstert Kecki.

Warum flüsterst du denn? flüstert Max. Schließlich haben wir bezahlt. Oder besser: jemand für uns. Wir dürfen hier laut reden.

Es wird heller, wenn man länger hinschaut, sagt er dann, aber immer noch sehr leise. Eine Taschenlampe ist das nicht.

Sieht aus wie das Zeug, aus dem sie die Armbanduhrenziffern machen, sagt Kecki.

Phosphor, sagt Max. Aber das kann es nicht sein. Es ändert die Farbe, siehst du?

Der Schimmer, der vorher grünlich war, spielt jetzt ins Orange, oder bilden sie sich das ein? Wenn man lang in die Sterne schaut, beginnen auch die, ihre Farbe zu verändern und bunt zu funkeln.

Komm, wir schauen uns die Sache einmal aus der Nähe an, sagt Kecki und hat wieder diese widerlich patente Stimme. Wahrscheinlich ist es irgendeine harmlose Naturerscheinung.

Es gibt keine harmlosen Naturerscheinungen, murmelt Max. Er hat die kleine Digitalkamera in der Hand, die er immer dabei hat, obwohl er sie nur als eine Art Notizbuch verwendet. Beim Arbeiten schleppt er die Spiegelreflex mit, samt einem Dutzend Objektiven und einem uralten Stativ, und verschwendet an das elektronische Spielzeug keinen Gedanken.

Auf dem Bildschirm kommt es blau! sagt er und starrt auf das kleine Display.

Fast hätte er erwartet, daß die Erscheinung wie in den alten Märchen unerreichbar bleibt, in ewig gleichem Abstand. Das wäre ihm ganz recht gewesen, zwei oder drei ordentliche Mekong-Whiskys hätten ihn schon mit dem Unerklärlichen versöhnt. Aber plötzlich sind sie ihr ganz nah, und Kecki sagt laut und forsch: Na also! Das ist doch nur ein Geisterhäuschen!

Nur ein Geisterhäuschen, flüstert Max, na klar, dann ist ja alles in Ordnung. Und warum, bitte, leuchtet es da raus?

Eine Kerze, sagt Kecki, oder Räucherstäbchen, was weiß ich. Sie tun doch alles mögliche da rein. Buddha mag, wenn man für ihn kokelt!

Max schweigt und macht in schneller Folge Bilder, er weiß nicht, was er auf ihnen entdecken wird, wenn er sie auf dem Bildschirm hat. Das Licht ist nicht mehr farbig, es ist eigentlich gar nicht mehr vorhanden, sondern nur die Helligkeit des weißen Häuschens auf seiner Säule mit der kleinen goldenen Treppe.

Sie hören Schritte, die sich nähern, drei oder vier Menschen, Gelächter und Stolpern, die üblichen Igitt-Schreie beim Anblick der Kröten.

Es ist wie ein Aufwachen. Max und Kecki sagen *Good evening! Good night!* in die Nacht hinein, das Geisterhäuschen kann man sich bei Helligkeit genauer anschauen, wenn man will.

Mag Buddha auch, wenn es stinkt? fragt Max im Gehen und steckt seine Kamera in die Tasche. Das tut's nämlich. Irgendwas riecht da komisch.

Mein Gott, sagt Kecki, wir sind in den Tropen. Irgendwas stinkt da immer ein bißchen. Ich sag doch, sie tun die seltsamsten Sachen in die Geisterhäuschen, als Opfer, nehme ich an. Vielleicht verrottet da was, geht ja schnell bei dem Klima. Kommst du noch für einen Drink auf meine Terrasse?

Einen? sagt Max. Reicht mir nicht. Die Geheimnisse Asiens strengen an. Wir können an graden Tagen auf deiner und an den ungraden auf meiner Terrasse trinken. So wird's nicht langweilig.

Als sie Keckis Terrasse finden – zwischen all den anderen erkennt sie ihre erst im letzten Moment an den Schuhen, die sie unten hingestellt hat –, hören beide etwas atmen.

Was ist denn das nun wieder? fragt Max unwirsch. Wieso leuchtet es nicht?

Es ist zu Keckis Freude einer der dank Mr. Oss einigermaßen wohlgenährten Strandhunde, der es sich auf dem Korbsessel gemütlich gemacht hat.

Siehst du? Schon am ersten Abend die Gesellschaft, die ich mir gewünscht habe! sagt sie und macht freundliche Schnalzgeräusche. Der Hund hebt den Kopf, schaut die zeitweiligen Hausbesitzer aus hellgrauen Augen an und macht nach einem Seufzer keine Anstalten, seinen Platz zu räumen.

Wo hab ich denn ein paar Kekse? Man muß ihm doch was anbieten.

Max, der mehr von diesen Liebesanfängen erlebt hat, als er zählen kann, seufzt wesentlich lauter als der Hund und denkt an die unweigerlich folgende Katastrophe, bestehend aus Weinkrämpfen, wenn die Abreise naht, Anrufen in irgendwelchen Konsulaten, beim Zoll und bei der Fluggesellschaft, Fragen nach Impfungen, Quarantänen, stundenlangen verheulten Diskussionen, ob das betreffende Tier nicht doch in seiner gewohnten Umgebung zwar vielleicht ein kürzeres, dafür aber glücklicheres Leben haben würde – bisher hatte immer die Bequemlichkeit gesiegt. Man könnte auch sagen: die Vernunft. Aber da ist Max schon lang nicht mehr sicher.

Bitte, nicht schon wieder! sagt er, aber sie hört ihn gar nicht, natürlich.

Max schenkt sich mehrere Zentimeter Mekong-Whisky ein, wirft ein paar Eiswürfel aus dem hölzernen Eisfäßchen ins Glas und verschwendet nur einen kurzen Gedanken an fiese Krankheiten, die auch in gefrorenem Wasser lauern können.

Der Hund schaut ihn an, in seinem Blick liegt, bildet Max sich ein, Mitleid. Triumphierendes Mitleid.

Er macht sich aber nicht wichtig, bettelt nicht um Liebkosungen, und Kecki sieht nach dem ersten Glück ein, daß sie sich durchaus noch mit Max unterhalten sollte. Schließlich haben sie einen Auftrag, das heißt mehrere Aufträge, und es besteht die Gefahr, daß ihnen das ein wenig aus dem Sinn geraten ist.

Es gibt zwischen ihnen schon so lang eine Tradition, daß keiner von den beiden sich dran erinnern kann, wann sie damit begonnen haben: den ersten Abend einer jeden Arbeitsreise mit dem zu beginnen, was Kecki beharrlich »den Ideensturm« nennt, weil sie die allgegenwärtigen Englischkeiten nicht leiden kann. Der Ideensturm erhebt sich meist unter Alkohol, und es hat sich erwiesen, daß es eine wesentliche Rolle spielt, ob die Phantasie von Wodka im Osten, Wein im Westen, undurchsichtig bunten Gemischen bei den Reichen oder bösem Sprit bei den Armen angefeuchtet wird. Man wird sehen, wie der Mekong-Whisky sich macht, von dem Kecki allerdings nach dem ersten Schluck behauptet, er schmecke nach Blindheit.

Tu Fanta rein, sagt Max. Das machen alle Schwächlinge. Also, was haben wir?

Erstens wieder mal ein Paradies, sagt Kecki, einen Geheimtip, wie gehabt. Und du wirst das bebildern, nicht denunzieren. Das ist die Kataloggeschichte und sozusagen das Brot oder der Hauptgang, wie du willst. Eine Buddhismusstory springt auf jeden Fall dabei raus, seit ich das Goldene Huhn gesehen habe, will ich das unbedingt machen. Haufenweise Heiligtümer hier, die optisch was hergeben.

Du verstehst sie aber nicht, sagt Max, und der Hund gibt ein zustimmendes Stöhnen von sich. Außerdem wolltest du dich auch um die Geschichte mit den zwei Frauen kümmern, oder?

Auch das ist Tradition am ersten Abend: Sie streiten sich nicht. Das tun sie dann später, ausgiebig und manchmal böse, aber nicht am Abend des Ideensturms.

Die verstehe ich wahrscheinlich erst recht nicht, sagt Kecki deshalb friedlich, obwohl ihr der Zorn locker sitzt. Man müßte so was ausfindig machen wie einen Fluch, die Schlange im Paradies, verstehst du? Etwas Dunkles, das auch ahnungslose Urlauber berührt.

Schwierige Recherchen, sagt Max freundlich, immer wieder das alte Problem, wenn man in einer Sprache nicht einmal nein oder ja oder Post oder Kino sagen kann – die Dolmetscher erfinden in diesen Breiten oft ihre eigenen Geschichten. Was haben wir schon für Dinger für bare Münze genommen und fröhlich gedruckt!

Mode? überlegt Kecki. Ich glaube, das könnte man ganz witzig machen. Materialien wie aus dem Märchenbuch und das Design Leipzig 1960.

Das ist meine Story! sagt Max stolz.

Er hat sich schon auf einer früheren Reise in die tausend Schneiderläden und Modeateliers mit den bleichen Puppen und den steifen Smokings und Abendkleidern verliebt, Gespenster einer fremden westlichen Welt, die so nie ausgesehen hat. Es ist ein hier erfundener Westen, düster und expressionistisch, als wäre Fritz Lang aus Verzweiflung Schaufensterdekorateur geworden. Max hat beim Herfahren gesehen, daß es sie immer noch gibt, diese verrückten Läden, in denen dicke

Deutsche sich für ein paar Dollar schlecht sitzende Seidenanzüge nähen lassen.

Will ich unbedingt machen diesmal, sagt er. Irgendwann wachen sie hier auf, und dann fliegt das alles auf den Müll.

Müll! freut sich Kecki, der die Mischung aus Mekong-Whisky und Fanta eine schöne Klarsicht zu bescheren scheint. Müll! Wir müssen was über Geisterhäuschen machen, vor allem über diese Geisterhäuschen-Müllkippen am Straßenrand. Stell dir vor, sie würden bei uns Kruzifixe und Weihwasserkessel einfach an den Straßenrand schmeißen!

Bei uns würden sie die wahrscheinlich mitnehmen und verscherbeln. Die ausrangierten Geisterhäuschen rührt keiner an, soweit ich weiß. Als Motiv ganz gut, aber wie ich das alles in drei Wochen packen soll, weiß ich wirklich nicht.

Sie schweigen jetzt ein bißchen.

Die Nacht ist von einer so dicken Schwärze, als könnte man hineinbeißen, ein Gecko kichert, Schritte sind zu hören, beruhigend laute, regelmäßige Schritte. Schwere Schritte. Im Licht der Bodenlämpchen werden die großen Füße des Mr. Oss sichtbar.

Wir haben das Wunderkloster vergessen, flüstert Max. Und die Kinderficker, natürlich.

Mr. Oss bleibt stehen und schaut freundlich auf seine Gäste.

Sie wissen genau, wo sie gern gesehen sind, sagt er, und erst nach einiger Zeit begreifen Kecki und Max, daß Mr. Oss von dem tief schlafenden Hund auf dem Korbsessel spricht.

Ich verliebe mich oft auf Reisen, sagt Kecki ein bißchen albern, und wenn es in was Vierbeiniges ist, wird die Liebe immer erwidert.

Was sieht Mr. Oss im sanften Schein des Windlichts unter Milliarden von Sternen? Eine Frau, die sich Mühe mit sich selber gibt und ihren Jahren zäh noch ein bißchen Attraktivität abringt, nicht groß, nicht dünn, nicht dick, mit einem jener Stoppelköpfe, für die man bei den Coiffeurfürsten ein Vermögen hinlegen muß. Die Haare sind an den Wurzeln fast schwarz und schaffen es auf einer Strecke von etwa fünf Zentimetern bis weißblond. Sie hat schöne Augen, hellbraun, soweit er sehen kann, mit einem etwas verwunderten Ausdruck und langen Wimpern. Mr. Oss freut sich, daß sie einen ganz normalen Mund hat, einen großen, beweglichen und etwas rissigen Mund, die Sorte, auf der kein Lippenstift hält, weil zu viel gegessen, geredet und geküßt wird. Ein kräftiges rundes Kinn und eine Ahnung von Hängebäckchen. Für eine Journalistin – Mr. Oss hat sich in der Zwischenzeit kundig gemacht und verfügt sogar über eine Aufstellung ihrer letzten zwanzig Arbeiten, von denen er in den letzten zwei Stunden die meisten im Internet gelesen hat – sieht sie ein bißchen weltfremd aus, aber das ist wahrscheinlich ihre Masche. Ihre bevorzugten Themen: Mode, Reise, Verbrechen. Wenn sie Glück hat, findet sie hier von allem etwas, aber Mr. Oss hofft, daß sie sich mit den ersten beiden begnügen wird.

Max schaut sich den dicken Mann in Bermudas, Socken und Nikes sehr genau an. Und der ihn. Und sieht einen, den man bei oberflächlicher Betrachtung für schwul halten könnte, schön, seit kurzer Zeit nicht mehr jung, gewöhnt, beachtet zu werden. Die mageren Beine haben den Hauptanteil an seiner Länge, schwarzes, kurzes Haar mit einer weißen Schocksträhne links über der Stirn. Von aristokratischer Zerstreutheit, keiner würde vermuten, daß seine Eltern eine Metzgerei in Niederbayern betreiben.

Mr. Oss hört sich zu seinem Erstaunen sagen, daß er sich grade über sie beide sehr freue.

Hunde sind gute Indikatoren, sagt er. Noch bessere, aber schwieriger zu verführen, Katzen!

Warten Sie's ab, sagt Kecki. Zum Schluß wohnt hier eine ganze Arche Noah.

Aber Sie werden nicht Mutter Noah sein, sagt Mr. Oss. Sie werden nicht mit ihnen losfahren, sondern sie ihrem Schicksal überlassen.

Wie immer, sagt Max. Mein Jetlag ruft. Ich geh schlafen. Frühstück um irgendwann.

Kecki schaut ihm nach, als er geht, auch Mr. Oss verschwindet nach einem höflichen Gutenachtwunsch in der Dunkelheit. Hat sie erwartet, daß Max ihr in der ersten Nacht Gesellschaft leistet? Vielleicht.

Komm rein, sagt sie zu dem Hund, der jetzt von seinem Korbstuhl gesprungen ist und Salzstangenkrümel vom Boden aufleckt. Ich finde noch ein paar ganze, komm rein!

Eigentlich ist ein Hund besser, sagt sie. Sie ist sehr müde, diese flattrige Müdigkeit, wenn das Zeitgefühl noch nicht wieder eingependelt ist. Sonst hätte sie die Gestalt wahrgenommen, die sich an den Häusern vorbeidrückt und an jeder Treppe kurz stehenbleibt, um sich zu orientieren. Im Schein der Bodenlaternchen tauchen braune Füße auf und verschwinden wieder, braune Füße mit leuchtend rosa Flip-Flops. Ein unangenehmer Geruch umgibt die Gestalt, aber er verfliegt schnell in der Nacht. Der Hund hat ihn bemerkt, er kennt diesen Geruch und haßt ihn. Im Haus der Frau riecht es nach Nüssen, Chips und freundlicher Haut. Der Hund schüttelt sich und geht leise hinter der Frau her in die klimatisierte Helligkeit.

Du klirrst ja gar nicht, sagt Kecki müde. Bei uns daheim klirren die Hunde, wenn sie sich schütteln. Morgen mach ich dir ein schönes Halsband. Einen Namen kriegst du auch, wenigstens für die drei Wochen. Ist es schlimm, wenn ich dich ein bißchen glücklich mache? Wäre es besser, wenn du das Glück erst gar nicht kennenlernen würdest? Sie muß dem Hund ein bißchen ins Fell heulen.

Scheiß Mekong-Whisky, sagt sie und geht ins Bett. Sie klopft auffordernd auf die Matratze mit dem stramm gespannten weißen Laken.

Komm rauf, sagt sie. Sonst geh ich verloren in dem Riesenbett.

Sie träumt wüst in ihrer ersten Nacht. Das hat sie immer in

neuentdeckten Paradiesen getan. Die erste Nacht gehört ihrem höchstpersönlichen Totentanz, verblichene Freunde und Kollegen, abgesoffene Liebschaften, ja, sogar ihre drei Abtreibungen geben sich ein Stelldichein und sorgen für Unruhe. Sie ist nicht böse, daß sie in grauer Frühe aufwacht, vielleicht hat sie auch der Hund geweckt, der hinaus will.

Das hätten wir mal wieder hinter uns, murmelt sie und geht vor die Tür. Das Meer liegt vollkommen glatt vor ihr, unberührt der Strand, stille, dunkle Schattenrisse die Palmen. Hinten am Horizont tauchen drei Fischerboote auf, werden größer. Kecki ist schon fast überall auf der Welt gewesen, deshalb weiß sie, daß sie keine Ahnung hat, wie es in der Wirklichkeit zugeht. Sie kann nur hinschauen. Seit einiger Zeit hat sie kein schlechtes Gewissen mehr, wenn sie daran denkt, daß ihre Fähigkeiten an den meisten Orten der Erde nicht dazu taugen würden, ein Stück Brot zu verdienen. Sie könnte nicht einmal einen Fisch fangen. Oder das halbe Leben unter einem Baum verdösen und trotzdem einen Stall Kinder großziehen.

Der Hund hat sich davongemacht, wahrscheinlich weiß er, daß Kecki nur ein kurzes Glück sein wird.

Sie nimmt nach kurzem Zögern ihren Badeanzug, zieht einen Kaftan drüber und geht die wenigen Schritte hinunter zum Strand. Der Sand ist noch kühl von der Nacht, die Flutkante mit einer geschwungenen Kette aus Muscheln geschmückt. Als sie einen glatten weißen Kopf im Wasser sieht, ist sie gekränkt. Um diese Zeit sollte der Mensch das Meer ganz für sich allein haben dürfen. Sie erkennt die Krüppelin, aber bevor sie noch kehrtmachen kann, hat die sie gesehen und winkt ihr mit ihren Kinderhändchen zu.

Na ja, sagt Kecki, dann tun wir unsere gute Tat für heute halt in aller Herrgottsfrühe.

Es ist nicht so, daß sie sich für die Zwergin nicht interessiert, aber diesen Morgen hätte sie gern für sich allein gehabt.

Wenn sie jetzt fragt, ob ich auch nicht schlafen konnte, geh ich sofort wieder raus, sagt Kecki, während sie ohne Eile dem weißen Kopf entgegenschwimmt.

Gut, daß ich Sie sehe! sagt der Kopf. Ich würde Ihnen nachher gern was zeigen. Ich glaube, ich habe eine Hand gefunden.

Eine schöne Welle trägt die beiden Schwimmerinnen ein großes Stück hinaus, das Wasser fühlt sich wie reines Glück an.

Eine Hand? fragt Kecki. Sie meinen, ohne jemanden dran?

Soweit bin ich sicher, sagt die Zwergin, außer der Hand war da nichts. Und nicht einmal die konnte ich genau sehen, ich weiß also nicht, ob männlich oder weiblich, wie alt, einheimisch oder eine von uns, sozusagen.

Wo haben Sie sie denn gefunden? fragt Kecki und fühlt sich wie in einem Experimentalfilm, auf warmen Meereswogen schaukelnd und im lässigen Gespräch über Leichenteile.

Sie liegt im Geisterhäuschen, sagt Lilly Gribouille aus Quebec in Kanada. Das ist mir ein bißchen zu hoch, ich konnte nicht richtig hineinschauen. Aber ich bin ganz sicher, daß es eine ist. Sie liegt zwischen einem goldenen Mönch und einem kleinen blauen Elefanten.

Kecki verzichtet darauf, ihr von der seltsamen Helligkeit zu erzählen, die Max und sie in der Nacht um das Geisterhäuschen gesehen haben. Sie denkt an die Wirkung des Mekong-Whiskys und an ihre Grundsätze: Erst mal die anderen reden lassen. Geschichten müssen einem zulaufen wie Hunde.

Wir sind ziemlich weit hinausgeraten, sagt sie freundlich zu ihrer interessanten Wasserbekanntschaft, vielleicht sollten wir umkehren und uns die Sache zu zweit anschauen. Es ist noch früh. Man wird uns nicht stören.

Lilly reckt ihren weißen Kopf so weit sie kann aus dem Wasser und schaut zum Strand. Ein paar Boote tuckern landwärts, Longtails, mit hartem, traurigem Geknatter. Magere Gestalten laufen am Flutsaum entlang. Auf den Köpfen tragen sie sperrige Dinge.

Die andere Welt ist unterwegs, sehen Sie? sagt Kecki. Aber

die beachten uns gar nicht, denen ist völlig gleichgültig, was wir tun oder anschauen. Und die Unseren schlafen noch.

Sie gehen aus dem Wasser, die flinke, wendige Krüppelin wird an Land sofort schwerfällig und bemitleidenswert.

Ich schwimme meistens ganz früh am Morgen und abends spät, sagt sie. Im Meer ist es nicht so wichtig, da ist Platz genug, wer sich graust, kann ja ausweichen. Aber im Pool kann ich die Blicke nicht ertragen. Ich nehme das nicht übel, wahrscheinlich würde ich mir selber auch aus dem Weg gehen. Ich bin Ästhetin. Das macht es nicht leichter.

Haben Sie keinen Hut? fragt Kecki. Hierzulande ist schon die ganz frühe Sonne gemein.

Mit Hut sehe ich aus wie ein Pilz, sagt die kanadische Zwergin. Aber schauen Sie mal, da ist doch unser Geheimdienstler! Oder?

Der Mann, der schon während des Fluges sein Aussehen gewechselt hat, ist offenbar nicht nur Kecki aufgefallen. Das kränkt sie ein bißchen, Journalisten halten sich gern für die einzigen Sehfähigen unter Blinden.

Ich bin nicht sicher, sagt Kecki, schon wieder eine neue Rolle?

Weil sie zu so früher Stunde nicht mit ihm gerechnet hat, muß sie ein paarmal hinschauen, ihn von früheren Bildern befreien. Jetzt trägt er asiatisch, mit weiten Leinenhosen und einem zerlumpten T-Shirt hat er sich fast unsichtbar gemacht. Er scheint in den wenigen Stunden abgemagert zu sein, seine Haut ist dunkler geworden, seine Augen Schlitze im Schatten eines zerrupften Strohhuts.

Das ist er nicht, glaube ich, sagt Lilly Gribouille, die sich nie in ihrem Leben wird verkleiden können, neugierig und mit leisem Neid in der Stimme.

Wann haben wir den echten eigentlich zum letztenmal gesehen? Vielleicht ist er das ja doch? Hier geht keiner verloren!

Das ist nicht Ihr Ernst, sagt Lilly, hier kann jeder verlorengehen. Ganz beiläufig. Es gibt so vieles, das einen hier aus der Welt schaffen könnte. Schöner Gedanke.

Es ist immer wieder spannend, neue Fäden in die Hand zu bekommen und zu schauen, was man in drei Wochen alles aus ihnen zusammenspinnen kann! sagt Kecki freundlich.

Sie machen das ja auch beruflich, keucht Lilly von unten herauf und schleppt sich den sonnenheißen Weg entlang zum Geisterhäuschen.

Woher weiß sie das?

Vögel melden die frühe Störung von Baum zu Baum. Die Bewässerungsanlage zischt und bringt die Büsche zum Funkeln. Kecki erzählt noch immer nichts von dem nächtlichen Licht. Material zusammenhalten, nichts preisgeben, *déformation professionnelle*. Ihre Begleiterin überrascht sie mit dem atemlosen Satz, sie könne warten, sie erführe letztendlich doch alles. Krüppel sind wie Beichtväter, sagt sie. Weil sie nicht mitspielen können, vertraut man ihnen seine Spielzüge an.

Da steht das Geisterhäuschen, schön rot und golden und weiß in der Morgensonne. In der Ferne sieht man ein paar junge Bedienstete mit Wäschebündeln und Gartengeräten, aber sie verschwinden bald hinter den menschengroßen Blättern der Bananenstauden.

Also, wo wollen Sie eine Hand gesehen haben? fragt Kecki mit ihrer kühlsten Interviewerinnenstimme.

Oben drin, ich weiß nicht, wie man das nennt. In dem kleinen Puppenzimmer, wo der Mönch sitzt.

Tatsächlich gleicht das Geisterhäuschen einer exotischen Art von Puppenstube, eine kleine Leiter führt die Säule hinauf in den Hauptraum, am vielfach gezipfelten Dach hängen halbverwelkte Blumenkränze, erloschene Räucherstäbchen stecken in Schalen, die mit Sand gefüllt sind. In den gleichen Schalen liegen auch ein paar Zigarettenkippen, eine Putzmittelflasche steht auf der winzigen hölzernen Galerie. Lilly reicht ungefähr bis zur Mitte des Treppchens und versucht einen Blick ins Innere zu werfen.

Da habe ich sie gesehen, sagt sie, eine Hand, die ihre Finger um den kleinen Elefanten gekrümmt hielt. Ich habe gerochen, daß es eine echte war. Aber ich konnte sie von unten her nicht genau erkennen, und auf das Treppchen kann man nicht steigen, nicht einmal, wenn man so klein ist wie ich.

Kecki kann sehr gut sehen, sie ist mit dem Heiligtümchen auf Augenhöhe und sagt erst einmal nichts. Und sieht einen rötlichglänzenden Handschuh, reglos und wimmelnd zugleich. Die präzise Form einer Hand, die eine kleine blaue Tierfigur umfaßt, aber nicht festhält. Kecki bemerkt auch, daß der Mönch daneben eine Brille trägt und seine winzige Linke belehrend erhoben ist. Sie erinnert sich, während sie das Bild aufzunehmen versucht, an eine Zaubernummer, die sie in einem Circus gesehen hat: Eine schöne Frau, die in einen bodenlangen, wundervollen Pelzmantel gehüllt die Manege betritt und sich langsam dreht, während das Publikum die schwingenden Bewegungen des Mantels bewundert. Und dann, zack, springt der Mantel auseinander, löst sich wimmelnd auf in Dutzende höchst lebendige Nerze, die nach allen Seiten davonrennen. Sie bestaunt den Zusammenhalt der großen Ameisen, die sich um diese Hand geschart haben, und erst nach einer Minute geht ihr auf, daß sie sie fressen, das Fleisch umsichtig und gänzlich von den Knochen zwicken, und daß ihr Werk ziemlich weit fortgeschritten sein muß.

Ihre Stimme klingt ein bißchen belegt, als sie die spähende Lilly fragt, wann sie denn die Hand gesehen habe, die nackte Hand?

Die Sonne war fast untergegangen, antwortet die Zwergin, ich bin absichtlich nicht zum Strand hinunter, Sonnenuntergänge sind nichts für Leute wie mich.

Kecki möchte diesen Satz jetzt nicht auch noch bedenken müssen, ihr reicht die Entdeckung im Geisterhäuschen. Und da war noch nichts – dran? fragt sie.

Was ist es denn eigentlich? fragt Lilly neugierig. Sie grausen sich davor, das sehe ich.

Ameisen, sagt Kecki trocken, wahrscheinlich die Große Thailändische Waldameise in Bataillonstärke beim Frühstück.

Da wollte ich jetzt eigentlich auch hin, sagt die Kanadierin sachlich. Ob es schon was gibt? Und meinen Sie, daß wir in dieser Sache etwas unternehmen sollten?

Kecki hat Mühe, sich auf das Frühstücksbuffet zu freuen, auch wenn sie wie jeden Morgen furchtbaren Hunger hat. Sie fürchtet ihren Hirnwurm, das ist so etwas wie ein Ohrwurm, nur nicht mit einer Melodie, sondern mit einer nutzlosen, aber hartnäckigen Idee. Eine Hand als Frühstücksbuffet für eine frohe Schar von disziplinierten Ameisen: Die Vorstellung wird ihr auch das schönste asiatische Junkfood versauen, das weiß sie jetzt schon.

Mitten in ihr Gegrübel hinein sagt die seltsame kleine Person an ihrer Seite: Sie können ja Obst essen. Davon gibt es hierzulande immer eine große Auswahl!

Sie bemerken nicht, daß ihnen Mow schon seit einigen Minuten folgt. Jetzt überholt er sie und grüßt überschwenglich. Er weiß, was sie gesehen haben. Er versucht in ihren Gesichtern zu lesen, was sie denken. Es kümmert ihn aber nicht sehr. Das Problem wird nach dem Frühstück fast unsichtbar geworden sein.

Mr. Oss hat vor einem Jahr, nach dem Tod der beiden Frauen, in einem ihrer langen Gespräche gesagt, nichts, aber auch gar nichts verschwände ganz aus der Welt. Alles käme in irgendeiner Gestalt wieder zum Vorschein, über kurz oder lang. Mow hatte ihm wie immer respektvoll und lernbegierig zugehört. Aber über den Glauben des verehrten Meisters hätte er gern gelacht, das wußte er schon damals besser: Alles verschwindet. Und zwar ziemlich schnell. Diese Damen würden das schon sehen.

Bleakfast wait fol ladies! ruft er ihnen enthusiastisch zu.

Ich mache mir nichts aus Obst zum Frühstück, sagt Kecki schlecht gelaunt. Daß sie sich auf möglichst gräßliche knallrote Würstchen gefreut hat, wagt sie nicht zu sagen. Assoziationen sind etwas Ekelhaftes. Nie wieder, nirgendwo auf der Welt, wird sie mit Genuß gräßliche knallrote Würstchen essen können. In Ewigkeit werden sie verbunden sein mit dem Anblick eines reglos wimmelnden Handschuhs aus Lebendigem.

Max wartet schon. Er ahnt, daß ihm etwas vorenthalten werden soll, dafür hat er einen sechsten Sinn.

Du bist blaß, sagt er zu Kecki, die sich in ihrem feuchten Kaftan nicht ganz *comme il faut* fühlt. Das stört sie.

Siegfrieda hat ein Loch in der Rüstung! sagt ihre Sekretärin in solchen Fällen. Kecki spürt, daß sie ihr fehlt. Sie hört auf den schönen Namen Reglindis Raabe, genannt Lindis. Lindis weiß fast immer, was in Ausnahmesituationen zu tun ist. Außerdem neigt sie zu Hirnwürmern wie ihre Chefin. Kecki schaut die wimmelnde, kompakte Menschenmenge am Frühstücksbuffet an und weiß, daß Lindis dem gleichen ekligen Gedanken ausgeliefert gewesen wäre wie sie.

Ich muß dir was erzählen, sagt sie zu Max. Sie hat kaum bemerkt, daß sich ihre neue Freundin mit einem schüchternen Gruß verabschiedet hat und zu ihrem Tisch gehumpelt ist, den Kecki als Feldherrenhügel bezeichnet hat, vor langer Zeit, gestern.

Als sie fertig ist, sagt Max nichts. Er betrachtet die anderen Gäste und scheint zu zählen, wie oft sich die einzelnen ihre Teller füllen. Kecki weiß, daß er Buffets haßt, daß es ihn schüttelt, wenn Menschen an den häßlichen Saftcontainern stehenbleiben, hastig ihre Gläser aussaufen und gleich wieder vollgießen, wenn sie im Rührei herumgraben und den Toaster belauern.

Es gibt Formfleisch, sagt er angewidert. Die faserigen rosa Dreiecke sollen als Schinken durchgehen.

Wir sind nicht in den Vier Jahreszeiten oder im Atlantic, sagt Kecki. Dort mußt du das Wetter durch Fressen kompensieren! Hier nicht. Iß eine Ananas.

Gehen wir, antwortet er. Wahrscheinlich ist es schon zu spät.

Auf dem Weg zum Geisterhäuschen kommt ihnen Madame entgegen, in weißer Seide, den Mund in der Farbe der Hibiskusblüte hinter ihrem rechten Ohr.

Unter ihrem Arm trägt sie ein hübsches geschnitztes Kästchen.

Happy day, sagt sie. *A very happy day!*

Of course, antwortet Max.

4

»Du allein hast jene böse Tat begangen,
du allein sollst deren Frucht erfahren.«

Die Reden des Buddha

Mr. Oss sitzt in seinem verdunkelten Zimmer, läßt sich von der Klimaanlage eisig anhauchen, streichelt seine einäugige Katze und denkt nach. Er fühlt sich von seinem Geschwätz eingeholt – alles käme früher oder später wieder zum Vorschein, hatte er zu seinem Ziehsohn Mow gesagt, nichts verschwände ganz aus dieser Welt. Damit hat er eigentlich Whiskyflaschen, Bettlaken und Badeschuhe gemeint, Chipstüten, Kristallgläser und sogar Fernsehapparate, all die luxuriösen Dinge, die im Dorf der Fremden zu finden sind und die man im anderen, dem Dschungeldorf, auch gut brauchen kann. Nicht, daß er Mow für einen gewöhnlichen Dieb hält. Er traut ihm aber zu, den Schwund zu organisieren, zu kanalisieren und dafür zu sorgen, daß nicht übertrieben wird.

Irgendwo in dem Jungen, sagt Mr. Oss zu der Katze, steckt hoffentlich was Westliches, das man wiedererkennen kann. Mein und dein, nicht hauen, auf der Straße Platz machen, nett sein, in der Richtung ungefähr. Oder ist das Stuß? Mr. Oss kennt das Gefühl, sich bei vierzig Grad Hitze wie auf einer Eisfläche zu bewegen, ohne Hilfe, ohne Stütze, von hundert fremden Augenpaaren beobachtet.

Sie machen irgendwas Merkwürdiges, sagt er, etwas, von dem sie genau wissen, daß ich es verhindern würde. Sie tun es unter meinen Augen, und ich erkenne nicht, was es ist.

Er hat einen seiner seltenen Anfälle von Heimweh. Ostwestfalen, denkt er voll Sehnsucht. Gemäßigt in jeder Beziehung. Fremde sagen dort erstaunt: Ist ja eigentlich ganz schön hier! als hätten sie das nicht erwartet. Nichts ist grell. Sünden nur im bürgerlichen Rahmen. Lange, langsame Sonntage. Für das Erhabene Dom und Schloß. Ein Land, in dem man an die richtige Regierung in beiden glaubt. Dort hätte Mr. Oss Horst geheißen, wäre mit Männern, die genauso groß und fett wie er sind, jagen und saufen gegangen und hätte sich bis zu seinem Ende vor nichts zu fürchten brauchen außer vor Krebs und vor dem Finanzamt.

Mr. Oss seufzt ein bißchen und drückt auf den Knopf, auf dem *Service* steht. Vielleicht fühlt sich einer aus seiner Dienerschar gemeint, sicher kann man da nicht sein. Sie mögen den Summton und die Leuchtanzeige nicht, sie sind gewohnt, daß man nach ihnen schreit oder mit den Fingern schnipst. Er möchte jetzt einen Whisky, einen irischen Whisky, weil ihm mitten in der Hitze kalt ist. Er sehnt sich nach einem Ort, wo es das alles nicht gibt, diese Üppigkeit, den Dschungel und die unübersehbare Geilheit in allem, und er erkennt, daß er einsam ist.

Ich dachte, das könnte mir nicht mehr passieren, sagt er mit schwacher Stimme zu der Katze, die weiterschläft. Er weiß, daß sie enden wird, diese Untröstlichkeit. Aber auch, daß sie wiederkommen kann, vielleicht immer öfter. Als Mow das Appartement betritt, ist Mr. Oss froh. Mow hat ihn schon drei-, viermal so gesehen, ohne daß Mr. Oss eine Ahnung hat, ob der Thai versteht, was mit seinem Chef los ist. Mow kennt das Gegenmittel, aber Mr. Oss benutzt es nur sehr selten.

Eilisch, sagt Mow. Er gibt damit zu verstehen, daß er den Zustand seines Freundes und Mentors richtig einschätzt und ihm einen irischen Whisky holen wird. Dazu heiße Tücher fürs Gesicht und ein paar deutsche Sätze.

Manches gehen weg, sagt der Junge. Nicht schade. Nicht kümmern.

In der Sprache, die sie füreinander erfunden haben, erzählt Mow dem Chef des Dorfes, was der nach Mows Ansicht wissen sollte. Mr. Oss merkt, wenn sein Freund etwas ausspart. Manchmal fragt er nach, manchmal aber auch nicht.

Heute nicht. Er denkt an eine ferne Zeit vor zwanzig Jahren, als er in Münster Philosophie studierte, was hieß, daß alle Gedanken erst einmal durch eine Art katholisches Sieb geschüttet wurden. Vielleicht hat ihn das hierhergebracht. Es war ihm unmöglich gewesen, sich für Antworten auf Fragen zu begeistern, die er nicht gestellt hatte. Daraus aber, hatte man ihm weismachen wollen, bestehe nun mal Philosophie.

Er sei doch nicht etwa krank, fragt Mow seinen Freund besorgt.

Nicht direkt, sagt Mr. Oss. Ich habe nur einen mehr allgemeinen Schmerz. Außerdem sei ihm die neue Gruppe irgendwie verdächtig. Er beobachte an sich eine ungewohnte Unruhe, ohne daß ihm sein Instinkt wie sonst zu Hilfe komme.

Das hast du jetzt nicht verstanden, sagt Mr. Oss und legt für die Dauer eines Lidschlags seine große, gepolsterte Hand auf Mows dünne braune. Ich meine, irgendwas läuft hier schief.

Nichts verschwinden, alles wiederkommen! sagt Mow und kann gar nicht aufhören zu kichern. Kann sein, aber nicht hinschauen müssen. Dann Wiedergekommenes wieder verschwinden!

Was waren das eigentlich für Typen, die uns im Wald aufgehalten haben, als wir vom Flughafen kamen?

Mow versteht für ein paar Minuten nicht Deutsch, dann entschließt er sich aber doch.

Sie jemand suchen, sagt er.

Jemand Bestimmten? fragt Mr. Oss. Oder nur einfach jemanden, den sie brauchen können, um eine kleine Erpressung zu starten?

Es ist so, daß Mr. Oss dem Frieden nicht einmal im friedlichsten aller Länder traut.

Die Tage der Piraten, Wegelagerer und Seezigeuner sind noch nicht lange vorbei. Und grade Tourismusfachleute wie Mr. Oss müssen ein scharfes Auge auf solche wie die haben. Ein einziger Könner im Fach Entführung, Erpressung oder Menschenraub ganz allgemein ist imstande, eine Region in die Katastrophe zu stürzen, da helfen weder Meer noch Sonne.

Sie nicht jemanden wegnehmen, sagt Mow ernst, und Mr. Oss sieht ihm an, daß jetzt etwas ganz Wichtiges kommen soll, wofür seine Wörter nicht ausreichen, trotz ihrer beider Geheimsprache aus Brocken von überallher.

Ihnen jemand weggenommen, zwei weggenommen. Letztes Jahr. Sie suchen, wer gemacht hat. Vielleicht gefunden einen.

Ich sehe den Teufel neben mir stehen, sagt Mr. Oss.

Wo? fragt Mow und schaut sich in dem dämmerigen Raum um.

Dummkopf, sagt Mr. Oss freundlich. Du kannst gehen. Wir werden die Augen offenhalten.

Daß die beiden toten Frauen keine Ruhe geben würden, ist ihm schon länger klar. Es hatte damals ziemlich nachlässige und für Fremde fast nicht wahrnehmbare Untersuchungen gegeben. Ein halbes Dutzend Polizisten, die sich martialisch aufführten, was bei diesen jungen Fünfzig-Kilo-Männchen mit Samthaut eher komisch wirkte. Verhöre, die aufgrund der Sprachschwierigkeiten schnell versickert waren, ein bißchen Tratsch unter den Angestellten, auch den konnte Mr. Oss nicht verstehen. Bei den Gästen kaum Aufregung, es waren ja einheimische Tote, so was kommt vor. Ein pensionierter Schuldirektor aus dem Ruhrgebiet, den zur gleichen Zeit ein Herzinfarkt gefällt hatte, war die wirkliche Sensation. Seine Witwe, eine fade Person, hatte soviel Aufmerksamkeit und Zuwendung erfahren wie noch nie zuvor in ihrem Leben. Sie war mit dem verlöteten Sarg, in dem sich ihr Mann befand, nur sehr ungern abgereist, erinnert sich Mr. Oss.

Nach den beiden Frauen, die unter merkwürdigen Umständen tot aufgefunden worden waren, hatte kaum jemand gefragt. Diese Frauen brächten sich oft aus verschmähter Liebe um, hieß es. Man bezog seine Kenntnisse aus *Madame Butterfly* und aus der Sorte von Heftchenromanen, in denen unglücklich verliebte Asiatinnen Kleine Wolke heißen.

Selbstmord aber sei in beiden Fällen so gut wie ausgeschlossen, hatte Mr. Oss damals von einem der Polizeimännchen erfahren. Die ihm anvertrauten Reisenden flogen nach drei Wochen wieder weg, keiner von ihnen war ins Fadenkreuz der Ermittlungen geraten. Es kamen neue Gäste und gingen wieder, niemand wußte mehr etwas von den beiden toten Frauen.

Was in den umliegenden Dörfern, aus denen jeden Morgen die Bediensteten auf Pick-ups ins siamesische Dorf holperten, geredet wurde – wen interessierte das schon?

Es sollte aber, murmelt Mr. Oss. Sonst geht der Teufel neben mir nicht weg.

Er hätte längst seine kühle Höhle verlassen, sich den neuen Gästen zeigen, ein Auge auf sie haben sollen. Er spürt eine winzige Unregelmäßigkeit, unnütze Aufregungen, Heimlichkeiten. Das schätzt er nicht.

Er hätte noch viel weniger geschätzt, was der Photograph Max von Deggendorf grade am Geisterhäuschen tat. Das heißt, vielleicht wäre Mr. Oss nicht gleich aufgefallen, daß es sich nicht um die harmlose Bildermacherei seiner normalen Paradiesinsassen handelt. Max sucht durch sein Objektiv, ein schönes Makro, nach Spuren des längst verschwundenen Gegenstands, von dem die Kanadierin und Kecki ihm berichtet haben.

Blöde Weiber, sagt er. Frühstücken erst und lassen die Viecher das gleiche tun, in aller Ruhe, und mir entgeht das Bild des Jahres.

Nichts ist mehr zu sehen bis auf einen winzigen weißen Gegenstand, der neben der bebrillten kleinen Mönchsfigur liegt, und, ja, ein paar träge herumkriechende rote Ameisen, die aber hierzulande überall zu finden sind. Vielleicht nicht so vollgefressen wie diese.

Das Weiße könnte ein Fingerknöchelchen sein. Sauber und restlos abgenagt, für eine DNA-Analyse allerdings mehr als genug Material.

Max denkt an Madame mit dem Kästchen in der Hand. Er glaubt zu wissen, was sie darin weggetragen hat. Seltsame Bilder sieht er durchs Objektiv, so deutlich wie er hat die Bewohner des Geisterhäuschens noch niemand gesehen. Außer vielleicht Buddha selber, sagt Max.

Wie immer beim Photographieren murmelt er vor sich hin, Satzfetzen, Gedankenreste.

Neben dem kleinen Mönch mit Brille steht ein mausgroßer blauer Elefant im dicken Staub, braune Reste von Orchideen hängen von der Decke des kleinen Raums, ein leeres Parfumfläschchen, zerknülltes Papier und viele verwitterte Püppchen huldigen dem Erleuchteten. Und eben das vergessene Fingerknöchelchen.

Vielleicht trag ich es der Lady mit der Schatulle nach und sag, sie hätte was vergessen, murmelt Max.

Es überrascht ihn, als er entdeckt, daß er nicht imstande ist, in das Geisterhäuschen hineinzufassen. Er hat auch noch nicht nachgesehen, ob er mit der Digitalkamera dem nächtlichen Licht auf die Spur gekommen ist.

All das Zeug zwischen Himmel und Erde, sagt er ziemlich laut. Ich werde doch verdammt noch mal in der Lage sein, diesen Spielzeugelefanten zurechtzurücken!

Im Sucher sieht die winzige Geisterwelt wie ein Bühnenbild aus, das auf ein absurdes Stück wartet. Der Elefant steht etwas zu weit rechts. Max von Deggendorfs Hand will aber ums Verrecken nicht nach ihm greifen.

Wilhelm Riepel, sagt Max von Deggendorf zu sich selber, denn so heißt er, du bist ein Feigling.

Das werden bestimmt tolle Bilder, sagt eine Frauenstimme direkt neben ihm. Max läßt sich nicht anmerken, daß sie ihn erschreckt hat, diese träge Stimme, daß sie ihn aus dem Bild geholt hat und aus anderen Bildern auch, zum Beispiel denen von der Metzgerei Riepel in Deggendorf.

Kann sein, sagt er. Einen Versuch ist es wert.

Santa Clara hat ihren Mann schlafen lassen. Genug Liebe fürs erste. Der kriegt kein Bein mehr hoch. Nicht einmal mehr Kraft zum Sich-Umschauen wird er haben. Sie dagegen fühlt sich wunderbar, wie nach einem guten Training.

66

Max sieht: Eine Mittvierzigerin, die sorgfältig mit sich umgegangen ist. Nicht von Natur aus steht da eine sehr schlanke Frau mit goldenen Haaren, aber nicht einmal Max mit seinem unverführbaren Blick kann herausfinden, wie der liebe Gott Santa Clara eigentlich gemeint hat, als er sie schuf.

Ich hab Sie beide im Flugzeug gesehen, Sie und Ihren Mann! sagt Max.

Ich Sie auch mit Ihrer Begleiterin, antwortet Santa Clara.

Verheiratet-Sein trauen Sie uns wohl nicht zu? fragt Max etwas pikiert. Er mag keine privaten Anspielungen.

Nein, sagt Santa Clara, gewiß nicht. Und dann unvermittelt: Ich liebe Geisterhäuschen, seit ich zum erstenmal hier war, eigentlich kommen Sie mir zuvor mit dem Photographieren! Ich hatte bisher nicht den Mut, vielleicht habe ich mich davor gefürchtet, daß auf den Bildern ganz andere Sachen auftauchen würden als im Sucher.

Santa Clara lacht ein bißchen, sie möchte nicht, daß Max sie für eine dieser Esoterikerinnen hält. Eso macht alt, sagt ihre sehr gut erhaltene Mutter.

Kann passieren, antwortet Max unhöflich. Bei vernünftigen Bildern ist das immer möglich.

Verzeihung, ich habe Sie einfach so angesprochen, sagt Santa Clara, und daß sie Clara heißt. Hier ist man ja gottlob nicht so zeremoniös!

Wie wo? fragt Max grob.

Er weiß jetzt, wie er sie einzuordnen hat. Sie will, daß er ihr den Künstler macht. Sie will daheim davon erzählen und sich von ihren gelangweilten Freundinnen beneiden lassen.

Wo? antwortet sie freundlich. Weit weg. Endlich weit weg. Hoffentlich unendlich weit weg. Ich wollte Sie nicht stören, ich weiß ja, wer Sie sind. Was Sie hier machen, ist Arbeit. Ich weiß das. Ich achte das, glauben Sie mir. Ich achte das mehr als alles andere.

Haben Sie keinen Hut? fragt Max, um etwas Freundliches zu sagen. Sie sollten einen aufsetzen. Die Sonne tötet lautlos!

Oh, das wäre schön! sagt Santa Clara im Gehen, und als Max wieder auf sein Objekt schaut, ist der störende kleine Elefant verschwunden. Einfach weg. Max sieht durch den Sucher nur ein paar winzige Spuren im Staub.

Abgehauen, sagt Max und muß lachen. Auf und davon! Diese top restaurierte Blondine hat ihn geklaut!

Aber er weiß, daß das nicht stimmt. Sie hätte den Mut nicht. Denn das Knöchelchen ist auch weg.

Wir sind immer noch nicht wirklich angekommen, flüstert Santa Claras Mann, als er aufwacht und keine Ahnung hat, wie spät es ist. Seine Frau, die Gottesanbeterin, ist weg und hat ihr Männchen fürs erste ungefressen gelassen. Aber wohin soll es fliehen, das Männchen? Überall lauern andere Gottesanbeterinnen, mit wollüstigen Zangenarmen und scharfen Kiefern.

Wir wollen uns erholen, erholen, erholen! sagt er verzweifelt, und ein Mädchen in einem engen pinkfarbenen Seidenkleid mit einer weißen Cattleyablüte im Haar lächelt ihm durchs Fenster zu, als hätte sie ihn verstanden. Da geht sie, seine Rettung! Fast wäre er vor Erleichterung und Freude ohne Hosen ins Freie gestürzt, ihr entgegen, einen Antrag auf den Lippen und seine Einkommensteuererklärung in den Händen, gewissermaßen. Aber bis er ein Paar Shorts gefunden hat, ist sie weg, und er muß auf die nächste Retterin warten.

Wir wollen uns erholen, sagt er, aber jetzt klingt es ängstlich, und die Cola, die er sich aus dem riesigen mahagonifarbenen Kühlschrank geholt hat, schmeckt nach Seife.

Er hat einen Tag-Alptraum: Santa Clara, wie sie ins Wasser geht, um nie wieder herauszukommen, wie sie sich keuchend dem Horizont entgegenkämpft, nur um ihm etwas anzutun, das er nie mehr vergessen wird. Sie will ihn gar nicht fressen, die Gottesanbeterin. Sie will ihm das ewige Leben verschaffen, damit er nie aufhört, sich zu quälen. Vielleicht ist sie in den Dschungel gegangen, um Voodoo zu lernen oder was sie hier halt anstelle von Voodoo haben? Er ist Rationalist, Santa

Claras Mann, aber nur daheim. Nicht auf dieser Seite der Erde.

Eine Menge Erinnerungen an Märchen, Polizeiberichte, Horoskope und Träume vermischen sich in seinem Kopf. An Rettung und pinkfarbene Seidengewänder verschwendet er keinen Gedanken mehr, statt dessen klettert aus den Tiefen seiner Schulerinnerungen eine Göttin, deren Namen er nicht mehr weiß. Sie hatte sich einen Sterblichen geangelt, dessen Namen er auch nicht mehr weiß. Aber sein Schicksal. Die Göttin hatte ihrem Gatten zwar Unsterblichkeit, aber nicht ewige Jugend verschafft und trug nun bis ans Ende der Zeiten ihr verschrumpeltes Männlein in einem Zikadenkäfig spazieren. Die Göttin hat in seiner Vorstellung Santa Claras Züge.

Sie darf ihm nicht abhanden kommen, sein Unglück paßt so perfekt in ihres, so was findet er nie wieder. Und dazu ihre leicht zu entzündende Gier nach ihm! Er braucht Santa Clara bloß zu betrügen, schon lodert sie auf.

Ich bin so müde, flüstert er. Und beschließt, raus in die Sonne zu gehen, nach seiner Frau zu suchen und endlich mit der Erholung anzufangen.

Mow sieht ihn aus dem Haus kommen, erst geblendet von der Helligkeit stehenbleiben und dann nach seinen Sandalen suchen.

Ob er ihm helfen könne, fragt der Thai, der dem Fremden ungefähr bis zum Brustwirbel reicht. Bei allem sei er gern behilflich, der Sir solle ihn nur auf die Probe stellen. Wie er denn heiße, der Sir?

Dr. Louis Reinemer, angenehm, sagt Santa Claras Mann zu seiner eigenen Verwunderung zu dem Thai, der ihm aufmerksam und freundlich auf den Mund schaut, damit ihm keines der kostbaren neuen Wörter entgeht.

Ich bin Arzt, Internist. Wir wollen uns hier erholen, meine Frau und ich. Wir haben es verdient. Aber ich fürchte, wir wissen beide nicht recht, wie wir es anstellen sollen. Außerdem ist meine Frau verschwunden. Ich habe Angst davor, daß ihr etwas zustoßen könnte. Vielleicht durch mich, verstehen Sie?

Nicht schlimm, sagt Mow. Er sieht, daß der große Mann mit den Falten in den Backen unglücklich ist und nicht einmal mehr Wünsche hat. Bald Cocktail. *Lady* bestimmt kommt.

Max geht auf seinem Weg zum Strand an den beiden vorbei, grüßt nur kurz und überlegt, warum er die nächtliche Bildausbeute immer noch nicht angeschaut hat.

Ein bißchen wird man sich ja wohl auch noch erholen dürfen, sagt er.

Die ersten Tage einer Photoreise bringen erfahrungsgemäß einen richtigen Knaller oder gar nichts. Max will noch nicht wissen, was von beidem diesmal zutrifft. Er sieht: Den scharfgezackten Prospekt aus Palmen, eine starre Reihe gegen den Himmel gespreizter Hände. Die fast schwarze Bananenform eines Fischerboots am Horizont. Tausend sanfte Wasserzungen, die Muscheln auf den Sand spucken. Zitadellen aus Vulkanfelsen, in deren Höhlen kleine Fische leben und sterben. Die schwerfälligen Sturzflüge der Pelikane, den bratpfannenförmigen Schatten einer Schildkröte unter Wasser. Wie immer sieht er Dinge, die seine Auftraggeber nicht von ihm haben wollen. Wie immer wird er ihnen mehr Zeit und Material widmen als den bestellten Bildern.

Kecki geht derweil ihre eigenen Wege, am Strand ist sie nicht zu sehen. Max ist sicher, daß sie den beträchtlichen Rest finden will, der zu der gefundenen und von der Natur wieder aus der Welt geschafften Hand gehört – tot oder lebendig. Wenn nur eine Hand fehlt, kann man gut noch lebendig sein. Es könnte sich ja um eine Art von Scharia gehandelt haben.

Max hat auf der Herfahrt ein paar kleine blaugekachelte Moscheen gesehen, die zwischen tausend Tempeln eher karg und schüchtern wirken. Es wird höchste Zeit, daß Kecki und er auf den Ideensturm des ersten Abends einen Arbeitsabend folgen lassen, damit sie aus den drei Wochen herausholen können, was möglich ist.

Dann schwimmt Max und sieht keine Bilder mehr, denkt nicht in Blenden und Ausschnitten, für eine kurze, göttliche Zeit ist die Welt ungeteilt und vollkommen.

Das Wasser ist klar, nicht zu warm, Max kann deutlich das Riffelmuster sehen, das die Wellen in den Sand gemalt haben. Es trägt ihn von allein weiter und weiter vom Strand weg, nicht einmal mehr Juchzer sind von dort zu hören, nur ein paar Vogelschreie und der leichte Wind. Unmerklich wird das Grün unter ihm dunkler, eine kleine Boje tänzelt auf dem Wasser. Unten auf dem Grund liegt etwas, aber das Salzwasser hält ihm die Augen zu. Das Ding bewegt sich nicht, sieht er beim nächsten Blick, an was erinnert es? An das Skelett eines großen Fisches? Ein gesunkenes Boot? Einen Palmenstamm?

Neugier hat schon manches Paradies versaut, murmelt Max und spuckt Salzwasser, aber dann beschließt er doch, zurückzuschwimmen und am Strand unter den bunten Spielzeugfigürchen seine Freundin Kecki zu suchen, die zwei Taucherbrillen eingepackt hat. Er hat sie deswegen ausgelacht.

Wenn man ihn jetzt so aus dem Wasser steigen sieht: Mehr als einen Blick wert, egal von Männlein oder Weiblein, das weiß er. Das braucht er. In ihm lauert nämlich der dicke, niederbayrisch stotternde Metzgersohn aus Deggendorf, der sich jahrelang seine Ruhe mit gestohlenen Blutwürsten und Räucherschinken hat erkaufen müssen und von seiner Mutter mit dem Kälberstrick verprügelt wurde, weil er an den Schlachttagen schon früh im Wald verschwand. Es gelang ihm erst, die Verwandlung seiner Freunde, der Tiere, in Berge von Essen zu ertragen, als er den Vorgang photographierte. Wieder und wieder, schwarzweiß, mit Solarisationen und Belichtungen spielend bis zur Unerkennbarkeit, dann auf einmal pur und in Farbe. Tausenderlei Rot.

Er hat sich den Ortsnamen gegeben wie eine Tätowierung, die einen an etwas Ungutes erinnern soll. Ein Kind darf man nicht umbringen, nicht einmal, wenn man selber das Kind von einst ist.

Kecki wartet schon am Ufer, sie ist nicht allein. Ein Mann steht neben ihr, ein kleiner, dürrer Mann, weißhäutig, mit einer weißen Badehose und einem schwärzlichen Kopf. Max muß bei seinem Anblick an ein abgebranntes Streichholz denken. Die Hitze hat jetzt etwas Siruppartiges, tropfend und zäh.

Ich hasse es, wenn du so weit rausschwimmst, sagt Kecki und wendet sich dabei halb zu dem schwarzköpfigen Streichholzmann, damit der nur ja merkt, wie verbunden Kecki mit Max ist. Max wird sofort giftig, zur Schau gestellte Vereinnahmung kann er nicht leiden.

Das ist, ähm, Herr Atropos, sagt Kecki. Ist das eigentlich der Vor- oder der Nachname?

Nachnamen braucht man hier nicht, sagt Max grantig.

Der schwärzliche Atropos hat tiefliegende Augen, Augenbrauen wie Topfkratzer und trägt Bart und Haare gleich kurz.

Macht er das mit dem Hundetrimmer? sagt Max leise, aber nicht leise genug zu Kecki. Ich brauche die Taucherbrille. Will was nachschauen.

Als er Louis Reinemer bemerkt, der mit zusammengekniffenen Augen und demütig gebeugtem Rücken den Strand hinauf- und hinunterschaut, ruft er ihm freundlich zu: Suchen Sie Ihre Frau? Die ist auf Motivsuche gegangen, glaube ich. Sie ist ein Geisterhäuschenfan! Wir haben uns darüber unterhalten.

Reinemer hat den Blick eines Gejagten, als er das Wort »Geisterhäuschen« wiederholt. Max spürt irgendein Unglück, wahrscheinlich das übliche, und weil ihm Keckis neue Bekanntschaft mißfällt, ist er zu Louis freundlicher, als er vorhatte.

Haben Sie Lust, mitzukommen? fragt er. Ich hab da draußen was entdeckt, das ich mir anschauen will. Liegt nicht allzu tief. Wir haben eine zweite Taucherbrille, wenn Sie möchten.

Das ist meine, sagt Kecki, weil sie sich ausgeschlossen fühlt.

Warum eigentlich nicht? sagt Louis Reinemer und reckt

sich ein bißchen, während er über die Bläue hin schaut, die ihn gleich aufnehmen wird. Also Geisterhäuschen sucht Santa Clara, sie ist sogar ein Fan von ihnen – ihr Mann, der davon bisher nichts gewußt hat, überlegt, welche neue Bedrohung das für ihn bedeuten könnte.

Kommen Sie, auf geht's, sagt Max zu seinem scheuen neuen Freund. Das Wasser hilft garantiert. Dieses Wasser hilft gegen alles.

Hilft es auch für etwas? fragt Louis leise.

Wird sich weisen, sagt Max. Nur Geduld.

Was suchen wir eigentlich? fragt Louis, nachdem sie eine Zeitlang nebeneinanderher geschwommen sind, mit bedrückter Stimme. Max hat sich eine Art Sextanten ausgedacht, aus den Winkeln zwischen Inselchen, Boje und Uferpalmen.

Ich weiß es nicht, sagt Max. Ein Unterwasserobjekt. Sie haben die Taucherbrillen ans Handgelenk gehängt, Max vergewissert sich immer wieder – Inselchen, Boje, Uferpalmen –, ob die Richtung stimmt.

Da ist was, sagt Louis aufgeregt und deutet auf die Boje. Es geht ihm viel besser. Das Wasser hilft, hat der angenehme Mensch da neben ihm gesagt. Vielleicht ist es unvorsichtig von Santa Clara, daß sie ihn allein gelassen hat! Vielleicht erlaubt ihm das, endlich einen Freund zu finden. Er hat keinen. Mit Santa Clara verheiratet zu sein erfordert einen ganzen Mann, ohne Ablenkungen. In dem bißchen Zeit, das er sich stiehlt, konnte er bisher keine Freundschaften unterbringen, nur Liebschaften.

Da ist es, sagt Max und setzt die Brille auf. Plötzlich ist er für den anderen ein Tier, ein wunderbares, fremdes und gefährliches Tier, das verbotene Spiele verspricht. Louis schaut das Wesen an.

Du bist doch bloß ein Typ mit einer vergammelten Taucherbrille, sagt er.

Meinst du? sagt der andere und streckt sich im Wasser. Komm, sagt er.

Wohin? fragt Louis.

Na, runter, zu dem Ding, sagt Max und verschwindet, ein langer, dunkler Schatten. Louis glaubt für einen Moment, ihn zwischen seinen Beinen zu spüren. Da ist er glücklich. Wenn er jetzt nachtaucht, kann es sein, daß er nicht zurückkommt und unten bleibt, bei dem Ding, das ihn eigentlich nicht interessiert. Unten bleiben wäre nicht schlimm. Vielleicht sogar schön.

Dann sind sie unten, gemeinsam in grünes Glas eingeschlossen, und machen ungelenke Wedelbewegungen, die besagen sollen, daß man rauf-, aber dann auf jeden Fall noch mal runtermuß.

Haben Sie etwas erkennen können? fragt Max, als sie wieder oben sind. Er bestimmt gern die Distanz, wenn er sich auf jemanden einläßt.

Dem anderen fällt der Wechsel zum Sie nicht auf, er ist zu irritiert von dem, was er da unten gesehen hat – nicht deutlich, aber es gibt Formen, die man überall erkennt, sogar unter Wasser.

Ich bin Arzt, sagt Louis Reinemer, ich meine, ich bin kein Chirurg, aber gewisse Sachen – also meines Erachtens ist das da unten eine ganz normale Hummerreuse.

Klar, sagt Max. Er hat die Brille wieder ans Handgelenk gehängt und macht gelegentlich ein paar Schwimmbewegungen, um nicht weggetrieben zu werden. Eine ganz normale Hummerreuse. Sie hat auch schon mögliche Opfer gefunden, haben Sie die Prachtkerle da unten herumkriechen sehen? Ganz normale Lockspeise in der Reuse, oder?

Also, sagt der Arzt vorsichtig, wie ein ganz normaler Köder hat das eigentlich nicht ausgesehen.

Wir müssen noch mal runter, sagt Max. So ein Pech, daß ich die Kamera nicht dabei habe. Egal – wir müssen uns das Zeug da unten noch mal genau anschauen. Beide. In zwei Stunden ist davon nämlich nichts mehr übrig. Hat nie existiert.

Louis fällt auf, daß er schon mindestens zehn Minuten

nicht an Santa Clara gedacht hat, vielleicht gibt es doch noch Hoffnung für ihn. Er versucht, sein Herzweh zu ignorieren, als Arzt kennt er die Liebe der Menschen zu ihren Krankheiten. Seine heißt seit elf Jahren, fünf Monaten und vier Tagen Santa Clara.

Er schwimmt in kleinen, trägen Kreisen um den unheimlichen Ort da unten herum, tritt Wasser, lernt sich sachte wieder kennen, eine kleine Gänsehaut, der Brustkorb, Hals, Beinmuskeln – er ist zum erstenmal seit langer Zeit wieder Louis Reinemer, er selber, nicht nur eine Liebesmaschine, bis daß der Tod ihn endlich scheidet.

Entschlossen denkt er an das, womit da unten die Hummer angelockt werden sollen. Mindestens eine Niere war zu sehen, samt angrenzendem Gekröse, und er, Louis, glaubt nicht, daß das Zeug von einem Schwein oder einem anderen Tier stammt. Andererseits narren die Bewegung des Wassers und die Spiegelungen der Sonne selbst den schärfsten Medizinerblick. Und was geht es ihn eigentlich an?

Warum müssen wir noch mal runter? fragt er und schaut auf die alte Taucherbrille, die an seinem Handgelenk hängt. Was so ein Ding ausmacht! Wie ihm der Typ mit der Brille plötzlich als ein ganz anderer erschienen ist!

Um Gewißheit zu haben, sagt Max nachdenklich. Du hast doch gesehen, was da unten ist.

Ich habe irgendwelche Innereien gesehen, sagt Dr. Louis Reinemer entschlossen. Ich esse sowieso keinen Hummer. Und ich brauche hier keine Gewißheit, ich will mich erholen! Was weiß ich von den Gebräuchen der Einheimischen? Ich gehöre zu den Menschen, die gern Touristen sind! Es ist vollkommen lächerlich, sich seiner Anpassungsfähigkeit zu rühmen und Tourist als Schimpfwort zu gebrauchen. Das tut jeder Prolet. Diese Leute hier stellen mir etwas zur Verfügung, was ich zu Hause nicht habe, sagt er träumerisch und tritt ein bißchen Wasser, während er den perlfarbenen Horizont anschaut. Davon leben sie, ich hoffe, gut. Was geht es mich also an, zu wem sie beten oder womit sie ihre Hummer füttern?

Diese kleine Rede, mehr an das herrliche Wasser und die Luft gehalten, gefällt Max ganz gut. Er sieht es ähnlich. Nur: Er riecht eine Story und der andere nicht.

Na gut, sagt er und beschließt, seine Unterwasserkamera doch noch zu holen, vielleicht lassen die Viecher ja was übrig. Schwimmen wir zurück. Ich habe Hunger.

Am Ufer ist eine kleine Freiluftkneipe entstanden, freundlich installiert von Mow und seinen Helfern. Sie haben Stühle, Tischchen und Sonnenschirme aufgebaut, dicke, weiße Badetücher gegen die Hitze auf die Stühle gelegt, Drinks werden gebracht, in denen mit Früchten geschmückte Spieße stecken, eine blütenförmig geschnitzte Wassermelone, mit Eiswassertropfen bedeckt, Luxus, Luxus.

Auch Santa Clara hat sich eingefunden, sie lächelt geheimnisvoll, als hätte sie im Dschungel eine erfolgreiche spirituelle Expedition geleitet. Der Streichholzmann mit dem merkwürdigen Namen sitzt neben Kecki, ein Stückchen weiter die nervöse Frau mit ihrem verschlafenen Mann. Aus einer Hängematte lugt der weiße Kopf der kanadischen Krüppelin.

Noch einige Menschen mit winterweißer Haut hocken da am Strand herum, als warteten sie auf Neuigkeiten aus dem Meer.

Kecki geht den beiden entgegen. Sie sieht ganz nett aus mit ihren Tüchern und Muschelketten, ihr Blick ist sehr unternehmungslustig.

Da ist einer und ist doch nicht da, stimmt's? Taucht stückweise auf und verschwindet wieder!

Dafür, sagt Max, daß du keine Ahnung haben kannst, ist das gar nicht schlecht beobachtet!

5

»In aller Welt ist kein Versteck
für den Verüber böser Tat.«

Die Reden des Buddha

Einer fehlt, sagt Max zu seinem schwer schnaufenden Tauch-
kumpan Dr. Reinemer, einer ist in diesem Paradies irgendwie
abhanden gekommen. Mir scheint, ich habe ihn, seit wir angekommen sind, nicht mehr gesehen.

Der Chamäleonmann, sagt Reinemer und kommt langsam
wieder zu Atem.

Vielleicht muß er an den wie in grünem Glas eingeschlosse-
nen Fleischklumpen denken und an die prachtvollen Hummer, die sich dran freuen. Er ist jedenfalls ein bißchen blaß.

Schändlich untrainiert, sagt er verlegen und schlenkert die
alte Taucherbrille wie ein Handtäschchen hin und her. Sie
meinen den Typ, der sich wie ein Steuerflüchtling aufgeführt
hat oder wie ein Drogenkurier?

Für einen Drogenkurier war er in der falschen Richtung
unterwegs, sagt Max und bezweifelt nicht, daß sie von dem-
selben Typen reden. Und für einen Steuerflüchtling hat er eigentlich zu verschlagen gewirkt, die sind meiner Erfahrung
nach eher laut und herzlich. Vielleicht was Päderastisches, sagt
er und bemerkt durchaus, daß sein Unterwassergefährte verlegen wird.

Ich bin gleich zurück, sagt er. Setzen Sie sich doch zu all
den reizenden Urlaubsbekanntschaften. Ihre Frau hat sich ja
auch wieder eingefunden. Sehen Sie, es fehlt ihr offenbar
nichts!

Er wartet nicht auf Antwort. Er denkt jetzt nur an seine
Unterwasserkamera und daran, daß die Zeit drängt, wenn er
von dem Zeug in der Hummerreuse noch etwas vor die Linse
kriegen will. Da unten kann man nicht einfach drauflos knip-

sen, wenn gut erkennbar sein soll, womit die Hummer angelockt werden.

Für die Story werde ich eigentlich nicht bezahlt, sagt er und
lacht.

Nach wenigen Minuten ist er mit der Unterwasserkamera
zurück und nimmt niemanden mehr wahr. Guckt nur mit zusammengekniffenen Augen übers Meer auf die kleine Boje,
die weit draußen herumhüpft, und macht sich auf den Weg.
Ein Windstoß fährt in die Palmwedel, sie klingen wie Applaus. Max dreht sich nicht um. Er sieht nicht, daß zwei Menschen ihm aufmerksam nachschauen. Ihn hinausschwimmen
sehen bis zur Markierung und nicht wissen, was da markiert
ist, zusehen, wie er die Taucherbrille aufsetzt, ganz klein ist er
dort im blauen Wasser.

Da, jetzt ist er weg, sagt die kanadische Zwergin, und Santa
Clara kneift die Augen zusammen gegen die weißglühende
Sonne.

Der kommt wieder, sagt sie. Keine Sorge. Es ist nicht klar,
wen sie meint: Louis hat nicht zu erkennen gegeben, daß er sie
gesehen hat. Jedenfalls ist er hinter den Bananenstauden verschwunden, deren Blätter wie glatte, grüne Tücher jede Sicht
verhindern.

Ich meinerseits suche eigentlich ein bestimmtes Kloster,
sagt Lilly und rutscht auf der Suche nach ein wenig Schmerz-
losigkeit in ihrer Hängematte herum.

Ich glaube, ich weiß, welches Sie meinen, sagt Santa Clara
und versucht mit der Krüppelin zu reden wie mit ihresgleichen. Aber ihre Stimme klingt falsch und süßlich. Ich bin
heute ganz zufällig dort gelandet.

Haben Sie sie gesehen? fragt Lilly gierig.

Wen? fragt Santa Clara zurück und sucht unauffällig nach
einer Rückzugsmöglichkeit. Sie will Louis nicht zu lang allein
lassen. Sie hält sich für eine Medizin, die man ihm in regelmä-
ßigen Abständen verabreichen muß. In Wahrheit ist er ihr
dope, das will sie aber nicht wissen.

Die Schlange, sagt Lilly, die *holy snake*. Die Bananenesserin. Die Retterin.

Aber meine Liebe, sagt Santa Clara verlegen, Sie werden mir doch nicht esoterisch kommen!

Wär das ein Wunder? fragt Lilly spitz. Leider hab ich überhaupt kein Talent dazu. Sie verstehen nicht, daß man in meiner Situation an jeden Mist glaubt. Man wird natürlich jedesmal eines besseren belehrt, oder eigentlich eines schlechteren: Daß Wunderheilerinnen oder metallisiertes Wasser genausowenig bringen wie Grünquallenextrakt oder Akupunktur. Das ist nur eine Auswahl aus tausend Verrücktheiten! Keine davon macht einen grade, niemand hext einem auch nur ein Grämmchen Schmerz weg. Aber daß man immer wieder irgendein schräges Versprechen auftreibt, macht das Leben spannend. Vielleicht hilft ja der tausendunderste Spleen.

Oder der Gelbe Mönch an seinem Höhlensee, sagt Santa Clara nachdenklich.

Bitte, bitte! bettelt Lilly mit ihrer hohen, raspeligen Stimme wie ein erkältetes Kind, erzählen Sie. Ich suche schon so viele Jahre, auf der ganzen Welt, auch hier. Ich brauche jemanden, der mir Mut macht.

Aber Santa Clara ist unruhig, weil sie Louis schon zu lang von der Leine gelassen hat. Sie kann sich nicht auf ihre Dschungelgeschichten konzentrieren, während er irgendwo ungestört asiatische Weiberschönheit auf sich wirken lassen könnte. Oder ihr sonstwie abhanden kommen, es gibt Millionen Möglichkeiten.

Sie umklammert den winzigen bronzenen Buddha in ihrer Tasche, den sie vor weniger als einer Stunde dem Gelben Mönch abgekauft hat. In einem Weidenkörbchen hat er ihr die kleine Figur hingehalten, ihr bedeutet, auch das Geld in das Körbchen zu legen.

Mönche dürfen keine Frau berühren, sagt sie zu Lilly, und wenn es aus Versehen passiert, müssen sie sich lange Zeit davon reinigen. Wir gehen zusammen da hin, ich verspreche es Ihnen. Nur jetzt muß ich weg. Sie verstehen das vielleicht nicht, aber wenn ich Louis so lange nicht sehe, werde ich nervös.

Sie nennt Louis nicht »mein Mann«, weil der Satz so beiläufiger klingt: Ich gehe zugrunde, wenn ich meinen Mann nicht sehe, ich vertrockne ohne meinen Mann, ich brenne ab wie eine alte Scheune ohne meinen Mann – nicht auszuhalten. Wenn sie nur Louis sagt, ist gleich alles viel besser. Der kleine Buddha in ihrer Hand wird unangenehm heiß, als wollte er sich gegen die Umklammerung wehren.

Warum sollte ich Sie nicht verstehen, sagt Lilly, er ist ja wirklich ein hübsches Exemplar, Ihr Mann.

Vielleicht haben wir was gemeinsam, Sie und ich, sagt Santa Clara, bevor sie sich endgültig auf die Suche macht. Wir brauchen beide alle nur denkbaren Götter, Sie für Ihre Knochen, ich für mein Herz.

Lilly windet sich lächelnd in ihrer Hängematte und winkt Mow zu, der nachschaut, ob es etwas für ihn zu tun gibt. Sie sind noch müde, die Fremden. Die Zeit für ihre Wünsche wird kommen, mit einem Bein stecken sie noch in ihren kalten Heimatländern.

Mow hat Geduld. Längst weiß er, daß die kleine weißhaarige Frau ins Kloster möchte, ins Berginnere. Die Luft in den Höhlen steht dort seit Hunderttausenden von Jahren, sie ist uralt und trocken und satt von unzähligen Räucherstäbchen und Gebeten. Sie läßt Menschen schnell altern, aber lang leben. Auch die jungen Mönche, die dort wohnen, sind schon verrunzelt und haben dicke blaue Adern auf den Händen. Mow weiß, daß kaum einer vor seinem hundertsten Geburtstag sterben wird. Die Mönche sehen schon als junge Männer wie ihre gestorbenen Vorväter aus, die rings um das Kloster in Glaskästen aufbewahrt und verehrt werden.

Obwohl Mr. Oss es gar nicht mag, hat Mow schon einige Fremde dorthin gebracht. Aber die meisten verstehen nicht, daß der Preis für ein langes Leben frühes Altsein ist. Sie plappern laut, hauen sich Beulen an der tückisch niedrigen Höhlendecke und fluchen im Heiligtum, lassen ihre Schuhe an, wenden dem goldenen Buddha die Fußspitzen zu und denken, daß ein Bad im Höhlensee Rauchen, Saufen, Gemeinheit und alle sonstigen Verbrechen wegwäscht. Sie kümmern sich nur um sich.

Der Gelbe Mönch lacht, wenn er ihnen zuschaut. Er erzählt ihnen von der *holy snake*, die nur Bananen ißt, *no rats, no chicken*, und die Besucher erwarten, daß er nach ihr pfeift wie nach einem Hund. Kaum einer hat sie je gesehen, auch Mow nicht, und niemals ein Fremder. Auf einem blauen Tablett vor der Höhle werden jeden Abend frische Bananen für sie ausgebreitet.

Python. Sehr, sehr lang! sagt der Gelbe Mönch.

Fürs erste ist dies das einzige Geheimnis, von dem Santa Clara dort erfahren hat. Mow weiß, daß sich die Frau damit nicht zufriedengeben wird. Er studiert die Frau. Etwas interessiert ihn an ihr, obwohl sie schon alt ist. Sie sieht müde und gleichzeitig neugierig aus.

Schlange kann helfen, Mama, sagt Mow zu Santa Clara.

Sag nicht Mama zu mir, du kleiner Idiot, sagt Santa Clara zornig. Wenn ich das hätte werden wollen, wär ich's geworden.

Reißen Sie ihm bloß nicht den Kopf ab, meldet sich Lilly aus ihrer Hängematte, das ist lediglich Ehrerbietung. Sie nennen Respektspersonen Mama und Papa. Soll keine Anspielung auf biologische Fähigkeiten sein!

Mow schaut zwischen den beiden Frauen hin und her und versucht zu verstehen, um was es geht. Er fühlt sich unsicher. Keine Wünsche, die er erfüllen könnte. Kein Auftrag.

Woher soll ich das wissen? fragt Santa Clara. Woher soll man hier denn überhaupt was wissen? Ich verstehe nichts, diese Götter nicht, die heilige Schlange erst recht nicht, und warum sind die Heiligtümer alle so dreckig? Als wären wir denen ganz egal.

Sie fängt an zu weinen, Lilly lacht, und Mow macht sich leise aus dem Staub.

Seiner Cousine Virikit, die in der Nähe mit ihrem Reisstrohbesen wie im Traum den Boden fächelt, erklärt er, die Fremden seien seltsam. Er könne sich gar nicht erklären, wie man so dumm und gleichzeitig so reich sein kann wie die. Andererseits kennt er das. Am Anfang geraten sie immer ein bißchen aus der Fassung.

Mow macht sich auf den Weg zu Mr. Oss, den er seit dem Morgen nicht gesehen hat. Das ist nichts Ungewöhnliches. Manchmal bleibt der Dorfchef tagelang unsichtbar. Dennoch erfährt er von jeder noch so kleinen Katastrophe. Außerdem ist Madame allgegenwärtig, wenn auch nur in Gestalt ihrer taubstummen Dienerin Piyaporn, genannt Card, was »Kleines Gemüse« heißt. Kleines Gemüse ist dick und sehr dunkelhäutig. Madame sieht neben ihr noch heller aus, fast weiß, und dünn wie eine Opferkerze. Niemand hat eine Ahnung, auf welche Weise die beiden sich verständigen. Nur Kleines Gemüse weiß, wie der Generator hinter Madames verstecktem Haus funktioniert, sie kontrolliert ihn mehrmals am Tag. Madame will nicht vom allgemeinen Strom abhängig sein, der beide Dörfer versorgt, das im Wald und das luxuriöse Fremdendorf mit seinen Bodenlämpchen und Kristallampen, mit den grünen Unterwasserlichtern im Lotosteich und den Maschinen für Tonnen von Eiswürfeln, nicht zu vergessen. Madame ist autark, auch wenn die ganze Pracht mal flackert und erlischt, was fast jeden Abend vorkommt und niemanden stört. Man ist schließlich in der Wildnis, daran darf man ruhig manchmal erinnert werden.

Auch der, den Madame den Amethystmann nennt und Max den Streichholzmann.

Wie andere ihn nennen, interessiert ihn nicht. Er ist Herr Atropos, mit einem nachgemachten griechischen Akzent, den er über seine Berliner Schnauze gezogen hat. Seinen Kundinnen auf der anderen Seite der Erde, den Charlottenburger und Zehlendorfer Witwen, gefällt das Schwärzlich-Griechische. Es gefällt ihnen so gut, daß Herr Atropos mit ihnen arbeiten kann, ohne daß sie es merken. Er ist ein Einsamkeitserschnüffler, ein Tröster, der sich selber für unbezahlbar hält. Jetzt sitzt er im Schatten auf einer Terrasse, Strandlage, teuerste Kategorie. Drinnen im klimatisierten Bungalow liegt sein fettester Fisch, der das alles bezahlt hat, auf dem Bett und wartet. Fetter Fisch ist nur so ein Ausdruck – die Frau da drinnen ist mager und ausgezehrt, und ihr Kampf gegen die Krankheit geht grade verloren. Aber noch ein bißchen Urlaub, noch ein bißchen Liebe, bevor es ins Dunkel geht, sagt Herr Atropos mit falschem griechischem Akzent leise, und dann lauter: Ich bin gleich bei dir, *agapi mou*.

Er muß noch ein bißchen über Madame nachdenken, an die er die wundervollsten Erinnerungen hat, ob das auch für sie gilt, ist ihm egal. Der Riesenamethyst, der an Madames schmalem Finger leuchtet, stammt aus seinem unermeßlichen Schmuckfundus, den er den schlechten Gedächtnissen seiner Charlottenburger und Zehlendorfer Damen zu verdanken hat.

Herr Atropos hat Prinzipien: Nichts wegnehmen, an das sich jemand erinnern könnte! Vorher die Versicherungssituation klären! Er kennt die Frauen, die aus Schusseligkeit Diamanten und Gold in allen erdenklichen Verstecken horten, wo sie verschimmeln. Nichts ist trauriger als ein erblindetes Collier aus Tausenddollarperlen! Matte Achtkaräter in verschmierten Fassungen! Verschlußlose goldene Panzerketten nicht unter einem halben Kilo, zersprungene Rubinspangen! In den großen Altbauwohnungen der Berliner Witwen liegen mehr Schätze als auf dem Meeresgrund.

Ich warte! ruft eine kräftige Stimme aus dem Inneren des Bungalows, und Herr Atropos verzieht das Gesicht.

Wie fühlst du dich, *agapimeni*? sagt er, seufzt, steht auf, stellt sein beschlagenes Glas aus der Hand und gönnt der Sonne noch einen Blick.

Drinnen sieht er erst nichts, nur das matte bräunliche Schimmern der vielen Spiegel, dann auf dem Riesenbett ein Gerippe mit einem riesigen Schambusch aus roten Haaren.

Ich fühle mich scheiße, sagt die gesund klingende, tiefe Stimme der Witwe Wanda Landau. Aber das ist nicht deine Schuld, mein Lieber. Es war meine Idee. Schließlich soll's ja weitergehen, nicht wahr? Und jetzt bin ich da und kann kaum einen Schritt tun, geschweige denn ins Wasser.

Wanda Landau ist fast ungesehen ins Dorf gelangt. Eine ganze Sitzreihe in der *first class*, diskret zugehängt, Sauerstoffgerät und ausnahmsweise Raucherlaubnis und jede Stunde ein Löffelchen Champagner.

Mow und Mr. Oss hatten sie ins Taxi steigen sehen, mit Hut, weitem Mantel und großer Brille. Vielleicht noch ein bißchen langsamer und müder als die anderen. Beim Begrüßungscocktail waren sie und ihr Begleiter nicht.

Seit mehr als fünfzehn Jahren ist Herr Atropos in seinem Beruf, für den es nur häßliche und irreführende Namen gibt, tätig. Er hat eine gewisse Meisterschaft entwickelt, sein Einfühlungsvermögen ist erschreckend treffsicher, seinem Charme entgeht nichts. Wanda Landau aber hat sich als echte Herausforderung erwiesen, seit zehn Monaten arbeitet er mit ihr. Er hat die Absicht, Wanda bis zum Finale zu begleiten, ihre beträchtliche irdische Habe an sich zu bringen und sie klug zu investieren, nämlich hier. Das will er mit der Sterbenden zusammen tun, das Investieren, das hat sie nämlich gelernt.

Nicht wie bei seinen früheren Engagements soll sich die Sache abspielen, wo er den Begriff Betreuung ziemlich weit gefaßt hatte, hier ein kleiner Begleitservice zum Bankschließfach, da die Coupons der Tafelpapiere, für die Brille und Gedächtnis seiner Kundinnen nicht mehr reichten. All das herrliche, unschuldig lächelnde Geld! In Greisinnenhänden fühlt es sich nicht wohl, da kann es nicht blühen und Früchte tragen. Herr Atropos erinnert sich, daß viele seiner Damen nur deshalb hilf- und hirnlos wurden, weil er es ihnen oft genug gesagt hatte. Wanda ist anders.

Du siehst nicht schlecht aus, sagt er zu dem feuerroten Schamhaarbusch, der so ungeheuer lebendig über Wandas dürrem Leib aufragt, wahrhaftig ein brennender Dornbusch. Seltsam, daß ihr diese Haare als einzige geblieben sind. Ihren schönen, kahlen Kopf schützt ein besticktes Mützchen. Herr Atropos möchte, daß diesmal alles einen würdevollen und unanfechtbaren Weg geht. Ihr letzter Wunsch, der dringendste ihres Lebens, soll sein, daß aus ihm, Herrn Atropos, ein reicher und mächtiger Mann wird.

Willst du etwas trinken? fragt er zärtlich und sieht, daß sich ihm eine braune Knochenhand entgegenstreckt.

Ja, dich! sagt die tiefe, gesunde, üppige Stimme. Herr Atropos legt sich vorsichtig zu Wanda, seinem hoffentlich letzten Fall.

Wir haben alle Zeit der Welt, sagt er und umarmt das seltsame Grätenwesen ohne Angst und Ekel.

Draußen geht Virikit vorbei, heute in pflaumenblauer Seide mit rosa Schärpe, sie bleibt stehen, um dem zweistimmigen Ächzen zuzuhören. Wörter dringen zwischen die Vogelschreie, nicht zu verstehen.

Ich bete dich an, sagt eine tiefe Stimme.

Es wird nie enden, die andere.

Virikit schüttelt sich ein bißchen.

Drinnen hat Wanda sich aufgesetzt und betrachtet den Freund.

Vergiß nicht, warum ich hier bin, sagt sie. Es soll nicht unbedingt der Abpfiff werden, wenn ich irgendwo Verlängerung kriege, dann hier. Ist das in deinem Interesse, frage ich mich.

Der kleine Thai, der hier herumwuselt, scheint sich ganz gut auszukennen, sagt er, ohne Wandas Frage zu beantworten. Anscheinend bist du nicht die einzige, die mit Rettungsgedanken hierhergekommen ist. Wie hast du eigentlich von diesem komischen Kloster erfahren?

Internet, sagt Wanda. In der Vorhölle. Da, wo sich die

Krebskranken treffen. Außer mir fand die Adresse keiner spannend.

Zu exotisch, sagt Herr Atropos.

Ja, wie du, antwortet Wanda. Ich würde nachher gern versuchen, zum Dinner zu gehen. Wie alle anderen Touristen.

Sie würde, weiß Herr Atropos, den anderen Leuten durch ihren Anblick das Dinner gründlich verderben, aber das kann man ihr nicht sagen.

Zwei Stunden Zeit, um uns schön zu machen, antwortet er munter.

Draußen geht Kecki vorbei und spricht mit ihrem Hund. Es ist ihr zu heiß und ein bißchen zu langweilig geworden in der Katalogidylle am Meer, sie muß nachdenken. Immerhin hat sie schon eine hübsche kleine Glosse an eine ihrer Redaktionen geschickt.

Also, sagt sie zu dem grauäugigen Hund, der mit erhobenem Schwanz neben ihr trabt, das Geld für heute wär schon mal verdient. Mit Max kann sie nicht über ihre Panik reden, obwohl sie sicher ist, daß er genau die gleiche hat. Keine Aufträge mehr zu bekommen! Tourismusflaute, Zeitungssterben, tägliche Aktienstürze, das kann man nur in jungen Jahren verkraften.

Sei still! sagt Kecki in Richtung Hund, als hätte der was gesagt. Sie hat ihm noch keinen Namen gegeben, vielleicht weil sie vernünftig ist und keine Erwartungen wecken will.

Ich hoffe, sagt sie streng, du bist Buddhist. Fröhlich ins Schicksal ergeben, verstehst du?

Der Hund schaut zu ihr hinauf, mit einem unverwandten, eindringlichen Blick, der ihr überhaupt nicht buddhistisch vorkommt.

Kecki hat ihren Jetlag überwunden und eine ihrer Arbeitslisten angelegt, einstweilen noch unabhängig von Max. Sie haben immer unabhängig voneinander gearbeitet bei ihren gemeinsamen Aufträgen, zu ungleich sind bei ihnen Neugier und Langeweile verteilt. Für Max kann das wichtigste ein

Licht sein, eine Erdformation, das Studium der Geometrie zwischen Architektur und Himmel. Wie viele verschiedene Grün es gibt und ob sie sich abbilden lassen. Die lange Zeit, die es braucht, bis die Objekte den Photographen tatsächlich vergessen. Für Kecki sind es aufgeschnappte Sätze in fremden Sprachen, Blicke in dunkle Hütten, auf ungeschützte Schlafende. Gottesdienste und Schulunterricht, verdreckte Provinzmuseen, lang vergessene Zeitungsarchive mit stockfleckigen Kartons oder Essen und dezente Flirts mit Männern, denen alles Übel der Welt zuzutrauen ist. Aus all dem wird, wenn es gutgeht, eine Story.

Aber, sagt sie zu ihrem Hund, es gehört noch ein kleiner Gott dazu, ein verrückter kleiner Gott, den man nicht herbeizwingen kann. Und seiner und meiner, das sind zwei ganz verschiedene. Vielleicht ist Maxens Gott ein Weibchen? Was meinst du?

Nichts meint der Hund, während sie am Geisterhäuschen vorbei auf die kleine Wache zugehen, die das Fremdendorf beschützt. Das uniformierte Bübchen darin grinst und salutiert und rennt zum Schlagbaum. Es ist ganz unnötig, den zu öffnen, aber dem kleinen Wachmännchen mit seiner weißen Mütze macht es offenbar Spaß. Kecki tut ihm den Gefallen und geht drunter durch, der Hund so stolz an ihrer Seite, als übernähme er ab hier die Verantwortung für ihre Sicherheit.

Kinderporno? steht auf Keckis Arbeitsliste, wohlweislich mit Fragezeichen. Mode im Urlaub, Tempel und exotische Religionen, Wellness. Mädchenmorde im Paradies. Eher eine vage Sache. Die Totenhand im Geisterhäuschen? Die einzigen festen Aufträge sind ein paar Stücke für die Reisebeilage und Kataloge, alles andere ist Glückssache.

Glückssache heißt, teilt Kecki dem Hund mit, daß neben dir eine Disko in die Luft fliegt oder der deutsche Botschafter entführt wird. So was lohnt sich!

Sie gehen den roten staubigen Weg entlang durch die Kautschukplantage. In ordentlichen schrägen Reihen stehen die fast entlaubten Bäume da, jeder mit seinem Töpfchen am Stamm. Man nennt sie auch die weinenden Bäume. Für sie ist jetzt Herbst, ihr Laub bedeckt den trockenen Boden. Kein Vogel, kein Leguan läßt sich blicken. Die Sonne steht schon ziemlich tief, es ist sehr still. Kein Grillengesäge, kein Affengekreisch, nichts. Nur das leise trockene Tapptapp der Hundepfoten und Keckis eigene Schritte. Würde sie sich umdrehen, könnte sie Kleines Gemüse sehen, die auf grellrosa Flip-Flops hinter ihr herschlappt, eine rundliche, dunkelhäutige Person in blauen Wickelhosen und Kittel. Sie hält sich in einiger Entfernung und tritt hin und wieder in das bißchen Schatten, das die Kautschukbäume werfen. Auch der Hund beachtet sie nicht.

Sie trägt einen länglichen Gegenstand unter dem Arm, der in ein weißes Tuch gehüllt ist, ein fleckiges, weißes Tuch. Es scheint ein schwerer Gegenstand zu sein, denn sie bleibt manchmal stehen, um ihn anders zu nehmen. Es tropft aus dem Paket auf den trockenen Waldboden, jetzt gerät etwas in die Nase des Hundes, er wird unruhig, wittert und bleibt stehen.

Komm weiter, sagt Kecki, ohne sich umzudrehen, ich hab keine Lust, in die Dunkelheit zu geraten. Sie erschrickt, als sie an Holzgestellen vorbeikommt, die die Nähe eines Dschungeldorfs anzeigen. Es sieht grausig aus, das fahlgelb-bräunliche, lappige Zeug, das über den Gestellen hängt. Kecki hat keine Ahnung, was es ist.

Als hätten sie die ganze Dorfbevölkerung gehäutet und zum Trocknen aufgehängt! sagt sie zu dem Hund, aber der interessiert sich überhaupt nicht für die Dutzende totenfarbiger Dinger, die da hängen, vom Wind unbewegt und schwer.

Also wahrscheinlich harmlos, sagt Kecki und schnüffelt, ob das Zeug nach Verwesung riecht. Tut es aber nicht, sondern ganz schwach nach etwas Chemischem, nicht unangenehm. Die Erleuchtung kommt bald, und Kecki sagt laut: Kautschuk! Keine hundert Meter hinter ihr in der Plantage läßt sich Kleines Gemüse nicht bei seiner Arbeit stören. Der Hund schaut seine Begleiterin an, als hätte sie ihm jetzt endlich einen Namen gegeben. Ja, Kautschuk, sagt sie noch einmal, traut sich, die Matten aus getrocknetem Baumsaft anzufassen, und sieht, daß der Hund wedelt.

Fühlst du dich gemeint? fragt Kecki und streichelt ihm den Kopf. Möchtest du gern Kautschuk heißen?

Kleines Gemüse hat den eingehüllten Gegenstand auf den Waldboden gelegt und ein Gartenschäufelchen aus ihrer Hosentasche geholt. Sie sitzt auf ihren Fersen, ein kleiner, blauer Ball und gräbt ohne Hast ein längliches Loch, manchmal hält sie inne, mißt mit dem Arm die Tiefe, gräbt dann weiter. Läßt sich nicht stören von den großen Fliegen, die sich über ihrem Kopf zu einer Wolke sammeln. Legt probeweise das verfleckte Paket in das Loch, holt es wieder heraus, gräbt weiter.

Die weiße Frau mit den gestreiften Haaren und der Hund sind längst verschwunden, und die Sonne sinkt schnell. Kleines Gemüse scheint mit der Tiefe des Lochs zufrieden, sie holt eine Zeitung und noch etwas anderes, Kleines aus ihrer Tasche. Die Zeitung breitet sie in das Loch, dann legt sie das Paket hinein, und ruhig beginnt sie, die Erde wieder drüberzuschaufeln. Bald ist nichts mehr zu sehen, nicht einmal ein Hügelchen, als nähme das Ding unter dem Waldboden überhaupt keinen Platz weg. Sie steht mühsam auf und streckt sich ein wenig, dann bückt sie sich noch einmal und stellt etwas auf die Erde. Dreht sich um und geht zurück zum Dorf der Fremden, zu Madame, der sie Bericht erstatten wird, niemand weiß, in welcher Sprache.

Keine halbe Stunde später kommt Kecki wieder an der gleichen Stelle vorbei und schimpft. Der Hund Kautschuk begreift, daß es nicht ihm gilt und macht ein verständnisvolles Gesicht.

Viel zu spät aufgebrochen, sagt Kecki, kaum ist man da, muß man schon wieder zurück, es gibt hier ja nicht mal eine richtige Dämmerung.

Sie will nicht wahrhaben, daß sie Angst hat, auf dem Weg durch die Plantage von der Dunkelheit überfallen zu werden, dieser tobenden Dschungeldunkelheit, in der unmittelbar nachdem der Sonnenball unter die Horizontlinie gerutscht ist, die Hölle losbricht, Gekreisch und Gesäge, Gegirre und Gezeter: Ob da grade was gefressen wird oder sich paart, kann ein Fremder nicht unterscheiden. Sie ärgert sich auch, daß sie den *sundowner* mit ihrem Freund Max verpassen wird, wenn sie sich nicht beeilt. Andererseits ist es widersinnig, wegen eines Sonnenuntergangs in Streß zu geraten.

Ich finde, du solltest mir das Buddhistische beibringen! sagt sie zu Kautschuk und wechselt vom Fast-Rennen in eine gemächlichere Gangart. Es ist auch zu heiß für Eile.

Der Hund stoppt so abrupt, als wäre er gegen eine Glasscheibe gelaufen. Seine Haare sträuben sich, auf seinem Rücken steht das Fell wie ein Kamm. Erstaunt sieht Kecki, daß er sich von ihr abwendet, einen langen Hals macht und dann auf steifen Beinen in die Kautschukplantage stakst. Es sieht aus, als zöge etwas den verzweifelt widerstrebenden Hund an einer unsichtbaren Leine in den Wald. Über die roten, trockenen Blätter zerrt es ihn bis zu der Stelle, wo sich eine knappe halbe Stunde vorher Kleines Gemüse zu schaffen gemacht hat. Der sonst so stille Hund, der jetzt Kautschuk heißt, beginnt zu heulen, die Töne machen, daß es Kecki trotz der Hitze kalt den Rücken hinunterläuft.

Hierher, Schätzchen, komm zu Mama! krächzt Kecki. Kautschuk, mein Guter, hierher! Als verstünde der Hund Deutsch, schaut er verwirrt in Keckis Richtung, schüttelt sich verlegen und hebt mit der Schnauze etwas vom Waldboden auf. Sein Fell ist immer noch gesträubt, aber er rennt, so schnell er kann, zu Kecki, der Bann ist gebrochen, vielleicht hat er nach etwas graben wollen, vielleicht aber auch nicht.

Was hast du da? fragt Kecki. Ihr läuft der Schweiß in die Augen, sie hat das Gefühl, zu riechen und zu kleben, und möchte zurück in ihren Bungalow.

Etwas ist unheimlich an dieser stillen Plantage und an dem leeren roten Sandweg, der sie teilt.

Der Hund Kautschuk hat ihr seinen Fund vor die Füße gelegt, aber er wedelt nicht und scheint auch kein Lob zu erwarten. Kecki zögert einen Moment, das Ding aufzuheben, sie erwartet etwas Ekliges, vielleicht etwas, das lebendig ist oder vor kurzem noch war. Es ist aber nur ein kleiner blauer Elefant aus einem ihr unbekannten Material, leicht und bröselig, etwa so groß wie eine Maus. Er ist vom Hundemaul feucht, und als Kecki ihn genauer anschaut, erschrickt sie ein bißchen: Das Elefäntchen hat sorgfältig gestaltete, eindringlich dreinschauende Augen aus bräunlichem Kristall mit schwarzer Iris.

Hübsch! Danke, Kautschuk! sagt Kecki und steckt das kleine Ding in die Tasche.

Der Hund gähnt. Er wirkt seit seinem Ausreißer müde und kraftlos, irgendwie beschämt. Seine Rute schleift über den roten Boden, sein Fell sieht rauh und matt aus.

Das kannst du nicht machen, sagt Kecki beklommen zu ihm, in einer halben Stunde um Jahre altern! Reiß dich zusammen!

Das Wachhäuschen erscheint ihr wie eine Rettung, der kindische kleine Pralinésoldat am Eingang zieht wieder seine Show ab mit Balken hoch und wieder runter, Salutieren und heftigem Grinsen.

Komm, es gibt Futter für uns alle! sagt Kecki zu Kautschuk. Der gestattet sich ein winziges Wedeln.

Die Dorfstraße, an deren Ende die Bucht leuchtet, ist ganz verlassen. Ein paar Katzen schlafen platt wie Handtücher unter den Bananenstauden, in der Ferne sieht man eines der schönen Mädchen mit einem Wäschewagen vorüberziehen. Kecki sehnt sich nach einer langen, eiskalten Dusche und vergißt darüber den blauen Elefanten in ihrer Tasche.

Was zieh ich bloß an? sagt sie.

Kautschuk verzieht sich in den hintersten Winkel der Terrasse und rollt sich zusammen. Die Pfoten über die Augen gelegt, beginnt er zu meditieren.

Eine gute halbe Stunde später balanciert die geduschte, parfümierte und geschminkte Journalistin Kecki auf feuerroten Hochhackigen über die Dorfstraße, sieht ihre noch bleichen Knöchel im Licht der Bodenlämpchen, weicht den Kröten aus und vermeidet den Blick zum Geisterhäuschen hinüber. Aus dem Restaurant ist Musik zu hören, ein Presley-Mix, Elvis lieben sie hier über die Maßen. Alle anderen scheinen schon da zu sein. Sie legt die beiden Hände vor der Brust zusammen, um Madame und ihre Truppe korrekt zu begrüßen, aber sie weiß nicht genau, wie hoch sie die aneinandergelegten Hände halten muß. Madame lächelt hochmütig beim Gegengruß, aber die Jungen und Mädchen hinter ihr strahlen.

Mensch, wo bleibst du denn, hört sie Max sagen, ein bißchen lauter, als es sich gehört, während Elvis bei den blauen Wildlederschuhen angekommen ist, was überhaupt nicht zur Dschungelatmosphäre paßt.

Es ist was drauf zu sehen. Aber ich komm nicht dahinter, was es ist. Bei den Unterwasseraufnahmen muß man abwarten, hier lasse ich sie auf keinen Fall entwickeln. Aber im Geisterhäuschen ist was zu sehen.

Guten Abend, sagt Kecki huldvoll, lange nicht gesehen!

Sie nickt hierhin und dorthin und registriert mit ihrem Klatschreporterinnenblick, an welchen Tischen geflirtet und an welchen gelitten, gestritten und geschwiegen wird.

Hörst du mir überhaupt zu? fragt Max grimmig. Es wird dir nichts anderes übrigbleiben. Wir müssen unsere Zeit hier einteilen, vernünftig einteilen. Irgendwelchen Spinnereien hinterherzujagen hat keinen Sinn, so viel Spaß das auch bringt. Ich muß mich ja selber bremsen. Durch den Unterwasserscheiß ist mir fast ein ganzer Nachmittag flötengegangen! Mit perfektem Licht, bißchen diesig! Und nichts damit gemacht, ungenutzt verstreichen lassen! Morgen ist garantiert wieder Knallsonne.

Was ist denn drauf? fragt Kecki unkonzentriert. Sie winkt der Kanadierin zu, die nicht mehr allein an ihrem Tisch sitzt. Ein sehr großer, fetter Mann hat sich zu ihr gesellt, den Kecki noch nicht gesehen hat. Und dieses Ehepaar, der Mann hatte die ganze Zeit geschlafen, und die Frau machte einen nervösen, zappeligen Eindruck. Die vier scheinen sich gut zu unterhalten.

Sag mal, waren die irgendwie aus dem Schwarzwald oder so? fragt Kecki, und Max, der ihr die ganze Zeit erzählt hat, wie schwierig sich die Sache mit den Unterwasseraufnahmen gestalte und daß er vom Leben auf dem Meeresgrund enttäuscht sei, denn da gäbe es eigentlich nichts Besonderes, wird jetzt ernsthaft sauer.

Wofür rede ich mir eigentlich den Mund fransig, sagt er.

Kecki schmeißt ihm einen entschuldigenden Kommunionkinderblick zu. Ich kann's nicht lassen, ich muß immer alle irgendwo unterbringen und einordnen.

Erst jetzt fällt ihr Blick auf Wanda Landau, die mit ihrem bleichen, schwarzköpfigen Liebhaber an einem Tisch auf der Meerseite Platz genommen hat.

Du liebe Zeit! sagt Kecki erschüttert, also entschuldige, ich hör dir gleich zu, Lieber! Aber das kann doch kein Zufall mehr sein. So viele Mühselige und Beladene, das ist doch nicht nur Sonnesandpalmen, das ist doch was ganz anderes. Vielleicht ist das unsere Story, die Haupt- und Superstory. Was die hier suchen! Vielleicht sogar finden!

Ich hätte schon einen Titel, sagt Max verbittert: Letzte Ausfahrt Thailand.

Gar nicht schlecht, sagt Kecki versöhnlich. Und was ist auf dem Geisterhäuschenbild vom ersten Abend zu sehen?

Ganz deutlich dieser kleine Elefant, sagt Max, so ein Spielzeugdings, wie sie sie hier in die Heiligtümer stellen. Leuchtet wie Neon, als hätte er Lämpchen in den Augen. Alles andere ist stockfinster, auf dem Bildschirm sieht es aus, als ob das kleine Vieh im schwarzen Nichts schwebt. Ich verstehe das nicht. Die anderen Sachen und das Häuschen müßten zumindest zu erkennen sein – aber nichts. Nur der Elefant! Der war dann übrigens weg, nachdem ich mich mit der Tussi unterhalten hatte, die mit ihrem Mann so hysterisch tut, mit diesem armen Schwein. Der, mit dem ich getaucht bin. Ich glaube, sogar Schwulsein wär dem lieber als dieser Terror.

Der blaue Elefant, sagt Kecki und wird blaß.

Sie kramt in ihrer Tasche, findet ihn und stellt ihn auf den Tisch. Da steht er und blickt die Menschen an aus seinen winzigen Menschenaugen.

6

»Darum, ihr Mönche, habt ihr danach zu streben:
›Dem seidenen Tuche wollen wir ähnlich sein, nicht
aber dem Lodentuche!‹«

Die Reden des Buddha

Der Gelbe Mönch lacht. Die Sonne ist über den Affenfelsen
gestiegen, sie schickt ihr Licht in den Höhleneingang und ver-
goldet die Zähne des Dämons, der seit Urzeiten dort hockt.
Seinen Namen kennt niemand, er war schon vor dem Erleuchteten da. Der Gelbe Mönch hat von Mow erfahren, daß
er in den nächsten Tagen eine Menge Besuch bekommen wird.
Das freut ihn, er bekommt gern Besuch.

Mow hat in den letzten Stunden viel zu schauen und zu laufen gehabt, das macht ihm aber nichts aus. Er weiß: Die Fremden gehören ihm immer nur drei Wochen. In den ersten Tagen muß er investieren: Zeit, Phantasie und Aufmerksamkeit,
um die Wünsche seiner Kundschaft kennenzulernen. Nur so
wird es sich für ihn lohnen, sie zu erfüllen. Er hat seine Erfahrungen gemacht: Nachlässigkeit und Mißverständnisse können ihn teuer zu stehen kommen, werfen seine Pläne über den
Haufen und sind mühsam wieder aus der Welt zu schaffen. Im
letzten Jahr – aber daran wird er jetzt nicht denken. Er hat mit
dem Gelben Mönch zusammen viele Gebete zum Himmel geschickt und eine Menge Opfergaben dargebracht, damit alle
Spuren des Schlamassels getilgt würden. Jetzt ist jetzt, und gestern kommt nicht wieder, denkt er, auf deutsch, in der Lang-
nasensprache sind böse Taten besser aufgehoben. Er kichert
hochmütig über seinen dicken Chef Mr. Oss, der immer sagt,
daß alles wieder zum Vorschein käme.

Mow hat Kecki und Max mit dem Hund gesehen, spät in
der Nacht auf der Terrasse, sie haben keinen Blick zum Sternenhimmel geworfen und sich nicht an den Händen gehal-

ten. Nur geredet, mit leisen Stimmen, damit niemand aufwacht. Sie wissen nicht, daß keiner schläft in solchen Nächten, diese armen Langnasen. Die einen sind unterwegs, andere liegen halbwach, manche trinken, manche reden mit ihrem Stern.

Mow hat sich gewundert über ein paar kleine Zettel, die vor Kecki und Max auf dem niedrigen Tischchen lagen, mit Muscheln beschwert, damit sie nicht weggeweht werden. Einer ist ihnen doch davongeflogen, und Mow hat ihn eingefangen. Jetzt steckt er zusammengefaltet in seiner Hosentasche. Zu sehen ist darauf ein grober Menschenumriß, wie Kinder ihn zeichnen würden: Eine Hand und der Bauch sind durchgestrichen, mit dicken, mit Lippenstift geschmierten roten Kreuzen. Das ist Mow unheimlich.

Er ist weiter durchs Dorf gegangen in dieser Nacht, und er hat wie schon oft seinen Chef gesehen, inmitten einer schweigsamen Schar von Katzen und Hunden, die er füttert. Mr. Oss will nicht, daß er dabei gesehen wird. Die Agenturen könnten es monieren, die fernen Besitzer aufmerksam werden, Gäste sich belästigt fühlen – Ärger eben. Oh, Mow weiß, was Ärger ist. Und während er dem Boß bei seinem heimlichen Tun zuschaut und dem Ächzen lauscht, mit dem dieser sich bückt, um die Futterschüsseln hinzustellen, schaudert es den kleinen Mow ein bißchen. Denn er kann ihm Ärger machen, seinem Mr. Oss, den er bewundert. Weil er das über ihn weiß, kann er ihm Ärger machen.

Die kleine kanadische Krüppelfrau hat er in ihrer Hängematte liegen sehen wie eine Zwiebel im Netz. Über sie macht er sich keine Gedanken: Sie will ins Vat, zum Gelben Mönch, und so schnell es geht hinunter in den Höhlensee, damit sie endlich grade wird. Er wird ihr helfen, und es wird sein Schaden nicht sein: Grade wird sie nicht werden, aber sie wird es eine Zeitlang glauben. Genau wie die fast Tote mit der tiefen Stimme, an der zu Mows Ärger der Schwärzliche dran ist. Macht nichts, im Kloster weiß allein Mow Bescheid, soll die reiche Frau ruhig denken, das heilige Wasser würde ihr wieder Fleisch und Leben an die Knochen spülen!

Aber Mows Erkundungsnacht ist da noch nicht zu Ende. Am Strand hat er den dicken Mann gesehen, dessen Namen er noch nicht kennt. Männer wie der sind Mow schon oft begegnet, und die guten Weißen schütteln sich vor Abscheu, wenn sie von solchen wie dem reden. Spielt keuchend Fußball mit den kleinen Buben. Schleicht sich in die Vats, in die Kindergärten, zur Mittagsschlafzeit und schaut durch die Türen, wenn die Kleinsten auf ihren Matratzen liegen. Wenn man ihn läßt, faßt er sie an. Er tut alles, was man ihn läßt. Nicht lang wird es dauern, und der Dicke, der da im Mondlicht am Meer sitzt und aufs Wasser schaut, wird Mow bitten, ihm zu helfen. Er sieht nach einem guten Kunden aus. Im Dschungeldorf wird Mow finden, was er braucht. Er lächelt und schaut auf den blassen, fetten Rücken. Mow erinnert sich daran, wie sich diese Art Fleisch anfühlt.

Am Anfang hat er Mr. Oss auch für so einen gehalten. Aber der ist anders. Mow hat bisher noch nicht herausfinden können, wonach der Boß sich in seinem Innersten sehnt. Er wüßte es gern. Nur nach Hunden und Katzen? Das kann Mow nicht glauben.

Natürlich kennt Mow den versteckten Bungalow, in dem Madame und Kleines Gemüse wohnen. Der Generator brummt seine Nachtmelodie, Frösche trompeten dazwischen, Palmwedel klappern im Wind. Nachts um drei fällt gelber Lichtschein auf den überwachsenen Weg. Madame hat hier Gras mit besonders scharfkantigen Halmen säen lassen, ein Teppich aus grünen Messerchen umgibt ihr Haus. Als vor ein paar Jahren viele Dörfer wie dieses gebaut wurden, mußte in jedem ein Dschungelrest stehenbleiben.

Mow ist nicht zufrieden mit der Ausbeute seines nächtlichen Weges. Der Dicke, gut. Wenn er auf dem Rückweg noch da ist, wird er ihn vielleicht ansprechen. Aber die anderen entziehen sich ihm noch, und es sind doch nur drei Wochen. Vielleicht hat der Gelbe Mönch einen Rat für ihn, nach Sonnenaufgang. Er hat sich mit der mageren blonden Frau und ihrem verschlafenen Mann im Kloster verabredet. Die magere Frau hat Angst. Mow kann sie riechen. Mr. Oss soll von den Klosterbesuchen möglichst wenig merken. Er mißtraut den Mönchen. Das Vat ist ihm unheimlich. Er besucht es zwar selber, hält sich aber für gefeit gegen fromme Anfechtungen.

Eine Fledermaus wischt Mow übers Gesicht, ein Affe kreischt, in der Ferne kämpfen Kater. Reglos kauert ein Huhn unter einer Bananenstaude, den Kopf unter den Flügeln, von Bodenlämpchen angestrahlt wie auf einer Bühne.

Das Meer. Da sitzt er tatsächlich noch, der halbnackte Dicke, er scheint sich überhaupt nicht bewegt zu haben.

Nicht schlafen kann? sagt Mow freundlich zu ihm. Mit einer solchen Wirkung hat der Thai nicht gerechnet, er macht einen Satz zurück im Sand, weil das Gebirge von Mensch in Bewegung gerät und brüllt.

Du blöder kleiner Schleicher, schreit der Dicke, da kann man ja einen Herzinfarkt kriegen. Wird man denn nie in Ruhe gelassen? Ist doch für einen wie mich auch da, das alles da draußen und der Himmel. Blutpissender Sohn einer Schlampe!

Die meisten von diesen Wörtern hat Mow noch nie gehört, das Gebrüll macht ihm nichts aus, die Weißen werden gern laut, auch wenn sie nüchtern sind.

Nicht gut, wenn nicht kann schlafen, sagt er immer noch freundlich und: Minibar! Hat Minibar!

Mach dich vom Acker, Schlitzauge, sagt der erschrockene Dicke etwas ruhiger. Wo ich was zu saufen finde, weiß ich selber. Bestimmt nicht in der Minibar, ich zahl doch nicht eure lachhaften Preise.

Mow versteht nur ungefähr und sagt spitz: *Coffee shop* jetzt nicht. *Coffeeboys* schlafen.

Da schaut der dicke Mann den kleinen Mow an, lang und ohne das Gesicht zu verziehen.

Fettsäcke sind Kinderficker, saufen außerdem, und Mozart war ein großer Komponist, Schlitzauge, stimmt's? Du bleibst hier stehen und gehst mir nicht nach, sonst mach ich Frühlingsrollen aus dir. Wenn du gebraucht wirst, laß ich dich's wissen. Nummer 49, du erkennst es, wenn du vorbeigehst, am Lärm. Nummer 51 hat sich schon beschwert. Jupitersinfonie. Stört ihn beim *Bild* lesen, sagt er. Ja, ihr habt hier ein paar von unseren Arschlöchern eingesammelt, das läßt sich nicht leugnen. Aber nicht nur. Nicht nur!

Wie heißt Sir? sagt Mow, der sich alles angehört hat, ohne erkennen zu lassen, ob er irgendwas versteht.

Was heißt: Wie heißt Sir? fragt der Fette laut in die Stille der Nacht hinein, eine dunkelblaue Nacht ist es, die nach Blumen riecht. Meinen Namen? Hab ich mich gar nicht vorgestellt? Oh pardon, mein einheimischer Freund und Gastgeber! Gestatten, Varus Wyandotte-Spielvogel zu Brendelenburg!

Mow schaut interessiert auf den feuchten, dicken Mund, aus dem die Laute kollern.

Sir? sagt er unsicher.

Varus reicht, sagt der andre. Hoffentlich hast du ein Herz für Sieger. Und geh mir nicht nach, sonst breche ich dir deine armseligen Knochen.

Ohne ein weiteres Wort dreht er sich um und trampelt am Flutsaum entlang, im Sternenlicht ist er noch lang zu sehen. Als der Koloß zu einem Figürchen in der Ferne wird, sieht Mow, der ihm hinterherschaut und keinen Gedanken an die Schönheit des Meeres verschwendet, in dem sich der Sternenhimmel spiegelt, ein kleineres Figürchen sich zu dem stämmigen gesellen. Zu weit weg, er kann nicht erkennen, wer es ist. Sie gehen in Richtung Dschungeldorf, es ist inzwischen fast fünf Uhr früh, bald wird es hell sein.

Der Gelbe Mönch sieht die beiden kommen, während Mow sich ein bißchen in seine Hütte im Dschungeldorf gelegt hat. Er schläft jetzt, umgeben von Kindern, Hunden und Ziegen. Seine Großmutter sieht eine frühe Fernsehshow mit ihrem Lieblingssänger, einem dicklichen, eingeölten Kapaun in einem weißen Satinanzug. Sie haben nur einen kleinen Schwarzweißfernseher in ihrer Hütte, aber, denkt sich die Großmutter, was man nicht richtig sehen kann, sollte man wenigstens gut hören. So dringen die jaulenden Töne und das Gepiepse der geziert mit den Hintern wackelnden Backgroundsängerinnen weit in den Dschungel hinein, ergänzt vom Ächzen der Generatoren und zornigem Affengekreisch. Die Großmutter tritt nach einem Hund, klappert mit den metallenen Spülschüsseln und schlägt mit lautem Klatschen nasse Wäsche aus. Unangefochten vom Lärm schläft auf seiner harten Holzpritsche ihr Enkel, der große Organisator und künftige Tycoon.

Die magere alte Frau, die wahrscheinlich grade mal fünfzig ist, macht ein Zeichen über ihm. Bald werden sie einen Palast haben. Und einen Farbfernseher.

Es ist Marianne Stricker, die den Fetten am nächtlichen Meer erwartet hat. Im Reiseprospekt hat sie gelesen, die Seele Asiens sei freundlich und lasse auch die Unruhigen zur Ruhe kommen.

Das ist wie für dich gemacht, hatte ihr Mann Poldi gesagt, und mich kannst du daheim lassen. Ich bin ruhig genug.

Er weiß nichts, sagt Marianne jetzt zu dem Dicken, sie kann kaum mit ihm Schritt halten, obwohl sie daheim doch den ganzen Tag herumrennt. Die sanfte Schräge des Flutsaums ist ungewohnt, der feuchte Sand, in dem Schaum versickert. Die Perlenmuster der Sandwürmer, die wie eine Schrift aussehen. Man kann im Sternenlicht alles deutlich sehen.

Sogar dazu ist er zu faul, sagt Varus Wyandotte.

Das hilft alles nichts, sagt Marianne und keucht ein bißchen, ich kann nimmer. Es geht nimmer. Es ist mir zuviel.

Wyandotte legt den Arm um ihre Schultern, sachlich, ohne jede Zuneigung. Sie kann ihn riechen, seinen kranken, süßlichen Geruch nach Nagellackentferner. Diabetesgeruch. Na, das ist das mindeste, was sie ihm gönnt.

Wir schauen uns wie besprochen das Kloster mit allem Drum und Dran gründlich an, sagt Wyandotte. Der kleine Thai könnte ganz nützlich sein. Ich hab ihm erst mal einen ordentlichen Schrecken eingejagt. Und du kannst jetzt nicht kneifen. Du hast auch deinen Schnitt gemacht.

Wer hat das über die Fremden gesagt? Daß es ungefähr drei Tage dauert, bis ihnen ihre Sünden in den Urlaub nachkommen – Sünden reisen langsamer als Menschen. Die sind, frisch angekommen, für kurze Zeit unschuldig und neugierig wie Babys, tappen durch die schöne Dreiwochenwelt und denken, sie seien entwischt. Irrtum! Der alte Dreck schleppt sich hinterher und ist irgendwann da.

Wer hat das über die Fremden gesagt? flüstert Marianne und denkt an ihr renommiertes Restaurant in schöner Natur. Was hat sie alles dafür getan! Sterne, Kochmützen und Löffel sind jahrelang durch ihre Alpträume gegeistert. Sie hat sich dem wichtigsten Tester an den Hals geworfen, einem mißtrauischen, kleingewachsenen Typen.

Sie, Marianne, würde sich für den Scharfrichter in Dijonsenf-Rosmarinkruste hüllen, hat sie zu ihrem Ehemann Poldi gesagt. Du wirst eben eine Zeitlang allein ins Bett gehen müssen! Dafür hagelt es dann gute Kritiken!

Ach, sie hat den Profifresser gelutscht wie einen Spargel, ausgesaugt wie Artischockenblätter und geschluckt wie eine fette Belon-Auster. Jahre war das gut gegangen. Irgendwann eben nicht mehr.

Zu alt, Frau Wirtin!

Aber wenn man einen Lehrmeister wie den Wyandotte hat, bleibt man nicht lang dumm. Marianne weiß seither, daß eine gescheite Frau auch nach ihrer aktiven Laufbahn Macht behalten kann. Bloß nicht neidisch sein auf die, die noch dran sind! Natürlich weiß sie auch, daß Rat und Hilfe ihren Preis haben, wie sich herausgestellt hat, einen schrecklich hohen Preis.

Ich bring dir wen, hatte ihr neuer Freund Varus Wyandotte

gesagt, du wirst sie brauchen können. Im Service sind Asiatinnen nicht zu unterschätzen, und deiner Butzenscheibenidylle könnte ein bißchen fremdes Gewürz nicht schaden. Außerdem sind sie billig. Wenn du sie nicht mehr brauchst, können wir sie verheiraten, man kriegt sie immer los. Die eine hat übrigens ein Kind, aber ein ganz ruhiges.

Jetzt liegt die Dämonenhöhle im Schatten. Die Sonne erhebt sich über den Totenvitrinen und läßt eine weiße Bougainvillea leuchten. Die kleinen bebrillten Mumien hocken in ihren Glaskästchen und begrüßen den neuen Tag. Marianne sieht Max, der das Morgenlicht ausnützt und mit Glasreflexen kämpft. Er benutzt sogar ein Stativ, ein altersschweres Holzding, das er seufzend um die Totenschreine herumschiebt. Die Mönchsleichname scheinen ihn hämisch dabei zu beobachten. Ein irritierendes Gefunkel allenthalben: Glasvitrinen, Öllampen, Brillengläser und Millionen Spiegelscheibchen.

Auch schon so früh auf den Beinen? ruft der Photograph und gähnt demonstrativ. Die beiden, die da aus dem Wald auf das Kloster zukommen, interessieren ihn. Die magere Nervöse und der fette Mächtige.

Wo haben Sie Ihren Mann gelassen?

Die Frau lächelt verkniffen.

Es ist ihm zu heiß, deswegen schläft er fast die ganze Zeit. Aber der Baron hier entschädigt mich für vieles.

Max stützt sich auf sein Stativ und schaut den Dicken an, der ihm nicht schlecht gefällt. Breites Gesicht mit Bärenaugen, ehemals rotes Haar, das jetzt verblaßt und gelichtet ist, kurz geschoren, keine Rettungsversuche auf dem Schädel. Ein Walroßbart, der die Oberlippe verdeckt. Der Mann trägt lange Hosen, wie Max auch, dünne, sehr teure Schuhe, ein Seidenshirt über der schweren Wampe. Er erinnert an einen Russen. Irgend etwas zwischen Opernsänger und Geldwäscher mit kleinen Einsprengseln von Mord. Max dreht die Kamera in seine Richtung und drückt einfach den Auslöser, ohne Schärfe und Licht zu prüfen. Wie alt ist der Brocken Mann?

Wahrscheinlich jünger, als er aussieht. Und weil Max sein Deggendorf und alles, was seit damals an ihm klebt, doch nicht ganz losgeworden ist, beschließt er, niemals, niemals Baron zu dem Klops zu sagen.

Ich habe Ihren Namen nicht verstanden, ruft Max hinüber zu den beiden.

Varus genügt, sagt Wyandotte und kommt näher heran, um die toten Mönche genauer zu betrachten.

Warum hat der eine von den Typen eigentlich drei Hände? fragt er plötzlich.

Er späht durch die dreckigen Glasscheiben ins Innere des Schreins. Langsam kommen alle angeschlendert, Max ist schon da, Marianne nähert sich zögernd vom Höhleneingang her, wo der Gelbe Mönch mit flatterndem Tuch und einem sacht erlöschenden Lächeln sitzt. Neben der Höhle taucht Mow auf, noch verschlafen, seine Haare stehen ab, und seine Hosen sehen nicht so scharf gebügelt aus wie sonst.

Die Morgensonne streut Licht- und Schattenflecken über den Hof des Vat, Hühner plustern sich in ihren Staublöchern, Katzen schleichen zu ihren Näpfen, von der *holy snake* keine Spur. Allerdings liegen keine Bananen mehr auf dem blauen Tablett, das am Eingang ihres angeblichen Verstecks steht.

Tatsächlich, sagt Max. Diese Scheißreflexe! Sie haben ein gutes Auge! Er schiebt seinen Kopf nah an den des Barons, um besser zu sehen. Der tote Heilige hält die Hände im Schoß, auf dem staubigen gelben Tuch scheinen sie auszuruhen.

Wahrscheinlich haben sie ihn mit erhobenen Händen da reingesteckt, sagt Marianne, das hält natürlich nicht ewig, es sei denn, man fixiert es. Deswegen zeigen wir daheim unsere Anbetungsleichen am liebsten liegend her. Alles andere fällt nämlich irgendwann zusammen.

Wyandotte lacht über Mariannes Bemerkungen. Sie kennt sich aus, sagt er. Mit Leben und Tod. Und wie gehen deine Bayern mit überzähligen Körperteilen um?

Denn die herabgesunkenen Hände des toten Mönchs halten eine dritte, halbverdeckt und dunkel, aber unverkennbar. Man kann den Stumpf nicht erkennen, das gelbe Tuch verbirgt ihn. Die Fingernägel aber sind deutlich zu sehen, blaue, ziemlich große Nägel.

Was ist das da am Mittelfinger? fragt Wyandotte. Max schaut durchs Objektiv seiner Kamera, er zoomt.

Ein Ring, sagt er. Mit einem geschnittenen Stein, es könnte Lapislazuli sein. Ein Elefant. Mit gesenktem Rüssel.

Niemand reagiert, denn sie schauen Mow und dem Gelben Mönch zu, die sich offenbar streiten. Beide haben vergessen, daß sie sowieso keiner von den Urlaubern versteht, und bemühen sich, mit gesenkten Stimmen giftig zu sein.

Und da sitzt friedlich ihr Vorfahre und hütet ein fremdes Händchen, sagt der Baron. Wahrscheinlich wissen sie nicht, was sie tun sollen. Läßt man es ihm als Opfergabe, als kleines Geschenk? Oder kommt's in die Gerichtsmedizin? Haben die überhaupt so was? Merkwürdig, wie unwichtig einem hier Gestorbenes vorkommt. Die hiesigen Götter scheinen sich auch nicht drum zu scheren. Schlafen die meiste Zeit.

Woanders sind die Götter selber tot, sagt Marianne. Da ist man hier doch noch besser dran.

Max hat die ganze Zeit photographiert, noch eine interessante Hand läßt er sich nicht durch die Lappen gehen.

Also, da hätten wir jetzt zwei Hände, murmelt er vor sich hin. Und das, was die Hummer aus der Welt geschafft haben. Immer, wenn man Kecki braucht, ist sie nicht da! Wenn schon das halbe *resort* hier aufkreuzt, könnte sie sich doch auch mal eine Stunde früher rauswälzen. Der frühe Vogel fängt den Wurm. Er kichert leise und graust sich beim Blick durch den Sucher vor seiner Redensart.

Er sieht den Hund aus dem Wald kommen, der sich in der kurzen Zeit schon rausgemacht hat, stolze Haltung, glänzender, aufmerksamer Blick.

Da wird sie nicht weit sein, sagt er zu dem Hund, der ihn anschaut wie der neue Liebhaber einer Frau deren Ehemann.

Aufsteigersyndrom, sagt Max. Gib bloß nicht so an. Du wirst dich noch umschauen.

Hab ich was verpaßt? fragt die verschlafene Kecki, die hinter dem Affenfelsen hervorkommt. Max antwortet ihr nicht und schaut auf Dutzende von Strickleitern, die den Felsen umspinnen. Die sind, das hat er der Zeichensprache des Gelben Mönchs entnommen, nicht für die Affen gedacht, sondern für die Mönche, die sich Meditationsplätze im Fels suchen. Dort hängen sie dann, leuchtend, wie große Orangen. Das will er photographieren, er hat keine Ahnung, wofür. Aber das Bild muß sein.

Ein verrückter Platz, sagt Kecki und schaut die versammelte Gesellschaft aus Einheimischen und Fremden an. Wahrscheinlich hast du anstatt der blöden Kataloge, für die wir bezahlt werden, und spießiger Reisetips in Weiberblättern schon längst wieder eine sophisticatische Ausstellung im Kopf, zum Angeben bei deinen Hamburger Kollegen!

Hast du schlecht geschlafen? fragt Max. Im übrigen ist wieder ein Händchen aufgetaucht, diesmal nur ein bißchen eingetrocknet, aber nicht aufgefressen.

Wo? fragt Kecki neugierig, aber Kautschuk, der Hund, steht schon starr wie ein Wächter vor dem Schrein, mit gesträubtem Rückenfell und nach unten gerichtetem Schwanz. Er gibt wieder diesen merkwürdigen Ton von sich, wie am Abend zuvor im Wald, leiser als dort, aber immer noch schrecklich, eine einsame Klage.

Wenn ich richtig rechne, gibt es bisher also zwei Hände, von denen wir nicht wissen, ob sie einander bei Lebzeiten kannten, und einige Eingeweide, sagt Kecki. Und es sieht aus, als ob mein Hund über diese Stücke trauern würde oder über den, der sie einmal waren, als sie noch zusammenhingen.

Dummes Gerede, sagt Max. Wir haben eigentlich gar nichts. Ein paar ungewöhnliche Bestattungs- oder Opferriten und dekadente westliche Sensationsgier. Dieses Kloster hat Besseres verdient.

Soweit ich herausbekommen habe, geht's hier nicht drum, was das Kloster verdient hat, sagt Kecki. Sondern darum, was man damit verdienen kann. Ich kann dir sagen: Hier zu recherchieren ist kein Vergnügen! Sie verstehen einen nicht, und wenn sie es doch tun, geben sie es nicht zu. Aber offenbar existieren Pläne, das Kloster zu kommerzialisieren. Natürlich spielt der Höhlensee eine Rolle. Im Internet wird er seit einiger Zeit gehandelt wie eine Art buddhistisches Lourdes. Das Wasser soll gegen Alter, Krebs und Liebeskummer helfen, wahrscheinlich läßt es einem auch die Zähne nachwachsen. Hast du da unten schon Bilder gemacht? Und wo ist eigentlich dieser komische Zettel mit dem Voodoo-Männchen aus Lippenstift geblieben? Meinst du, daß wir demnächst ein neues finden, auf dem die zweite Hand auch durchgestrichen ist? Jetzt will ich mir die aber mal anschauen. Du kennst ja die erste nicht, sagt sie ein bißchen selbstgefällig, du kannst nicht beurteilen, ob die hier überhaupt dazu paßt!

Seit wann redest du am frühen Morgen schon so viel? sagt Max mißlaunig.

Er hat ein paarmal den Hund photographiert, der noch immer unbeweglich vor dem Totenvitrinchen steht, jetzt aber stumm ist. Die anderen haben sich ein bißchen zurückgezogen. Mow spricht mit Varus, dessen Lachen man hören kann, der Gelbe Mönch schickt sich an, frische Bananen für die *holy snake* zu holen. Marianne hat sich erschöpft auf die flachen Stufen gesetzt, die zum alten Dämon führen. Ihre Füße sind nackt, wie es sich im Heiligtum gehört, arme, krumme Zehen mit perlmuttweiß lackierten Nägeln. Auch die photographiert Max, dieses mutlose und erschöpfte Paar Füße. Im Hintergrund stehen breit und steinern die des Dämons, die kampfeslustig und kraftvoll aussehen, und das seit über tausend Jahren, wenn man dem Gelben Mönch glaubt.

Kecki ist zu ihrem Hund gegangen und macht sich ein Bild von der zweiten Hand. Das ist nicht ganz leicht, denn sie sieht aus, als läge sie schon lange zwischen den beiden Händen der

Mumie, ihnen gleich, zu ihnen gehörend. Als Kecki mit Hilfe ihrer verhaßten Brille den Ring sieht, wird sie nachdenklich.

Ja, sagt Max. Der Elefant, hast du ihn erkennen können?

Gedacht, flüstert sie. Ich hab mir gedacht, daß es einer ist.

Europäer, doziert Max, sollten sich davor hüten, überall Zeichen zu sehen. Die wirklichen verstehen sie nicht, interpretieren sie falsch, denken sich Bedeutungen aus ohne Kenntnisse.

Welche Europäer? fragt Kecki zornig, aber so, daß es die anderen nicht hören können. Welche Europäer? Bist du vielleicht keiner? Oder schlauer als die anderen? Hast du den Überblick?

In gewisser Weise, antwortet Max freundlich. Wenn wir übrigens am frühen Morgen schon anfangen zu streiten, wird es bei der Hitze anstrengend! Wer, sagst du, hat Pläne mit dem Kloster?

Frag mich was Leichteres, sagt Kecki und ist froh, auf vertrautes Arbeits- und Recherchengebiet zurückzukommen. Die Thai sagen, es sind die Japaner. Die Japaner sagen, es seien Koreaner oder Chinesen, aber alle vermuten wohl, es steckten amerikanische Investoren dahinter. Das glaub ich aber nicht. Hier ist kein amerikanisches Terrain.

Woher hast du diese Weisheit? fragt Max interessiert.

Ganz einfach, antwortet seine Kollegin, die ein bißchen verschwitzt aussieht und die Oberlippe vorschiebt, um sich ins Dekolleté zu pusten, eine Eigenheit, die Max tausendmal bei ihr gesehen hat und die ihn nervös macht.

Laß das doch, sagt er, das sieht so klimakterisch aus.

Ganz einfach, wiederholt sie mit eisiger Stimme, es ist kein amerikanisches Terrain, weil auffallend wenig Amerikaner hier sind. Die interessieren sich nicht für diese Paradiese. Die gehen lieber in ihre eigenen oder in die Karibik. Asien weckt wahrscheinlich unangenehme Erinnerungen.

Max bereut seine Gemeinheit schon und sagt begütigend: Könnte was dran sein. Wahrscheinlich sind es Koreaner.

Auf jeden Fall ist es eine Sache, die die Asiaten unter sich ausmachen. Da kann unsereiner nicht rummeckern. Wir würden uns ja auch nicht von Chinesen reinreden lassen, wenn das erzbischöfliche Ordinariat eine Dorfkirche an einen Puffbetreiber verkauft.

Ach, sagt Max interessiert. Weißt du da was Näheres?

Es sollte nur ein Vergleich sein, sagt Kecki geziert, eine Metapher, du Pfeife!

Klang so glaubwürdig! sagt Max. Aber was denkst du über das Händchen?

Das ist wahrscheinlich auch so was Binnenasiatisches, das uns nichts angeht, sagt Kecki unwillig. Aber passen könnte sie zu der anderen aus dem Geisterhäuschen. Die Aufbewahrungsorte sprechen dafür! Ob deine Hummerköder zu irgendwas passen, kann man nicht wissen. Wann sind eigentlich die Bilder fertig? Oder sind sie es längst? Hierzulande geht das doch alles in Minuten, heißt es.

Kautschuk sitzt immer noch vor dem verdreckten Schrein, jetzt aber mit einem Blick auf Kecki, der ewige Treue und Liebe bezeugt.

Mein Gott, wie dieser Köter Sie anstarrt! sagt Marianne, die sich von ihrem Platz auf den Stufen erhoben hat und Konversation machen will. Außerdem ist sie neugierig auf das makabre Fundstück.

Er ist kein Köter, haben Sie ruhig etwas Respekt! sagt Kecki hochnäsig und beobachtet die magere Gastwirtin, wie sie an den Heiligenschrein tritt. Deren Schrei zerreißt die schläfrige Stille, plötzlich fängt das fast erstarrte Bild auf dem Klosterplatz an, sich zu bewegen, als sei im Berg drin nach langer Zeit jemand wachgeküßt worden.

Ein Mönch beginnt auf der Strickleiter den Felsen zu erklettern, Mow rennt zu Marianne, der Baron folgt ihm etwas langsamer. Die Hunde, die flach und unbeweglich in ihren Sandkuhlen gelegen hatten, räkeln und schütteln sich und bellen in hohen, scharfen Tönen. Zwei Hähne in einem Bambuskäfig krähen, und der Gelbe Mönch tritt aus der Höhle, das blaue Tablett in den Händen. Auf dem liegen jetzt Dutzende von Bananen, sonnenförmig angeordnet.

Da, sagt Marianne ihrem Schrei hinterher, da bewegt sich was. Da drin bewegt sich was.

Na, meine Liebe, sagt der Baron, ein bißchen schwache Nerven, wie? Da drin bewegt sich nichts mehr. Da kann sich gar nichts mehr bewegen. Es ist das wellige Glas, sehen Sie? Er dreht sich zu den anderen um, die nähergekommen sind, der Gelbe Mönch hat das Futtertablett vor der kleinen Höhle abgesetzt, in der die *holy snake* wohnen soll, und gesellt sich dazu.

Wenn man an unebenem Glas entlanggeht, scheint sich dahinter etwas zu bewegen. Ich habe mal in den Vatikanischen Museen einen Pharao mir zunicken sehen!

Jetzt schreit Kecki, mit einem Laut des Ekels, der Max veranlaßt, sie trotz der Hitze in den Arm zu nehmen. Kautschuk drängt sich an ihr Bein, und sie deutet auf den Schrein.

Da ist was. Es ist nicht das Glas!

Unter der dritten Hand scheint sich etwas aus den brüchigen Stoffalten hervorkämpfen zu wollen, das staubige dünne Tuch wellt und wölbt sich. Als entließe sie es zärtlich in die Hitze der Welt, kriecht unter der toten Hand ein großes Insekt hervor und verharrt wie ein Schauspieler vor seinem Publikum.

Und hat Erfolg: Ein Seufzen ist zu hören, als das dunkle Ding sich schüttelt, dehnt und plötzlich zwei leuchtend blaue Flügel entfaltet.

Es erhebt sich ein ziemlich unbuddhistischer Radau.

Große Klasse, die Show! ruft der Baron anerkennend. Perfektes *timing*!

Der Gelbe Mönch lächelt und gestikuliert, während er auf Mow einredet, der ein skeptisches Gesicht macht und sich zu fürchten scheint. Marianne hat sich abgewendet, man hört die schrecklichen Pfeifgeräusche eines Asthmaanfalls, dann die leisen Puster des Sprays.

Mein Gott, ausgerechnet jetzt, sagt der Baron angewidert.

Und Max weiß, daß den größten Lärm gleich seine Freundin Kecki machen wird – da geht's schon los.

Holt ihn raus, schluchzt sie, laßt ihn fliegen! Da drin geht er doch zugrunde! Max, tu doch was! Hat das verdammte Ding keine Tür?

Ich hab's gewußt, sagt Max ergeben.

Der frisch geschlüpfte Schmetterling führt seine Schönheit vor, indem er langsam mit seinen unwirklich blauen Flügeln schlägt.

Max macht Bilder, trotz des Schmutzes auf den Scheiben. Er weiß, der Dreck kann diesem Blau nichts anhaben, es wird ihn mühelos durchdringen.

Die Farbe muß Gott gemeint haben, als er »blau« gesagt hat! Max lacht ein bißchen verlegen. Dagegen ist der Himmel ein Spüllappen.

Kecki kann nicht aufhören, um Freiheit für den Schmetterling zu betteln, so heftig, daß es ihr selber peinlich ist.

Stellen Sie sich doch nicht so an, sagt Marianne zu ihr, froh, daß nicht sie allein die Fassung verloren hat. Es ist doch gar nichts passiert.

Wenn er losfliegt, stößt er sich an der Scheibe zuschanden, sehen Sie das denn nicht? sagt Kecki und hört selber, daß ihre Stimme rauh ist, als wäre etwas ganz Entsetzliches passiert. Sie weiß, daß sie sich blödsinnig und unangemessen aufführt, es ist weiß Gott nicht das erstemal.

Wenn man den Kasten jetzt aufmacht, fällt der ganze Heilige zusammen, das ist mal sicher, sagt Marianne giftig.

Der Baron spricht zu Maxens großem Erstaunen mit dem Gelben Mönch, in dessen Sprache, sie lachen.

Längst steht der Gelbe Mönch bei seinem toten Bruder, er hantiert an der oberen Abdichtung des Schreins. Es ist ganz einfach, die Glasplatte abzuheben, aber es geschieht nicht, was alle erwarten: Der Gelbe Mönch läßt den leuchtenden Falter nicht fliegen, sondern trägt ihn ins Innere des Berges, in die geheimnisvollen Höhlen, auf die alle so neugierig sind.

Was haben Sie zu ihm gesagt? fragt Max den Baron. War das Thai? Woher können Sie das?

Max will den Trick wissen. Auch er kann sich in Sprachen verständigen, die er nie gelernt hat. In Asien hat er das bisher aber noch nicht ausprobiert.

Er und ich teilen einige Interessen, Max, ich darf doch Max sagen, schließlich sind wir im Urlaub, jedenfalls partiell. Sie arbeiten ja auch, genau wie ich. Wir arbeiten immer, nicht wahr? Das unterscheidet uns von den Lohnsklaven. Die brauchen ihre drei, vier Wochen Bewußtlosigkeit, ihre alljährliche Lebensnarkose, Sonne, Sand und Suff. Wir nicht, habe ich recht? Sprachen machen einen unabhängig, vor allem, wenn es um Nuancen geht. Meine Geschäfte sind sehr feinfädig, ein Dolmetscher kann das Netz zerreißen, ohne es zu wissen. Wir kennen uns eine ganze Weile, die Heiligkeit und ich. Sind einander trotz aller Fremdheit ans Herz gewachsen, das darf ich behaupten.

Sie waren aber nicht in unserer Maschine, sagt Max, ohne auf die scheinbare Offenheit des Barons einzugehen.

Ich bin gern unabhängig, sagt der und lächelt. Bin ein bißchen später gekommen, wollte doch meine alte Freundin hier nicht allein lassen. Ihr Mann überläßt ihr so viele wichtige Entscheidungen, dieser armselige Narkoleptiker.

Plötzlich klingt die Stimme des Dicken bösartig.

Er hat einen Learjet, mischt sich Marianne in das Gespräch. Ich hätte trotzdem nicht gedacht, daß er kommt. Ich hab gehofft, der Poldi wacht einmal auf.

Ich geh jetzt, sagt Kecki, die sich schämt und nicht genau weiß, für was. Vielleicht will sie es auch nicht wissen.

Ganz gegen seine Gewohnheit rennt der Hund ihr voraus in Richtung Wald, als könne er es kaum erwarten, das Vat zu verlassen.

7

»Zweierlei Dinge gibt es, ihr Mönche: welche beiden?
Lauterkeit des Geistes und an nichts in der Welt hängen.«

Die Reden des Buddha

Was ist wichtig? sagt Mr. Oss zu Madame, die ihn schweigend anschaut. Was duldet keinen Aufschub?

Mr. Oss spricht Deutsch mit ihr, manchmal auch ein bißchen Englisch. Er kann sich nicht erinnern, daß sie ihn jemals mißverstanden hätte. Ihre Antworten bestehen selten aus mehr als zwei oder drei Wörtern, mit einer leisen, etwas rauhen Stimme vorgebracht. Für eine Thai spricht sie ungewöhnlich tief. Zwitschern ist ihre Sache nicht, auch das Girren und Piepsen ihrer Geschlechtsgenossinnen kommt bei ihr nicht vor.

Angkor Vat, sagt sie. Drei oder vier.

Mr. Oss weiß, was sie meint. Das haben sie öfter, und es ist ihm ganz lieb: Einzelne Gäste, die nicht als Gruppe in sein Dorf geschafft und irgendwann wieder abtransportiert werden. So erhält er sich ein bißchen Abenteuergeruch, er nennt diese touristischen Zugvögel Spontis. Sein *resort* ist bei Einzelreisenden bekannt: Bei ihm erholen sie sich von Trekking-Touren und Kulturschocks aller Art. Jetzt also welche aus Angkor Vat. Erfahrungsgemäß fehlen denen ein paar Tage lang die Worte. Aber sonst sind die Spontis für die Pauschalgäste ein gutes Unterhaltungsprogramm. Machen sie ein bißchen neidisch, bringen sie auf Ideen.

Gehören die zusammen? Könnte man sie in ein Haus legen?

Erst sehen, sagt Madame.

Sie trägt nie Hosen. Enge, lange Röcke in Regenbogenfarben, oft auch weiß, um ihre helle Haut zu betonen. Knappe Seidenblusen mit breiten Schärpen um die Taille. Die können ihre Liebhaber mit zwei Händen umspannen.

Nach Liebhabern aber steht ihr derzeit nicht der Sinn.

Ausflüge, sagt sie. Neuer Musikmann.

Ich weiß auch nicht, antwortet Mr. Oss, warum die diesmal alle in dieses stinkige alte Vat wollen. Und woher sie davon wissen? Ich bin ganz umsonst mit ihnen am Goldenen Huhn vorbeigefahren, da hat keiner angebissen. Es ist ihnen wahrscheinlich zu sauber! Magie muß alt und dreckig sein, sonst hilft sie nichts! Sind nicht zu retten, die Europäer. Wir machen auf jeden Fall eine Tour zum Huhn, mit Elefanten, Mow soll das organisieren. Es wäre doch gelacht. Steckt was Ungesundes in dieser Gruppe, nicht nur wegen der Maroden, die diesmal dabei sind – irgendwie riechen die alle nach Mein letzter Wunsch oder Letzte Rettung. Das hab ich gar nicht gern. Wir bieten hier Traumurlaub an, keine Sterbehilfe, verdammt noch mal.

Mr. Oss liebt es, sich mit Madame auszutauschen. Ihre aufmerksamen, auf ägyptische Art umrandeten Augen schauen ihn unverwandt und zustimmend an. Ihre wenigen Worte kommen immer zur rechten Zeit. Im Gespräch mit ihr hat er den Eindruck, Asien und er seien zu einem ruhigen Einverständnis gelangt. Manchmal lächelt Madame, wenn er einen seiner scheuen kleinen Witze macht. Bei ihr fühlt er sich nicht fett und fremd, sondern wichtig. Auf eine furchtsame Art liebt er sie.

Neuer Musiker? Schicken die uns schon wieder so einen ausgemusterten Toupetträger?

Mr. Oss seufzt. Unterhaltungskünstler aus der Heimat kommen über sein paradiesisches Reich wie Unwetter. Agentur, Chartergesellschaft, Boulevardzeitung oder Beelzebub selbst – in jeder zweiten Saison schickt irgendwer einen Altstar in den Dschungel – zur Aufheiterung der Gäste oder um ihn daheim loszuwerden, wer weiß das schon. Jetzt ist es also wieder soweit.

Wohin Musikmann?

Auf keinen Fall Strandreihe, sagt Mr. Oss. Soweit käm's noch. Wir können ihm das Häuschen neben der Wäscherei geben oder das von dem, der sich beschwert hat wegen der Musik. Die könnten dann tauschen. Das Wäschereihaus ist ruhig.

Wir fertig? fragt Madame.

Sie bückt sich anmutig und streichelt die derzeitige Favoritin des Chefs, die magere, hochnäsige Siamesin mit nur einem Auge, das allerdings blau für zwei ist.

Ein Supertier, sagt Mr. Oss verlegen.

Ich kennen, sagt Madame freundlich und geht.

Es ist später Nachmittag. Vom Strand her hört man Stimmen, die Vögel schweigen, die Stunde der Frösche ist noch nicht da.

Kecki sitzt mit dem Laptop auf der Terrasse und hackt ein Stückchen über Senioren im Paradies hinein, für die *Apothekenrundschau*. Die zahlen gut, wesentlich besser als die seriösen Tageszeitungen. Sie macht das trotzdem nicht gern, schon weil es ihr gegen den Strich geht, mitten in die Touristen-Poesie Hinweise auf unerläßliche Reisemedikamente zu streuen. Sonnenuntergang mit Imodium akut. Romantik mit dem Duft nach Autan. Zweitausend Zeichen erster Schöpfungstag, aber mit Warnung vor Herpesgefahr. Sie ist trotzdem versunken in die Arbeit, erst ein kurzes Bellen von Kautschuk holt sie wieder zurück ins Dorf, in den Bananenblätterschatten und ins ferne Strandgeschrei.

Du kannst ja reden! sagt sie zu ihrem Hund und sieht Madame den Weg entlanggehen, mit kleinen, vom Rock gebremsten Schrittchen, die ihrem Gang etwas Gleitendes geben.

Schöner Tag! Bitte! sagt Madame und reicht Kecki einen bunten Zettel, auf dem allerlei Lustbarkeiten angekündigt werden. Einiges davon im *resort*, anderes, zum Beispiel ein Thai-Boxkampf, soll im Dschungeldorf stattfinden.

Danke sehr, sagt Kecki artig. Wir werden so viel wie möglich besuchen!

Sie hat längst die fremde Frau von oben bis unten gescannt, nicht neidisch, das bringt ja nichts. Von den makellosen Armen über die Haare, ein schwarzer Wasserfall, nicht von dieser Welt, bis zum Mohnrot der Lippen. Eine solche Farbe hat Kecki noch nie gesehen. Kecki erinnert sich an die aktuellen Paletten von Chanel bis Lancôme – tausendmal verschiedenes Lippenstiftrot –, aber nicht an dieses Klatschmohnrot. Leicht angewelktes, wie ermattetes Rot, in einem letzten, grandiosen Leuchten.

Was ist das für eine Marke? fragt Kecki freundlich und tippt sich auf den Mund. Vielleicht kann sie ihre Begeisterung in einer hübschen PR unterbringen, sie kennt schließlich Gott und die Welt in der Kosmetikbranche.

Kautschuk bellt wieder, und Kecki sieht, wie sich ein Fellkamm auf seinem Rücken aufstellt.

Oh, sagt Madame, lächelt und tippt sich auch auf die Lippen. Meine Mutter. Selbst.

Unaufhaltsam verschwindet die *Apothekenrundschau* aus Keckis Hirn und macht einer Serie über magische Naturkosmetik Platz, mindestens *Vogue*, Teilnahme an New Yorker Kongressen, Reichtum, Ehre – ach. Kautschuk bellt wieder, und seine Herrin auf Zeit schüttelt sich ein bißchen.

Man träumt manchmal, sagt sie freundlich. Das ist an einem so wunderbaren Platz ja gar nicht zu vermeiden!

Ich nicht, sagt Madame und wendet sich zum Gehen.

Einen Augenblick später ist sie verschwunden, von Büschen und Hitze einfach verschluckt.

Sehr exotisch! sagt Kecki zu ihrem Hund. Du kannst sie nicht leiden, stimmt's?

Er schleicht die fünf Holzstufen hinunter, die von der Terrasse zum Weg führen. Jedes Treppchen ist mittlerweile zu einer Art Visitenkarte geworden. Aus Muscheln, Schuhen, Flossen, Kerzenhaltern und aufgehängten Handtüchern hat sich jeder Hausbesitzer eine Identität gebastelt, ohne es zu wissen. An den Treppchen erkennen die Bewohner ihre Häuser, die sonst alle gleich aussehen.

Kautschuk rollt sich unter einem Hibiskus zusammen, die

Nase unter den Pfoten vergraben, ein Bild der Ratlosigkeit. So hat Kecki ihn noch nie gesehen, aber sie achtet nicht weiter darauf und versucht, Ordnung in ihre Notizen zu bringen. Schreibt auf, was an Bildern gebraucht werden könnte. Max hat das Weite gesucht und steht zur Zeit nicht zur Verfügung. Das kennt sie und nimmt es ihm nicht übel. Photographen haben ein kompliziertes Ego.

Warum sind Sie nicht am Strand, meine Liebe?

Das sagt Santa Clara, die unten am Treppchen stehengeblieben ist, eine riesige Muschel in der Hand hält und in augenbetäubendes Pink gehüllt ist.

Kecki weist sich selber zurecht: Es ist ein unglaublich schönes Kleid, das die Frau trägt, und es erscheint ihr nur deswegen zu rosa, weil ihr, Kecki, die Farbe nicht steht.

Hier kommen dauernd Leute vorbei, sagt sie und lacht, und haben Farben an sich, die mich neidisch machen! So was von einem geilen Teil!

Santa Clara sieht aus, als ob sie sich freute. Sie hat schon ein schönes Braun angenommen, was ein Wunder ist bei ihren Liebes- und Fesselungskünsten, die sie ja nicht im Sonnenlicht ausüben kann.

Wo ist Ihr Begleiter? fragt Santa Clara, nachdem sie sich sichtbar einen kleinen Ruck gegeben hat.

Woher soll ich das wissen? antwortet Kecki und lacht wieder. Ich bin nicht mit ihm verheiratet. Er kann machen, was er will. Könnte er übrigens auch, wenn wir verheiratet wären.

Santa Clara macht ein Gesicht, als habe sie genau diese Antwort erwartet und wolle nun sagen: Schluß mit dem Geplänkel! Siehst du nicht, du blöde Kuh, daß ich am Verrecken bin? Verschon mich mit deinem Toleranzgeschwätz und deinem Freiheitskitsch!

Statt dessen sagt sie: Könnte es vielleicht sein, daß Ihr Freund ein bißchen anders gestrickt ist? Er hat sich mit Louis erstaunlich gut angefreundet!

Anders gestrickt? sagt Kecki mit jener Stimme, die sie sonst für junge und mangelhaft gebildete Redakteure reserviert hat. Sie meinen, ob er schwul ist? Warum sollte ich Ihnen darauf eine Antwort geben? Es ist doch eher die Frage, ob Ihr Gatte – wie haben Sie es ausgedrückt? – anders gestrickt ist.

Santa Clara sinkt mit ihrem schönen rosa Kleid auf die unterste Stufe des Treppchens, legt das Gesicht in die Hände und sagt zwischen den Fingern hindurch: Ich brauche einen Schnaps.

Bei der Hitze! sagt Kecki, findet sich im gleichen Moment spießig und gemein und geht ins Dunkel des Bungalows, um einen Mekong zu holen.

Santa Clara bleibt unten an der Treppe hocken wie ein Bettelweib und kippt den Whisky, dann sagt sie: Schreiben Sie doch mal, wie es im Leben aussieht! Und wenn sich Ihr Bilderknipser wieder blicken läßt: Ich wüßte gern, woran ich mit ihm bin.

Mein Gott, sagt Kecki. Sie wissen doch, wie Jungs sind. Freuen sich, wenn sie einen zum Spielen und Angeben gefunden haben.

Ja, darüber habe ich einiges gehört, antwortet Santa Clara, steht auf und streckt sich. Das Glas läßt sie achtlos auf der Stufe stehen, was Kecki ärgert.

Geben Sie mir das Glas rauf, sagt sie, ich will nicht, daß der Hund sich verletzt.

Aber Santa Clara hört nicht zu und sagt im Gehen: Welche Spiele? Womit angeben? Darauf kommt es doch schließlich an, nicht wahr? Und: Ob sie einen mitspielen lassen. Ich photographiere genausogut wie Ihr Freund, wenn ich will. Aber ich habe zuviel Respekt vor den Objekten!

Lieber Himmel, entspannen Sie sich! ruft Kecki ihr nach und sieht, daß die andere sich plötzlich bückt.

Santa Clara geht die paar Schritte zurück und hält einen kleinen Zettel in der Hand.

Haben Sie das verloren? fragt sie und reckt sich, um den Wisch über das Geländer zur Terrasse hinauf zu reichen.

Kecki braucht keine Brille, um die Zeichnung zu erkennen – wieder ein Männchen, rot, mit ungelenken Strichen durch den Bauch, der wie ein Osterei aussieht, und beide Hände. Hände, wie Vierjährige sie malen. Auch der linke Fuß ist durchgestrichen. Beim ersten Gekritzel dieser Art ist Kecki die Farbe nicht aufgefallen, aber jetzt: ein müdes Mohnblumenrot, in seinem letzten Leuchten.

Mir ist kalt, sagt Kecki.

Sie sitzt noch lang, nachdem die andere gegangen ist, still da, die Hand auf dem Rücken des Hundes, der jetzt wieder auf der Terrasse liegt, eng an ihr Bein gepreßt. Eigentlich zu warm, aber in diesem speziellen Fall – Was für ein Fall? Blödsinn! sagt sie laut. Und wenn es einer ist, geht er uns nichts an.

Aber sie weiß, daß sie die Hand mit dem lebendigen Handschuh nicht aus dem Gedächtnis kriegen wird. Und daß leider weder *Apothekenrundschau* noch Reisekataloge samt diversen Damenblättern ihr einen so schönen Schreibkick verschaffen wie eine Leiche – oder wenigstens ein Stück von einer. Sie hofft, daß Max bald wieder auftaucht und bei der Gelegenheit die Unterwasserbilder mitbringt.

Der Ehewahnsinnigen gegenüber hat sie sich ahnungsloser gestellt, als sie ist. Max hat ihr gesagt, daß er endlich seine Photostrecke über thailändische Schneiderateliers anfangen wolle.

Er war richtig begeistert gewesen, selten bei ihm: Ah, diese Ateliers! Klimatisierte Museen, in denen an bleichen Puppen die Abendgarderobe der Adenauer- und Ulbricht-Ära hängt! Als hätten sie bei Madame Tussaud gelernt! Ein *danse macabre* mit den weißen Dinnerjacketts der Fünfziger und Roben mit Wasserfalldekolletés aus lila Satin! Wahrscheinlich haben sie intuitiv die Armut des Westens erkannt, seine starre Kälte! Eine Straße irgendwo in Takuapa oder einem anderen Provinznest, und rechts und links von ihr, in großen, gläsernen Schachteln wie Panoramen: Geschlossene Gesellschaft! Westen! Lappige Fräcke mit Brokatkummerbund und diese Kleider! Als wären die Leichen der NS-Frauenschaft wieder lebendig geworden! Es ist grandios!

Es hat ihnen halt keiner gesagt, daß man dieses Zeug schon seit Jahrzehnten nicht mehr trägt!

Aber er ließ sich gar nicht bremsen. Und jetzt war er schon seit Stunden verschwunden, nachdem er – ja, tatsächlich – mit Louis Reinemer eine Runde geschwommen war. Ziemlich weit raus, das muß man schon sagen.

Reiß dich zusammen, Albertine, sagt Kecki laut. Das ist ja ansteckend! So weit kommt es noch, daß du dich wie diese rosa Tante aufführst.

Die häßliche kleine Zeichnung hat sie sorgfältig geglättet und mit der großen Muschel beschwert, die Santa Clara liegengelassen hat. Es ist ein besonders schönes Gehäuse, ein bißchen eklig auch, rosa wie ein Tiermaul. Zwischen den beiden Zahnreihen stecken kleine Steine.

Mit der *Apothekenrundschau* ist sie fertig und hat sogar noch ein paar Vitaminempfehlungen reingepackt. Ist schon auf dem Weg. Wenn sie eine Ahnung hätte, wo sie suchen soll, würde sie ein bißchen nach Leichenteilen schnüffeln. Sie greift nach dem roten Gekritzel, da wären noch eine Menge Stücke übrig! Kautschuk knurrt, und Kecki beschließt, nachdem sie grade in einer Stunde siebenhundertfünfzig Euro verdient hat, schwimmen zu gehen.

Max ist indessen in eine andere Welt geraten. Mit Mow hatte er schon kurz nach der Überwindung seines Jetlags über sein Interesse an thailändischen Coutureunternehmen gesprochen. Es war gar nicht leicht gewesen, dem Jungen beizubringen, daß es ihm nicht um die Anfertigung eines billigen Smokings oder Dutzender von Hemden (*Cheap! Pure silk! Real Thai silk!*) ging.

Nur Bilder! Photos! So viele *tailors* wie möglich!

Es ist nicht sicher, was Mow versteht oder besser: was er für richtig hält, zu verstehen. Es gebe, läßt er in deutschen und englischen Wörtern wissen, nur einen *tailor*, der wert sei, gekannt zu werden, er, Mow, wolle sich gern dafür einsetzen, daß Max ihn photographieren könne. Gewiß werde er dann auf den Geschmack kommen und sich einige Hosen und Jacketts machen lassen, sehr elegant und modern! Es handle sich um den zweiten Onkel seiner Mutter, der sehr elegant arbeite, sehr modern, Aphaluck sei sein Name.

Das alles hatte der kleine Organisator dem Photographen ziemlich beiläufig gesagt: Solche Wünsche konnte er nicht recht ernst nehmen. Wenn der Mann sich schöne enge Damenkleider hätte nähen lassen wollen oder seidene Fesseln in Luxusausführung – das hätte Mow mehr Aufmerksamkeit abgenötigt. Oder Photographien machen von kleinen Schwestern und Cousins – aber Kleider an Puppen in Schaufenstern? Oder hatte er etwas nicht richtig verstanden?

Für einige Tage hatte Mow Max aus den Augen gelassen. Die Angelegenheiten des Klosters waren verwirrend geworden, auch der Dicke vom Meer mit dem langen Namen stellte Mows Schlauheit auf eine harte Probe – aber heute hatte Max seinen Wunsch noch einmal wiederholt.

Ja, ja, ja! ruft Mow freundlich, Onkel Aphaluck heißt! Wird sehr geehrt sein.

Der Onkel sei zwar grade nicht in seinem Geschäft, dafür gäbe es schließlich Angestellte, viele, viele! Aber er, Mow, werde Max den Weg zeigen, der Onkel ruhe aus, ganz in der Nähe, eine kleine Stunde weit weg. Mit dem *motor bike*.

Max weiß, gleich wird ihm ein Wunsch erfüllt. Er greift sich begeistert das klapprige Mofa, das am Wachhäuschen steht und den perfekten Eindruck des Entrees ein bißchen versaut.

Wem gehört es?

Mow macht eine wegwerfende Geste und gibt ihm das Schlüsselchen mitsamt einer Zeichnung des Dschungelwegs. Und während Kecki im blauen Wasser schaukelt und sich die nette Einkaufsstraße von Takuapa vorstellt, in der ihr Gefährte – und zwar ohne die Gesellschaft von Louis Reinemer! –

seine Madame-Tussaud-Bilder macht, tuckert der, vogelum-
kreischt und grün beschattet, durch den Dschungel.

Auf Mows Zeichnung ist ein Weg zu erkennen, brauner
Buntstift, und mit blauem ein Gewirr von Linien, das Mow
mit den Worten *river! river!* erklärt hat. Es handelt sich offenbar um ein Flußdelta, das irgendwo in die Andamanensee
mündet. Da ist der Onkel zu finden, beim Ausruhen. Gar
nicht zu verfehlen!

Natürlich hätte Max einfach mit einem Taxi in die kleine
Stadt fahren und sich durchphotographieren können, Laden
für Laden, Atelier für Atelier. Man hätte ihn wahrscheinlich
gewähren lassen und gegrinst, wie immer, wenn die Langnasen ihren rätselhaften Neigungen folgen. Modespionage
fürchtet man nicht in einem Land, wo die Geschäfte sich Boss,
Armani und Gucci nennen, ohne jemals ein Kleidungsstück
dieser Herkunft auch nur gesehen zu haben. Aber Max will begreifen, will herausfinden, wie es gelingen konnte, eine ganze
tief versunkene Epoche auf der anderen Seite des Erdballs am
Leben zu halten. Dazu muß er Bekanntschaften machen unter
den Paten von Seide und falschem Kaschmir.

Eine kleine Stunde, hat Mow gesagt. Was ist eine kleine
Stunde? Max fühlt sich auf seinem Mofa mit jeder Minute
jünger, aber auch traurig. Das Motörchen singt ein Lied von
früher: Ich bin verknallt! singt es. Ich habe Pickel und leider
kein Geld, aber das Leben ist eine riesige Torte!

Ach ja. Natürlich war es kein Tortenschlecken damals in
Deggendorf, aber eben doch – beim Orgelbälgetreten mit der
Hand in einer anderen Hose und hinterher Pistazieneis beim
Italiener am Markt. Und die Hitparade. Man sollte vielleicht
eine Story über Mofas machen. Auf irgendeiner griechischen
Insel, erinnert sich Max, hat man extra ein Krankenhaus für
die glücklichen alten Säcke aus ganz Europa gebaut, die es
noch einmal wissen wollen auf dem Rädchen.

Schon eine ganze Zeit lang knattert er nicht mehr durch
den Wald, sondern durch Plantagen, Kokos und Kautschuk.

In großen Haufen liegen die borstigen Nußschalen auf den Lichtungen und kokeln stinkend vor sich hin. Kleine Ansammlungen von offenen Hütten, geschmückt mit bunten Kleidungsstücken, manchmal ein Kind, das einen Affen an der Leine hält und ihn zum Nüssepflücken in die Palmen klettern läßt. Die Kinder hören das vertraute Mofageräusch: Aber was sitzt da für einer drauf? Sie laufen zusammen, zeigen auf ihn und wollen sich totlachen. Kinder machen Max oft verlegen, aber denen hier winkt er zu und schneidet Grimassen, es sieht ja keiner.

Aphaluck? fragt er, nachdem er das Klapperrädchen in schicklicher Entfernung angehalten hat. Mit der kleinen Kamera schießt er ein paar Bilder, um zu sehen, wie sie reagieren.

Sie machen die gleichen Faxen wie alle Kinder dieser Welt, außer in Nordkorea vielleicht, da war Max noch nicht – aber sie halten im Gehampel und Gezappel plötzlich inne. Vielleicht haben sie es falsch gehört? Sie zwitschern und schnattern und beratschlagen anscheinend, und die ganz Kleinen rennen davon, als fürchteten sie, in diplomatische Verwicklungen zu geraten.

Aphaluck! sagt er noch einmal vorsichtig, nicht zu laut.

Neben ihm steht ein vergammeltes Geisterhäuschen, an dem verwelkte Orchideenketten wie verwestes Gedärm hängen. Das Treppchen ist zerbrochen, und im Inneren liegt eine zerknüllte Lucky-Strike-Schachtel und ein kopfloses Gipspferdchen.

Auch das photographiert Max, weil ein Sonnenstrahl grade eine wundervoll staubige Aureole um das Ganze malt.

So einen, denkt Max, gibt es in allen Kinderbanden dieser Welt – manchmal ist es auch eine Sie. Anführer, Abenteurer, Angeber und winziger Chef in einem. Hier ist es ein Junge, schwierig zu schätzen sind diese bräunlichen Zwerge. Zehn Jahre vielleicht? Dürfte er schon sein, mit einem sehr weißzähnigen, herzbewegenden Lächeln. Er läßt die anderen zwitscherd und quasselnd hinter sich und nimmt Max bei der Hand.

Also, schöner Knabe, sagt Max zu ihm und spürt dieses merkwürdige Gefühl, ungewohnt, eigentlich noch nie gehabt, wenn er es bedenkt, nur andersrum, vor tausend Jahren, er seine Kinderhand in eine große legend.

Ich weiß nicht, sagt er zu dem schwarzen Köpfchen hinunter, ob das hier gern gesehen ist? Wo ist denn deine Mutter, und was hast du vor?

Aber der Kleine ruft den anderen was zu und zieht an Maxens Hand, und Max hält den Mund und läßt sich ziehen, in eine andere Welt, in ein neues Leben.

Jedenfalls an ein Flußufer, und Max hat hier vorher keinen Fluß gesehen. Ganz unversehens schlängelt sich da dunkles Wasser zwischen Sandbänken, dürre Blätter, groß wie Zeitungen, schwimmen meerwärts. Sie sind ein Stück durch die schrägen, ordentlichen Baumreihen gegangen, in denen der Kautschuk angepflanzt ist, auch die Gestelle, an denen die trocknenden Gummilappen hängen, sind wieder zu sehen.

Max sagt: Was das für seltsame Farben sind, diese von Gelb nach Braun spielenden Töne. Es ist wunderbar, mit diesem Kind zusammen zu sein, die pappige kleine und warme Pfote in der Hand zu halten und erzählen zu können, was ihm einfällt. Der Kleine versucht ja gar nicht erst, ihn zu verstehen. Nicht wie diese grausam altklugen Kinder, die seine intellektuellen Freunde in die Welt gesetzt haben und die bei allem mitreden, unter dem Jubel ihrer viel zu alten Väter.

Max deutet auf sich und sagt: Max.

Niemand schaut zu, nur Gott, aber der ist ganz anderes gewohnt. Und so betrachtet Max den kleinen fremden Menschen gründlich, die langen, nußfarbenen Glieder, die Haut auf der Brust glitzert ein bißchen vom Schweiß, und die Brustwarzen sehen aus wie braune Linsen. Die von rotem Staub gepuderten dünnen Füße schmücken sehr helle Zehennägel, die an den beiden kleinen Zehen sehen wie Diamanten aus, leuchtend, perfekt und winzig.

Max, sagt der Junge und lacht. Er läßt die große Hand nicht los, sagt aber nichts, was einem Namen gleichen könnte. Obwohl, hier weiß man ja nicht.

Auf seinem verwaschenen, viel zu großen T-Shirt steht etwas aufgedruckt.

Laß mal sehen, sagt Max, und dreht den Kleinen ein bißchen zu sich. Ein süßer Geruch nach Kokosöl steigt von dem Kind auf.

Max spürt eine Art Schwäche, die Welt wird zum Kameraverschluß, erst weit offen, dann zu und dunkel.

Man darf sie nicht am Kopf berühren, murmelt er.

Auf dem T-Shirt steht: *Masterpiece.*

Das bist du, sagt Max. Oh ja, das bist du.

Stunden später klopft er ungeduldig an Keckis Tür.

Gehen wir essen? ruft er, er hat einen winzigen Anflug von schlechtem Gewissen. Wenn die hier irgendwo einen anständigen Bordeaux versteckt haben, lad ich dich auf eine Flasche ein.

Eine? sagt Kecki. Sie kommt nicht einfach raus, sie tritt auf, in meerblauem Seidenanzug, den Hintern artig unter einer langen Jacke verwahrt, mehrere Perlenketten um den Hals.

Du siehst klasse aus, sagt Max sachlich. Aber laß den Schmuck weg. Der lenkt ab. Du brauchst von nichts abzulenken.

Was nur der Hund hat? fragt sie und legt die Perlen achtlos auf das Terrassentischchen. Der Hund wimmert ein bißchen und verzieht sich unter die Treppe, in das von allerlei Unheimlichem bewohnte Dunkel.

Was hast du da in der Tüte? Hast du was Schönes gefunden?

Die laß ich mal hier, sagt Max etwas verlegen, die brauche ich nicht zum Dinner mitzuschleppen. Er stellt eine große, feste Papiertüte in die Ecke der Terrasse, oben guckt noch eine Plastiktüte raus.

Muß was Empfindliches sein, sagt Kecki neugierig.

Ziemlich, antwortet Max. Ich erzähl's dir. Vielleicht nicht beim Essen, aber danach.

Du siehst auch gut aus, sagt Kecki versöhnlich. Er hat seinen Ausflug gründlich von sich abgewaschen, das Mofa steht wieder am Eingang und wartet auf irgendeinen Besitzer, Mow hat das Schlüsselchen an sich genommen und freundlich gefragt: War interessant Onkel Aphaluck?

Oh ja, danke. Mehr als ich ahnen konnte.

Weiße Hose, weißes Hemd, weiße Schuhe. Zusammen mit der weißen Schocksträhne im Haar gibt er ein Bild von gradezu unglaubwürdiger Tadellosigkeit ab.

Durch den Holzbau des Restaurants weht ein sanfter Wind, der nach gegrilltem Fisch und Orchideen duftet. Sie gehen an dem vorbei, was Max respektlos »das Lazarett« nennt, Lilly Gribouille und Wanda Landau, beide umsorgt von Herrn Atropos, der mehr denn je aussieht wie ein abgebranntes Streichholz mit seinem schwärzlichen Kopf und dem strichdünnen, weißgekleideten Leib. Beide sitzen jetzt an Lillys Tisch, auch der Baron Wyandotte hat sich dazugesellt.

Da sind ja plötzlich ganz Junge! sagt Kecki etwas beleidigt und deutet auf einen großen Tisch, der mit Karten, Papier, Getränkedosen und vollen Aschenbechern überhaupt nicht in die feine Dinneratmosphäre paßt. Furchtbar schlanke halbe Kinder, zwei Jungen, zwei Mädchen, laut und zerlumpt hübsch, mit Khakiwestchen auf nackter Haut und abgeschnittenen Jeans.

Mr. Oss erklärt ihnen, während er die abendlichen Honneurs macht: Die kommen direkt aus Kambodscha, Angkor Vat. Sie kennen das ja sicher längst! wendet er sich höflich an Max.

Zu meiner Zeit gingen noch keine Schulausflüge da hin, antwortet der grantig.

Also, wo warst du? fragt Kecki. Sie haben bestellt, auch ein Rotwein hat sich gefunden, australischer zwar, aber immerhin.

Ich habe diesen Schneideronkel besucht, Aphaluck. Ist das nicht ein unglaublicher Name?

Kecki fragt nicht nach, sie ist es gewohnt, daß ihr Freund seine Geschichten von ihren Enden her erzählt, manchmal auch mitten heraus.

Der Typ hat eine Art Datscha am Flußdelta, *in the middle of nowhere.* Der kleine Thai, also sein Neffe achtzehnten Grades oder so, hat mir ein Mofa geliehen. Ich hätte den Kerl nie gefunden, aber ein Junge aus dem Dorf hat mich hingebracht.

Max fängt an, seinen Hühnersalat zu essen, der in einer riesigen ausgehöhlten Ananas aufgehäuft ist. Blüten aus Rettich und Melonen, eine schwere silberne Gabel – Max hält inne und sagt: Können wir so was unterbringen? Diese thailändisch-niederländischen Barockstilleben?

Ein Junge? Was für ein Junge? fragt Kecki.

Irgendein Junge, antwortet Max. Wir konnten uns nicht verständigen, wie du dir denken kannst. Ich habe ihn, sagt er, und seine Stimme hört sich beengt an, als wäre ihm ein Stück Ananas im Hals steckengeblieben, *Masterpiece* genannt. Das stand auf seinem T-Shirt.

Ach ja? sagt Kecki und winkt Virikit her, um einen neuen Krug Wasser zu bestellen.

Der Onkel hätte dir gefallen, die ganze Ecke dort. Wie nicht von dieser Welt. Ein alter Typ, glatt wie eine Olive, mit unheimlich vielen Haaren und zwei Gibbon-Babys auf den Schultern, mit rosa Schnullern im Mund! Ich hab ein paar Bilder gemacht, aber ich muß noch mal hin. Er lebt in einem Baumhaus. Der Fluß ist flach, und auf den Steinen sonnen sich Dutzende von Leguanen.

Da geh ich das nächste Mal mit, sagt Kecki freundlich, das ist doch was für mich.

Man nennt ihn auch *Père Gibbon*, sagt Max nachdenklich. Soweit ich verstanden habe, gehören ihm so gut wie alle Schneiderläden im Umkreis.

Was hast du in der Tüte? Seide? fragt Kecki.

Mittlerweile ist der Tisch abgeräumt, die jungen Leute machen Lärm. Mr. Oss kommt noch mal vorbei und sagt: Die werden schon noch still. Am ersten Abend nach dem Abschied von Angkor Vat machen die meisten Remmidemmi, um drüber wegzukommen. Dann werden sie ganz ruhig und verdauen. Nur Geduld!

Max wartet, bis der Chef sich entfernt hat, und sagt: Ich habe etwas gefunden. Der Kleine hat's mir auf dem Hinweg gezeigt. Als ich auf dem Rückweg vom Fluß allein war, habe ich es mitgenommen. Auf dem Gepäckträger. Verpackt habe ich es dann zu Hause.

Es, es, sagt Kecki leise.

Am Lazarettisch gibt's Champagner. Der angeregte Lärm beschützt ihr Gespräch.

Wie soll ich es sagen? sagt Max und wirkt hilflos, was ihm nicht steht. Du kennst diese Kautschukdinger, an denen diese ekligen großen Gummilappen zum Trocknen aufgehängt werden? Auf einem von den Lappen war was aufgedruckt, das hat mir der Kleine gezeigt. Er hat eine Menge dahergeplappert und auch immer mal gelacht.

Ja und? sagt Kecki und versteht gar nichts.

Ich hab's angefaßt, sagt Max leise. Das war kein Gummi. Aufgedruckt war auch nichts.

Sondern? fragt Kecki.

Tätowiert, sagt Max. Es ist tätowiert. Ich nehme an, es stammt vom Rücken.

Von was für einem Rücken? fragt Kecki, aber sie weiß es und denkt an die rote Zeichnung, die unter der Muschel liegt.

Du meinst, auf meiner Terrasse steckt in einer Papiertüte ein Stück Haut? Ein Stück Menschenhaut? Sie merkt, daß sie ein bißchen schrill klingt, aber bei so was wird man ja wohl schrill klingen dürfen.

Ich bin kein Experte, sagt Max und fragt sich flüchtig, wofür man Experte sein muß, wenn man in einer Dschungelplantage zufällig auf ein großes Stück sorgfältig präparierter

Menschenhaut aufmerksam gemacht wird, auf der ein Tattoo in Form eines kleinen blauen Elefanten zu sehen ist.

Für Folklore wahrscheinlich, sagt er laut.

8

»Begehren ist ein Entstehungsgrund der Taten,
Haß ist ein Entstehungsgrund der Taten, Ver-
blendung ist ein Entstehungsgrund der Taten.«

Die Reden des Buddha

Mindestens vier Menschen haben in dieser Nacht nicht schlafen können, vier Menschen und ein Hund. Denn weder der noch die Tüte mit dem schaurigen Inhalt hatten sich gefunden.

Max sitzt jetzt, am nächsten Morgen, auf Keckis Terrasse und hat den Kopf auf den Tisch gelegt. Er sagt was in seine verschränkten Arme hinein, und Kecki, die sich minutenlang ohne Freude im Spiegel angeschaut hat, antwortet sehr gereizt: Kannst du bitte gradeaus reden? Ich verstehe kein Wort.

Erfindet man hier Geschichten, ohne es zu wollen? sagt er müde, nachdem er den Kopf gehoben hat. Oder finden einen Geschichten? Alte, versteinerte Geschichten ohne Anfang und Ende? Hier hängt alles mit allem zusammen, wenn du was verstehen willst, hängst du schon am Narrenseil. Sie sind uns überlegen.

Kecki lächelt ihm zu und winkt Virikit, die ganz zufällig vorbeistöckelt und ihren hübschen Hintern schwenkt. Der sitzt heute stramm in roter Seide wie ein Apfel in der Schale.

May we have some coffee, please? sagt Kecki.

Virikits Antwort versteht sie nicht, und das ist auch gut so, denn die rotseidene junge Dame mit der taubengrauen Schärpe ist seit kurzem dem Kaffeeholen entwachsen und für höhere Aufgaben vorgesehen. Deswegen kichert sie höflich und schreit nach einem Boy. Zu jeder anderen Zeit hätten Kecki und Max das kleine Hierarchietheater zu schätzen gewußt. Aber jetzt achten sie gar nicht darauf, auch daß Madame und ihr taubstummer Schatten sich nähern, fällt ihnen nicht auf. Madame ist noch weißer als sonst, und Kleines Gemüse hat die Farbe von getrocknetem Schlamm. Da sind nun die vier Menschen, die kein Auge zugetan haben, nur Kautschuk, der Hund, fehlt.

Na, haben Sie wieder einen von Ihren Lippenstiftzetteln dabei? fragt Kecki von der Terrasse herunter, das wirkt herablassend, was sie aber im Moment gar nicht stört.

Madame tritt näher, auf der Holzbrüstung liegen Muscheln, der Größe nach geordnet. Keckis blauer Kaftan bewegt sich matt im Wind, der vom Meer her weht. In den Palmen schwätzen die Webervögel wie böse Weiber. Es riecht nach Blüten und Putzmittel. Die Brandung macht beruhigende Geräusche. Jetzt steht die Asiatin am Fuß des Treppchens wie eine Bittstellerin, da hilft auch die hochmütige Miene nichts mehr.

Was geht hier eigentlich vor? fragt Max ruhig. Wir haben, nun ja, Einzelteile gefunden, die dann aber wieder verschwunden sind. Zwei Hände. Irgendwelche Innereien. Gestern wurde ich zu einem präparierten Stück Haut geführt. Das ist aber wieder weg, genau wie die anderen – soll ich jetzt sagen, sterblichen Überreste? Warum gibt sich da jemand solche Mühe, eine Leiche so luxuriös verschwinden zu lassen? Oder ist es nicht nur eine? Wenn Sie hier überzählige Tote haben, würde es doch genügen, sie einfach im Wald abzulegen, nicht?

Madame achtet gar nicht auf Max. Wieviel mag sie verstanden haben? Kecki zündet sich eine Zigarette an, das heißt höchste Alarmstufe. Um diese Tageszeit raucht sie nur bei Kriegsausbrüchen und Liebeskummer der Windstärke zwölf.

Wo ist mein Hund? fragt sie und kneift die Augen zusammen, Sonne, Tränen, Rauch, wer weiß schon, warum?

Kommt zurück, antwortet Madame und legt anmutig die Hände zum Gruß zusammen. Sie lächelt nicht, die ganze Zeit hat sie nicht gelächelt. Das dunkle Gesicht von Kleines Gemüse trägt sowieso immer den gleichen Ausdruck von sanftem, finsterem Staunen.

Was gefunden, nicht gut. *Ask sleeping man. Ask fat man.*

Übrigens sind die Unterwasseraufnahmen da, sagt Max und achtet nicht mehr auf Madame. Die wird sehr aufgeregt, all ihre gläserne Contenance – mein Gott, sagt Kecki, die kann ja urplötzlich fleckig und strähnig werden! – löst sich auf, sie sieht alt aus.

Nicht Bilder im Wasser, sagt sie laut. Unglück.

Weißt du, was mich rasend macht? fragt Max, ohne sich um sie zu kümmern. Daß man nie weiß, wieviel sie verstehen. Daß sie mit unsereinem spielen. Wenn du bloß ferienmäßig betäubt vor dich hin frißt und säufst und schwimmst, merkst du das nicht. Da kann dir nur recht sein, wenn die Einheimischen anders als wir aussehen und beten und reden und wahrscheinlich auch vögeln oder morden. Ganz anders als wir. Aber wenn du arbeiten mußt, diese verdammten Orangenmönche ablichten oder die Klamottengrabkammern des Herrn Aphaluck sichtbar machen – da brauchst du doch eine ausgestreckte Hand. Eine fremde Seele, die dir ein bißchen Menschenähnlichkeit zubilligt. Ich habe den Eindruck, sie halten uns für eine Art nicht eben hübscher Nutztiere. Nicht sie dienen uns, das ist nämlich ein ganz mieser Trick, daß sie so tun – wir dienen ihnen. Wir sind große, fette Tiere, die sie füttern und denen sie das Blut abzapfen. Oder die Galle. Wie die Chinesen bei den Bären. Wir sind bloß hilflose Bären.

Bist du noch besoffen? fragt Kecki liebevoll und drückt ihre Zigarette mit angeekeltem Gesicht aus. Wieso sollen wir einen schlafenden Mann fragen? Und wonach? Und welchen fetten Mann? Davon laufen hier doch Dutzende herum. Komm, sagt sie, ohne auf Antwort zu warten, wir schwimmen ein Stück, und dann gehen wir Kautschuk suchen. Meinst du, er hat deine gruselige Tüte verschleppt?

Vielleicht hat die da die Tüte, antwortet Max unfreundlich und deutet mit dem Kinn auf Madame, die von ihrer Dienerin gefolgt hinter den Hibiskushecken verschwindet. Und den Rest Leiche auch. Mit dem Schlafenden könnte sie diesen

Gastwirt meinen, den mit der zappeligen Frau, und mit dem fetten den pseudoadligen Typen, mit dem die im Kloster war.

Kecki schaut den Freund stumm an und verzichtet darauf, Bemerkungen über Pseudoadel im allgemeinen und im speziellen Fall des Wilhelm Riepel alias Max von Deggendorf zu machen. Sie ist verkatert und traurig, sie hat eine Tropenmelancholie, außerdem muß sie in den nächsten Tagen mindestens vier druckfähige Artikel schreiben, und sie vermißt ihren Hund. Die ersten zwei Wochen sind vorbei. Dem Alter wieder vierzehn Tage näher, flüstert Kecki und geht.

Oh ja, sagt am Strand die kanadische Zwergin, während Kecki ihren Kaftan mit Kokosnüssen beschwert, damit er nicht wegfliegt, oh ja, *ma chère*, Schwimmen hilft gegen alles, nicht wahr?

Max hat es vorgezogen, nicht mitzugehen und statt dessen sein Material zu ordnen. Die Unterwasserbilder hatte er ihr nur kurz gezeigt.

Für mich sieht das aus wie ein Korb voll Abfall in einer dunklen Küche! Ich geh schwimmen. Obwohl einem das Ding da auf dem Bild das Meer verleiden könnte.

Jetzt denkt sie nicht mehr dran und schwatzt mit ihrer kanadischen Ferienbekanntschaft.

Waren Sie schon in Ihrem Wundersee? fragt sie, natürlich nicht ohne Hintergedanken. So was ist ein Thema. Wenn schon jedes dritte Alpenkaff eine weinende Statue hat oder einen Tümpel, dessen Wasser gegen Krebs helfen soll – warum dann nicht gleich was richtig Exotisches? Heilige Schlange, Orangenmönche, Hutzelleichen hinter Glas, Geister und blaue Falter, die in Berghöhlen wohnen? Allemal spannend zu schreiben, nicht nur für die *Apothekenrundschau*, und wenn eine Wunderheilung klappte, wäre so eine Geschichte ein richtiger *scoop*.

Es tut sich was, sagt die Kanadierin, und ihr weißes Köpfchen tanzt auf den Wellen, die Landau hat ganz andere Möglichkeiten als ich, finanziell und auch sonst. Wenn die orangenen Brüder sie nicht reinlassen, sagt sie, kauft sie das Kloster, so wie es da steht, und schmeißt sie hinaus.

Das hab ich schon mal gehört, antwortet Kecki nachdenklich und betrachtet ihre rotlackierten Zehennägel, die aus dem Wasser gucken. Das Wasser ist salzig und warm, und manchmal sticht es, winzige Stiche, das sind unsichtbare Quallen.

Ich meine, sie ist nicht die einzige, die das Heiligtum kaufen will. Als ob das so einfach ginge.

Alles geht, mit genug Geld! sagt Lilly Gribouille wichtigtuerisch.

Buddhisten, antwortet Kecki träumerisch, brauchen, glaube ich, kein Geld. Sie interessieren sich gar nicht für Geld.

Wie um ihre Sätze zu unterstreichen, fährt gemächlich ein Longtailboot vorbei, die Jungs an Bord schwätzen und lachen, man hört ihre Stimmen übers Wasser. Am Strand, ein Stück weit entfernt von den Sonnenschirmen und gepolsterten Liegen des *resorts*, sitzen Thaifamilien in bunten Fetzen und knabbern an Maiskolben. Hunde traben am Ufer entlang, mit erhobenen Köpfen und Schweifen.

Ich vermisse meinen Hund, sagt Kecki zur Zwergin.

Ich hatte auch mal einen, sagt die. Aber das ging nicht gut. Er hat mit mir gemacht, was er wollte, und die Leute in Quebec haben sich totgelacht, wenn er mich die Schneeberge rauf- und runtergezogen hat. Ich wollte ihn eigentlich nur wegen der Liebe, aber man muß sich kümmern, mit ihm spazierengehen, Dosen aufmachen und ihn baden. Bedenken Sie das.

Ich wollte nie irgendwen nur für die Liebe, sagt Kecki und lacht.

Um vom Wundersee zu sprechen, sagt die Kanadierin, die Landau und ihr Begleiter wollen morgen hin. Da soll der Elefantenritt zum anderen Kloster stattfinden, aber wir lassen uns nicht ablenken. Unserem Mr. Oss paßt das Wunderkloster nicht, aber *je m'en fous*. Wenn sie uns morgen nicht in den Höhlensee lassen, sagt die Landau, macht sie einen Aufstand. Sie hat schließlich nicht mehr viel Zeit zu verlieren. Da bin ich in einer anderen Situation, ich könnte warten. Aber wenn man sich anschließen kann – ich bin nämlich nicht besonders mutig! Dabei schaut sie sich nach Kecki um, die im Wasser ein bißchen weggetrieben ist.

Ist Ihnen schon mal aufgefallen, daß wir uns ähnlich sehen? ruft Lilly.

Albertine Aulich kriegt einen Schreck, aber dann vergleicht sie tapfer ihrer beider Köpfe, die auf dem Wasser liegen wie Jochanaans Haupt auf Salomes Tablett.

Die Haare? Ganz weiß die andere, bei ihr immerhin mit weißen Enden, fedrig und kurz geschnitten, ja, da ist eine Ähnlichkeit. Dunkle, eher runde Augen, beide. Breite Augenbrauen, hohe Bögen, die einen leicht erstaunten Blick machen. Ähnlich, wahrhaftig. Der Mund groß und ein bißchen rissig, vielbeschäftigt und gut genutzt zu allem möglichen. Auch bei beiden!

Das ist ein Schock, was? Die kleine Weißhaarige zappelt vor Vergnügen im Wasser herum. Ja, das würde niemand für möglich halten, mir ähnlich zu sehen!

Es nähert sich ein lautes rhythmisches Schnaufen, von doppeltem Platschen begleitet, und Kecki weiß ohne hinzuschauen, daß es sich um einen schwimmenden Mann handelt. Sie hat einmal, in ferner Zeit in einem fernen Land, einen Artikel in der Lokalzeitung über die Schwimmertypen im heimischen Freibad verfaßt. Vor allem der Ausdruck »schwules Kampfschwimmerdoppel« hat ihr damals einen Haufen sehr böser Leserbriefe eingebracht. Dieser da, der sich vom Ufer her nähert, ist ein Platzbraucher, ein Verdränger. In überfüllten Becken ist die Sorte unangenehm, im Meer nur lächerlich.

Als sie sich umdreht, ist sie überrascht: Da lärmt ein kleines Männchen heran, allerdings eines, das sie charmant findet und ein bißchen dämonisch: der Streichholzmann, Herr Atropos.

Ist es nicht herrlich? sagt der schwärzliche Kopf zu den beiden hellen. Ach, das Meer schwemmt alles weg. Wanda geht's gar nicht gut. Ich bin ein bißchen ausgerissen, Sie verstehen, meine Damen! Sie sowieso, wendet er sich an Kecki, schließlich ist verstehen Ihr Beruf, nicht wahr? Schreiben können ist eine so wunderbare Gabe!

Es gibt Sätze, die hat man hundertmal gehört, und sie werden jedesmal dümmer. Kecki schüttelt sich, und Lilly sagt geziert: Das haben Sie schön gesagt. Aber auch wenn Verstehen ihr Beruf ist – bei mir ist es Berufung! Und ich sage Ihnen aus diesem Grund, wir müssen morgen mit Wanda in den Berg!

Was gedächten Sie eigentlich zu tun, Herr Atropos, wenn Ihre Freundin tatsächlich wieder gesund würde? fragt Kecki spitz.

Sie hat ein bißchen über die Zehlendorfer Witwe recherchiert, bei der handelt es sich nicht nur um ein Händchen voll Tafelpapiere und Goldbarren. Da winken die Früchte von einem Dutzend millionenträchtigen Superpatenten, die Zvonimir Landau ihr hinterlassen hat. Ihr allein! Weit und breit keine störenden Kinder oder gierigen Verwandten, die das Vermögen zerfasern könnten!

Was ich täte? sagt Herr Atropos und schluckt vor Empörung ein bißchen Wasser. Was ich täte? Ich wäre ein glücklicher Mensch. Ich würde hier was Passendes stiften. Einen schicken Tempel oder so was. Sie will sowieso hier investieren!

Irgendwie gehören solche Gespräche nicht ins Wasser, sagt Lilly versöhnlich. Heute abend ist Gala, nicht? Ein deutscher Sänger soll da sein, ich habe den Namen vergessen. Wissen Sie, ich kenne mich besser in Klassik aus. Aber ein bißchen nette Musik paßt bestimmt zum *pool dinner*, denken Sie nicht? Ich hoffe, daß Wanda Kraft genug hat, um zu kommen!

Kecki verzieht das Gesicht. Sie weiß längst, wer der Star des Abends sein wird, und sie weiß auch, daß Mr. Oss über diesen Kulturimport aus der Heimat nicht so glücklich ist, wie er sollte.

Der Mann heißt Curd Caramel, sagt sie. Vielleicht sollte

man besser zum Thai-Boxen gehen. Grausamer kann das auch nicht sein.

Immer wieder schaut sie zum Strand, das Licht hat sich verändert, sie versucht, unter den fröhlich am Ufer hin und her rennenden Hunden Kautschuk auszumachen. Keine Chance. Eigentlich weiß sie, daß er sich nicht unter seinesgleichen mischen würde, solange sie da ist. Etwas verbindet ihn mit den menschlichen Überresten, die da aufgetaucht und wieder verschwunden sind. Vielleicht weiß der Hund, woher sie kommen. Vielleicht hat er die Tüte dorthin geschleppt, so gruselig das sein mag. Vielleicht hat er den, der das mal war, gern gehabt? Die hochnäsige Thai hat vorhin so sicher getan, daß Kecki ihren Hund wiedersehen würde.

Thai-Boxen! sagt Lilly beglückt.

Am Strand entfernt sich Kecki schnell von den beiden anderen. Sie mag nicht zuschauen, wie die Frau, die ihr ähnlich ist, an Land zum Krüppel wird, wie sie sich wie eine verletzte Schildkröte durch den Sand schleppt und dabei versucht, ihre Schmerzen zu verstecken, damit man sie nicht meidet. In Gedanken sortiert sie ein paar Artikelanfänge und macht beim Gedanken ans Internet ein Kußmündchen vor lauter Begeisterung. Noch vor wenigen Jahren wäre es undenkbar gewesen, von diesem Weltwinkel aus Zehlendorfer Witwen und abgehalfterten Schlagersängern auf die Schliche zu kommen. Andererseits konnte das jetzt jeder Idiot.

Ich suche Ihren Kollegen, sagt die schöne, etwas scheue Stimme des Dr. Louis Reinemer, der ihr am Alten Boot begegnet. Das Alte Boot markiert die Grenze zwischen Strand und Dorfstraße, es ist ein hübsches, mit allerlei Girlanden, Götterbildchen und Lämpchen dekoriertes Wrack, in dem ein Kühlschrank, eine Eismaschine und ein Sack Plastikbecher versteckt sind. Am anderen Ende des Strandes ist die richtige Bar, ein Teakholzhaus, in dem ein halbes Dutzend kichernde Mädchen und Jungs herumstehen und immer von neuem erstaunt sind, wenn man etwas bei ihnen bestellt. Das Alte Boot war eine Art Trotzreaktion der Touristen, und dabei ist es geblieben.

Ich habe keine Ahnung, wo er ist, sagt Kecki. Aber ich bin sicher, daß Ihre Frau Sie sucht. Nicht, daß ich es wirklich wüßte, ich habe sie nur noch nie bei etwas anderem gesehen.

Louis nimmt die Frechheit würdevoll hin, was soll er schon machen. Keiner auf der Welt außer ihm und Santa Clara weiß, was es heißt, von Liebe vernichtend geschlagen zu sein. Er kann nicht mit Verständnis rechnen. Die Sache ist lächerlich genug. Er braucht einen Freund, einen, der ihm das Leben rettet.

Kommen Sie doch mit, sagt Kecki versöhnlich, der Mann tut ihr leid. Wir schauen, ob er in seiner Höhle ist und Löcher in seinen Laptop starrt. Es kann aber auch sein, daß er seinem Kleiderwahn folgt.

Welchem Wahn? fragt Louis und trottet neben der Frau her.

Wie soll ich Ihnen das erklären, Louis, sagt Kecki nachdenklich. Wie erklärt man jemandem, was einer will, der Bilder macht? In diesem Fall hat er ein Kindheitsbiotop hier am anderen Ende der Welt ausgemacht. Mamis Abendkleider. Papis Träume vom besseren Leben, aufbewahrt in thailändischen Billigschneidereien.

Klasse! sagt der Arzt zu Keckis Erstaunen. Leuchtet mir sofort ein. Ich muß ihm dringend welche zeigen, die er vielleicht noch nicht gefunden hat.

Was wird Ihre Frau dazu sagen? Kecki kann es nicht lassen. Das kleine Gezerre mit Santa Clara geht ihr nicht aus dem Kopf, vielleicht ist sie ja nur neidisch auf soviel Bedingungslosigkeit, auf die Kapitulation vor dem Wahn der Zusammengehörigkeit.

Hören wir damit auf, ja? Reinemer versucht zu lächeln. Ich würde sehr gern die Unterwasserbilder von der – also von dieser Hummerreuse sehen, falls sie fertig sind. Die Auswertung fällt ja gewissermaßen in mein Ressort. Vielleicht kann ich helfen.

Sie sind jetzt bei Keckis Bungalow angekommen, und da liegt der Hund auf der Terrasse, als wäre nichts geschehen. Er hebt den Kopf, nein, er rennt ihr nicht entgegen, klopft nur grüßend mit dem Schwanz auf die Bretter.

Kecki tut einen Juchzer, sie kann nicht anders, und läuft die Treppen hinauf, töricht plappernd, du böser Hund, wo warst du denn, kannst du der Mami doch nicht antun, hast du Hunger – es ist ihr nicht einmal peinlich.

Huldvoll legt Kautschuk sich auf die Seite und läßt sich die Flanke kraulen.

Du hast was geklaut, sagt Kecki vorwurfsvoll. Wo ist das Tütchen?

Jetzt merkt sie, daß sie die ganze Zeit nicht geglaubt hat, nicht glauben wollte, was angeblich in der verschwundenen Tüte gewesen sein soll.

Warum werden Sie denn so blaß? fragt Louis, ganz der aufmerksame Mediziner. Fehlt Ihnen was? Von welcher Tüte reden Sie eigentlich?

In diesem Augenblick, während sie neben dem Hund sitzt und sieht, daß der etwas um den Hals trägt, etwas Blaues, das vorher nicht da war, beschließt sie, dem Doktor die ganze Geschichte zu erzählen. Es tut ihr wider Erwarten gut, die Sammlung von Bruchstücken vor jemand anderem auszubreiten.

Laß mal sehen, sagt sie zu Kautschuk und zupft an dem schmalen Bändchen, aber als sie es ihm mitsamt dem Amulett über den Kopf ziehen will, knurrt der Hund. Mit einer Art entschuldigendem Hundegrinsen fletscht er die Zähne, leider kann ich nicht anders, scheint er zu sagen.

Na hör mal, sagt Kecki beleidigt. Das Amulett ist ein Elefant, ein winziger blauer Elefant.

Nach einer halben Stunde, sie sitzen beide auf der Terrasse und haben Max und sogar Santa Clara vergessen, die Sonne ist ein ganzes Stück meerwärts gewandert und der Hund fest eingeschlafen, sagt Dr. Louis Reinemer: Tja. Merkwürdig.

Höchst interessant! Und Sie sagen, ein präpariertes Stück Menschenhaut mit der bewußten Tätowierung sei der letzte Fund gewesen?

Was weiß denn ich? antwortet Kecki gereizt. Max sagt das. Ich hab's ja nicht gesehen und bin auch nicht scharf darauf. Die Hände, ja. Das eklige Zeug im Wasser kennen Sie besser als ich. Und immer wieder dieses blaue Elefäntchen mit den komischen Augen! Jetzt hat der Hund eins um. Ich nehme an, er hat die Tüte irgendwohin gebracht. Ich glaube auch, daß im Wald noch etwas ist. Kautschuk hat an einer Stelle im Dschungel furchtbare Töne ausgestoßen, als wir unterwegs waren.

Vielleicht hat er dort die Tüte hingebracht? überlegt Reinemer.

Gar keine so blöde Idee, sagt Kecki. Wollen wir nachschauen? Sie wird ganz unruhig, endlich könnte es eine Geschichte werden. Wie auf Kommando richtet sich der Hund auf und schaut zwischen den beiden Menschen hin und her, um herauszufinden, wie es weitergeht.

Erinnern Sie sich an den Typ im Flugzeug? fragt Louis plötzlich, als sei ihm grade ein Licht aufgegangen. Der immer anders aussah? Wann haben wir den eigentlich zum letztenmal gesehen?

Der Chamäleonmann, sagt Kecki langsam. Wir haben gedacht, der ist Steuerbetrüger oder so was. Am Strand, von weitem – ich bin aber nicht sicher.

Ist er überhaupt mit uns angekommen, hier im *resort*? fragt Louis.

Ich glaube, ich habe ihn zuletzt am Flughafen gesehen, aber ich würde meine Hand nicht dafür ins Feuer legen, antwortet Kecki. Wie lang dauert es überhaupt, einen Menschen so auseinanderzunehmen und zu verteilen?

So? fragt Louis. Wie: So? Wir haben doch überhaupt keine Ahnung, wir wissen nicht einmal, ob wir nicht zufällig in irgendwelche rituellen Geschichten reingeraten sind und sie falsch gedeutet haben. Außer dieser kleinen kanadischen Feuerhexe hat die ominöse Hand niemand gesehen. Sie, meine Liebe, haben Ameisen gesehen. Und hatten eine Hand erwartet. Es ist also bei Ihrer professionell geschulten Phantasie überhaupt nichts Besonderes, wenn Sie dann, zwar verfremdet, aber dadurch um so dramatischer, in dem Geisterhäuschen tatsächlich eine Hand sehen. Und wissen wir, ob die dritte Hand des mumifizierten Mönchs im Vat nicht beispielsweise der Rest einer anderen, älteren heiligen Mumie ist? Ganz normal? Für hiesige Verhältnisse, meine ich. Die Sache mit dem blauen Falter spricht doch für eine zeremonielle Sache. Für uns natürlich beeindruckend und unheimlich, gewiß. Dann das Zeug in der Reuse, nun ja – ich gebe zu, ich habe mich kurz in den Anatomiesaal zurückversetzt gefühlt, und auf die Unterwasserbilder bin ich nach wie vor neugierig. Aber natürlich können das auch Wildschweinteile oder –

Oder Chicken McNuggets oder Hamburger gewesen sein, sagt Kecki. Wie groß ist ungefähr die präparierte Rückenhaut eines Menschen? Und wie lang dauert es, so was zu präparieren?

Wie groß? sagt Reinemer spöttisch. Es kommt darauf an, ob Sie, sagen wir, dem kleinen Mow das Fell über die Ohren ziehen oder dem ehrenwerten Varus Wyandotte. Wie lang es dauert? Ich gehöre einer Generation an, die das gottseidank nicht weiß. Aber es läßt sich gewiß herausfinden.

Ich störe bestimmt, sagt Santa Clara, die vom Strand kommt. Wichtige Gespräche? Bei der Hitze? Sie lächelt Kecki zu, sie sieht entspannt aus mit ihren nassen Haaren und dem Strohhut in der Hand. Heute abend gibt's ja Kultur für uns darbende Westeuropäer. Oder bevorzugen Sie das Thai-Boxen?

War's schön im Wasser? fragt Louis.

Im Wasser ist es immer schön, antwortet sein Eheweib.

Kecki geht plötzlich alles auf die Nerven, die gräßliche Bedeutsamkeit, die solche ineinander verzahnten Leute in jeden banalen Satz packen, wie sie sich ständig ihres Erwähltseins versichern, die Rollenspiele.

Unerwachsen, sagt sie.

Bitte? fragen die beiden wie aus einem Mund.

Vielleicht ist es unerwachsen, sagt Kecki liebenswürdig, hinter allem ein Geheimnis zu vermuten. Sehen Sie zum Beispiel dieses Halsband, das mein Adoptivhund von seinem Ausflug mitgebracht hat! Ich mache mir Gedanken, was es zu bedeuten hat. Lachhaft, nicht? Das meine ich mit unerwachsen.

Santa Clara schaut sich das Band mit dem Amulett an, ihre höflich interessierte Miene erstarrt.

Ich kann daran nichts Lachhaftes finden, sagt sie. Irgend jemand will Ihnen ein Zeichen geben. Wissen Sie nicht, was der blaue Elefant bedeutet?

Sie vielleicht? fragt Kecki streitlustig. Ich nämlich treffe hier andauernd auf irgendwelche blauen Elefanten, allerdings sind sie alle ziemlich klein und harmlos.

Es ist eine Art Loge, habe ich gehört.

Louis sieht aus, als traue er seinen Ohren nicht. Da spricht die heilige Clara, sein Schicksal, seine Bürde, sein Glück, über etwas, wovon er keine Ahnung hat. Sie hat Geheimnisse vor ihm.

Spinnst du jetzt? Das ist eigentlich nicht seine Art, mit ihr zu reden, aber die Verblüffung löst ihm die Zunge, so daß er wie ein ganz normaler Mensch klingt. Eine Loge? Was für eine Loge? Du weißt doch gar nicht, was das ist!

Nicht nur Journalisten recherchieren, sagt Santa Clara hochmütig, ich bereite mich immer ziemlich gut vor, wenn ich irgendwohin fahre. Und der Blaue Elefant ist seit langem eine asienweit bekannte Vereinigung, die mit dem Üblichen zu tun hat: Drogen, Prostitution, Immobilien. Das Ungewöhnliche ist, soweit ich weiß, eine intensive Verbindung zu den beteiligten Religionen. Und eine strikte Geheimhaltung, die sie allerdings nicht an ein paar interessanten Websites hindert. Aber wir harmlosen Touristen werden durch derlei Dinge ja gar nicht berührt.

Das sehe ich grade sehr deutlich, sagt Louis. Er stellt sich neben Santa Clara, seine Geheimnisvolle, immer noch eine Trumpfkarte im Ärmel! In diesem Moment hat er alle Fluchtversuche und Rettungssehnsüchte vergessen – und natürlich auch, daß er noch vor zehn Minuten Kecki bei der Suche nach weiteren Leichenteilen unbedingt hat helfen wollen.

Leider ist Kecki schlampig, jedenfalls wenn es um die Auswertung von Dossiers geht. Wahrscheinlich sind reichlich blaue Elefanten in ihren Plastikmappen versteckt. Was sagt sie ihren Volontären immer? Recherchiert euch nicht tot, sonst habt ihr keinen Platz mehr im Kopf für Überraschungen! Das hat sie jetzt davon: Diese liebesblinde Ziege brüskiert sie, und das vor ihrem Mann, den Kecki gern ein bißchen verführen würde, nur so, damit er mal Freiheit riecht! Wenngleich sie nicht ganz sicher ist, ob er sich nicht, wenn schon, dann lieber mit Max auf Abwege begeben würde.

Eine Loge, soso. Wenn ich's brauche, werde ich's rausfinden, sagt sie, um das Gesicht zu wahren, ganz die große Feuilletonistin, die sich um die Niederungen von Politik und Wirtschaft nicht zu scheren braucht.

Keine Rede mehr davon, auf der Suche nach der Tüte und vielleicht auch nach Max in den Wald zu gehen. Es ist Nachmittag, die Sonne rollt schnell dem Horizont entgegen. Man muß sich für den Galaabend hübsch machen. Man muß die Leichengeschichten und alle Geister vergessen. Schließlich hat man nur drei Wochen lang ein Paradies zur Verfügung. Danach wird man wieder vorliebnehmen müssen mit Regen, Mehrwertsteuer und Wochenendstaus. Ohne zu klagen.

Das Ehepaar ist verschwunden, und der Hund hat seinen Kopf wieder auf die Pfoten sinken lassen. Das blaue Amulett versteckt sich im dicken Halsfell. Indessen durchstreift Madame ruhelos beide Dörfer. Im *resort* ist sie schon durch alle

Straßen gegangen, an allen Bungalows vorbei, mühsam Kontrolle und normale Tätigkeit vorschützend.

Jetzt ist sie auf dem Weg ins andere Dorf, ins Dschungeldorf, in dem einige ihrer Onkel und ein paar Schwägerinnen mit kleinen Kindern leben. Madames Brüder arbeiten in Bangkok, in fremden und sehr wichtigen Berufen und kommen selten in ihr Dorf zurück. So bleibt nur Madame als Göttin, furchterregend und bewundernswürdig, eine schwer zu begreifende Autorität. Vertrautes ärgert sie neuerdings, man kann ihr nichts recht machen. Die Kleinen sollen nicht nackt in den Tümpeln spielen, die Abtritte sind zu nah an den Hütten, man soll die Singvögel in größere Käfige setzen. Dabei weiß doch jeder, daß sie dann nicht mehr singen!

Aber niemand gibt ihr Widerworte, sie gebietet über Jobs, Geld und nützliche Verbindungen. Heute aber sieht sie nicht gut aus. Sie ist zu Fuß gekommen, nicht wie sonst in der Rikscha, ihr weißer Rock ist fleckig und hat einen Saum aus feuchtem Lehm.

Aus den Hütten dringt das pathetische Geschwätz der Fernsehshows. Es riecht nach Propangas und heißem Kokosöl. Katzen und Hunde warten auf Essensreste und liegen faul mitten auf den staubigen Wegen. Kinder versuchen, auf den kleinen schwarzen Ziegen zu reiten. In den Hütten sieht man Männer auf schmalen Brettern schlafen, ungestört vom Geplärr des Fernsehers und den durchdringenden Stimmen der Frauen. Das Dorf ist bunt, schwül und laut. Es ist sehr weit weg vom anderen Dorf.

Madame sucht Kleines Gemüse. Noch nie seit dem Tod seiner Schwester vor einem Jahr hat das Mädchen sich von ihr entfernt, ohne daß Madame gewußt hätte, wo es zu finden ist. Sie hatte es mit einem Auftrag in den Wald geschickt. Seither ist es verschwunden. Madame bleiben noch drei Stunden, bis die Show mit dem dicken Sänger im Paradies beginnt. Bis dahin muß sie es gefunden haben.

Im Dschungeldorf weiß niemand, wo die Taubstumme ist.

Sie mögen sie nicht, eine Fremde, von jenseits der Grenze: Aber Ältere Tante wird wissen, was sie tut und warum ihr das nutzlose Ding so wichtig ist. Wahrscheinlich ein Zauber. Nein, sie haben sie nicht gesehen! Die Schwägerinnen nicht, die scheu zu kichern anfangen, die Kinder nicht, die hinter die Ställe flüchten, und auch nicht die Onkel mit den Zahnstummeln, die würdevoll rauchen und spucken und sich in den Haaren kratzen.

Madame stolpert auf ihren hohen Absätzen durch den Dschungel, sie versucht ihren Seidenrock aus dem Dreck zu heben und wischt sich den Schweiß von der Stirn. Wenn die Gerüche des Dorfs sie anwehen, verzieht sie das Gesicht. Sie tritt nach den Hühnern, die ihr träge über den Weg flattern. Als ein schwarzer Falter an ihrem Gesicht vorbeitaumelt und es mit seinen weichen Flügeln berührt, stößt sie einen Schrei aus. Ein Zeichen, es ist ein Zeichen! Entsetzt sehen ihre Verwandten, daß die unnahbare Ältere Tante zu schluchzen anfängt und sich unter einen Baum hockt wie eine Bäuerin.

Erst Mr. Oss wird Kleines Gemüse finden, viel später. Bis dahin wird das Leben weitergehen, danach natürlich auch, es wird aber eine Sekunde stillstehen, für alle, die Kleines Gemüse gesehen haben werden in seinem letzten Bett.

Wenn man den Strand und das schöne Fremdendorf verlassen hat und durch Wald und Kokosplantagen ins Dschungeldorf gelaufen ist, um sich in der Wirklichkeit umzuschauen, und wenn man dann den Weg am Affenfelsen vorbei zum Vat genommen hat, wo der Dschungel schon undurchdringlicher wird, kommt man nach einiger Zeit an einen jener Flußarme, die Max auch schon entdeckt und photographiert hat. Dem Uferpfad folgend – was jetzt, bei sinkender Dunkelheit, niemand tut, auch Madame mag keinen Schritt mehr gehen und läßt sich mit der Fahrradriksha eines ihrer Neffen ins *resort* zurückbringen, grade noch rechtzeitig, um ihre äußeren Schäden zu reparieren und für die Gala in Form zu sein –, kommt man zu einer überwucherten Baustelle. Ihre wunderbare Lage zwischen dem Flußdelta und einer kleinen Meeresbucht sieht man nicht in der schwarzen Nacht. Es ist bewölkt, Mond und Sterne wollen nicht herunterschauen. Hier hatte ein weiteres Paradies entstehen sollen, aber irgend etwas ist schiefgegangen, und nun frißt der Wald die drei Dutzend Rohbauten langsam und geduldig wieder auf. Auch das, was still in einem Stechpalmengestrüpp liegt, wird er verschlingen und spurlos verschwinden lassen, wenn man ihm genug Zeit läßt.

Kleines Gemüse liegt auf der Seite, in der Fechterstellung, die Verbrannte zeigen, aber auch Menschen, die sehr tief schlafen. Es ist nicht verbrannt. In seinem Hals steckt ein Holzmesser, eines von denen, die kleinen Buben zum Kämpfen gegeben werden, damit sie sich nicht weh tun. Das Holzmesser ist der Taubstummen mit großer Kraft zwischen die oberen Wirbel gerammt worden.

Als schliefe sie tief, liegt sie da, in etwas, das einmal ein Haus hätte werden sollen und doch nur ein Fundament geworden ist, brüchig und von hunderterlei Pflanzen überwachsen wie ein kleiner Garten. Wenn sie aufstehen und sich umschauen könnte, würde sie im Dunkel die noch dunkleren Balken erkennen, die das Gerüst des Restaurants bilden sollten. Ein Bau wie ein graziöser Tempel, den Musik und Freude hätten füllen müssen, Duft nach Früchten und gebratenen Fischen und die Stimmen von Menschen. Jetzt bewohnen ihn ein riesiger, alter Hund, eine Fuchsfamilie und Tausende von Fledermäusen, die über der Stummen durch die Nachtluft flitzen und jagen. Auch einen Pool könnte sie sehen, geformt wie eine riesige Blüte mit einem Stempel in der Mitte. Das hätte ein Springbrunnen werden sollen. Ein duftender Lotosteich, ein Palmenhain, Paradiesvögel – hätte sie sich das alles in die Nacht und die Trümmer denken können?

Sehr allein liegt sie da. Nicht viel Widerstand haben ihre Knochen der kindischen Waffe geleistet. Liegend sieht sie noch kleiner aus als im Leben. Was würde sie hören, wenn sie zum erstenmal hören könnte? Das schwache Flügelschlagen der Nachtvögel, die Pfeiftöne der Fledermäuse, das schleifende Geräusch einer Schlange im harten Gras? Wer weiß, ob Taubstumme schreien können, wenn es ans Sterben geht? In der Hand, die über ihrem Kopf liegt, hält sie einen kleinen blauen Elefanten umklammert. Die andere, weit und grade vom Körper gestreckt, ist offen, als würde sie etwas erbitten.

*»Doch wer sein Inneres bewacht, ist
auch bewacht nach außen hin.«*

Die Reden des Buddha

Curd Caramel sitzt in seinem Bungalow und schwitzt. Er hat
die Klimaanlage ausgestellt, weil er um seine Stimme fürchtet.
Vor ihm steht ein riesiger Obstkorb und ein kleiner Whisky.
Bis zu seinem Auftritt am Pool, unter dem Sternenhimmel,
bleiben ihm noch ein paar Stunden Zeit. Curd Caramel ist
nackt, bis auf einen monströsen orthopädischen Korsettgür-
tel. Sein Kopf ist kahl, er hat fast weiße Wimpern und Kon-
taktlinsen, ohne die er so gut wie blind wäre. Er fürchtet sich
nicht vor der Arbeit, die vor ihm liegt und zum Ziel hat, seinem Publikum einen ansehnlichen, beweglichen und edel angezogenen Mann mit schönen Haaren und jugendlichem Gesicht zu präsentieren – das wird schon klappen, das hat er seit
Jahren geübt. Auch ohne Maskenbildner und Garderobier –
die stehen ihm schon seit einiger Zeit nur noch in Ausnahme-
fällen zur Verfügung. Das Geschäft ist zurückgegangen, keine
Frage. Aber er hat noch immer Fans, vor allem auf dem Land,
Frauen, die beim Schweinefutterkochen oder beim Melken
Radio hören und träumen.

Curd Caramel ist ein müder Mann. Er hat ein künstliches
Knie und Altersdiabetes. Und Wünsche, die er sich nur selten
erfüllen kann. Es ist ein Lebenswettlauf – denn in nicht ferner
Zeit wird von den Wünschen nichts mehr übriggeblieben sein
als das Gefühl, ihnen beim Sterben tatenlos zugeschaut zu haben.

Jedenfalls fühlt er sich jetzt noch lebendig und geil. Und
sehr entschlossen, das auszunutzen. Das Engagement hierher,
in diese träge und alles verzeihende Welt, ist ein Götterge-
schenk.

Curd Caramel liebt jenen Buddha, aus dessen Hose sich der Penis über den feisten, nackten Bauch reckt, die Eichel ein lachendes Gesicht. So soll das Leben sein! Auch wenn die Freuden ein bißchen schwierig zu erlangen sind.

Hallo, Kleiner, sagt er zu Mow, den Mr. Oss zu ihm geschickt hat. Schau nach, ob er was braucht, der ausrangierte Typ!

Mow schaut auf das ältliche, weiße Fleisch. Auf dem Tisch steht ein Perückenkopf aus Styropor, auf dem etwas Schwarzes befestigt ist. Am Spiegel hängen zwei Anzüge, ein türkisfarbener und ein weißer. Der Mann signiert, ohne aufzublicken, einen Stapel Autogrammkarten mit schräger Schrift quer über ein mindestens zwanzig Jahre altes Photo. Ein Koffer steht auf dem Boden, mit offenem Deckel, darin CDs und Kassetten.

Große Ehre, Sir, sagt Mow artig und weiß: Der wird Arbeit haben für ihn.

Geschwätz, sagt der Sänger, du hast noch nie von mir gehört, Schlitzauge. Ihr mögt wahrscheinlich nur solche Heulmusik ohne Anfang und Ende. Aber egal.

Curd Caramel hat nicht die Absicht, unvorsichtig oder hektisch zu werden. Andererseits fühlt er einen aufsteigenden Appetit, wenn jetzt etwas da wäre, ihn zu stillen, würde das seiner Show gut tun. Nach gefährlich schönen Nummern war er schon früher auf der Bühne am besten.

Ob er jemanden zu Besuch haben wolle? fragt Mow unschuldig und schaut seinen unübersehbar willigen neuen Kunden nicht zu genau an.

Hast du so was wie eine kleine Schwester? Oder ein Cousinchen?

Der Schlagersänger Caramel weiß, daß er ein bißchen weit geht. Andererseits sind da keine Zeugen, und man kann sich immer mit Verständigungsproblemen rausreden. Oder sagen, eine Frage nach der Familie dürfe doch nicht so widerwärtig falsch verstanden werden!

Der Sänger kennt das Land noch aus Zeiten, in denen nicht

hinter jedem zärtlich geliebkosten Kind ein Journalist mit Kamera gelauert hat. Auch die Gesetze waren nicht so rigoros wie jetzt und die Gesellschaft nicht so ekelhaft bigott und mißgünstig. Man konnte die fremde Kultur auf sich wirken lassen, ohne vom Geschrei der Moralwächter aller Nationen verfolgt zu werden. Nun war es riskant geworden, wenigstens hie und da eine kleine Blume zu pflücken. Oder eine Geldfrage. Das richtig große Geld findet nach wie vor märchenhafte Möglichkeiten in diesem Land. Aber er, der arme alte Caramel, weiß schon gar nicht mehr, wie die kleinen Blumen aussehen!

Ihm ist ein bißchen schwindlig. Im Halbdunkel des Bungalows – keine Bestlage! – sucht er nach seinen Tabletten, es sind viele.

Mow sagt: Ich dir helfen. Nicht leicht. Etwas Zeit braucht.

Ohne noch etwas zu sagen, geht er.

Der Sänger bleibt regungslos sitzen, müde und verschwitzt. Das ist nicht so gelaufen, wie er gehofft hat. Kein Kick vor dem abendlichen Auftritt! Dabei will er doch gar nicht viel, ein bißchen Nähe, nichts, was einem Kind Angst machen würde. Ein paar Küsse überall. Es baden.

Er ist jetzt sehr wütend. Sie haben hier unheimlich viele Kinder, an jeder Ecke eine Schule, schwarzseidenhaarige kleine Äffchen, die in ihren Schuluniformen alle gleich aussehen. Stehen nebeneinander beim Fahnenappell und piepsen die Nationalhymne, jeden Tag. Lächerlich. Die Ufer der Dschungelflüsse wimmeln von ihnen, kaum Fetzen am Leib, den ganzen Tag im seichten Wasser. Wer kann sie zählen oder gar auseinanderhalten?

Ein paar Jahre zuvor hat er den König der hiesigen Schneider kennengelernt, seither läßt er alle seine Bühnenklamotten hier arbeiten. Der hatte ein Gibbonbabypärchen auf den Schultern sitzen gehabt. Er erinnert sich an große, unerlöste Augen und dürre Ärmchen.

Wie man an solche kommen könne, hatte er damals wissen wollen.

Man müsse die Mütter aus den Bäumen schießen, war die Antwort. Das sei traurig. Aber es gäbe keine andere Möglichkeit.

Er wird ihn diesmal wieder besuchen, den König der Schneider. An seinen Namen erinnert er sich nicht, aber an die Adresse des Ladens.

Er möchte etwas trinken, er will rauchen. Und warum soll er nicht, schließlich ist es nicht die Carnegie Hall, in der er nachher auftreten wird. Für die Touris wird er auch noch ein Erlebnis sein, wenn er ein paar intus hat. Er ist immer vorsichtig gewesen, zu beängstigend waren Photos und Fernsehaufnahmen von lieben Kollegen, die in irgendwelchen Möbelmärkten auf allen vieren über die Bühne krochen. So was ist ein Fressen für Journalisten. Und die gibt's in jedem Winkel der Erde. Man erinnere sich nur an den Volksmusikkaiser, stockvoll in der Karibik abgelichtet. Mit ein paar schwarzen Jungs, die keine zwölf waren. Und nicht für Unicef, wie man deutlich sehen konnte.

Curd Caramel fühlt sich nicht gut. Warum läßt man ihn nicht zärtlich sein? Wahrscheinlich ist er *top*, in ein paar Stunden. Wenn er den Moralischen hat, ist er fast genauso gut wie nach dem Riechen an kleinen Blumen.

Er legt sich auf das Riesenbett. Das Korsett läßt er an und wichst sich sachte in einen unruhigen Schlaf.

Mittlerweile haben sie am Strand Tische aufgestellt, rund um den Pool entsteht ein Buffet, die tausend Lämpchen am Boden und in den Bäumen zaubern ein verrückt grünes Grün. Rosa, lila und dunkelrote Tischdecken werden ausgebreitet, Stühle im Sand und im Gras verteilt. So viele hübsche Bedienstete wie heute waren noch nie zu sehen, das halbe Dschungeldorf ist als Aushilfe angestellt, die Jungs in dunkelblauen, weiten Anzügen mit rosa Schärpen, die Mädchen in engen Röcken und Jäckchen, rosa und lila wie die Tischtücher. Alle tragen Cattleyas in den Haaren, sie kichern und behindern sich gegenseitig bei der Arbeit.

Das wird nie ein ordentlicher Service, sagt Mr. Oss, der am Rand des türkisfarbenen Schwimmbeckens steht und seufzt.

Madame ist aufgetaucht und schreit mit rauher Stimme Befehle in die Samtnacht. Man kann nicht sehen, wozu ihre Aufforderungen führen, einer kommt kichernd mit einem Eimerchen voll Bestecke, ein Mädchen zupft versonnen an den Orchideenrispen, mit denen die Tische geschmückt sind. Die Köche schieben die Gasrechauds mal hierhin und mal dahin, an einem Ende beginnt die Verkleidung des Buffets ein bißchen zu kokeln, aber das haben sie gleich im Griff und müssen furchtbar drüber lachen, in hohen, zwitschernden Tönen.

Tellerstapel werden herumgetragen, Weinkühler, Brotkörbe. Sirrende Töne begleiten das Ganze, oben auf der kleinen Bühne unterhalb der Rezeption haben die Musiker, zarte Jungen mit buntglitzernden Kostümen, ihre Instrumente ausgepackt und zupfen und streichen vor sich hin. Sie klingen wie merkwürdige Insekten.

Mr. Oss überlegt sich, wie oft und an wie vielen Orten der Welt er derlei Einmaligkeiten schon organisiert hat. Er ist ein bißchen wehmütig und streichelt seine einäugige Begleiterin, die ihm überallhin folgt und ihn nicht aus ihrem scharfblauen Auge läßt. Für morgen sind die Elefanten gebucht, für den Ausflug zum Goldenen Huhn. Er hat sich vorhin die Anmeldungsliste an der Rezeption angeschaut und ist nicht ganz zufrieden. Die Mühseligen und Beladenen, also die Kanadierin mit ihren neuen Freunden, haben nicht angebissen. Sie lassen sich von einem bißchen Folklore nicht von ihren wahren spirituellen Zielen abbringen!

Was ist schon, murmelt Mr. Oss verdrossen, ein goldenes Huhn gegen eine heilige Schlange, auch wenn die noch keiner je gesehen hat? Dieses ganze Land lebt von Behauptungen und brüstet sich mit seiner Unbegreiflichkeit.

Mr. Oss hat, ausgerechnet vor der Gala, einen akuten Anfall von Ostwestfalentum. Jetzt in einem eisigen Laubwald sein! Geläutert vom Kirchgang und mit der Aussicht auf Rehbraten und viel Schnaps danach! Inmitten von Menschen mit dicken roten Gesichtern und tiefen Stimmen! Und stämmige Katzen mit zwei Augen, die nicht intelligenter als unbedingt nötig sind!

Die an seiner Seite einherschleichende Katze schaut drein, als lese sie jeden einzelnen seiner Gedanken.

Mow und Madame kommen gleichzeitig auf ihn zu, am liebsten würde er jetzt flüchten. Statt dessen sagt er freundlich: Einer nach dem anderen und *ladies first*.

Kleines Gemüse suchen, sagt Madame. Jetzt schon lang weg.

Die Taubstumme ist Mr. Oss unheimlich, aber er weiß, daß ihm nicht zusteht, über die Marotten seiner leitenden Angestellten zu urteilen. Die Hausdame seines Schweizer Kollegen vom *resort* auf der anderen Seite der Bucht pflegt übelriechende Opferfeste zu veranstalten und gelegentlich bei den Honneurs zum Dinner in Trance zu verfallen. Man weiß von schwer trunksüchtigen Reiseagenten und von auf Nimmerwiedersehen im Bordell verschwundenen Managern. Zahl, Art und Heftigkeit der sexuellen Verirrungen von Europäern setzen Mr. Oss immer wieder in Erstaunen.

Bei der Hitze, sagt er.

Madame schaut ihn wütend an.

Das hat nichts mit Ihrem Problem zu tun, meine Liebe, sagt er hastig. Diese Leute, also ich meine, Ihre, nun ja, Freundin? Assistentin? Ist ja auch völlig egal, also diese Leute pflegen doch öfter zu ihren Familien zu verschwinden, aus einer Laune heraus oder weil wieder irgendwer gestorben ist.

Mr. Oss spürt, daß er einen Fehler macht. Sie nicht ernst nimmt, nur, weil er ihr keine Liebe oder Angst zutraut. Weil er genaugenommen keinem von all denen, die ihn hier umgeben, die ihm anvertraut sind, wenn man es recht besieht, etwas dergleichen zubilligt. Und er schämt sich ein bißchen.

Nicht zu Hause, sagt Madame. Zuhause nicht hat.

Lassen Sie uns die Gala über die Bühne bringen, sagt Mr.

Oss und seufzt ein bißchen, danach kümmern wir uns gemeinsam um das Problem.

Den Gedanken an die beiden Frauen vom vorigen Jahr, eine davon hell und hübsch wie Madame, die andere dunkel wie Kleines Gemüse, versucht er zu verdrängen. Die eine zwischen glitzernden Särgen und leuchtenden Orchideen betrauert oder was hier so als Trauern gilt. Die andere abgeholt wie ein ausrangiertes Möbelstück und über die Grenze ins dunklere Land verfrachtet. Ungute Erinnerungen.

Lebe den Augenblick! sagt Mr. Oss streng und hofft, daß das irgendwie buddhistisch klingt. Es wird sich alles lösen. Nach der Gala.

Mow hat die ganze Zeit gewartet, ist aber nicht untätig geblieben. Hat festgestellt, daß die Orchideen für die Begrüßungscocktails wieder nicht auf Plastikspießchen stecken, und ein paar Mädchen losgeschickt, um das schleunigst zu ändern. Die Falten der Buffetverkleidung, goldene Seide mit Drachen drauf, zieht er glatt, zupft Fussel von Jäckchen und bemängelt unordentliche Haarsträhnen. Dennoch wird um ihn herum gekichert. Etwas klirrt zu Boden. Mow wartet.

Wie findest du ihn? fragt Mr. Oss.

Mow schaut ratlos seinem Deutsch hinterher, das übers Meer zu verschwinden droht. Auch sein Englisch hat sich unsichtbar gemacht, weg ist es.

Nicht weiß, sagt er verlegen.

Ach, komm! antwortet Mr. Oss unwirsch.

Es ist jetzt ganz dunkel, und das Meer glimmt. Meeresleuchten. Wie bestellt! Aber das entzückt den Clubchef nicht wie sonst.

Der Caramel war früher öfter hier, irgendwas ist da auch gewesen, ich weiß es von Kollegen und von ein paar Flugkapitänen, die ihn kennen. Du willst mir doch irgendwas sagen! Sonst wärst du nicht gekommen. Es gibt genug zu tun, ich habe nicht den ganzen Abend Zeit!

Ganz falscher Ton, das weiß Mr. Oss. Der wird zuklappen

wie eine Muschel. Da! Schon passiert. Mow macht einen schmalen Mund und dreht den Kopf weg. Er schaut auf das leuchtende Meer, sagt: Schön! und hält eins der vorüberhuschenden jungen Mädchen an, um ihr irgendwas zu befehlen.

Wie kann Mow reden, wo er doch noch nicht genau weiß, was er tun, wie weit er gehen will? Was soll er seinem fremden Freund sagen? Man muß viele Geschäfte laufen haben, für die Familie, fürs Fortkommen! Eines Tages will Mow ein wichtiger Manager sein, und das wird er nicht durch Abwarten oder Sich-Zieren! Man muß auch Böses tun können.

Mr. Oss begreift das nicht. Er ist schon alt und will nicht nach Bangkok oder gar nach New York. Er hat keine Geheimnisse außer seinen Tieren, deswegen kann er nicht helfen. Er versteht vieles nicht. Andererseits weiß er, wie die Menschen aus seiner Heimat sind. Auch Mow hat einiges darüber gelernt, aber vielleicht doch nicht alles. Vielleicht fehlen ihm wichtige Kenntnisse, die sein Freund ihm vermitteln könnte.

Die Fremden essen Käse, verfaulte Milch. Sie sammeln Muscheln, als wären die etwas wert, und sind böse, wenn ihnen jemand eine wegnimmt. Sie haben keine eigenen Götter und nehmen sich, welche grade da sind. Mow erinnert sich an seinen ersten weißen Mann, der ihn von oben bis unten abgeleckt und dabei geweint hatte. Danach war er, Mow, hundert Dollar reich, mit noch nicht einmal zehn Jahren. Seither genießt er in seiner Familie einen Respekt, der immer weiter wächst.

Mow denkt an die Dutzende von kleinen Mädchen, die im Dorf herumlaufen, alle sind irgendwie mit ihm verwandt. Keinem von ihnen soll Böses geschehen, gewiß nicht. Mow hat die Lektion vom letzten Jahr nicht vergessen. Aber ein bißchen Freude für den Mann, der seine Haare weglegen kann, wird er organisieren, wer, wenn nicht er, soll es sonst tun? Wenn ein Fremder erst einmal in die Stadt geraten ist und in die Hände der Abzocker, der Schlepper, Spieler und Dealer, der ausgekochten dreißigjährigen Huren, die auch aus der

Nähe wie Elfjährige aussehen, der *coffeeboys*, falschen Mönche und Masseusen fällt – dann ist für Mow und seine sensiblen und klugen Dienste die Sache gelaufen.

Immer noch steht er da und schaut an seinem Freund vorbei aufs Meer. Hinter den beiden gerät das Bild in Bewegung, die Szene füllt sich langsam mit Darstellern.

Das haben sie bezaubernd gemacht, sagt Santa Clara zu ihrem Mann, während sie in all das Rosa, Lila und Dunkelrot schaut und ins Neongrün der Bäume. Für Dekoration haben sie einen Sinn!

Beide bleiben an dem großen Obstbuffet stehen, auf dem ein Mädchen in Weiß sitzt und Melonen in riesige Rosen verwandelt. Zart wie ein Äffchen hockt die Kleine mit ihrem Schnitzmesser mitten zwischen Mangos, Ananas und Papayas, Glasbirnen, Rosenäpfeln und eßbaren Merkwürdigkeiten, deren Namen nicht einmal Santa Clara kennt.

Louis kann den Blick nicht von den winzigen braunen Füßen zwischen dem Obst wenden.

Dagegen hätte ich nichts, sagt Santa Clara heiser, so was könnte ich ertragen.

Bilde dir das nicht ein, antwortet Louis erschöpft. Ich habe nicht die Absicht, es auszuprobieren. Nichts, was früher war, hat etwas anderes bedeutet als das hier: fremde Früchte. Bald vergessen. Aber du hast dich jedesmal aufgeführt, als würdest du langsam erwürgt.

Sie haben den Nachmittag am Strand immer wieder unterbrochen, entweder erst sie in den Bungalow, unter dem Vorwand, etwas holen zu wollen. Wartend. Er hinterdrein, und dann die komplizierten und eingeübten Spiele, ein bißchen Alkohol, und nichts, nichts ist mehr peinlich – weder Betteln noch Sieg, auch keine Niederlage. Und dann wieder in die Sonne stolpern, zwei geblendete Tiere. Dann er, zurück ins Dunkel, wartend, und noch einmal dasselbe. Nicht dasselbe.

Beide sind stolz wie nach einer Schlacht und fürchten, man sähe ihnen alles an.

Die vier aus Angkor Vat haben sich als einzige nicht fein-gemacht. Sie schlendern von ihren weit vom Strand entfernt gelegenen Bungalows heran und scheinen die festliche Atmosphäre, die glitzernde Beleuchtung gar nicht zu bemerken.

Was für ein Altersheim, sagt das eine Mädchen und schaut sich verächtlich um.

Sie finden uns nicht schön, sie finden uns nicht einmal interessant, sagt Kecki, die als einzige die kühlen jungen Blicke bemerkt hat. Sie hat das Gefühl, als zöge ihr etwas die Farbe heraus, als würde sie grau, ganz und gar grau.

Mein Gott, Alte, sagt ihr Begleiter Max liebevoll, für die sind wir unsichtbar. Das waren solche wie wir für uns vor zwanzig Jahren auch, erinnere dich doch. Wenn es nicht so eingerichtet wäre, gäbe es ja gar nicht genug Platz auf der Welt.

Vor dreißig, sagt Kecki.

Was?

Vor dreißig Jahren, mein Lieber. Du hast zehn Jahre unter-schlagen. Deine Idee von den Parallelwelten gefällt mir.

Leider nicht neu, sagt Max heiter.

Eines von den Angkor-Vat-Mädchen hat ihm einen langen honigbraunen Blick gegönnt, und er verzichtet darauf, seine Gefährtin mit der Bemerkung zu ärgern, daß es Menschen gibt, für die zu sämtlichen Welten freier Zugang besteht. Er ist gut gelaunt. Das Meer leuchtet, ein Duft nach gebratenem Fisch, Wein und Jasmin weht durch die Palmen. Nichts deu-tet auf weitere versteckte Menschenteile hin. Außerdem hat er ein paar ganz annehmbare Aufnahmen gemacht.

Einzug der heiligen Narren, schau mal, wie Hieronymus Bosch! flüstert er Kecki zu, die immer noch masochistisch lange, glatte braune Beine und samtige Rücken anstarrt.

Lilly Gribouille hat sich geschmückt. Was da um ihr dürres Hälschen, um ihre Kinderhandgelenke und an ihren Fingern glitzert, sieht nicht wie Modeschmuck aus.

Wanda Landau, mit Turban und in einen weiten geblümten Seidenkaftan gehüllt, mühsam am Arm von Herrn Atropos auftretend, sagt mit ihrer tiefen und ganz gesund klingenden Stimme: So sieht's aus, wenn die Nadeln vom Christbaum ab sind und der Schmuck noch hängt!

Auch sie hat ins Etui gegriffen, und Herr Atropos wirft scharfe Blicke um sich, ob nicht dunkle Gestalten die Nähe der Damen suchen. Lilly hat ihren Lieblingskellner erspäht und winkt ihm zu.

Ich kann nicht verstehen, sagt sie zu Wanda Landau, daß es Leute gibt, die sagen, alle Asiaten sähen gleich aus. Das ist überhaupt nicht wahr.

Tja, sagt Wanda Landau, und sie sind auch nicht alle kleinwüchsig. Im Vergleich zu dir schon gar nicht.

Varus Wyandotte streitet sich gedämpft mit einem der jungen Mädchen, die ihm einen Tisch am Strand zuweist.

Meine Beste, sagt er, Sie mögen ungewöhnlich hübsch sein, intelligent sind Sie nicht. Wenn ich mich auf einen Stuhl setze, der im Sand steht, ramme ich ihn sofort bis zum Anschlag hinein. Mein Gewicht, flüstert er. Geben Sie mir einen Tisch auf dem Rasen.

Mr. Oss hat das kleine Geplänkel von weitem gesehen und eilt herbei. Das Mädchen mit seinem Blumengesicht sagt lächelnd: Hoffentlich brichst du dir das Kreuz, du Fettsack.

Das klingt wie lauter Porzellanglöckchen, beide Männer lächeln zurück. Mr. Oss sagt: Ich kenne das Problem! und führt den Baron hinauf, wo Tische und Stühle sicher auf dem Rasen stehen.

Wollten Sie nicht bei den beiden Damen und Herrn Atropos sitzen?

Wyandotte schüttelt sich übertrieben.

Verehrtester, sagt er, so weit geht die Liebe zum Beruf nun doch nicht. Haben Sie einen anständigen Pouilly Fumé da? Ich möchte genießen und vielleicht ein bißchen feiern. Wenn der arme, alte Hagestolz schon irgendwo untergebracht werden muß, dann bei der charmanten Gastwirtin mit ihrem somnambulen Mann. Wo sind die eigentlich?

Marianne und Poldi Stricker haben längst unbemerkt die Szene betreten. Zwischen den schwedischen Familien, die trotz ihrer gewaltigen Sonnenbrände sehr gut gelaunt sind, und den Wanderdamen, die man sonst nie sieht, haben sie sich an einen der hinteren Tische gesetzt, halb vom riesigen Fächer des Paradiesvogelbuschs verborgen.

Poldi ist wach. Er schaut um sich wie ein etwas schlappes und grauhaariges männliches Dornröschen. Wenn der alte Satz gilt, daß der Schläfer nicht sündigt, ist der Gastwirt Poldi ein unschuldiges und gottwohlgefälliges Wesen. Auch in seinem sehr fernen Laden, dem Wilden Mann, inmitten von Tannen und Bächen gelegen und mit Gästen, die von weither kommen, hat er in wichtigen Momenten geschlafen. Die verzweifelten Versuche seiner Frau, sich Sterne, Löffel und Kochmützen dauerhaft zusammenzuvögeln, hat er ebenso verdöst wie die Steuerfahndung und eine nächtliche Verhaftung, bei der ihm einer seiner liebsten Stammgäste abhanden kam.

Ach, seine schöne Wirtsstube. Er vermißt sie. Die feuchtwarme und von merkwürdigen Göttern besiedelte Fremde macht ihn hilflos. Er weiß, warum er sich gesträubt hat, hierherzufahren. Am besten, man schläft nur noch. Immer wenn er mal wach ist, schwimmen oder die Gegend erkunden will, stolpert er über steinerne Gestalten, die aussehen, als wollten sie ihm übel. Tierfratzen, Dämonen und diese Buddhablicke unter halbgeschlossenen Lidern hervor! Als wüßte der alles und verfolge ihn, den Poldi, mit Rachsucht. Eigentlich ist er fromm, aber er braucht den Herrgottswinkel, den Pfarrer, der sich bei ihm besäuft, und den allwöchentlichen Zwanziger im Klingelbeutel. Damit ist alles abgegolten. Und dafür hat ihm der Allmächtige seinen wunderbaren Schlaf geschenkt. Auch damals, als seine Frau dem Laden eine, ja, wie soll er sagen: andere Richtung gegeben hat, ist ihm der Schlaf zu Hilfe gekommen. Aber hier glotzt ihn aus jedem Winkel ein Geist an.

Der Wyandotte will sich zu uns setzen, sagt Marianne.

Dann ist es ja wie daheim, antwortet Poldi grämlich.

Macht nicht so ein Gesicht, sagt der Baron heiter, man könnte denken, ihr säßet in einem Gerichtssaal. Na, aufgewacht, mein Guter? Es wäre auch wirklich jammerschade, wenn du dieses herrliche Fleckchen Erde nur im Koma erleben würdest. Schau dich um! Was für Möglichkeiten! Welche Schönheit! Die Leichtigkeit des Seins, ja.

Davon merke ich nichts, sagt Marianne. Aber ich weiß auch nicht genau, was ich erwartet habe.

Erkenntnis, sagt der Baron, Erkenntnis und Absolution.

Ach, vielleicht auch nur was gegen Rückenschmerzen, sagt Marianne. Ich habe mir nichts vorzuwerfen. Die Wünsche kamen von anderen. Ich habe nur Möglichkeiten geschaffen, sie zu erfüllen. Das Geheimnis einer erfolgreichen Gastronomie: Möglichkeiten schaffen.

Und Begierden wecken, sagt der Baron. Von allein ißt der Mensch keine Tierhirne oder Fischeier. Von allein läßt er sich nicht von ausländischen Schulmädchen in jeder Weise bedienen. Darauf muß der Mensch erst gebracht werden.

Marianne streicht ohne Unterlaß die schöne rosa Seidentischdecke glatt, sie reißt die zarten Orchideenköpfe von den Rispen und zerknetet sie zwischen den Fingern.

Wann geht denn die Show los? fragt Poldi.

Na, ich hoffe, man besucht erst mal ausgiebig das Buffet! sagt Wyandotte. Deutsche Unterhaltungsmusik braucht eine solide Unterlage. Kennt ihr den Caramel eigentlich persönlich? Er würde gut zu euch passen, finde ich. Wir hatten mal miteinander zu tun. PR-mäßig.

Was hast du eigentlich noch nicht gemacht? fragt Marianne sarkastisch.

Mehr als du ahnst, sagt Varus und lacht. Niemals Benefiz. Keine *charity*. Ich laß mir da einen Riesenmarkt entgehen, aber sei's drum. Und jetzt los, bevor die Pfadfinder über den *Red Snapper* herfallen.

Von überallher kommen aus dem Dunkel die Menschen zu dieser herrlichen Burg der Gefräßigkeit. Köche tanzen hin und her, Woks zischen, und die großen Fische auf ihrem Eisbett reißen Mäuler und Augen auf. Salate in den Farben von Paradiesgärten, leuchtende Schnecken – äh, sagt Kecki, die sich mit ihrem Teller bis zu einer bestimmten Stelle vorgearbeitet hat. Da ruht ein Hummer, ein Riese von heiligem Rot, mit neckischen Schleifchen um die Scheren.

Max kriegt einen Lachanfall, der nicht weit vom Würgen entfernt ist.

Sein Freund Louis nutzt das Gewühl am Buffet und stellt sich direkt hinter ihn.

Es ist nicht gesagt, daß sie ihn von dort haben.

Ist es nicht, antwortet Max und lacht und graust sich gleichzeitig. Aber es ist auch nicht gesagt, daß sie ihn nicht von dort haben.

Kann ich irgendwann mal die Photos sehen? fragt Louis Reinemer so, daß es Santa Clara, die irgendwo dicht hinter ihm ist, nicht hören kann.

Soll ich sie gleich holen? antwortet Max. Oder hat es Zeit bis nach dem Essen? Wollen Sie nachschauen, ob Sie den Hummer wiedererkennen?

Das Geklapper und Geschepper, Gelächter und Geplapper wird langsam, fast unmerklich, von Musik aufgesogen. Die Jungs haben angefangen zu spielen, sind aus dem Instrumentestimmen und letzten Soundcheck wie zufällig in ein paar Melodien geglitten, werden lauter. Das Publikum muß vom Essen, Trinken und Schwatzen weggeholt werden, behutsam, nicht mit Gewalt.

Es ist ein Hin und Her, manchmal verebbt die Musik ganz und macht allen anderen Geräuschen Platz, dann wieder siegt sie, sogar über die beharrliche Stimme des Meeres. Ein paar Minuten geht das so, dann haben sich die meisten Urlauber auf ihre Plätze verzogen, es wird nachgesehen, ob der Wein noch reicht, nein, das tut er nicht, und an den Tischen deutet man mit einer fast synchronen Bewegung in die leeren Weinkühler.

Was werden sie spielen?

Wenn das dieses asiatische Gequengel wird, geh ich in eine andere Kneipe, sagt Wanda Landau mit kräftiger Stimme. Ich bin allergisch gegen Jammermusik.

Sie sitzt am Strand, ihr Stuhl sinkt kaum ein in den weichen Sand, so leicht ist sie.

Die haben sie extra für solche wie uns aufgestellt, sagt sie. An euch beiden ist ja auch wenig dran.

Aber was jetzt beginnt, ist gar nichts Asiatisches, oder doch, aber das wissen die Fremden nicht. Sie spielen den King, und Curd Caramel wird sein Programm allein ihm widmen, in diesem Teil der Welt ist Elvis noch unsterblicher als anderswo. Von oben, wie vom Olymp, kommt aus dem grünen Dämmer ein schlanker, schwarzhaariger Mann im weißen Seidenanzug. Die kleine Bühne ist oberhalb des Buffets aufgebaut, vom Publikum durch den Pool getrennt. Die Musiker sitzen ein bißchen abseits, ihre bunten Kostüme schimmern.

Schmetterlingsflügel, sagt Kecki versonnen. Wie große Schmetterlingsflügel!

Also, ich bitte dich, antwortet Max ärgerlich. Ein bißchen Distanz! Ganz geschickt, daß er sich nicht zur Karikatur macht, mit Straßsteinen und Gitarre um den Bauch!

Wenn er *Are You Lonesome Tonight?* singt, geh ich ins Wasser, sagt Santa Clara mit einem vorsorglichen Schluchzer in der Stimme.

Mach nur, antwortet ihr erschöpfter Mann, es ist Ebbe. Und wenn ich den Satz »Er singt unser Lied!« höre, geh ich selber ins Wasser.

Mit Curd Caramel geschieht Seltsames. Jeder, der auf der Bühne steht, sehnt sich lebenslang danach, versucht ihn zu erzwingen – den göttlichen Moment. Daß einen trägt, was man tut, und daß es die anderen, das Publikum, mit wegnimmt auf der gleichen leichten Wolke.

Ausgerechnet hier, denkt er noch, in einer Luxustouristenfalle voll von Rentnern und Krüppeln. Aber im gleichen Moment weiß er, daß es vollkommen gleichgültig ist, wo es einen ereilt, und er beginnt ganz ungeplant mit *In the Ghetto*.

Alle, die dabei waren, werden sich noch Jahre später an diesen Abend erinnern, aber sie werden Mühe haben zu antworten, wenn jemand fragt: Was war denn so besonders? Ein Elvis-Imitator? Gibt's doch tausendmal – der Caramel? War das nicht dieser alte Schlagerfuzzi? Und der soll Elvis gesungen haben? Na, im Urlaub gefällt einem alles, das kennt man, Sternenhimmel und Palmen und Meer, nüchtern ist man meistens auch nicht.

Und so hegen für viele Jahre Kecki, Max, die Wanderdamen, böse und gute Menschen, all die Jungen und Mädchen aus dem Dschungeldorf, Mr. Oss, wahrscheinlich sogar Kautschuk und die einäugige Siamkatze ihre eigene Erinnerung an einen Abend voll Gelächter, Tanz und Tränen, in einer sanften Wolke von Tönen, vom Meer umarmt. Nicht nur Santa Clara hat ganz ohne Widerspruch »Unser Lied!« geseufzt, sondern auch die Köche und Serviermädchen haben ihr Lied gehört, *Return to Sender* oder mal wieder *Blue Suede Shoes*, der King selber hat vom Himmel hoch einen Stellvertreter herniedergesandt ans schöne Ufer der Andamanensee.

Curd Caramel weiß nicht, wie lang er schon singt. Seine Musiker, die er nie zuvor gesehen hat, machen einfach weiter, geben ein paar Takte vor, immer die, nach denen die Leute da unten sich grade am meisten sehnen.

Es wird tatsächlich eine Menge getrunken an diesem Abend, die Jungen und Mädchen schleppen Weinflaschen und Cocktails mit entrückten Mienen heran und vergessen, die Bestellungen zu notieren.

Bei *Love Me Tender* fangen Marianne und Poldi gleichzeitig zu weinen an, ein heftiges Kinderweinen, das Wyandotte erstaunt zur Kenntnis nimmt. Er sagt nichts dazu, was man ihm hoch anrechnen muß.

Madame, jetzt wieder untadelig frisiert und sehr blaß, lehnt etwas abseits an einer Palme. Sie spürt nicht, daß der rauhe

Stamm ihr den Arm zerkratzt. Sie hört zu, wie sie noch nie einer Musik zugehört hat. Kennt jeden Ton. Heute ist es, als gelte das alles nur ihr. Sie sieht sich nicht mehr alle paar Minuten nach Kleines Gemüse um. *Little Sister.*

Es ist nicht bekannt, ob in dieser Nacht die Hummer, Zakkenbarsche und Schildkröten ihre Köpfe aus dem Wasser gestreckt haben, um diesem abgetakelten Orpheus zuzuhören. Aber denkbar ist es. Seit *Don't Be Cruel* jedenfalls hält Max den Kopf gesenkt, zu Beginn der Show hat er mit seiner kleinen Kamera noch ein paar Bilder gemacht, sie dann aber neben sich gelegt und zuletzt, ganz zuletzt, im Gras vergessen. Am nächsten Morgen wird Mr. Oss sie ihm persönlich bringen.

Lang nach Mitternacht singt Curd Caramel dann das *Muß i denn*, diese rührselige Hinterlassenschaft der Militärzeit des King, er singt es ganz leise, im Gehen vor sich hin. Die Dschungeldorfbewohner, die am Strand auf Felsen und Baumstämmen sitzend zugehört haben, entfernen sich langsam in die Nacht.

Im *resort* werden nachdenklich die letzten Gläser ausgetrunken, ein paar Unentwegte haben sich zum Alten Boot zurückgezogen, aber sie sind nicht laut. Kautschuk holt Kecki ab, die etwas verheult, aber glücklich zwischen den Lämpchen heimwärts tapst und auf die Kröten achtet, die auf dem Weg hocken. Das Buffet wird abgebaut, die bunten Tischtücher zusammengelegt, Gläser eingesammelt und das Gekeife von Madame wegen der schlampigen Bestellungsnotizen überhört. In beiden Dörfern werden die Menschen in einen schweren Schlaf fallen.

Nur Madame sitzt bis zum Morgen in ihrem versteckten Bungalow und hört dem Brummen ihres Generators zu. Wanda Landau fordert die Liebe des Herrn Atropos, als wäre es das letztemal, Santa Clara nimmt es hin, von Louis um Schonung gebeten zu werden. Und der, dem alle ihre Verzauberung verdanken, sitzt nackt, welk und kahl in seinem Zimmer und hält ein Polaroidbildchen in der Hand. Das hat ihm jemand unter der Tür durchgeschoben, irgendwann während seines Auftritts.

Ein ziemlich hellhäutiges Kind ist darauf zu sehen, ein mageres, hochaufgeschossenes Kind mit ernstem Gesicht. Ob es ein Mädchen oder ein Junge ist, kann man nicht sehen. Es hat die schweren schwarzen Haare wie eine Kappe geschnitten und trägt T-Shirt und Shorts. Caramel hat das Korsett abgelegt, er dreht das Bild in den Händen hin und her. Sein Kopf ist ganz leicht und leer. Die Erinnerung an die vergangenen Stunden beginnt schon zu verblassen. Sie haben wenig geklatscht, als wollten sie den Fluß der Töne nicht stören. Das macht nichts, Applaus muß nicht immer sein. Caramel denkt an den King, zweieinhalb Zentner schwer, aus einer Lache von Scheiße und Erbrochenem direkt gen Himmel gefahren.

Der hat heute seine segnende Hand über ihn, Curd Caramel, gehalten. Der Sänger lacht, schaut das Photo an und summt den *Jailhouse Rock*.

»Da, ihr Mönche, ist der Königselefant
gelehrig, ein Kämpfer, ein Dulder, ein
Pfadfinder.«

Die Reden des Buddha

Alle kommen später als sonst zum Frühstück. Sie grüßen einander knapp, grinsen ein bißchen verlegen, manche, die sonst
zusammen am Tisch saßen, suchen sich jetzt allein mit der
unvermeidlichen Ananas einen Platz. Die Serviermädchen lächeln blasser als sonst. Auf der hölzernen Treppe zum Restaurant führt eine Hündin ihre vier Jungen vor.

Es ist heiß und vollkommen windstill.

Klarer Fall von Gefühlskater, sagt Max zu Kecki, die ohne
Appetit an einem Toast kaut.

Davor ist einer wie du wohl gefeit, sagt Kecki streitlustig,
das kann dir nicht passieren, nicht wahr?

Warte, sagt sie zu ihrem Hund, der unter dem Tisch liegt,
ich tu dir Butter drauf. Dann gibt sie ihm den Toast.

Wir haben noch eine gute Woche, sagt Max friedlich, die
geht schnell vorbei. Hast du schon irgendwelche Pläne?

Beide wissen, wovon er redet. Auch der Hund scheint es zu
wissen und setzt sich auf.

Ich frage, sagt Max, weil du diesmal so beständig in deiner
Zuneigung bist. Sonst hattest du doch immer eine ganze
Arche Noah. Da vorne purzeln zum Beispiel vier reizende
Welpen herum und bleiben offenbar von dir unadoptiert! Das
Arrangement diesmal ist ja richtig bürgerlich.

Was war das nur gestern abend? fragt Kecki, ohne das
Thema weiterzuverfolgen. So was hab ich mit zwanzig das
letztemal erlebt.

Ich zeig dir nachher mal die Photos, die ich von dem Typen
gemacht habe, sagt Max. Sie sind eigenartig. Außerdem will

ich nachher Reinemer die Unterwasserbilder zeigen. Er hält sich für einen Sachverständigen.

Wofür? fragt Kecki patzig. Für Photos oder für Eingeweide?

Jemand ruft etwas, einer von den Jungen. Es kann auch Mow gewesen sein, der sich eingefunden hat und ein bißchen bleich und ernst wirkt.

Aber jetzt hat auch eine der Dschungelwanderinnen etwas entdeckt und schreit: Sie kommen! Sie kommen!

Die Elefanten! Mit steifbeinigem, schwankendem Gang, einer nach dem anderen, neun im ganzen. Neun wunderbare Tiere, von fast schwarz mit rosa-grau gefleckten Ohren bis zu einem weißlich-kittfarbenen Koloß, der den Zug immer wieder zum Stehen bringt, weil er mit dem Rüssel Zweige aus den Bäumen rupft und sie sich ruhig ins Maul steckt. Auf ihren Schädeln kauern magere Jungs und lachen den Touristen zu. Mit Hakenstecken lenken sie die Tiere, und Keckis scharfe Augen sehen blutende Stellen hinter den Elefantenohren.

So eine Gemeinheit, flüstert sie zornig in Richtung Max, der ist aber längst weg, um seine richtige Kamera zu holen.

Erst jetzt sieht sie das Kleine unter dem Bauch einer braungrauen Elefantenkuh mit einer Haut wie alte Baumrinde. Das Kleine hat hochstehende Haare auf dem Kopf und schlackert mit seinem Rüsselchen ein bißchen ziellos herum. Sofort schießen ihr Tränen in die Augen, erst der Abend gestern und jetzt dieser Großangriff auf ihr aus Begeisterung und Mitleid zusammengestückeltes Gemüt. Doch junge Elefanten könnten selbst steinerne Herzen erweichen. Jedes der Tiere trägt zwischen Hals und Rücken den Korb, eine wackelige, mit vergammelten Teppichstücken und Quasten geschmückte Bretterkonstruktion, auf der zwei Menschen Platz haben.

Das scheuert doch, sagt Kecki hilflos und kommt sich doof vor. Seit tausend Jahren machen die das hier so, und da kommt sie daher, Albertine Aulich, weiß alles besser und will mal wieder die Welt anders haben. Aber sie kann's nicht lassen und hat den Verdacht, ihr Freund Max sei nicht nur wegen seiner Photoausrüstung abgehauen.

Alle laufen durcheinander. Die Familien aus den Elefantencamps sind mitgekommen, für ein paar Baht verkaufen sie Bananenstauden, die Touristen reißen sie ihnen förmlich aus den Händen. Mow versucht die Photofront, die sich auf das Elefantenbaby stürzt, aufzuhalten und zu beruhigen.

Mama kann böse, sagt er. Aber niemand glaubt ihm. Die sind abgerichtet, sie müssen freundlich zu Fremden sein, und das ungute Gefühl, das einen deswegen beschleicht, kann man mit Geldscheinen und Mengen von Bananen aus der Welt schaffen.

Kecki macht Notizen und schaut sich immer wieder nach Max um. Kautschuk hat sich verzogen, die übergroße Konkurrenz gefällt ihm nicht. Sie bedauert plötzlich, sich nicht für den Ritt zum Goldenen Huhn angemeldet zu haben. So was wird sie vielleicht nie wieder erleben. Und die Tiere müssen ihre Arbeit tun, sie sieht es ja ein. Und versucht, nicht immer wieder auf die tiefen, blutigen Wunden hinter den Ohren zu schauen. Manche haben aufgescheuerte Stellen an den Knöcheln.

Aber wenn sie nicht angekettet werden, hauen sie ab in den Urwald, sagt Kecki leise.

Sie möchte vernünftig sein, schafft es aber nicht. Max, wo nur Max bleibt. Er setzt sie doch jedesmal energisch wieder auf die Erde, wenn sie sich verflogen hat.

Erst jetzt sieht sie das Holztürmchen am Ende der Dorfstraße. Das war gestern noch nicht da, sie müssen es am frühen Morgen aufgebaut haben. Langsam schreiten die neun Elefanten dorthin, mit Geschrei und lässigem Hakenstockeinsatz dirigieren ihre Mahouts sie in einen Halbkreis. Das Kleine tappelt brav im Bauchschatten seiner riesenhaften Mutter mit. Neun Elefanten, das heißt achtzehn Passagiere, vielleicht noch das eine oder andere Kind.

Da ist Max. Er ist längst zurück, arbeitet konzentriert und

ruhig, und zwar vom wackeligen Dach des Aufsteigetürmchens aus, von da hat er einen wunderbaren Blick. Die Farben der Tiere, eine große, bewegte Fläche, vielfältiges Grau vor dem vielfältigen Grün des Gartens, umgeben von bunten T-Shirt- und Bermudafarbklecksen.

Kurz entschlossen mischt sich Kecki unter die Gruppe, die sich jetzt wie auf einem Schulausflug kichernd und schnatternd zum Türmchen hin in Bewegung setzt, mit Sonnenhüten, Photo- und Kameraausrüstungen, Wasserflaschen und Strandbeuteln beladen. Kecki hat nichts außer ihrem Notizbuch, ein bißchen Geld und einem Handtuch dabei. Den Badeanzug trägt sie unterm Hemd, Holzsandalen an den Füßen – für einen Dschungelritt ist sie denkbar schlecht ausgerüstet.

Ob zufällig noch ein Platz frei sei? fragt sie Mow.

Ist einer, antwortet der freundlich. Frau Slicker nicht kommt. Herr Slicker allein.

Kecki hat keine Ahnung, wen der Junge meint, und es ist ihr auch egal. Sie muß diese Expedition mitmachen. Etwas wartet auf sie. Kautschuk hat sich nicht mehr blicken lassen, er ahnt ihre Treulosigkeit.

Er haut schließlich auch immer mal wieder ab, sagt Kecki zu sich und verscheucht mehrere Anfälle von schlechtem Gewissen, die blutigen Ohren, der Hund, die zerschundenen Knöchel.

Vielleicht beginnen so seit tausend Jahren die wahren Abenteuer, schreibt sie im Stehen auf eine frische Seite ihres Notizbuchs. Sie fühlt sich leicht wie nie zuvor. Unvorbereitet sein ist für sie purer Luxus.

Es ist ihr gleichgültig, ob Max mitbekommt, was sie da tut. Was bedeutet es denn schon? Ein kindischer Touristenausflug in die Als-ob-Wildnis, veranstaltet und beschützt von Leuten, die sich auskennen, aber die wahren Geheimnisse verschweigen. Überwacht von Göttern, die sich nicht für sie, Albertine Aulich, interessieren.

Wen mag Mow gemeint haben? Sie versucht sich an den Namen zu erinnern. Schließlich soll sie mit diesem Herrn gemeinsam zum erstenmal in ihrem Leben eine Reise auf einem Elefanten unternehmen. Wenn sie sich schon ihren Gefährten nicht auswählen kann, will sie sich wenigstens den Elefanten aussuchen. Aber da ist vorläufig keine Chance. Alles läuft durcheinander und schreit, ein paar von den Serviermädchen kommen mit Lunchboxen und Wasserflaschen, einer von den Elefanten stößt einen Trompetenton aus, doch, es klingt wirklich wie eine helle, schlecht gespielte Trompete. Alles lacht, und Kecki schämt sich für die Menschen, wie schon so oft. Ich liebe euch, sagt sie zu den Elefanten.

Unerreichbar, die kleinen Augen.

Und jetzt sieht sie, wer ihr Mitreisender sein soll – in Mows Aussprache hat sie es nicht verstanden. Der schlafsüchtige Gastwirt aus dem Bayrischen oder dem Schwarzwald – Kecki weiß es nicht so genau. Jedenfalls der mit der nervösen Frau, die immer mit der Höhlenklosterfraktion und dem ausladenden Baron zusammensteckt. Wahrscheinlich macht sie deswegen in letzter Minute den gebuchten Ritt nicht mit, um ungestört mit den Moribunden zum Gelben Mönch zu wallfahrten. Ach, die alte Journalistenkrankheit – jetzt hätte sie sich gern zweigeteilt, Neugier ist nie zufrieden und geht immer fremd, das kennt sie schon. Und wenn sie Max auf die Esoterischen ansetzt? Der turnt immer noch auf dem maroden Dächlein herum und tobt sich richtig aus, mit Stativ und Sonnensegel und allem Drum und Dran. Macht den Newton, wie es scheint. Sie sieht einen strahlenden dunkelhäutigen Buben, der wie ein Affe auf dem Elefantentürmchen rauf- und runterklettert und Max sein Equipment zureicht. Die beiden scheinen sich zu kennen. Und sie, Kecki, hat wieder keine Brille auf.

Sie nehmen anstelle meiner Frau teil? fragt ihr Reitgefährte.

Irgendwie wirkt er unglücklich. Die meisten Männer in Bermudas wirken unglücklich, wegen ihrer traurigen Beine. Solche hat »Herr Slicker« auch, die Hosen sind überdies schlammfarben, dazu kommt ein Blick, als suche der ganze Mensch nichts als ein sicheres Versteck. Er hält sich an einem umfangreichen Vuittonbeutel fest, aus dem ein Fernglas und der Hals einer Perrierflasche gucken. Perrier kostet hier zehn Dollar.

Schön, daß ich auf die Art mitkomme, sagt Kecki heuchlerisch.

Schließlich möchte sie nicht zum erstenmal im Leben auf einem unsicheren Gestell im Nacken eines Elefanten hocken und einen mißmutigen Fremden neben sich haben. Wer weiß, was einem im Dschungel alles zustößt. Der Typ sieht nicht direkt schlecht aus, er riecht auch ganz angenehm, stellt sie fest. Nur verschreckt ist er aus irgendeinem Grund, aber das sind viele Männer fern von zu Hause, wenn sie sich machtlos und ihres Königreichs beraubt fühlen. Ja, genau, so benimmt er sich, wie ein abgesetzter Regent auf der Flucht!

Ich heiße Leopold, sagt er und grinst ein bißchen, als wüßte er, was seine Reitgefährtin grade gedacht hat.

Albertine, sagt die und grinst auch.

Irgendwie hab ich doch einen anderen Namen gehört? sagt der Schläfrige.

Ich auch, antwortet Kecki. Aber so ist es gut. Auf Elefanten sollte man ernsthafte Namen tragen.

Beide kichern, und Kecki sagt noch: Warum nehmen Sie denn dieses sauteure Wasser mit?

Worauf Poldi mit unerwarteter Schlagfertigkeit antwortet: Damit ich was zum Anbieten habe.

Was denken Sie über den bräunlichen? fragt Kecki und deutet auf eines der Tiere. Dessen Mahout ist ein ruhiger Junge mit einer Brille, der seinen Hakenstock offenbar nicht benutzt und nicht wie seine Kollegen gestikuliert und schreit. Der Elefant ist mittelgroß, hat eine stolzere Haltung als die anderen und scheint zu lächeln. Sein Tragekorb ist mit rotbraunem Leder gepolstert, und an den vier Ecken baumeln goldene Troddeln.

Wimpern wie Greta Garbo, dieser Elefant! sagt Leopold und setzt seine neue Gefährtin in Erstaunen. Eine poetische Ader hat sie ihm sowenig zugetraut wie einen scharfen Blick, jetzt hat er vielleicht sogar beides, sieh an.

Also los, befiehlt Kecki energisch, und natürlich schafft sie es, daß sie genau zur richtigen Zeit das Türmchen erklimmen, um den schönen Bräunlichen zu besteigen. Es dauert, bis das Tier richtig steht, und den beiden Neulingen wird ein bißchen mulmig beim Blick auf den faltigen Tiernacken und den rutschig aussehenden Korb.

Von oben lacht Max wie ein Häher: Geiles Bild!

Aber Kecki verzichtet darauf, sich aufzuregen, und sagt leise zum Türmchendach hinauf: Ich rate dir, geh zum Affenfelsen. Ich hab im Gefühl, daß die Moribunden heute in den Höhlensee gehen. Und das könnte ein ganz großes Thema werden. Ein neues Lourdes, aber diesmal multikulturell. Wir sollten auf jeden Fall dranbleiben.

Was heißt wir? sagt Max vergrätzt. Warum gehst du dann auf Expedition? Was erwartest du von so einer Folkloreveranstaltung?

Aber Kecki denkt nicht dran, ihm zu antworten. Sie wüßte auch gar nicht, was, nur, daß sie das Gefühl hat, den Elefantenritt zum Goldenen Huhn unter keinen Umständen versäumen zu dürfen.

Und es geht los. Unter Gekreisch und Gejuchze, worunter sich Töne nackter Angst verstecken, mit angelegten Sicherheitsgurten aus mit altem Lassoband umwickelten Stricken und rostigen Karabinerhaken.

Kecki rutscht auf ihrem Brett herum, fällt nach vorne und dann wieder nach hinten, klammert sich an das Korbgitter und ist sich sicher, nie zuvor in ihrem Leben so albern ausgesehen zu haben. Es ist eine mit nichts, was sie kennt, zu vergleichende Bewegung, der sie sich in den nächsten Stunden überlassen muß – ein Schwanken und Neigen, eine Mischung aus Kraft und Zähmung, von der sie nicht weiß, ob auf die

Zähmung Verlaß ist oder ob doch die paar grauen Tonnen Kraft loslegen und sich ihrer und des lästigen Korbs und der ganzen Zivilisation entledigen wollen? Sie würde das ja verstehen, sich vielleicht sogar wünschen!

Haben Sie Angst? fragt ihr Begleiter freundlich.

Er sitzt da, als sei das im Schwarzwald oder im Bayrischen oder wo immer er herkommt die ganz normale Fortbewegungsart. Seine Füße hat er nebeneinander auf den runzligen Elefantenhals gesetzt, er gleicht die schwankenden Bewegungen aus und sieht beneidenswert wenig blöd auf dem Tragegestell aus.

Angst ist das nicht, sagt Kecki wütend. Ich habe im Gegensatz zu Ihnen keine Übung. Sie haben offenbar Elefanten daheim in Ihrer Garage.

Poldi schaut sie mit halbgeschlossenen Augen von der Seite an.

Ganz und gar nicht, sagt er. Es ist nur meine Faulheit. Mit allem, was mich fortträgt, ohne daß ich was dazutun muß, komme ich gut aus. Sie müssen die Bewegung mit dem Hintern aufnehmen und umsetzen, sagt er. Dann ist es wunderbar. Zurücklehnen, wenn er bergab steigt. Leicht nach vorn, wenn es bergauf geht.

Sie haben längst das Touristendorf verlassen, es geht in Richtung Goldenes Huhn – aber weiß man das wirklich? Kecki schaut den großen, schwankenden Leib des Elefanten an, der vor ihnen geht, sie versucht zu erkennen, wer draufsitzt. Sie klaubt ihr Notizbuch und den Stift aus ihrer Hosentasche und notiert, wie es sich anfühlt, wenn einem oben im ersten Stock des Waldes die Zweige übers Gesicht streichen und Dornengestrüpp sich gegen einen wehrt. Der stille Mahout mit der Brille hält mit seinem Hakenstock Palmwedel von ihnen weg. Die haben Blätter wie Schwerter. Etwas schreit wie wahnsinnig – ein Vogel? Affen? Todesnot oder Freude?

Es macht mich verrückt, sagt Kecki, daß ich so wenig verstehe. Ich kann nur versuchen zu beschreiben, was ich sehe –

aber nicht einmal das ist sicher. Ich meine: Ob hier etwas Wunderbares oder Grausiges passiert, ob ich grade einen Gottesdienst oder ein vertuschtes Verbrechen sehe – woher soll ich das wissen? Verstehen Sie mich?

Überrascht stellt sie fest, daß offenbar das Intercityphänomen auch auf einem Elefantenrücken funktioniert – diskrete Leute werden redselig und gehen plötzlich großzügig mit ihrer Lebensgeschichte um.

Poldi wendet sich zu ihr, sie sieht, daß seine graublonden Haare, von denen er noch eine ganze Menge hat, verschwitzt sind.

Wollen Sie mein Handtuch? fragt sie und könnte sich ohrfeigen, weil sie es danach nicht mal mehr wird anfassen, geschweige denn benützen können, bevor es in der Wäsche war. Sie kann nicht einmal aus dem Glas ihrer eigenen Mutter trinken. Sehr urwaldgeeignet, diese Art Macke.

Aber er will es gar nicht und sagt: Ich verstehe Sie genau. Man bleibt ganz fremd, auch wenn es umgekehrt ist, wenn die von hier zu uns kommen. Sie haben das alles – er deutet vom Elefantenrücken herunter mit einer großen bogenförmigen Armbewegung über das ganze Bild, das schöne Gewimmel aus Tieren und Menschen, Blüten, Sonnenflecken und schwarzen Sumpflöchern –, sie haben das alles bei sich. Sind darin verpackt und aufbewahrt. Halten uns für grobe Narren, für gottloses Pack ohne Kultur. Ich weiß, wovon ich rede.

Überrascht hört Kecki in seiner Stimme nicht nur einen mühsam gezähmten schweren Dialekt, sondern auch Tränen.

Das Reittier sucht sich jetzt, hinter den anderen herschreitend, den Weg durch einen Wasserlauf. Von oben können Kecki und Poldi die langen, schwarzen Wimpern ihres Elefanten sehen, es ist eine Kuh, und sie heißt Chendra – das hat Kecki aus dem Mahout herausgefragt. Aber vielleicht hat er auch nur gesagt, die Langnasen könnten ihm gestohlen bleiben oder sonst etwas Unfreundliches.

Der Weg durch das kleine, felsige Bachbett ist mühsam,

aber die Elefanten freuen sich. Sie saugen Wasser mit dem Rüssel an und pusten Sprühregen über sich und ihre Reiter. Die Mahouts schreien, die Hakenstöcke kommen zum Einsatz, und manche von den Touristen protestieren, am lautesten natürlich Kecki.

Ein paar lachende Kinder hopsen von Stein zu Stein zwischen den Tieren im Wasser herum und reichen Bananenbüschel zu den Touristen hinauf. Es sind kleine, fingerlange Bananen, sie schmecken viel besser als die, die es in Europa gibt. Kecki kauft eine Staude und sieht voll Entzücken, daß der Rüssel ihrer Elefantin sich sofort suchend wie ein Periskop nach hinten, zu ihr, bewegt, die zwei feuchten Löcher sehen aus, als ob das Tier mit ihnen gucken könnte. Kecki streckt ihm eine Banane entgegen, der Rüssel schwenkt nach vorne und kommt sofort wieder, als habe sich der Aufwand nicht recht gelohnt. Über dem Vergnügen, das Tier zu füttern, hat Kecki ihren mitteilungsfreudigen Partner fast vergessen, der schaut vor sich hin, mit einer Mischung aus Resignation und Rührung. Das steht ihm nicht schlecht, und Kecki sagt schuldbewußt: Verzeihung, aber man wird hier immer wieder abgelenkt!

Schwankend geht es weiter, ein bißchen bergan jetzt, und Kecki lehnt sich nach vorn. Es ist sehr heiß, das Wasser in der großen Plastikflasche genauso eklig lau wie das teure Perrier in der Glasflasche. Kecki gießt den Rest Wasser über den Nacken ihrer Elefantin, der das zu gefallen scheint. Der Mahout kriegt eine Zigarette und lächelt.

Wir hatten einmal zwei Frauen von hier bei uns daheim, im Wilden Mann, sagt der Gastwirt Leopold zögernd.

Das klingt wie: Ich hatte eine Farm in Afrika am Fuße der Ngong-Berge! sagt Kecki ein bißchen frech. Ich meine, das klingt wie der Anfang einer guten Geschichte.

Es war alles andere als eine gute Geschichte, glaube ich, antwortet Poldi. Vielleicht für euch Journalisten. Aber die konnten wir raushalten.

Wir haben die nicht ausgebeutet, sagt er, das stellen sich die Leute immer so vor: Arme sprachlose Asiatin aus dem Katalog, die pausenlos nett zu fetten Männern sein muß.

Sie waren zu zweit, sagt er träumerisch. Die eine Fürstin und die andere Dienerin. Wie im Kino. Das ganze Dorf hat verrückt gespielt, und als es kalt wurde, sind sage und schreibe achtzehn Pelzmäntel bei uns abgegeben worden. Meine Frau hatte gemeint, unserem Laden würde ein bißchen was Exotisches gut tun. In Wirklichkeit war's eine Machtübernahme, aber das haben wir nicht gleich gemerkt.

Ich muß damals ziemlich ahnungslos gewesen sein, mir war der Erfolg vom Wilden Mann eher unheimlich, wozu dann noch was Exotisches. Der Wyandotte, ja, der hat natürlich eine Rolle gespielt.

Der Schlaf, gewiß. Wenn man viel schläft, sieht man nicht, wo die Liebe hinfällt. Und hingefallen ist sie, auf die Leute draufgefallen wie ein Stein, das können Sie mir glauben.

Kecki denkt plötzlich an die dünnen Rechercheergebnisse, die in ihrem Bungalow liegen und aus denen sie keinen Fall hat konstruieren können. Zwei thailändische Frauen, eine tot im Wald, eine im Wasser. Keine Geschichten. Ein paar dürre Worte von Mr. Oss über das glitzernde Begräbnis der einen und den Abtransport der anderen.

Wie lang waren die bei Ihnen in Deutschland? fragt Kecki.

Bei uns in Deutschland, antwortet der Wirt patzig. Oder kommen Sie nicht von dort?

Sie waren ein halbes Jahr da, sagt er dann. Ein sehr langes halbes Jahr.

Und was ist aus ihnen geworden? fragt Kecki.

Von fern hört man das Gelächter der Schweden mit ihren Kindern, die kurzen Befehle der Mahouts und das Rupfgeräusch der Elefanten, die sich rechts und links an den Bäumen bedienen.

Es hat kein gutes Ende genommen, antwortet er.

Er achtet nicht darauf, daß sich die Journalistin mit dem

Klatschreporterinnennamen Kecki jetzt nicht mehr für den Wald interessiert, der sich vor ihnen so geheimnisvoll öffnet, als seien sie und ihre Elefanten die ersten Reisenden, die er einließe. Sie spürt die Orchideenrispe nicht, die ihr über den Kopf streift, sie sieht und hört die laut schwatzenden Beos neben sich nicht und schaut nicht auf das dunkle Wasser und die Frösche, die auf den Steinen sitzen. Sonst hätte ihr der Leguan, der jetzt seinen kleinen Drachenleib direkt unter ihr ins Wasser gleiten läßt, Entzückensschreie entlockt. Aber jetzt sitzt da neben ihr eine Story. Und dafür läßt sie Natur Natur sein.

Ich habe vom Tod zweier junger Frauen gehört, hier, und ich will eine Geschichte über die erste thailändische Gerichtsmedizinerin machen, sagt sie nachdenklich.

Die Frauen sind aber nicht obduziert worden, sagt Leopold Stricker sehr bestimmt.

Woher wissen Sie das denn so genau? fragt Kecki und wartet nicht auf Antwort. Aber ja, es stimmt. Das war ein Nebenthema in einem Artikel, jemand von den Reisejournalisten im letzten Jahr hatte wohl beides zusammengebracht, Grundtenor: Die forensische Lady in Bangkok versucht mit einem Teelöffel die Andamanensee auszuschöpfen – Tote werden hingenommen und zum schnellen Verschwinden gebracht. War wohl grade passiert, das mit den beiden Frauen. Das berühmte gefundene Fressen, wenn man genügend Sonnenuntergänge und Korallenriffs beschrieben hat und sich nach was Scharfem sehnt nach all den süßen Cocktails.

Und? fragt ihr Reitgefährte und schaut sie von der Seite an, aber nicht unnett. Er greift sogar energisch zu ihr hinüber und legt ihr, sie nach vorn schubsend, den Arm um die Schultern.

Eigentlich möchte sie »Nicht so stürmisch!« oder was ähnlich Blödes sagen, aber da merkt sie, daß die Elefantenkuh plötzlich steil bergan steigt. Kecki hätte glatt, unaufmerksam wie sie ist, hintenüber- und hinunterkugeln können.

Hoppla, sagt Poldi und: Haben Sie auch Appetit auf was

Scharfes? Zum Schreiben? Hoffentlich machen Sie sich da keine falschen Vorstellungen. Obwohl – wenn man's richtig erzählt, könnte der eine oder andere schon die Luft anhalten.

Um richtig erzählen zu können, muß man eine ganze Menge wissen, sagt Kecki. Natürlich nur, ergänzt sie ein bißchen kokett, wenn man eine so todernste Berufsauffassung hat wie ich. Sonst gilt ja, je weiter weg die Story, desto mehr Freiheiten bei den Details.

Immer noch geht der Pfad steil bergan, die Elefanten setzen ihre Füße vorsichtig auf die sandigen Stellen zwischen den Steinen, einen nach dem anderen, mit aufgeregt pendelnden Rüsseln. Kecki pflückt Bananen von der Staude, die sie neben sich aufs Brettergestell gelegt hat.

Gutes Schätzchen! sagt sie und wartet, bis sich der Rüssel mit den beiden feuchten, suchenden Löchern nach hinten zu ihr tastet. Am liebsten würde sie die Bananen schälen, obwohl sie weiß, wie albern das ist.

Der Ritt wird unbequem und ein bißchen angsteinflößend. Links und rechts des Pfades stehen undurchdringliche Bambuswälder, riesige, schenkeldicke Stangen dicht an dicht. Die Gruppe ist indessen weit auseinandergezogen, man hört von fern ängstliche Quietscher und das Stampfen und Rupfen der Tiere. Etwas atmet schwer und ächzt.

Das ist kein Elefant, flüstert Kecki.

Es raschelt und keucht durch die Bambusstangen, es drängt sich und hält manchmal inne. So gefangen sind sie von den Geräuschen, während sie langsam den Pfad zwischen den himmelhohen Stangen entlanggetragen werden, daß sie die echte Gefahr gar nicht hören. Eine Wildschweinrotte – kleine, fette, schwarze Kerle – übertönt das leise Knacken von Menschenschritten.

Später wird Kecki sagen: Es ging wahnsinnig schnell. Ich habe es gar nicht richtig mitgekriegt. Mein Gott, alle Idioten sagen das in solchen Fällen – und jetzt weiß ich, daß es wirklich so ist. Ich bin wahrhaftig eine lausige Journalistin.

Kleine, dunkelhäutige Männer klettern auf den Elefanten, von allen Seiten scheinen sie aus dem dicken Bambusgebüsch zu kommen. Der Mahout mit der Brille schreit etwas, und die Elefantenkuh wird nervös. Der Tragekorb rutscht, Kecki versucht sich festzuhalten. Leopold wehrt sich gegen die Angreifer, aber er wird an den Rand des Korbes geschoben. Das Tier bleibt im Dickicht stehen, versucht dann, mit dem Rüssel nach hinten zu tasten. Einer von den kleinen Männern schlägt mit einem Holzknüppel auf den Rüssel. Kecki macht sich klein und klammert sich fest. Die Elefantin stößt einen schrillen Trompetenruf aus und setzt sich in Bewegung, wird schneller, der Mahout fuchtelt mit dem Hakenstock herum.

Warum haust du nicht zu? schreit Kecki, aber der Elefantenboy nimmt sie gar nicht wahr. Plötzlich merkt sie, daß der Platz neben ihr leer ist. Von den anderen Elefanten und ihren Reitern ist schon länger nichts mehr zu hören und zu sehen, nur die Wildschweinrotte schnauft und knistert, sich entfernend, im Wald.

Chendra, die Elefantin, stampft jetzt in einem ziemlichen Tempo den schmalen Pfad entlang, gleitet manchmal fast aus, fängt sich wieder. Der Tragekorb, ins Ungleichgewicht geraten, wackelt gefährlich, und Kecki legt sich kurzerhand flach hinein, mit angezogenen Knien. Tröstlich der nach hinten gestreckte suchende Rüssel der Elefantenkuh, es scheint, als wollte sie sich von der Unversehrtheit ihrer Passagierin überzeugen. Kecki gibt ihr den Rest der Bananen auf einmal. Der bebrillte Mahout dreht sich nicht zu ihr um. Er hält den Kopf gesenkt und raucht.

Als Kecki endlich einen anderen Elefanten vor sich sieht, es ist der große, kittfarbene, beginnt sie zu schreien: Man möge anhalten, es sei jemand entführt worden, man müsse nach ihm suchen! Aber die Schweden, die übermütig auf dem Tragegestell hin- und herschwanken, lachen nur und winken ihr zu.

Was soll sie tun? Sei buddhistisch, bleib ganz ruhig! flüstert sie vor sich hin, und: Vielleicht war das nur ein böser Ulk. Aber sie weiß, daß das nicht stimmt.

Sie hat nicht bemerkt, daß der Pfad breiter geworden ist und der Gang der Elefantenkuh wieder gemächlicher. Immer noch liegt sie zusammengekauert auf der ganzen Breite des Tragegestells.

Was ist denn mit Ihnen los? fragt eine Stimme aus gleicher Höhe.

Es ist eine von den Wanderdamen, zwei von ihnen sitzen auf der Mutterelefantin, die jetzt neben sie getreten ist. Chendra liebkost das Kleine mit dem Rüssel.

Wir waren langsamer, wegen des Babys! sagt die andere Wanderdame mit dem Ton einer kompetenten Hebamme.

Kecki hat sich aufgerichtet und sagt: Wir sind überfallen worden.

Es fällt ihr selber auf, wie blödsinnig das klingt. Vor ihnen liegt eine Straße, eine nette, normale Asphaltstraße, und auf der anderen Straßenseite steht das Goldene Huhn auf säulendicken, goldenen Beinen.

Wo haben Sie denn den Herrn Stricker gelassen? fragt die erste, und Kecki kann nicht anders, sie nennt die zwei ab jetzt Amalie und Abigail, nach den beiden Gänsen in *Aristocats*.

Er ist entführt worden, glaube ich! antwortet Kecki. Wir brauchen die Polizei.

Du meine Güte! sagt Abigail. Die beiden, graublond, mager und sehnig die eine, ein bißchen dicklich und mit einer weißen Lehrerinnenhaut die andere, gehören zu der burschikosen Sorte, die man auf Studienreisen trifft.

Trotzdem ist Kecki sehr dankbar, daß die beiden da sind. Sie glauben ihr. Das ist wichtig, denn sie glaubt sich selber kaum.

Sie überqueren die Straße, alle neun Elefanten mit ihrer quasselnden und kichernden Fracht versammeln sich auf dem Platz vor den Beinen des Goldenen Huhns.

Mow? Wo ist Mow? schreit Kecki.

Warum wollte sie diesen Ritt unbedingt mitmachen? Und warum scheint es niemanden zu interessieren, ob alle Ausflügler auch ordentlich am Zielort angekommen sind? Wieder verkaufen Kinder Bananen. Chendra trampelt nervös hin und her, der Mahout ist abgestiegen und hat sich zu seinen Kollegen verzogen, die schwatzend und colatrinkend an einem der kleinen Eiswagen stehen, die auf die Reisenden gewartet zu haben scheinen.

Was für ein heiteres, schönes Bild! Tische, voll mit Früchten und Blumenketten, ein paar Mönche in ihren currygelben Tüchern, alle zahnlückig strahlend, mit sehr schmutzigen Füßen und kahlen Köpfen. Die Elefantenreiter füttern die Tiere und wischen sich die vollgesabberten Hände mit Papiertaschentüchern ab, andere kaufen mutig grüne und rote Limonade aus Plastikkanistern voll gestoßenem Eis.

Morgen werden sie sich die Seele aus dem Leib scheißen, sagt Kecki, die mit ihrer Geschichte und dem eben begangenen Verbrechen mutterseelenallein dasteht. Und wenn ihr wunderbarer Elefant sie nicht von allein zu dem Absteigetürmchen gebracht hätte und bewegungslos davor stehengeblieben wäre, hätte sie, allein in dem verdammten Korb, da oben verhungern können.

Jetzt steht sie unten und schaut sich um. Ihr Notizbuch fest umklammernd, mit nichts als einem dreckigen Handtuch, schmerzendem Hintern und staubigen Haaren schreit sie wieder: Mow! Mow, verdammt noch mal, wo sind Sie? Wir sind überfallen worden! Interessiert das denn keine Sau?

Amalie und Abigail machen beruhigende Geräusche.

Sie müssen was trinken, sagt Amalie, es ist in diesen Breiten gefährlich, zu wenig zu trinken.

Ich habe seit meiner Schulzeit niemanden mehr »in diesen Breiten« sagen hören, sagt Kecki ruppig. Irgendwo muß ihr Frust hin. Die beiden Frauen kommen ihr da wie gerufen, obwohl sie es sich mit ihnen nicht verderben will.

Da ist Mow. Aus dem Nichts aufgetaucht, wie es scheint,

aber, das sieht Kecki sofort: Er grinst nicht wie sonst. Ob er etwas mitbekommen hat? Ob er was damit zu tun hat?

Es ist manchmal schwer zu ertragen, wenn man das Gefühl hat, es verstünde einen keiner, sagt sie zu Abigail und Amalie, die ein bißchen unschlüssig herumstehen und ihr immer noch eine lau und gebraucht aussehende Wasserflasche hinhalten.

Ja, ja, antwortet Amalie nachdenklich. Eigentlich kommt man deswegen hierher, damit einen niemand versteht und man selber niemanden verstehen muß. Aber dann ist das auch wieder verkehrt. Vielleicht hätten wir doch nach Griechenland fahren sollen.

Wieso Sie? sagt Kecki. Ihnen ist doch gar nichts passiert. Ich hätte vielleicht nach Griechenland fahren sollen. Oder nach Oberbayern.

Entschlossen packt sie Mow an seinem dünnen, braunen Arm, und es ist ihr vollkommen egal, ob das ethnisch korrekt ist oder ob sie grade Anlaß zur Blutrache gibt.

Hören Sie, sagt sie. Der Herr Stricker ist entführt worden! Mitten im Wald, es waren mindestens sieben Typen. Sie haben ihn blitzschnell vom Elefanten geholt und sind mit ihm verschwunden. Ging alles sehr schnell. Der Boy mit dem Stecken hat offenbar nichts dabei gefunden, er hat zwar was gerufen, sich aber weiter nicht gewehrt. Sie haben sogar auf den Elefanten eingeschlagen! sagt sie empört, aber dann macht sie eine Pause, weil sie nicht weiß, ob Mow sie überhaupt versteht.

Herr Slicker? fragt er, noch immer mit einem ungewohnt ernsten Gesicht.

Entführt! sagt sie und kommt sich vor wie im Privatfernsehen.

Das Goldene Huhn leuchtet einladend in der Sonne, durch seine Beine hindurch sieht man nagelneue, prachtvoll rotweiße Klostergebäude und einen Hof voll heiliger Tierfiguren, Schlangen, Drachen und Tiger, die mit Tausenden von bunten Spiegelplättchen besetzt sind.

Nicht sein kann, sagt Mow nachdenklich.

Inzwischen hat es sich bei den Mitreisenden herumgesprochen: Etwas ist passiert. Wie aufregend! Die Schweden begreifen betrübt, daß sie irgendwas nicht mitbekommen haben, ja, vielleicht den entscheidenden Moment!

Einfach gelacht haben sie! sagt Kecki zu Mow und fängt zum allgemeinen und auch ihrem eigenen Entsetzen an zu heulen. Mittlerweile ist das Durcheinander nicht mehr zu überbieten. Die Elefanten sind unruhig und trompeten immer wieder, das Kleine schwenkt ratlos sein Rüsselchen und sucht Schutz unter dem Bauch seiner Mutter. Mr. Oss' Gäste, die an diesem Tag hätten sehen sollen, wie hell, lustig und geheimnislos ein Kloster sein kann, rufen einander statt dessen Schauergeschichten zu. Der rauchende Mahout mit der Brille ist verschwunden, merkwürdigerweise sieht man auch kein einziges von den bananenverkaufenden lachenden Kindern mehr.

Wir nach Hause, sagt Mow und kümmert sich nicht mehr um Kecki. Plötzlich stehen da zwei Pick-ups. Bitte! *Please!* ruft Mow und deutet auf die Autos.

Und das Kloster? fragt Abigail.

Natürlich müssen sie uns das Geld wiedergeben, antwortet Amalie. Zumindest einen Teil.

Als sie wegfahren, hebt die Elefantin Chendra den Rüssel und trompetet drohend hinter ihnen drein.

Die Mönche lachen und winken.

»Was der schlechte Mensch an eigenen Fehlern besitzt, das enthüllt der schlechte Mensch nicht, selbst wenn er gefragt wird.«

Die Reden des Buddha

Und das mach ich noch mal, trotz allem, sagt Kecki.

Es ist längst dunkel, der Mond liegt auf dem Rücken, eine goldene Schaukel. Sie sitzt mit Max auf seiner Terrasse, den Hund auf den Füßen. Er wärmt sehr. Aber sie hat nicht das Herz, ihn zu verscheuchen. Sie schweigen schon eine ganze Weile. Das tun sie immer, wenn sich ein Berg von Geschichten zwischen ihnen beiden auftürmt, die sie nicht gemeinsam erlebt haben. Wer fängt an? Wie fängt man an?

Du meinst, den Elefantenritt zum Goldenen Huhn? fragt Max vorsichtig.

Im Dorf ist es ruhig. Sie haben sich thailändischen Wein und einen Eimer Eiswürfel kommen lassen. Inmitten einer Duftwolke von Frangipaniblüten läßt sich das Zeug sogar trinken. Später wollen sie noch hinauf zum Restaurant gehen, Curd Caramel hat einen kleinen Auftritt angekündigt, ganz informell, um die Gemüter zu beruhigen. Noch fehlt von Leopold Stricker jede Spur.

Ich bin dem Goldenen Huhn nicht einmal bis zwischen die Beine gekommen, sagt Kecki. Wir haben vom Kloster nichts gesehen. Nicht einmal von meiner Elefantin habe ich mich ordentlich verabschieden können. Das geht so nicht, schließlich hat sie sich sehr vernünftig benommen. Sonst säße ich vielleicht auch irgendwo im Dschungel in einem Käfig! Wie der arme Stricker! Was ich am unverschämtesten finde, ist, daß sie ihn mir mitten aus einer Geschichte raus geklaut haben.

Also, erstens wissen wir nicht, wo dein sogenannter armer Stricker ist. Zweitens, wenn sie dich hätten haben wollen, hätten sie dich geholt, soviel ist gewiß. Die kennen hier doch jeden Baum, jeden Wasserlauf und jede Lichtung. Der Revolutionär schwimmt im Wald wie der Fisch im Wasser, um den alten Mao ins Siamesische zu übertragen!

Denkst du, das war was Politisches? fragt Kecki ungläubig.

Politisch, religiös, sexuell, sagt Max nach einer Weile und hält sich sein eiskaltes Weinglas an die Stirn, hängt alles miteinander zusammen, wenn man genau hinschaut. Und natürlich Geld, das spielt sowieso die Hauptrolle. Schade, daß du aus dem wackeren Gastwirt nicht mehr rausgekriegt hast.

Ich hab nichts aus ihm rausgekriegt, sagt Kecki entrüstet, wie hört sich das denn an! Er hat sich mir geöffnet. Das tun viele Männer, wenn ihre Gattinnen nicht dabei sind, setzt sie ein bißchen selbstgefällig dazu. Jedenfalls hatten die beiden Frauen, die hier ums Leben gekommen sind, vorher vielleicht einen Job in dem Kaff, wo Leopold Stricker mit seiner Frau ein Luxusrestaurant betreibt. Und ein kleines Hotel. Und die Exotenmädchen könnten dort die Sensation gewesen sein.

Ah, l'amour, l'amour, sagt Max albern.

Ja! antwortet Kecki ein bißchen zu laut. Eben nicht der übliche blöde Sex aus dem Katalog. Es war irgendwas Dämonisches. Aber bis wir dazu kamen, war er leider schon geraubt, der arme Poldi.

Von der Meerseite her erscheint, dramatisch von den Bodenlämpchen angestrahlt, Mr. Oss, der von zwei uniformierten Männchen flankiert wird. Die Staatsmacht in diesem Land sieht aus wie von Playmobil, mit tadellosen Uniformen, allerdings in einem scheußlichen Olivbraun, lackschwarzen Haaren und zackigen Bewegungen. Man sollte sie dennoch nicht unterschätzen und lieber genau hinschauen, in kühle, mißtrauische Augen. Aus dem Baumschatten hinter der großen und den beiden winzigen Gestalten tritt jetzt Mow, ein sichtlich kleinlauter und verwirrter Mow, gefolgt von der einäugigen Begleiterin seines Chefs, die ihren Schwanz wie eine Standarte trägt.

Max zoomt und drückt ein paarmal auf den Auslöser, nur so.

Um zu behalten, wie hierzulande ein Ermittlungsteam ausschaut, sagt er fröhlich. Also die gefallen mir.

Der eine von den kleinen Asienbullen hebt was auf, sagt er und läßt die Kamera sinken. Wann haben wir eigentlich den letzten von diesen merkwürdigen Lippenstiftzetteln gefunden? Und bist du auf dem laufenden, wie viele Teile noch der Entsorgung harren? Ist uns über all den Aufregungen ganz aus dem Blickfeld geraten!

Weißt du, sagt Kecki plötzlich mit einer kleinen müden Stimme, ich glaube, ich habe mich verliebt. Ich weiß weder in wen noch in was. Ich habe nur dieses überwältigende Liebesgefühl, als begänne die Welt grade jetzt. Etwas wird von mir geliebt wie nie zuvor, es hat mich gepackt und gewürgt, ich bin glücklich, aber du kannst mich totschlagen, ich weiß nicht, was es ist.

Ich könnte es nicht zufällig sein? fragt Max.

Nee, sagt Kecki erstaunt. Was ist denn in dich gefahren? Hängt das mit dem Wunderkloster zusammen?

Inzwischen ist die eigenartige Truppe, Katze, Hotelchef, Polizei und zerknirschter Adlatus, vor Max' Bungalow stehengeblieben.

Die Herren möchten mit Ihnen reden, sagt Mr. Oss zu Kecki. Die Herren stehen stramm nebeneinander, die Hand am Pistolenholster, und ihre Gesichter sind jung und streng. Der eine hält tatsächlich einen Zettel in der Hand, Kecki glaubt, darauf rote Farbe zu erkennen. Aber sie hat wieder einmal keine Brille auf.

Hören Sie, sagt Mr. Oss ruhig zu Kecki, in einem Ton, als wären sie beide allein in dieser wunderbaren frangipaniblütenschweren Nacht. Erzählen Sie einfach kurz, wie es Ihrer Meinung nach war. Gott allein weiß, was Mow beim Übersetzen daraus macht, damit muß man sich abfinden. Nichts ist, was es scheint. Unsere Vorstellung von einer klaren, eindeutigen

Geschichte hat hier keinerlei Bedeutung. Man tappt die meiste Zeit völlig im dunkeln, auch wenn man denkt, man wüßte genau, worum es geht. Unser typischer Westfehler: Wir halten uns für schlau. Ich kann Ihnen nicht sagen, wer in dieser Angelegenheit wieviel weiß und worum es sich überhaupt handelt. Entführungen sind hier eigentlich nicht üblich. Früher kamen sie manchmal vor, an der nördlichen Landesgrenze, heißt es.

Der Polizist mit dem Zettel in der Hand sagt etwas, mit scharfer, hoher Stimme, und Mow zuckt zusammen.

Will wissen, wo Sache gewesen, sagt er nach einer Weile zu Kecki.

Max hat sich zurückgelehnt und betrachtet die Szene wie ein Theaterstück, das ihn nicht sonderlich interessiert. Er macht sich unsichtbar, das kann er gut. Jeder Photograph muß das können. Er registriert das leise Sprechen der beiden Polizisten miteinander, die Gelassenheit des Mr. Oss, die erstaunlich verständige Miene der siamesischen Katze, die ihr scharfes blaues Auge jeweils auf den Sprechenden richtet.

Ich habe keine Ahnung, der Wald sieht vorne und hinten gleich aus. Für unsereinen jedenfalls. Es war aber nicht weit vom Goldenen Huhn entfernt, vielleicht zwanzig Minuten.

Der Polizist, der während ihrer Antwort den Zettel studiert hat und Kecki keines Blickes würdigt, wendet sich zu seinem Kollegen, wie um ihm das Wort zu geben. Der redet noch länger als der andere, in einem hellen, zuschnappenden Ton.

Wie viele es gewesen? fragt Mow.

Kecki überlegt. Es würde keinen guten Eindruck machen, wenn sie ungenau antwortete. Desinteressiert. Wenn es so klänge, als wäre es ihr vollkommen egal, wie viele von den kriminellen kleinen Affen auf den Elefanten geklettert seien und Poldi geklaut hätten. Als käme es auf keinen von denen wirklich an. Die Entführer und diese niedlichen Polizisten sind nämlich Brüder, wird sie später zu Max sagen, und ich bin die Fremde und damit die Böse!

Es ging sehr schnell, sagt sie höflich und schaut zwischen Mow und den Beamten hin und her. Ich habe nicht alles mitgekriegt. Aber es waren etwa sieben junge Männer. Eher mehr. Ich meine, vielleicht waren auch noch welche im Bambus versteckt. Man konnte vom Elefanten aus nicht weit in den Wald hineinsehen.

Gibt's irgendeine Nachricht von Herrn Stricker? wendet sie sich zu Mr. Oss. Wie geht es seiner Frau? Sie muß doch außer sich sein.

Die beiden kleinen Polizisten sagen jetzt gleichzeitig etwas, in ungeduldigem Ton, jedenfalls hört es sich für abendländische Ohren so an.

Nicht anders reden, sagt Mow unglücklich.

Man kann förmlich zuhören, wie ihm sein fröhliches Deutsch zerrinnt und im Nirwana verschwindet. Für solche Anlässe hat er es nicht gelernt.

Nicht anders reden? mischt sich Max in scharfem Ton ein. Was heißt, nicht anders reden? Wir reden, wie wir es für richtig halten. Vielleicht sollten wir die Botschaft benachrichtigen. Frau Aulich ist schließlich Journalistin.

Kecki kann sich nicht erinnern, daß Max sie jemals »Frau Aulich« genannt hat. Sie erkennt sich gar nicht wieder.

Langsam, sagt Mr. Oss freundlich. Ich habe Ihnen ja gesagt, daß es Verständigungsprobleme geben würde. Die beiden – übrigens alle Beamten hier – haben ein ziemliches Autoritätsproblem und fürchten, daß sie von Fremden nicht ernst genug genommen werden. Deswegen denken sie bei jedem Wort, das über ihren Kopf weg geredet wird, es sei eine Verschwörung oder verächtlich.

Max wendet sich an die Polizisten, die noch immer strammstehen, mit der Rechten an der Waffe. Bedächtig sagt er ein paar sehr merkwürdig klingende Worte. Kecki sieht verblüfft, daß die beiden strengen Männlein zu lächeln beginnen, ein großes, breites und herrlich weißzahniges Lächeln, das eine Weile hält und nur allmählich verlischt.

Vielleicht würde es helfen, wenn ich aufschriebe, woran ich mich erinnere, sagt Kecki hilfsbereit in dieses Lächeln hinein. Mow könnte es für die Herren dann in Ruhe und ohne Streß übersetzen!

Nach einigem Hin und Her sind alle damit einverstanden.

Übrigens, es gibt keine Nachricht! sagt Mr. Oss zu Kecki. Frau Stricker ist, scheint mir, ziemlich gefaßt. Der Baron weicht nicht von ihrer Seite.

Was hast du denn grade zu den beiden gesagt? fragt Kecki Max neugierig.

Nur was Nettes über die Korrektheit der thailändischen Behörden. Habe ich vor Jahren in einem Kurs gelernt. Ich bin erstaunt, daß es funktioniert! sagt er und lacht.

Übrigens, meine Liebe, sagt Mr. Oss, ohne Erstaunen über Max' Fähigkeiten zu zeigen, ich brauche wohl nicht zu betonen, daß solche Vorfälle tödlich für einen Laden wie diesen hier sein können! Wären Sie bereit, mich zu informieren, bevor Sie publizistisch tätig werden?

Ich bin doch kein Aasgeier, antwortet Kecki mit einer Entrüstung, die ein bißchen unecht klingt. Warum sollte ich Ihr Paradies in die Pfanne hauen wollen?

Weil ein Paradies in der Pfanne allemal interessanter ist als eines bloß so, antwortet Mr. Oss und lacht. Ich würde mich gern einmal länger mit Ihnen beiden unterhalten. Bei Tageslicht. Die hiesigen Nächte sind ungeeignet für jede Art von Wahrheitssuche.

Wollen Sie Wahrheitssuche mit uns betreiben? meldet sich Max aus seiner Unsichtbarkeit. Wir sind hier im Urlaub, quasi.

Quasi, sagt Mr. Oss. Die Katze lehnt an seinem rechten Bein und schmachtet zu ihm hinauf. *Bellissima*, sagt Mr. Oss.

Längst sind die beiden adretten Playmobilpolizisten im Dunkel des Gartens verschwunden, Mow lungert noch ein bißchen herum. Seine Lebensgeister erwachen langsam wieder, genau wie sein Geschäftssinn. Von allen Anwesenden hat wahrscheinlich er die genaueste Erinnerung an den kleinen

Zwischenfall auf der Herfahrt am Ankunftstag, vielleicht hat er schon Verbindungen aufgenommen, vielleicht nicht, wer weiß.

Der Mond ist ein ganzes Stück weitergeschaukelt. Mr. Oss hat sich verabschiedet, Mow grinst schon wieder ein bißchen und sagt: Zu Konzert von Mr. Callamell aber kommen, Sir und Lady!

Zieh Leine, Mow, sagt Max freundlich, der Sir muß der Lady was erzählen. Und dann kommen wir zu eurem Rentnerkonzert. Versprochen. *Free entrance?*

Free entrance, sagt Mow begeistert.

Ich habe Wunder gesehen, sagt Max leise und trinkt von seinem Wein. Ausgerechnet ich. Wunder.

Hast du sie auch photographiert? fragt Kecki ein bißchen patzig, denn da ist es wieder, das alte Journalistenleiden: So aufregend ein Ereignis auch sein mag, irgendwo, und im schlimmsten Fall ganz in der Nähe, geschieht etwas noch Aufregenderes. Und da ist man dann nicht gewesen.

Ich hab's versucht, und vielleicht ist das eine oder andere auch was geworden. Aber das ist nicht wichtig. Sind hier drin, die Bilder! sagt er und tippt mit dem Weinglas auf Stirn, Mund und Herz – so schnell wie Katholiken, wenn sie sich bekreuzigen.

Keiner von beiden hat den seltsamen Dialog von vorhin vergessen, über die Liebe, die ihren Gegenstand noch nicht herausgefunden hat.

Hast du die *holy snake* gesehen? fragt Kecki. Erst mal die einfachen Fragen. Wie bei jedem beliebigen Interview.

Ja, sagt Max. Ich denke, sie war niemals versteckt. Wir haben vorher nur nicht richtig hingeschaut.

Also, mehr als ich hingeschaut habe, kann man gar nicht hinschauen, sagt Kecki grantig, ich bin ziemlich sicher, daß sie nur eine Erfindung ist. Und das Bananentablett jeden Tag von den Affen leergefressen wird.

Vielleicht ist sie eine Erfindung, sagt Max. Aber wir haben

sie alle gesehen. Sie gleicht einem in ein Tier verwandelten Bach. Sie fließt. Man kann sich nicht leicht etwas Schöneres vorstellen!

Kecki schaut Max von der Seite an, der Hund erhebt sich von ihren Füßen, schüttelt sich und starrt ihn auch an. Dann verläßt er die Terrasse und verschwindet im dunklen Garten.

Siehst du? Sogar Kautschuk bist du unheimlich, sagt Kecki und versucht zu lachen.

Das ist möglich, antwortet Max freundlich. Es ist schwer zu beschreiben. Du verstehst mich vielleicht nicht richtig: Immer, wenn einem etwas Außergewöhnliches begegnet, kostet einen das ein paar Menschen. Die einem nicht glauben, die neidisch sind oder gekränkt, weil nicht sie dran waren mit der Erleuchtung. Götter, verstehst du, sagt er. Es waren ganz eindeutig Götter dort.

Kecki wird ein bißchen übel, vielleicht liegt es am thailändischen Wein.

Du meinst, ich würde dir nicht gönnen, daß dir irgendwelche Götter über den Weg laufen? Hätte ich dir dann von der ziellosen Liebe erzählt? Wenn ich imstande wäre, dich um Götter zu beneiden? Außerdem gibt es hier genügend Götter für jeden, der guten Willens ist. Man riecht doch überall ihren Atem, sagt sie, und plötzlich kommen ihr die Tränen.

Nicht, sagt Max, lacht in der Dunkelheit und hält ihr sein Taschentuch hin, weiß, Baumwolle, gebügelt, mit Monogramm. Bei dem Gedanken, wie viele solcher untadeliger Maxtaschentücher sie schon vollgeweint, mit Schminke versaut und Rotz verklebt hat, heult sie noch mehr. Höchstens die Hälfte hat sie ihm zurückgegeben, ungebügelt.

Ich habe einen wahnsinnigen Hunger, schluchzt sie und schnaubt kräftig in das Tuch. Vielleicht können wir raufgehen und dort weiterreden. Ich vertrage Wunder und Götter auf leeren Magen nicht. Außerdem, sagt sie kindisch, bin ich heute fast entführt worden. Das muß ich schließlich auch verarbeiten.

Ist ja gut, sagt Max, wasch dir das Gesicht und zieh was Gescheites an. Ich bestelle dir Schweinerippchen.

Mit Erdnußsoße! sagt sie. Ich nehme das Notizbuch mit. Vielleicht finde ich was drin für mein Protokoll. Seltsam, ich habe geschrieben da oben auf dem Elefanten, das weiß ich. Nur nicht mehr, was.

Apropos geschrieben, sagt Max, was stand denn nun auf dem Zettel, den der kleine siamesische Bulle da aufgehoben hat?

Warum hast du nicht nachgeschaut? fragt Kecki streitlustig. Ohne Brille kann ich nichts sehen.

Du willst nichts sehen, antwortet Max friedlich. Sonst würdest du nicht immer ohne Brille herumlaufen.

Gefolgt von Kautschuk, der das Wort »Schweinerippchen« offenbar in seinem Sprachschatz hat, gehen sie durch den dunklen Garten, über kleine Brückchen und an quakenden Fröschen vorbei in Richtung Restaurant. Als sie Schritte hinter sich hören, bleiben sie stehen. Santa Clara und Louis sind von irgendwoher aufgetaucht und wollen sich offenbar anschließen. Sekunden später haben sich die Paare geteilt, Mann neben Mann, Frau neben Frau, fünf Schritte Abstand.

Eisenfeilspäne, sagt Louis, wie Eisenfeilspäne. Anziehen und Abstoßen. Und welches Abenteuer haben Sie heute bestanden?

Alle wissen schon alles oder glauben, es zu wissen. Die Geschichten sind im Dorf unterwegs gewesen und bei den Leuten angekommen. Jetzt muß man sie korrigieren, ausschmükken, neu bewerten.

Und Sie? fragt Max. Lassen Sie mich raten. Weder noch. Sie haben das Dorf für sich gehabt und es genossen.

Genossen? Vielleicht, sagt Louis. Im Genießen bin ich nicht geübt. Er wechselt das Thema, die ganze Zeit geht er dicht an Maxens Seite. Clara hat die wunderlichsten Geschichten aus dem Vat mitgebracht, von einem Höhlensee und einem Wandteppich aus lebenden blauen Schmetterlingen. Und die Schlange soll es wirklich geben!

Ja, das stimmt, sagt Max und legt ein bißchen Abstand zwischen sich und Louis. Aber das ist nicht alles, das ist noch nicht einmal das wichtigste. Die Verblüffung über so viel Schönheit ist eine Hürde, die man überwinden muß.

Verstehe ich nicht, sagt Louis. Schönheit ist doch das einzige Ziel!

Vielleicht müssen Sie es selbst anschauen, sagt Max versöhnlich. Ich bin nicht so gut im Beschreiben.

Da fällt mir ein, sagt Louis, was ist eigentlich mit den Bildern von unserem Unterwasserfund?

Ich habe sie dabei, sagt Max zur Verblüffung des Arztes. Aber lassen Sie uns erst essen. Halten Sie es für richtig, wenn wir uns zusammensetzen, oder sind für heute abend paarweise Erledigungen ohne Zeugen vorgesehen?

Da muß Reinemer lachen, es ist ein ziemlich ungeübtes Lachen.

Hübsch ausgedrückt, sagt er. Aber seien Sie unbesorgt. Wir haben schon einen ziemlich großen Teil unseres Lebens für paarweise Erledigungen vertan. Den Rest kriegen wir auch noch damit rum. Eine Unterbrechung im Urlaub kann nichts schaden. Aber vielleicht gibt es ja doch noch Rettung. Seit Clara von ihrer Exkursion ins Kloster zurück ist, kommt sie mir verändert vor.

Fünf Schritte weiter hinten schweigen die beiden Frauen nebeneinander her. Beide sind so voll mit Erlebnissen, daß keine weiß, wie sie anfangen soll.

Absolut toller Schmuck, sagt Kecki und schaut auf den Hals der heiligen Clara.

Freut mich, daß Sie das sagen, antwortet die friedfertig. Habe ich mir selber gekauft.

Es ist ein dickes Bündel aus ganz dünnen, bunten Perlenschnüren, offenbar echt und unecht durcheinander, wie eingestreut hängen allerlei Amulette und kleine Objekte dazwischen.

Vor allem halsfaltenfreundlich, sagt Santa Clara und lächelt etwas schüchtern. Soll auch Glück bringen. Was halten Sie von selbstgekauftem Glück?

Es ist das verläßlichste, antwortet Kecki.

Wollen wir nicht du sagen? fragt Santa Clara plötzlich. Die meisten hier im Dorf haben sich von Anfang an geduzt. Ich habe damit immer Probleme, andererseits macht es alt, wenn man auf dem Sie beharrt.

Sie kommen an. Virikit empfängt sie am Eingang, unten hört man das Meer, es ist unruhiger als sonst. Der Mond liegt wie erschöpft am Horizont. Es ist laut, die Stimmen suchen sich zu übertönen, offenbar geht es den anderen Gästen nicht wie Kecki und Santa Clara. Sie können gar nicht erwarten, ihre Erlebnisse loszuwerden. Allerdings verursacht das Auftauchen der vier samt Hund – Virikit hat einen bösen Blick auf den Hund geworfen, aber nicht gewagt, etwas zu sagen – eine kleine Stille. Das liegt an Kecki. Die Entführung des Leopold Stricker ist ihre Story, und die anderen wissen das. Es hindert einige, vor allem die Schweden, nicht daran, wilde Geschichten zu erzählen. Minütlich schwillt die Schar der Entführer an, die einzelnen Bandenmitglieder werden zusehends größer, muskulöser, schon tauchen Waffen in ihren Händen auf – aber da ist jetzt leider die einzige Augenzeugin gekommen, offenbar gutgelaunt, in Gesellschaft, und wird ihnen allen ihre Geschichten versauen. Kecki weiß das und strahlt in die Runde, allerdings hat sie ein etwas wehes Lächeln aufgesetzt, zum Anlaß passend. Leider flüstert Max ihr zu, sie mache ein Gesicht wie Mutter Beimer, was sie erbost.

Die Woge der aufgeregten Gespräche schwappt also wieder hinüber, von der Entführung während des Elefantenritts in die zauberische Welt des alten Klosters.

Zunächst kümmert sich keiner der vier um das Gerede. Sie sind alle hungrig. Sie wollen Drinks und Essen, und das schnell, sie kommentieren die Vorbereitungen des Schlagersängers Caramel nicht ohne professionelles Interesse.

Aha, sagt Max, heute keine Entrückung. Er mischt sich unters Volk. Star zum Anfassen.

Hat sich offenbar auch selber was zum Anfassen mitgebracht, sagt Reinemer und deutet auf ein ernst dreinschauendes Kind mit kurzen, schwarzen Haaren.

Nur am Kleid, einem engen, viel zu erwachsenen Seidenkleid, kann man sehen, daß es ein Mädchen ist. Es sitzt auf der Klavierbank, ganz am Ende, der dürre kleine Hintern balanciert halb in der Luft. Neben dem Mädchen steht eine Kristallschale mit geschnittener Ananas, in der Plastikspieße mit glitzernden Puscheln stecken. Einen davon zieht das Kind jetzt zögernd heraus, dreht ihn in den Händen hin und her und lächelt.

Ich seh das doch nicht wirklich, faucht Kecki.

Aber jetzt nähert sich Virikit dem Kind, sie wechseln ein paar Worte und lachen beide. Caramel, der die Anlage überprüft und in weiten Leinenhosen, T-Shirt und Baseballmütze auf dem kahlen Kopf nicht aussieht wie der altgewordene Schnulzensänger, der er ist, sondern wie ein netter Urlauber, lacht auch.

Was siehst du wirklich? Dies nicht, nicht wahr? sagt Max.

Santa Clara zieht ein paarmal die Schultern hoch.

Bei Ihrer Frau braucht man bloß von Liebe zu faseln und darf alles, sagt Kecki bitter, aber so leise, daß es nur Reinemer hören kann.

Ja, das macht die Sache so verzweifelt, sagt er genauso leise. Wie soll man sich da wehren? Wenn man unter dieser Bedingung das Recht auf die ganze Welt bekommt? Himmel und Hölle inklusive.

Sie haben sich einen Vierertisch geben lassen, die Männer duzen einander, nach ein paar Verlegenheitsversprechern tun es auch alle vier überkreuz. Geckos flitzen die Wände hinauf und hinunter und kichern laut. Man hört das Meer, seine wilden, schnaubenden Töne.

Plötzlich wird es ruhig. Vom Eingang her kommt eine

Gruppe von Gästen, so langsam, als wollten sie allen Gelegenheit zum Staunen geben. Es sind altbekannte Gäste, an denen
man bis jetzt eher höflich vorbeigeschaut hat. Man erkennt sie
durchaus wieder, aber wie anders sehen sie aus!

Das gibt's doch nicht! sagt Kecki.

Sie hat ihr Notizbuch zwischen Orchideenblüten, Weinglä-
ser und Körbchen mit warmem Brot geklemmt und fängt an
zu schreiben, wie unter Zwang. Vielleicht beginnen so die
wahren Abenteuer, so hat sie vor vielen Stunden mit ihren
Aufzeichnungen beim Elefantenritt angefangen, aber das
spielt keine Rolle mehr. Da drängen sich ein paar Menschen
durch die geschmückten Tische, die offenbar eine ganz andere
Art Abenteuer bestanden haben.

Vorn geht Lilly Gribouille, nicht mehr die kanadische
Zwergin, sondern eine kleine, sehr hübsche Frau, mit einem
anmutigen Gang, der durch ein kaum wahrnehmbares Hin-
ken einen ganz eigenen Reiz hat. Sie hat sich wie zu einer
Hochzeit geschmückt.

Eigentlich, sagt Kecki, ist das nur so ein buntes Eindollar-
fuffzighemdchen vom Nachtmarkt, aber meine Güte! Wie sie
es trägt! Der Schmuck garantiert pfundweise gekauft, Glas,
Nickel und Muscheln, aber du schmeißt dafür den ganzen
Cartier samt Bulgari weg. Was ist da bloß passiert?

Gut, wenn man genau hinschaut, steht die eine Schulter
noch ein kleines bißchen nach oben, aber frei und hoch trägt
Lilly den Kopf, die Haare wie eine Kappe aus gehämmertem
Silber.

Die jungen Leute aus Angkor Vat sind aufgestanden, drängen sich zu Lilly durch, lachen und umarmen sie, als wäre sie
ein Popstar. Gemurmel weht durch das Restaurant, der Geruch nach Knoblauch und Orchideen wird stärker.

Knoblauch und Orchideen, sagt Max. Das Leben.

Sonst sagt er nichts, er weiß, es kommt noch mehr Erstaunliches.

Da! War da mal ein aus dem letzten Loch pfeifendes, glatzköpfiges Gespenst namens Wanda Landau, betuchte Berliner Witwe, mit einem verwitterten Gigolo und Erbschleicher an der Seite? Da steht eine heitere Person mit Modelfigur, ganz in Königsblau gehüllt, und ihr Schmuck würde sämtliche Diebe des südlichen Thailand in Hektik versetzen, wenn sie ihn sähen. Die Klunker, die sie mitgenommen hat, um auf dem Sterbebett was zum Spielen zu haben, trägt sie um Hals und Arme. An allen Tischen hört man die Frauen laut aufseufzen. Aber das Verrückteste: Keine Perücke, kein Turban bedeckt mehr den schönen Kopf, sondern ein dichtes Haarpelzchen in Kastanienrot – offenbar just gewachsen, durch das gleiche Wunder, das die Kanadierin gradegezogen hat.

Ich seh den größten Knaller kommen, der mir je über den Weg gelaufen ist, sagt Kecki und hat die Entführung fast vergessen.

Sei vorsichtig, antwortet Max leise. Sei ganz vorsichtig. Vergiß Kecki. Sei Albertine, das ist deine Chance!

Hör mal, antwortet Kecki störrisch, ich bin Journalistin. Und das, was ich hier sehe, ist die schärfste Vorher-Nachher-Nummer, die mir in meinem ganzen Leben vorgekommen ist. Da steht bares Geld! Ein *scoop*! Haben wir eigentlich Material vom Vorher? Du hast doch den Moribundentisch ziemlich oft geschossen, sind die was geworden?

Santa Clara und Louis haben sich bis jetzt nicht eingemischt. Sie halten einander unter dem Tisch an den Händen, lächeln und wundern sich offenbar nicht.

Du kannst nicht ein Wort darüber schreiben, wenn du nicht dabeigewesen bist, wendet sich Clara zu der zornigen Journalistin. Ich habe von Anfang an gewußt, was für eine Kraft der Ort am Affenfelsen hat. Du siehst immer nur die Oberfläche. Vorher – Nachher! Ich bitte dich. Kannst du schon im Grundkurs Buddhismus an der Volkshochschule Mönchengladbach lernen, daß das nicht existiert. Es gibt nur das Nebeneinander.

Marianne Stricker kommt hinter Wanda und Lilly zum

Vorschein, mit ihr hatten sie nicht gerechnet. Als dürfte sie als Ehefrau des Entführten keinen Hunger haben und nicht unter Leute gehen, solange das Schicksal des Mannes nicht geklärt ist.

Vielleicht wollten sie ja sie! flüstert Kecki böse. Schließlich war der Platz, auf dem ich gesessen habe, für sie vorgesehen.

Wie man sieht, ist ihr das andere Programm entschieden besser bekommen, sagt Max.

Es gibt nur das Nebeneinander, haben wir doch grade gehört. Kecki ist wütend auf diese ganze Verkettung und Verknotung, und sie läßt sich ein bißchen gehen. Weil wir ja so genau verstehen, was hier vor sich geht. Und so wahnsinnig spirituell sind wir ja auch, daß allein der Gedanke, Geschichten über die zu schreiben und damit Geld zu verdienen, ganz unmöglich ist. Aber ihr braucht euch gar nicht aufzuführen wie ein Haufen Studenten nach dem Kiffen. Euer eingeweihtes Getue interessiert mich einen Dreck. Da sind, soweit ich sehen kann, drei Menschen, die eine unglaubliche Veränderung durchgemacht haben, wenigstens äußerlich. Und ich weigere mich zu glauben, daß man den Grund dafür nicht rauskriegt. Wenn man ihn rausgekriegt hat, muß man überlegen, wie es geht, daß möglichst viele Menschen die Chance kriegen, sich in dieser Weise zu verändern.

Du solltest die Investoren beraten, die sich das Vat unter den Nagel reißen wollen, sagt Max wütend. Mit dem Argument haben die nämlich ihre dreckigen Finger schon nach dem Höhlenkloster ausgestreckt.

Findest du mich verändert? fragt Santa Clara die wütende Kecki.

Nicht besonders, um ehrlich zu sein, antwortet die. Aber die Stricker wirkt trotz der Entführung ihres Mannes, als hätte sie zum erstenmal in ihrem Leben drei Nächte durchgeschlafen und richtig gegessen. Und die beiden anderen – da bin ich immer noch ganz fassungslos. Mal sehen, wie lang das hält. Vielleicht bewirkt das Kloster und der Höhlensee nur eine Art kollektiver Sinnestäuschung. Aber du siehst aus wie vorher.

Es funktioniert nicht bei jedem, sagt Clara. Es ist stark, aber es erkennt, wenn etwas noch stärker ist.

Was ist es? fragt Kecki.

Es ist du, sagt Max nach einem Schweigen. Sie essen alle ein paar Bissen, trinken ein bißchen, das allgemeine Gerede hat sich wieder über ihnen geschlossen. Lilly, Wanda Landau, Herr Atropos und der Baron mit Marianne haben sich an Lillys erhöht stehendem Tisch niedergelassen.

Weißt du noch, damals, am Anfang? fragt Max. Das würde der Feldherrenhügel, hast du gesagt. Hast recht behalten, Liebste.

Liebste? Hallo! sagt Kecki und lächelt ein bißchen. Was meinst du mit »es ist du«?

Das Über-Ich, sagt Louis.

Eben genau das nicht, sagt Max. Eher das Neben-Ich.

Also, du kannst dich erinnern, wendet er sich an Kecki, um einen drohenden Keckiwutausbruch über Armeleutepsychologie, Touristenesoterik und religiösen Karneval abzuwenden, den vorderen Teil der Höhle hast du gesehen. Da, wo das Bananentablett steht und dieser uralte Dämon mit den gebleckten Zähnen. Du hast es vor Augen, ja? Am Höhleneingang die Totenvitrinen, und in der Höhle diese merkwürdige Mischung aus Gipsgöttern, Opferschalen, haufenweise alten Gummischlappen und Putzmittelflaschen. Du erinnerst dich auch an die Neonröhren, die an der Höhlendecke hängen? Der Gelbe Mönch ist so stolz auf seine moderne Beleuchtung! Links neben dem großen, beleuchteten Höhlenmaul ist die kleine Öffnung im Berg, wo die *holy snake* wohnt. Und rechts geht es zu den Bethäusern und den Mönchszellen, hinter dem Tamarindenwäldchen. Es ist wichtig, daß du es dir vorstellst.

Du meinst die Alltäglichkeit, sagt Kecki aufmerksam. Damit kann ich was anfangen. Mit dem Gerede von Es und Du und Über-, Neben- oder sonst einem Ich überhaupt nichts. Das Unter-Ich habt ihr übrigens vergessen. Dabei ist das doch das wichtigste!

Lenk nicht ab, sagt Max. Ich versuche dir zu erklären, wie der Ort dich erst in Sicherheit wiegt und dann zerlegt, förmlich zerlegt.

Zwei Unerleuchtete sitzen in dieser warmen Nacht am Tisch und zwei Eingeweihte – Kecki fühlt sich Louis verbunden, und obwohl sie sich nichts anmerken lassen, hält ein Geheimnis für nun und immerdar Santa Clara und Max zusammen.

Jeder geht allein den Höhlenweg zum See, sagt Santa Clara. Manchmal muß man eine lange Strecke fast kriechen. Die Wände sind voller Bilder, zehntausend Jahre oder nur Monate alt, wer weiß? Es sind Bilder von Schmerzen.

Ich habe keine Bilder gesehen, sagt Max. Nur, daß die Felsen bearbeitet sind, lauter steinerne Tiere, die einen begleiten. Ich weiß nicht, wie lang ich gebraucht habe.

Das Wasser ist grün wie Glas, sagt Clara.

Es ist vom Neonlicht bläulich, sagt Max.

Die Wände sind über und über bedeckt mit lebendigen blauen Faltern, sagt Clara. Ihr Flügelschlag bewegt das Wasser wie Wind.

Das Wasser ist ganz ruhig, sagt Max.

Man muß über eine Strickleiter zum Wasser hinunterklettern, sagt Clara. Ich fürchte mich vor Strickleitern. Aber es hat mir nichts ausgemacht. Den meisten Mut braucht man, um nicht umzukehren, bevor man angekommen ist.

Den meisten Mut, sagt Max, habe ich gebraucht, um das Wasser wieder zu verlassen und zurückzugehen zu all dem hier.

Kecki schaut Louis an und wäre für ein bißchen Arztgeschwätz ganz dankbar, über Autosuggestion oder chemische Dämpfe, irgendwas Greifbares.

Schaut mal, wer da kommt, sagt der statt dessen.

Marianne Stricker steht vor ihnen, mit weichem, entspanntem Gesicht, und lächelt ein bißchen.

Ich will nicht lange stören, sagt sie. Aber Sie sind als einzige dabeigewesen! Hat er was gesagt? Haben die ihm weh getan?

Sie fragt in einem gleichgültigen, fast schläfrigen Ton und scheint auf Keckis Antwort gar nicht neugierig zu sein.

Die erzählt zum hundertstenmal, es sei alles sehr schnell gegangen, von Mißhandlung habe sie nichts gesehen, und gesagt habe Leopold Stricker während des Überfalls nichts, woran sie sich erinnere.

Es wird schon richtig sein, sagt Marianne darauf zum Erstaunen aller. Ja, so hat es seine Richtigkeit, da bin ich ganz sicher.

12

> *»Von dort abgeschieden, kehrt er wieder,*
> *kehrt er zu dieser Welt zurück.«*
>
> Die Reden des Buddha

Im Dschungeldorf brennen die Feuer. Es ist Mitternacht, vom Mond kein Schimmer mehr. Ein Ghettoblaster steht auf dem Stumpf eines Teakbaumes und heult die falschen Elvistöne des Curd Caramel in die Nacht. Der Mitschnitt hat sich schnell in den Dörfern an der Bucht verbreitet. Sie finden Caramels Elvis besser als Elvis selber. Außerdem hat der Sänger versprochen, die Familie seines Schützlings Wanassa zu besuchen und sich um sie zu kümmern. Das wissen alle. Die Söhne und Töchter aus dem Dschungeldorf, die im Fremdendorf Arbeit gefunden haben, halten ihre Mütter und Großmütter auf dem laufenden. Auch vom Verschwinden des Leopold Stricker weiß hier jeder.

Im Geisterhäuschen vor einer der Hütten wird seit mehr als einem Jahr eine mit blauen Glassteinen besetzte Lippenstifthülle verehrt. Vom Inhalt dürften Ameisen und Käfer nichts übriggelassen haben, aber wenn man nah ans Geisterhäuschen herantritt, ist noch ein schwacher Rosenduft zu spüren.

In der Hütte wohnt die Tante der schönen, hellhäutigen Frau, die ihr Glück bei Poldi und Marianne gesucht und vielleicht gefunden hatte, wer weiß. Sie hat ein wunderbares Begräbnis gehabt. Ohne einen ihrer vielen Onkel, den geheimnisvollen und mächtigen Aphaluck, hätte sie keine so prachtvolle Totenfeier bekommen.

Zur Erinnerung an die andere, die dunkle Frau, die so schnell von ihren Verwandten über die Grenze nach Burma gebracht worden war, hat die Tante ein kleines Nähetui von Thai Airlines ins Geisterhäuschen gelegt. Das hatte der Dunklen gehört. Ihre Nichte und sie waren Freundinnen gewesen, fast wie Schwestern. Ihrer soll gemeinsam gedacht werden.

Die Tante hört den Elvistönen zu und wartet. Viele im Dorf schlafen schon und lassen sich von der Musik, dem Prasseln des Feuers und dem Geschwätz der anderen nicht stören. Sie liegen auf Holzpritschen, zusammengerollt unter dünnen Decken, und niemand beachtet sie. Immer schlafen welche im Dorf, und andere sind wach, des einen Nacht ist des anderen Tag und umgekehrt. Auch die Tiere leben so: Es gibt Tag- und Nachthunde, Tag- und Nachtvögel, sogar manche von den Affen klettern nur nachts in die Palmen, um Nüsse zu ernten.

Einst war die Tante genauso schön wie ihre tote Nichte. Jetzt ist sie alt, fünfzig, dürr wie ein Zweig, zahnlückig und schlau. Sie räumt zwei Reisschalen beiseite, die beiden Polizisten haben bei ihr ein nächtliches Mahl bekommen. Auch die sind mit Herrn Aphaluck verwandt und haben sich auf den Weg zu ihm, zu seinem Haus am Fluß gemacht. Vielleicht wissen sie längst, wer den Fremden versteckt und wo er ist.

Ein scharfer Gestank liegt über ihrer Hütte, aber den bemerkt sie nicht. Die Hügel aus Kokosnußschalen brennen jahrein, jahraus rings ums Dschungeldorf, das Feuer bekommt immer wieder neue Nahrung. Die Kokospalmen tragen reichlich. Kautschukbäume geben ihren Saft, eine kleine Orchideenplantage liefert den Blumenschmuck für das Fremdendorf. Chinesische Händler, die Herr Aphaluck kontrolliert, bringen Pareos, bunte Hosen und Sonnenhüte. Wer von den Jungen und Mädchen keinen Job bei den Langnasen ergattert hat, zieht mit dem Plunder strandauf und strandab. Sie verkaufen gut. Die Fremden geben die Baht-Scheine mit dem Bild des Königs so lässig aus, als wären sie Spielzeuggeld. Wichtige Dinge, die Erfüllung sonderbarer Wünsche und Drogen aller Art müssen sowieso mit amerikanischen Dollars bezahlt werden. Die Tante handelt mit vietnamesischen Zigaretten, unechtem Bourbon-Whisky und gefälschten Uhren.

Alles Unglück kommt von der Begehrlichkeit, sagt der Erleuchtete. Aber er sieht gewiß auch ein, daß man leben muß.

Jeden Tag bei Sonnenaufgang geht die Tante mit einem Plastikbecher voll Orangensaft und einer Blütenkette zum Geisterhäuschen. Sie entzündet Räucherstäbchen für die Hausgeister und für die Seelen der beiden toten Mädchen. Dann stellt sie den Saft hin, damit die Geister zu trinken haben. Mit den Blüten schmückt sie das kleine Nähetui und die glitzernde Lippenstifthülle.

Auch das blaue Gipselefäntchen, das auf der Galerie des Häuschens steht, bekommt manchmal eine Blume. Es erinnert die Tante an ihre beiden Männer, von denen keiner sie so beeindruckt hat, daß sie ihm einen eigenen Erinnerungsgegenstand widmet. Beide hatten den gleichen Job, in der gleichen Organisation. Beide sind verunglückt, ungeschickt wie sie waren. Von beiden hat die Tante je einen Sohn, und beide Söhne taugen nicht viel. Auch sie dienen wieder denen, die den blauen Elefanten zum Zeichen haben.

Manchmal geben die Söhne ihrer Mutter ein wenig Geld. Manchmal erzählen sie ihr Dinge, die sie weitersagen soll. Andere muß sie verschweigen. Sie folgt den Anweisungen immer. Einmal in der Woche opfert sie eine teure Orchideenkette und Früchte und betet zum Erleuchteten, daß ihre Söhne sich nicht so dumm anstellen mögen wie ihre Väter. Ihr größter Wunsch ist es, in des Königs Stadt Bangkok zu fahren und zum Smaragdbuddha beten zu dürfen. Dessen Füße sind von Lotosblüten bedeckt, und wen sein Blick trifft, muß nichts mehr begehren.

Bald kommt der Morgen. Die Schlafenden wachen auf, die Wachenden suchen sich einen Schlafplatz. Die Jungen und Mädchen, die bei den Fremden arbeiten, waschen und kämmen sich und tragen vorsichtig ihre feinen Arbeitskleider in Plastiktüten durch den roten Straßenstaub. Hunde rollen sich im Schatten zusammen, Katzen machen sich auf den Weg zu den Mönchen und ihren Essensresten. Taglilien fangen an zu duften, Nachtviolen und Frangipani hören damit auf. Neonleuchten erlöschen, und die Geckos, die die ganze Nacht in ihrem Schein Beute gemacht haben, ziehen sich in die Ritzen der Hütten zurück. Mows zur Friedlichkeit verdammter, fett gewordener Kampfhahn kräht in seinem Käfig. Die Sonne geht auf über Lebendigen und Toten.

Mr. Oss hat nicht schlafen können. Dreimal ist er in der Nacht, von der schönen Einäugigen begleitet, durch sein Dorf gewandert. Beim drittenmal hat er nur noch Tiere getroffen, Hundemütter mit Welpen, stille Katzenfamilien und große, schimmernde Kröten. Er hat Futter an geheimen Plätzen verteilt und ein paar Scheißhäufchen beseitigt.

Die Gäste im Restaurant hatten den aufregenden Abend überhaupt nicht zu Ende gehen lassen wollen, immer noch eine Flasche! Noch eine Runde Cocktails! Als wären die Entführung und die Verwandlung der Siechentruppe ein besonders einfallsreiches Showprogramm der Reiseleitung gewesen.

Curd Caramel hatte sich der allgemeinen Hochstimmung angepaßt, intimer, lässiger, näher an den Gästen. Er hatte Lilly Gribouille mit Paolo-Conte-Titeln fast verführt und Wanda Landau so lang angesungen, bis die mit ihrer Knefstimme ein unanständiges Duett mit ihm versuchte. Herr Atropos hatte deshalb einen Anfall von Melancholie bekommen, und der Baron steckte den ganzen Abend mit einer erstaunlich entspannten Marianne zusammen.

Kecki hatte sich trotz Max' Warnungen würdevoll und sehr gründlich mit Mai Tai betrunken und noch einige Male sein Taschentuch gebraucht. Außerdem fand sie den Zeitpunkt günstig, Santa Clara und Louis Reinemer ihre Ansichten über Liebe mitzuteilen. Das, was sie beide da vorführten, hatte sie ziemlich laut kundgetan, sei Kolonialismus. Das Gegenteil von Liebe!

Das Wort »Kolonialismus« erwies sich als unerwartetes Hindernis, das Kecki erst nach einigen Anläufen nahm. Sie würden sich gegenseitig kolonisieren, mit allen Mitteln! rief Kecki. Mit allen erlaubten und unerlaubten Mitteln, so daß zum Schluß sie er und er sie würde. Und das sei Krieg, nicht Liebe.

Wenn du nicht den Mund hältst, hatte Max ihr zugeflüstert, geh ich nach Hause!

Als habe sie zwischenzeitlich vergessen, daß er existierte, hatte sie ihn gefragt: Und du? Wieso bist denn du eigentlich noch derselbe? Du warst doch auch in dem Wasser da unten? Hilft das nur bei Frauen? Oder war bei dir nichts zu verbessern?

Nach diesem Satz hatte sie so furchtbar lachen müssen, daß der Hund Kautschuk sich davonmachte und sie ihrem Schicksal überließ.

Sie, Max, Louis und Santa Clara waren die letzten gewesen, die das Restaurant verlassen hatten, höflich von Mr. Oss, Mow und Virikit verabschiedet. An der Theke häuften sich unterschriebene Quittungen, ein paar todmüde, lächelnde Küchenhilfen räumten die letzten Gläser weg.

Es war dann noch zu einer kleinen Szene vor Keckis Bungalow gekommen.

Du kannst meine Veränderungen nicht erkennen! hatte der stocknüchterne Max gesagt. Dazu bist du viel zu egozentrisch.

Die einzige, die gestern eine echte Tragödie erlebt und überlebt habe, sei sie, hatte Kecki geantwortet und schon wieder weinen müssen. Und das interessiere ihn einen Dreck!

Max Bemerkung, sie habe sein Kontingent an sauberen Taschentüchern verbraucht, tröstete sie nicht.

Wie er von einem Kontingent reden könne? Ob es für alles ein Kontingent gebe, für Trost, Liebe und Zuwendung?

Auch das Wort »Kontingent« hatte ihr nicht ohne weiteres über die Zunge gewollt, aber nach mehrfachen Anläufen dann doch.

Mit ihren Stöckelsandalen in der einen und dem allerletzten Taschentuch in der anderen Hand hatte sie ein bißchen schief, aber voll Würde an ihrem Treppchen gestanden und »Hund! Hund!« gerufen.

Versuch zu kotzen, hatte Max freundlich zum Abschied gesagt und war gegangen, um sich in der Dunkelheit und kühlen Stille seines Hauses in den Höhlensee zurückzuträumen.

Das »Hund! Hund!« hatte Mr. Oss auf seinem zweiten Rundgang noch gehört und darüber gelächelt. Danach gab es auf der Treppe ein bißchen Gepolter, aber es kamen keine Schmerzensschreie. Und dann Stille, mondlose Stille. Nur noch das Generatorengeräusch von Madames Haus her, ein paar Nachtvögel, Palmwedelklappern.

Mr. Oss beschließt seinen dritten Rundgang nicht etwa mit einem Rückzug in sein Haus, in sein Bett, sondern er passiert das Tor und macht sich auf den Weg ins Dschungeldorf.

Mr. Oss geht schwerfällig, er spürt seine Knochen. In diesem Klima kostet einen Europäer jeder Monat anderthalbe. Jetzt, nach dem aufgeregten Abend und der schlaflosen Nacht, braucht er Hilfe. Niemals würde er sich dem unterirdischen Wasser anvertrauen, diesem verfluchten Ort mit seinen öffentlichen Leichen und dem ewig grinsenden Mönch. Sein tiernärrisches Herz verabscheut sogar die Schlange, dieses pathetische Vieh, von dem keiner weiß, ob es nicht ganz und gar erfunden ist.

Mr. Oss geht zur Tante. Das tut er seit langem, nicht oft, er meldet sich nie an, und doch weiß sie immer, wann er kommt, und erwartet ihn. Die Tante hat keinen Namen, sie ist die Tante der ganzen Region, nicht nur der schönen toten Frau. Ob sie das überhaupt ist, nach normalen genealogischen Gesetzen, weiß er nicht. Sie haben sich schon lang vor der tragischen Geschichte gekannt. Darüber reden werden sie nie. Keiner von beiden kann mehr als eine Fußspitze in die Sprache des anderen setzen.

Mittlerweile hält Mr. Oss das für ein Glück. Verschwiegenheit, die gar keine andere Möglichkeit kennt. Die Tante ist sein Geheimnis.

Tatsächlich weiß nicht einmal Mow, welcher Art die Beziehung seines verehrten Chefs zu der Tante ist. Er lasse sich manchmal von ihr massieren, heißt es. Darüber wundert sich niemand, denn die Künste der mageren Person sind an der ganzen Küste berühmt. Wie ein Dämon springt sie ihren auf einem Brett ausgestreckten Opfern auf dem Rücken herum, mit hochgebundenem Rock, bohrt ihre nackten Zehen in verknotete Muskeln und entzündete Sehnen, zupft mit harten Fingern verklebte Faszien auseinander, treibt mit den Knöcheln schlechte Gedanken unter der Schädeldecke hervor und verjagt sie mit Geschrei.

Mit dem lieblosen Geknete, das viele Frauen am Strand als Thai-Massage anbieten, haben die exorzistischen Ausbrüche der Tante nichts zu tun. Sie könnte reich werden mit ihren Heilkünsten, denn alle ihre Patienten sind nach der Behandlung glücklich. Aber sie nimmt kein Geld dafür. Man muß ihr Zigaretten, Whisky oder eine Uhr abkaufen.

Nicht Mr. Oss. Er kann sich bei der Tante gehen lassen und für Viertelstunden schön, jung und stark sein. Ihre Nachbarn in den anderen Hütten können bei Weißen Schmerzens- und Freudenschreie nicht voneinander unterscheiden. Sie halten ihn für einen Patienten. Wer würde schon eine alte Frau mit Zahnlücken lieben?

Sie erwartet ihn. Schon vor zwei Stunden hat sie den Saft und die Blüten zum Geisterhäuschen gebracht, ein sauberes Tuch auf ihrem Bretterbett ausgebreitet und aus Mango, Bananen und Pfeffer eine Paste angerührt.

Er muß sich beim Betreten der dämmerigen Hütte bücken. Dann küßt er den Kopf der Tante und zieht sich aus. Er schämt sich vor ihr seiner Masse nicht, er weiß, sie wird ihm wohltun. Auch sie trägt nur noch eine Art Lendenschurz und klettert auf seinen Rücken. Dort vollführt sie ihre schmerzhaften und wunderbaren Tänze, trampelt und klammert, reißt und kneift und trifft wie im Traum die richtigen Stellen.

Eine Walpurgisnacht, ganz allein für mich. Und mein fettes

Kreuz der Tanzplatz! sagt Mr. Oss und lacht. Nachdem er sich umgedreht hat, bestreicht die Tante seine Lenden mit der Paste und wäscht ihn dann, wie eine Löwin ihr zu großes Junges. Er steckt ihr den Kopf zwischen die dürren Beine, ihre Mitte duftet nach billiger Seife. Wie er sie liebt! Aber höchstens alle zwei Monate.

Hast du gehört, daß sie auf dem Gelände vom Vat ein Wellness-Center bauen wollen? Es heißt, die Japaner hätten schon Scouts losgeschickt, um die Bedingungen rauszufinden. Es sollen auch Niederländer dran sein. In der *Bangkok Post* schreiben sie jeden Tag Romane über das holländische Vorrücken auf dem Weltmarkt. Und über die Kompatibilität der Niederländer mit asiatischen Traditionen.

Die Tante sitzt klein und grade rittlings auf ihm, sein Bauch steckt weich wie ein Kissen zwischen ihren beiden Leibern. Sie schaut ihm beim Reden zu und sagt dann: Bangkok.

Ja, sagt Mr. Oss, du hast recht. Ich glaube auch nicht, daß sie es in ausländische Hände geraten lassen.

Es ist schade, daß Mr. Oss nie erfahren wird, wieviel die Tante weiß und welche Schlüsse sie aus dem zieht, was sie hört und sieht. Die Mönche im Vat, ahnt sie, haben Geheimnisse, die dem Erleuchteten nicht gefallen würden. Andererseits – der Erhabene weiß, daß man leben muß! Ob Langnasen nach dem Kloster greifen oder die eigenen Leute: Macht es einen großen Unterschied? Die Tante ist sich sicher, daß ihre Künste Zukunft haben. Man wird sehen. Kann sein, daß ihr verschlafenes Dorf zum Mittelpunkt der Welt wird, wenn die neuen Fremden es richtig anstellen. Die Tante liebt den Fortschritt.

Ich muß gehen, sagt Mr. Oss.

Die Sonne steht schon ziemlich hoch, längst sind die frischgewaschenen Jungen und Mädchen mit dem Pick-up zur Arbeit gebracht worden. Vor der Hütte der Tante wartet, mit deutlicher Distanz zu den Dorfkatzen, die Einäugige.

Du entschuldigst, *Bellissima*, sagt Mr. Oss und macht sich mit ihr auf den Weg zur alten Baustelle.

Keine Vorahnung, nicht Eingebung oder sonstiger Hexenkram sei es gewesen, wird er Stunden später zu Max sagen, was ihn dort hingezogen habe. Ihm sei eingefallen, daß es interessant wäre, sich das halbfertige und schon wieder verfallende Dorf einmal anzuschauen. Vor allem, wenn man die Gerüchte über Neuinvestitionen an der Bucht bedachte.

Ein schönes Gelände, auf dem der Dschungel sich zurückzuholen beginnt, was man ihm damals bei den Bauarbeiten weggenommen hat! Und mittendrin, von einer schwarzen Fliegenwolke umschwärmt, das, was von Kleines Gemüse übrig ist. Auch sie in kurzer Zeit sehr verändert und vom Dschungel zurückgeholt, der alles frißt und verdaut.

Es ist Max, der den hölzernen Dolch entdeckt. Mr. Oss hat ihn am Vormittag gebeten, Aufnahmen von der Leiche am Fundort zu machen. Das stört ihn nicht, ein paar Jahre seines Lebens hat er als Polizeiphotograph verbracht. Auch seine Kindheit mit den geschlachteten Tieren, diesen Opfern seines Vaters, die er nur mit dem Objektiv vor dem Auge hatte ertragen können, hilft ihm jetzt bei der Arbeit.

Er hat ein mit Zitronensaft und Minzöl angefeuchtetes Tuch vor Nase und Mund gebunden und weist Mow an, die Fliegen abzuwehren. Von den beiden kleinen Polizisten oder ihresgleichen ist weit und breit nichts zu sehen. Die Hitze betäubt alle, die zum Schauen gekommen sind. Merkwürdigerweise ist Madame nicht unter ihnen. Max, Mow, Mr. Oss, ein alter, zahnloser Mönch mit rostfarbenem Umhang und die Tante, die sich nur schwer davon abhalten läßt, ein grellrosa Tuch über die Tote zu breiten.

Die ursprüngliche Fechterstellung der Leiche haben Tiere verändert. Kleines Gemüse muß leicht zu bewegen und herumzuzerren gewesen sein. Ihr Unterschenkel und beide Arme zeigen tiefe Wunden. Von dem Auge, das der Erde zugewandt war, ist nichts mehr übrig, das andere wegen der Ameisen nicht zu erkennen.

Von Totenruhe kann hierzulande wohl nicht die Rede sein,

sagt Max grob zu Mr. Oss, auf den hiesigen Leichen geht's ja zu wie auf dem Jahrmarkt! Im übrigen ist das arme Geschöpf offenbar umgebracht worden. Sie wird sich wohl kaum selber das komische Ding in den Hals gerammt haben.

Erstaunt sieht er mehrere junge Männer in blauen Overalls mit einer Karre über die Baustelle kommen.

Was sind das für welche? fragt er den Clubchef.

Wer sind die? wendet der sich an Mow.

Der zuckt mit den Achseln und versteht kein Wort Deutsch, redet mit den Männern, die beim näheren Hinschauen gar nicht mehr so jung sind.

Man läßt sich immer wieder von diesen mageren Bubenfiguren täuschen, sagt Max und zeigt Mr. Oss den blutverschmierten Holzdolch auf dem Display seiner Kamera.

Indessen reden Mow und die blauen Männer mit dem Karren alle gleichzeitig, es klingt wie eine der ganz normalen Plaudereien auf dem Nachtmarkt oder in den Garküchen. Dann wird es plötzlich ganz still. Man sieht eine dünne Gestalt in einem engen weißen Kleid und mit hohen Hacken ungeschickt übers Gelände stolpern. Manchmal bleibt sie stehen, hält sich an einer Mauer, einer Säule fest. Sie macht beim Schwimmbecken halt und starrt auf die Regenwasserpfützen, in denen das Leben wimmelt. Die Gestalt sieht aus, als wolle sie nicht näher kommen, als nutze sie jede Möglichkeit, eine Annäherung an die von schwarzen Fliegen eingehüllte Gruppe zu vermeiden. Aber sie kommt, Madame im festlichen Kleid hat ihr geheimnisvolles Haus verlassen und muß jetzt ihre taubstumme Gefährtin aufsuchen, da die nicht mehr zu ihr kommt. Und Madame schimpft, aus ihrem roten, verzerrten Mund kommen Schimpfwörter, blechern und sehr böse klingt die Stimme der Herrin, die sich über eine unfolgsame Dienerin zu beklagen scheint.

Wenn man nur was verstünde! sagt Max zu Mr. Oss.

Die beiden können gar nicht anders, als sich zu verbünden, sie sind die Fremden, die Dummen. Die aufgegebene Baustelle erscheint ihnen unheimlich. Ein Holzschwert als Waffe, ein Kinderspielzeug. Der Mönch, der zahnlos und verächtlich lächelnd die angefressene kleine Leiche betrachtet.

Gibt's hier keine Gebete, wenn einer stirbt? Oder einen Segen?

Max fühlt irgendwelche vergessenen katholischen Reste in sich hochsteigen, im Niederbayrischen war man mit gewaltsamen Toden nicht unvertraut, bei Gott nicht. Allein die vielen fingierten und echten Jagdunfälle!

Ich habe keine Ahnung, sagt Mr. Oss. Ich war im Lauf der Zeit hier schon auf vielen Totenfeiern. Es ist anders als bei uns. Sie nehmen den Tod hin. Die Götter sind, glaube ich, wichtiger als die Toten. Die Götter sollen sich wohl fühlen und keine schlechte Laune haben. Aber je länger ich hier im Land bin, desto weniger weiß ich. Desto weniger verstehe ich.

Sie haben Kleines Gemüse dann auf den Karren geladen, die alte Frau, offenbar eine Freundin von unserem Patron, hat sie in eine Art rosa Gardine gewickelt, und ab ging's, erzählt Max eine gute Stunde später. Wohin die sie gebracht haben? Keinen Schimmer.

Max sitzt mit Kecki auf deren Terrasse und muß Bericht erstatten. Albertine Aulich, die Star-, Klatsch- und Allerweltsjournalistin, hält sich in ein Handtuch gewickelte Eiswürfel an die Stirn und ist sehr wortkarg.

Was du vergessen mußt, sagt Max zu ihr, ist diese ganze Fernsehtatort-Nummer, Heerscharen von Gerichtsmedizinern und DNA-Tests, du weißt schon: »Sind die Ergebnisse aus dem Labor endlich da?« Ich glaube, von all dem läuft hier gar nichts.

Es gibt diese forensische Medizinerin in Bangkok, sagt Kecki mit umflorter Stimme. Wenn es mit mir nicht besser wird, werde ich die bald brauchen! Aber im Ernst – das ist hierzulande was Exotisches, Gerichtsmedizin und Frau. Hatte ich auch auf meiner Themenliste. Ging über alle internationalen Agenturen. Aua. Ich sollte den Kopf am besten überhaupt nicht bewegen. Mist! Das wirft mich völlig aus meiner Planung.

Vielleicht versuchst du es mit Limonensaft und einem Stückchen für die *Freizeitrevue*! Irgendwas mit Sonnenuntergang, türkisfarbener Brandung und schönen Menschen werden wir doch zusammenkriegen, meine Alte, bevor wir uns wieder an die harten Themen wagen, oder?

Max kennt seine Freundin in diesem Zustand und weiß genau, was er sagen und was er auf gar keinen Fall ansprechen darf. Arbeit ist immer gut. Bemerkungen über ihr Aussehen sind tabu. Und auch ihre Getränkewahl vom Vorabend ist kein empfehlenswertes Thema.

Wir können eigentlich gar nichts tun, sagt Kecki. Das arme Ding wird spurlos verschwinden, und wir werden nicht einmal erfahren, wem sie im Weg war und warum. Weiß man was Neues über meinen Reitgenossen? Seine Gattin war ja bemerkenswert wohlgelaunt gestern abend. Was mag sie gemeint haben damit, das habe alles seine Richtigkeit? Das hat sie doch gesagt, oder?

Daß du dich daran erinnerst, sagt Max maliziös, da hattest du doch schon ganz schön geladen.

Das hätte er nicht sagen sollen, aber manchmal kann er sich nicht bremsen. Er bringt Kecki gern ein bißchen in Wut. Es bekommt ihrem Kreislauf.

Ich geh schwimmen, du Idiot, antwortet sie. Danach bin ich wie neu, paß nur auf. Ich muß auch noch das Gedächtnisprotokoll von der Entführung schreiben.

Es ist wie mit der anderen Geschichte, antwortet Max, während Kecki sich stöhnend hochrappelt und ihren Badeanzug vom Geländer klaubt. Ich weiß nicht, was sie in Sachen Stricker unternommen haben. Wer überhaupt damit befaßt ist. Und was seine Frau mit ihrer seltsamen Bemerkung gemeint hat, weiß ich auch nicht.

Dafür, daß du nicht besoffen warst, weißt du ziemlich wenig, sagt Kecki und verschwindet in Richtung Strand.

Max macht sich mit einem Bündel Bilder und seiner Kamera auf den Weg zum Bungalow der Reinemers. Vielleicht hat er Glück, und Santa Clara ist auf einer ihrer buddhistischen Erkundungstouren. Dann könnten Louis und er miteinander viel eiskaltes Bier trinken, rauchen und alle Rätsel in Ruhe lösen. Ein wunderbarer Gedanke.

Er nimmt den Umweg am vom König persönlich geschützten Dschungelstück vorbei, in dem sich Madames Haus verbirgt. Madames Haus verrät sich durch sein stetiges Brummen, sonst dringt kein Laut heraus. Es ist dicht eingewachsen, ein asiatisches Dornröschenschloß. Immer wieder bleibt er stehen und schießt nachlässig ein paar Photos, macht gleichsam ein optisches Protokoll seines Weges durch das *resort*. Der Reiseveranstalter wird die Bilder für seinen nächsten Katalog brauchen können, aber darum allein geht es nicht. Max ist das Unterscheidungsvermögen für Sichtbarkeit und Unsichtbarkeit abhanden gekommen. Er stellt die Schärfe für ein Blatt, eine Muschel, einen Küstenstreifen ein und ist nicht mehr sicher, danach auch ein Blatt, eine Muschel oder einen Küstenstreifen auf dem Film zu haben. Die Verwirrung hat schon am ersten Abend mit dem merkwürdigen Licht im Geisterhäuschen begonnen. Daß sich kleine Gegenstände nach Belieben entfernen und wieder einfinden, kann er mittlerweile gelassen ertragen. Schließlich hat er in einem sanften Drachenblut gebadet, im Höhlensee. Wer das getan hat, schuldet der dinglichen Welt nichts mehr. Oder nicht mehr so viel wie zuvor.

Vielleicht hast du aber auch nur einen Knall, alter Freund? fragt er sich selber streng und photographiert einen Webervogel, der über den fein geflochtenen Rand seines Nestes schaut.

Max' Wunsch nach Gesellschaft geht jedenfalls in Erfüllung – Louis Reinemer liegt allein auf dem Rasen vor seinem Bungalow. Er hat einen Hut über dem Gesicht, neben sich ein aufgeschlagenes, mit dem Rücken nach oben liegendes Buch, einen beschlagenen Eiskübel mit mehreren Bierdosen drin und weit und breit keine Gattin.

Was für eine Idylle, sagt Max. Gestattest du? Er hockt sich neben den Arzt auf das harte Gras, es ist heiß. Vorn lockt mit blaugrünen Fingern das Meer, man hört die fernen Juchzer der Badenden.

Was liest du?

Louis Reinemer rappelt sich hoch, der Hut rutscht ihm vom Gesicht, er lächelt ein bißchen verschlafen.

Gustav Wied, antwortet er freundlich, den wirst du nicht kennen. Spielt im hohen Norden. Ich lese gern Sachen, die in der Kälte spielen, wenn es heiß ist. Und umgekehrt natürlich auch. Faulkner lese ich ausschließlich im Skiurlaub.

Ich würde dir gern ein paar Leichenbilder zeigen, sagt Max und nimmt sich eine Dose Singha-Bier. Eine ziemlich neue Leiche, direkt von heute – und unseren Fund unter Wasser, natürlich. Es handelt sich in beiden Fällen um Übriggelassenes, also das, was diverse Tiere nicht wollten oder noch nicht gekriegt haben. Was in der Hummerreuse war, ist inzwischen längst verschwunden. Es existieren nur die ziemlich nichtssagenden Bilder und unsere Erinnerung. Deine und meine. Ein Moment unseres Lebens ist damit deckungsgleich. Hat das nicht einen gewissen Reiz, mein Lieber? Wo ist übrigens deine Frau?

Sie übt Alleinsein, sagt Louis ein bißchen sarkastisch. Allerdings mit Hilfe einer ganzen Heerschar von Göttern, Geistern und Gangstern, soweit ich das beurteilen kann. Offiziell hat sie sich mit der Stricker samt Anhang auf die Suche nach ihrem abhanden gekommenen Mann gemacht.

Wo wollen sie ihn suchen? fragt Max.

Es wird, mein Lieber, einer dabei sein, der genau weiß, wo man suchen muß, denke ich. Und wenn nicht, sind sie wenigstens beschäftigt.

Immer wieder gehen Menschen an ihnen vorbei und grüßen. Der Hauptweg zum Strand ist belebt, wie es sich für eine Dorfstraße gehört. Die Spontis latschen fröhlich in Richtung Wasser, alle vier, wie immer, sie tragen riesengroße klobige

Schuhe an ihren mageren Beinen und haben zerknautschte Landkarten bei sich.

Wie geht's? ruft eines der Mädchen zu Max hinüber. Wir möchten dir unsere Bilder von Angkor Vat zeigen, vielleicht fällt dir ein, wem man sie verkaufen könnte!

Soll ich meine eigene Konkurrenz unterstützen? ruft er zurück und lacht. Längst ist er nicht mehr grantig, warum auch. Sie tun ihm ja nichts, sie sind bloß jung. Dafür können sie sowenig wie dafür, daß er es nicht mehr ist.

Was denken die wohl über uns? fragt Louis.

Sie denken gar nichts über uns. Für sie sind wir eine andere Rasse, und zwar eine ziemlich uninteressante. Vermehrt sich ungeschlechtlich. Träumt nicht. Hat keinen Mut, antwortet Max.

Kommt ihr mal? ruft er hinter den Spontis her, er muß zwei-, dreimal rufen, bis sie sich gemeint fühlen und sich umdrehen. Kann jemand von euch grad mal ein paar Bilder von uns beiden machen? So, wie wir sind, hier, auf dem Gras. Paß aufs Gegenlicht auf. Hier wäre eine gute Position. Geh ein bißchen tiefer.

Mach ich das Bild oder du? fragt das eine Mädchen nur halb belustigt.

Ich, sagt Max. Was siehst du?

Was soll ich schon sehen? antwortet das Mädchen und macht ein paar Photos. Euch. Zwei Männer. Was eben da ist.

Das genügt nicht, sagt Max.

Du machst einen richtig neugierig auf deine Bilder, sagt Louis lässig. Was soll sie denn sehen, außer zwei Männern, die eben da sind?

Das Spontimädchen gibt die Kamera zurück, grinst und läuft hinter seinen Freunden her. Cool bleiben! ruft sie über die Schulter.

Max winkt ihr zu und schaut den Freund an.

Zwei Männer, die ganz anders sind, als sie aussehen, hätte sie photographieren können. Wenn sie photographieren könnte. Auf dem Bild sind zwei Männer, du und ich. Aber man muß hinter und neben ihnen vier, acht, sechzehn Männer sehen. Verbrecher, Pfarrer, Tunte, Macho. Alle, die du und ich schon waren. Alle, die wir noch nicht gewesen sind. Und vielleicht die, die wir sein werden. Das kriegt man aber selten hin.

Die wir sein werden, sagt der Arzt Louis freundlich. Da müßte sie zwei Tote mit auf dem Bild haben. Denn das werden wir sein.

Ach, Mann, sagt Max. Nicht so final. Außerdem reichen mir die Leichen.

Jetzt dichtet er auch noch, sagt Louis und lacht. Eine halbe Stunde lang liegen sie dann wie die allerbesten Kumpels im Gras und werten Bilder aus. Die undeutlichen Klumpen in der Hummerreuse werden genauer Betrachtung unterzogen, ja, das kann durchaus von einem Menschen sein, sagt der Mediziner. Siehst du hier? Natürlich hat die Schweineniere eine ähnliche Form, aber der Rest – man kann es nicht mit Sicherheit sagen. Aber man kann es eben auch nicht ausschließen.

Sie verstreuen die gruseligen Photos wie harmlose Postkarten auf dem Rasen. Die Geschichte der armen kleinen Leiche auf der Baustelle gewinnt Form und Dramatik. Max hat Kleines Gemüse öfter photographiert, als ihm bewußt war, das lebendige, taubstumme Kleine Gemüse. Er erkennt seine Handschrift – nicht selten achtet er bei Paradiesaufnahmen auf einen optischen Kontrapunkt. Etwas Dunkles, Einsames, Abstoßendes findet sich auf fast allen seinen Tropenbildern. Es muß nicht immer ein Mensch sein, aber diesmal, das ist deutlich zu sehen, hat Kleines Gemüse die Rolle gespielt.

Da muß sich doch was draus machen lassen, sagt er nachdenklich.

Merkwürdig, antwortet Louis, genau das gleiche hast du bei deiner Kollegin gestern unverzeihlich gefunden. Die hat über den Höhlensee und das Vat auch nichts anderes gesagt als: Da muß sich doch was draus machen lassen. Und du hast dich aufgeführt, als sollte ins Taj Mahal ein McDonald's. Hat übrigens jemand die Mordwaffe sichergestellt? Es geht mich ja nichts an, aber ich wüßte gern, aus was für einem Holz man diese Dinger macht. Es muß außerordentlich hart sein. Sonst wäre es beim Hineinstoßen zersplittert.

Ich habe keine Ahnung, sagt Max zerstreut, die Waffe auf den Bildern ist im Augenblick viel realer für ihn als die wirkliche. Ich habe nicht gesehen, daß sie jemand rausgezogen hat. Wahrscheinlich steckt sie noch drin. Ist noch Bier da?

Louis angelt die letzte Dose Singha aus dem Wasser. Max liegt mit dem Rücken zum Weg auf dem Bauch und betrachtet seine finsteren Bilder.

Vielleicht solltest du dich mal umdrehen, sagt Louis und gibt ihm die nicht mehr ganz kühle Bierdose.

Vom Eingang her nähert sich mit zwei Gibbons auf den Schultern Aphaluck, den Louis noch nie gesehen hat. Auch Max erkennt ihn nur an seinen Affen. Herr Aphaluck ist trotz der Hitze in einen schwarzen Business-Anzug mit Hemd und Krawatte, Schuhen und Socken gekleidet.

Père Gibbon, sagt Max fassungslos, der Pate. Nicht wiederzuerkennen. Wobei ich ihm den Naturburschen vom Flußufer von Anfang an nicht ganz abgekauft habe. Und wen bringt er denn da mit?

Zwei Polizisten, den beiden von gestern zum Verwechseln ähnlich, schleppen zwischen sich ein Menschenbündel mit hängendem Kopf und Beinen, die nicht recht vorwärts wollen. Sie haben Mühe, den Mann weiterzubefördern, denn er ist viel größer als sie, so daß er ihnen mehr als einmal fast wegrutscht. Louis ist schon aufgesprungen und hingerannt, Max folgt ihm und macht Bilder. Dafür schämt er sich längst nicht mehr, er merkt nicht einmal mehr, daß sein inneres Signal schon seit Jahren nicht: Helfen! sagt, sondern: Abbilden! Festhalten!

Herr Stricker, Poldi! sagt Louis, als er bei der kleinen Gruppe angekommen ist, legen Sie ihn erst mal da in den

Schatten, damit ich ihn anschauen kann. *I am a doctor,* sagt er zu Herrn Aphaluck, während die beiden kleinen Polizisten ihre Last auf die kleine Grasfläche gleiten lassen. Der Mann rutscht weich zusammen wie eine Puppe, sein Gesicht ist lila, sein Körper, nur noch von Kleiderresten bedeckt, voller Hämatome. Es geht ein merkwürdiger Geruch von ihm aus.

Mann, was für eine Scheiße, sagt der Entführte. Er spricht verwaschen.

Hol jemanden mit einer Trage, sagt Louis. Die haben oben neben dem Restaurant einen Sanitätsraum. Wir bringen ihn da hin.

Während Louis mit Max redet, bewegt er vorsichtig Arme und Beine seines Patienten und betrachtet Poldis Augen und Ohren. Inzwischen sind Mow und Mr. Oss dazugekommen, die Trage wird organisiert, Mow kann plötzlich wieder ein bißchen Deutsch.

Frau Slicker schon von Strand kommt gleich, sagt er. Der schwarz angezogene Herr Aphaluck mit den beiden kummervoll blickenden Gibbons auf den Schultern schaut in die Runde und sagt: *No good! No good!*

Das ist zurückhaltend ausgedrückt, sagt Louis.

13

»Mag er aus diesem Sumpf sich retten,
dem man nur schwer entrinnen kann.«

Die Reden des Buddha

Die meisten Dorfbewohner merken nichts von den Ereignissen, die sich in ihrer unmittelbaren Nähe abspielen – sie belegen jeden Morgen Liegestühle mit allerlei Habseligkeiten, schwimmen, lesen bekömmliche Bücher, essen und probieren an den Nachmittagen Liebesstellungen aus, die ihren Sonnenbrand schonen. Sie erholen sich. Dazu sind sie hier. Über Götter und Geister machen sie sich sowenig Gedanken wie daheim. Sie schauen schläfrig und benommen von der Hitze zum Strand, auf dem vermummte kleine Frauen mit Körben hin und her gehen und Steine aufklauben.

Ein Kind sagt: Warum sind die so dick angezogen? Und schau mal die Hüte. Ist ihnen nicht heiß?

Und ein rothäutiger Vater antwortet: Das macht denen nichts aus. Die spüren die Hitze nicht so wie wir.

Wenn die Fischerboote am Horizont erscheinen, greifen die Fremden zu ihren Kameras, und wenn die Jungen dann mit den Netzen durchs seichte Wasser waten, rufen die Weißen: Na, habt ihr viel gefangen? Und bewundern schaudernd die grimmigen Gesichter der Zackenbarsche und das Gewimmel der Seespinnen.

Sie machen Elefantenritte mit und besichtigen ein Kloster oder auch zwei. Sie heben Schinkenreste für die Hunde und Katzen auf und setzen Schmetterlinge aus den Bungalows ins Freie. Sie schlafen gut, jedenfalls sehen sie so aus.

Aber wer weiß? Ein Kind hat vielleicht Madames Haus entdeckt und schleicht jeden Nachmittag in die Nähe, um dem geheimnisvollen Brummen zuzuhören und zu warten, wer aus der Tür kommt. Es schreibt jeden auf, in ein kleines Buch, das ihm seine Großmutter geschenkt hat.

Der Vater des Kindes könnte ein schüchterner Rumäne mit deutschem Paß sein, der die Reise bei einem Preisausschreiben gewonnen hat und sich die ganze Zeit deswegen schämt. Er hat am ersten Abend das seltsame Licht im Geisterhäuschen gesehen und wagt nicht, jemanden danach zu fragen. So ist es vielleicht oder ganz anders.

Man soll Touristen nicht unterschätzen, sagt Max zu Kecki, die mittlerweile wieder munter ist. Sie kriegen mehr mit, als man ihnen zutraut, Spirituelles und anderes.

Die Sache mit dem übel zugerichteten Leopold Stricker, der nach einer Erstversorgung im Sanitätsraum des *resort* durch Louis in seinen Bungalow gebracht worden ist, hat sich natürlich im ganzen Dorf herumgesprochen. Er sei einer Drogenbande in die Hände gefallen, von einem aufgebrachten Vater entführt, versehentlich für einen australischen Milliardär gehalten worden. Ganz normale Geschichten eben, die Kecki sich angehört und wenn, dann nur sparsam kommentiert hat. Auf dem Rückweg vom Schwimmen hat man sie immer wieder angehalten. Daß sie die einzige wirkliche Zeugin außer dem Elefantenboy ist, wissen die meisten. Und daß von dem, diesem ernsten Jungen mit der Brille, jede Spur fehlt, auch.

Das Geschwätz will raus aus den Leuten, sagt sie zu Max. Sie tun nur das, was wir ihnen beigebracht haben: Jetzt probieren sie jedem, der was Außergewöhnliches erlebt hat, alle Geschichten an, die sie je gelesen haben. Eine wird schon passen.

Und was ist jetzt wirklich mit ihm? fragt Max.

Kecki hat natürlich einen kleinen Umweg zum Bungalow der Strickers gemacht, immer wieder aufgehalten von neugierigen Dorfbewohnern, auch vom Schlagersänger Caramel, der in violetter Badehose und ohne Korsett einen gräßlichen Anblick bietet. Sie hat schließlich das Recht, den von ihrer Seite weg geraubten Poldi zu besuchen, und ist entschlossen, sich das von niemandem verbieten zu lassen. Aber nicht einmal sie kommt an ihn heran.

Marianne saß in dezentem schwarzem Bikini auf ihrer Terrasse, erzählt Kecki, neben ihr der Wyandotte mit einer verspiegelten Sonnenbrille. Sie sahen aus wie eine Mafia-Außenstelle, eine Art mafiöser Tante-Emma-Laden, wenn du verstehst, was ich meine. Ihr Mann sei völlig am Ende, sagte die blöde Kuh, und er müsse sich erst erholen. Polizei wolle er nicht, auch nicht reden. Er wisse nicht, wo er gewesen sei, und basta, so Madame Stricker. Und an ihren merkwürdigen Satz von gestern abend kann sie sich partout nicht mehr erinnern.

Vielleicht kann sie das wirklich nicht, sagt Max nach einer langen Pause. Vielleicht hat sie manches vergessen, weil sie anders nicht weiterleben kann. Verstehst du, sie war auch im Höhlensee. Ihre Veränderung ist nicht so augenfällig, so spektakulär wie die der beiden anderen. Aber sie ist genauso grundsätzlich, da bin ich sicher. Mag sein, daß einem der See auch die Gabe des Vergessens gewährt, wenn sie und nur sie lebensnotwendig ist.

Mann, Max, sagt Kecki verwirrt, das klingt ein bißchen geschwollen, oder? Ich würde das alles ja gern glauben, und ich werde es ausprobieren, so sicher, wie ich hier sitze und Ordnung in Geschichten zu bringen versuche. Auf der anderen Seite vernebeln einem diese heiligen Schlangen und Mönche und die ganze undurchsichtige Götter- und Geisterbande das Hirn. Es sind keine Geister, die abgehackte Hände an den seltsamsten Orten versteckt und irgendeinem bedauernswerten Menschen die Haut vom Rücken gezogen haben. Und mit seinen oder irgend jemandes Eingeweiden die Hummer gemästet. Oder den armen Poldi vom Elefanten gezerrt und halb totgeschlagen haben. Ich meine, das alles bilden wir uns doch nicht bloß ein, genausowenig wie den kleinen taubstummen Trampel, der Madame wie ein Hündchen nachgelaufen ist. Die hat gelebt, und jetzt ist sie tot. Mit einem blöden Spielzeugmesser abgeschlachtet. Das ist keine Folklore oder irgendein merkwürdiger Götzendienst, und wenn du jetzt was von kultureller Identität faselst, knall ich dir eine. Hier ist was faul, und es ist auch was im Gang, und ich glaube nicht, daß es sich um eine rein innerasiatische Angelegenheit handelt, die uns nichts angeht.

Bist du fertig, meine Liebe? fragt Max.

Noch lange nicht, faucht Kecki. Und ich habe nicht den Eindruck, daß du mir helfen wirst.

Sie springt auf, wobei sie sich den Knöchel anstößt, sie findet ihre Schuhe nicht gleich und sagt: Kannst du deine Stühle nicht richtig hinstellen? Zum Arbeiten hat sie keine Lust, obwohl die Ausbeute, die sie sich für die drei Wochen vorgenommen hat, bisher ziemlich mager ist. Das bißchen Tageszeitungen und *Apothekenrundschau*, ein paar angefangene Geschichten und Recherchen, dabei fällt man hier nur so über die buntesten Themen! Allerdings nicht über die, für die sie bezahlt wird. Sie humpelt ein bißchen wehleidig die Dorfstraße entlang, nicht einmal der Hund tröstet sie in ihrem Unglück.

Kaum haben sie regelmäßig zu fressen und ein nettes Plätzchen, murmelt sie verbittert, denken sie, sie bräuchten nichts mehr dafür zu tun. Es ist allerdings saumäßig spießig, Dankbarkeit zu verlangen.

Ihre Selbstgespräche und Anklagen verlagern sich unmerklich vom Hund zu ihrer Mutter. Sie wird ihr eine Karte schreiben, das wird zu wenig sein, ihre Mutter wird fragen, warum sie nur eine armselige Karte von ihr, Albertine, bekommen habe, woraufhin sie, Albertine, zum hundertstenmal beschließen wird, ihr überhaupt keine mehr zu schreiben.

Ohne es zu merken, ist sie zum Bungalow des Schlagersängers und unverhofften Club-Stars Curd Caramel geraten. Dritte Kategorie, ziemlich weit vom Strand entfernt und die Terrasse in einem ungünstigen Winkel.

Im geschenkten Häuschen stört weder Ratz noch Mäuschen, sagt Caramel wenig später liebenswürdig zu seiner Besucherin Kecki.

Frust macht erfinderisch, antwortet die. Daß sie an seinem Bungalow vorbeigegangen sei und an ihre schwierige Mutter gedacht habe. Weil die ein Fan von ihm sei, hätte sie Lust bekommen, ein Porträt über ihn zu schreiben! Seit sie sich das überlegt habe, sei ihre schlechte Laune wie weggeblasen!

Das ist ein bißchen besorgniserregend, sagt der Schlagersänger und grinst. Denn wenn sie sich damit an ihrer Mutter rächen wolle, würde er, der arme Curd, dabei notgedrungen unter die Räder kommen!

Kecki läßt ihre Blicke ungeniert herumspazieren, sie linst ins dunkle Innere des Bungalows, registriert die leuchtenden Bühnenklamotten, die wie Marionetten am Schrank hängen, Schminkkoffer mit offenen Mäulern, leere Flaschen und ein zerwühltes Bett. Offenbar gönnt man dem Sänger nicht den gleichen unermüdlichen Service wie den zahlenden Gästen. Es riecht nach Aceton. In einer Ecke steht ein Barbie-Haus, ein paar pinkfarbige Puppenmöbel liegen unordentlich davor.

Nett haben Sie es hier, sagt Kecki ironisch.

Ich denke, antwortet Caramel freundlich, Sie wollen etwas von mir?

Kecki reißt sich zusammen. Vielleicht wird das eine Story – zugelaufene Geschichten sind nicht die schlechtesten. Eigentlich sind sie die einzig wahren. Oft landen auch hundertmal abgesprochene, recherchierte und gesicherte Geschichten im Chaos und werden dann erst schön und wahr. Obwohl, schön wird diese, wenn sie denn realisiert werden kann, nicht – das hat sie im Gefühl.

Der Schlagersänger beobachtet sie ruhig. Er hat die Mütze vom kahlen Kopf genommen, ungebändigt ist sein Bauch, von einem schmuddeligen Kimono nur mangelhaft bedeckt, auf die dünnen Oberschenkel gesunken. Bisher hat er seiner Besucherin keinen Platz angeboten.

Ich kann Ihnen natürlich noch nichts versprechen, sagt

Kecki ein bißchen nervös. Die Story über Sie ist eine spontane Idee, es existiert kein Auftrag. Aber ich werde kein Problem haben, sie zu verkaufen, es besteht großes Interesse an solchen Themen!

An welchen Themen? sagt Curd Caramel mit immer der gleichen freundlichen Stimme. Abgehalfterter Schreihals tingelt für ein Butterbrot? Fällt besoffen von der Bühne? Stürzt sich aus dem Fenster? Oder noch besser: Heruntergekommener Schlagerstar befriedigt seine perversen Sehnsüchte in Asien? Promi als Kinderschänder? Glauben Sie, ich hätte Ihren Blick gestern abend nicht gesehen? Sie hatten zwar ziemlich getankt, aber Ihre moralische Entrüstung konnten Sie noch ganz gut rüberbringen. Warum sollte ich Ihnen erlauben, ein Porträt über mich zu schreiben?

Kecki überlegt. Sie hat nie eine Schreibsau und Charakterratte werden wollen wie viele ihrer sehr erfolgreichen Kollegen. Deswegen ist sie auch keine echte Starjournalistin. Andererseits kriegt sie immer wieder den Fuß in Türen, die den ganz Taffen verschlossen bleiben.

Ist das so eine Tür hier? Andererseits – wer interessiert sich für Curd Caramel? Außer der tapfer vor sich hin vergreisenden Fangemeinde, die solche Künstler immer haben, keiner mehr. Erst mit scharfem Gewürz werden die Leute den erledigten Fall neu genießen.

Sie sind ziemlich offen, sagt sie vorsichtig. Aber wenn Sie auch nur einen Bruchteil meiner Sachen kennen, werden Sie wissen, daß das nicht meine Richtung ist.

Ich kenne mehr als einen Bruchteil Ihrer Sachen, antwortet Caramel ohne Hohn in der Stimme. In gewisser Weise sitzen wir im selben Boot, und deswegen lehne ich nicht von vornherein ab. Ein bißchen *publicity* würde mir nicht schaden, das weiß ich selber. Und daß ich mir nicht leisten kann, zimperlich zu sein, auch.

Kecki hört ihm nicht mehr zu. Im selben Boot, hat er gewagt zu sagen, im selben Boot – dieser abgewrackte alte Sünder mit seinen Toupets und Korsetts, diese Schießbudenfigur, dieser Butterfahrtencaruso – im selben Boot! Sie hat plötzlich den Mund voll heißer Spucke, als müßte sie gleich kotzen.

Haben Sie ein Glas Wasser? sagt sie mitten in seine Auslassungen hinein.

Oh, verzeihen Sie! Er springt auf, so gut er kann. Schon hat er Stimme und Bewegungen begonnen zu verändern, als stünden Tonbandgerät und Kamera bereit.

Ich bin wirklich ein lausiger Gastgeber. Egozentrisch wie alle Künstler. Daß ich meine Manieren so vergessen konnte!

Na, du altes Ferkel, hast noch rechtzeitig den Schleimgang eingeschaltet, sagt Kecki ganz leise, als Caramel in seiner Unordnung nach Glas und Flaschenöffner sucht.

Kaltes Wasser, bitte, ruft Kecki, so kalt, wie es irgend geht.

Wie Sie wollen, meine Liebe, sagt der Sänger, ganz wie Sie wollen! Eis? Ein Stückchen Limone?

Im selben Boot, flüstert Kecki. Dir werd ich's zeigen.

Sie haben meine Bemerkung von vorhin in den falschen Hals bekommen, sagt Caramel und stellt ihr das Glas hin. Kecki lehnt noch immer am Geländer, so, als wolle sie sich gar nicht setzen, als sei sie nur auf eine Minute vorbeigekommen.

Das mit dem selben Boot. Sie finden den Gedanken unerträglich, nicht wahr? Dabei wollte ich nur sagen, daß wir beide unser Geschäft schon zu lang kennen, um uns noch Illusionen zu machen. Wir sind beide das geworden, was wir werden konnten. Wir nähern uns dem Abspann, sozusagen. Können nur noch nostalgisch an unsere Anfänge denken oder sie vergessen, das ist besser. Wissen Sie, das hat ja nicht nur Nachteile – immerhin sind wir noch da! Sie kennt doch jede Frau über fünfunddreißig!

Und Sie jede über fünfzig, sagt Kecki bissig. Er hat ja nicht unrecht. Aber darüber mag sie nicht reden. Es gibt noch so viele unentdeckte Geschichten, das ist etwas anderes, als dreißig Jahre lang *Bist du einsam heut nacht* zu stöhnen. Sie will ihn trotzdem nicht vergrätzen, denn er scheint nicht ganz so debil zu sein wie die meisten seiner Kollegen.

Ist es nicht angenehm, sagt sie mit einer sehr falschen Herzlichkeit zu ihrem Opfer, über dem sie jetzt entschlossen ihr Netz zusammenzieht, ist es nicht wunderbar eingerichtet, daß mit einem mangelhaften Charakter meistens eine gewisse Intelligenz verbunden ist? Das versöhnt und macht den Umgang leichter.

Gilt das auch für Sie selber, sagt der Sänger und lächelt mit seinen Plastikzähnen, oder halten Sie sich für dumm?

Wir könnten mit dem Geplänkel eigentlich Schluß machen, sagt Kecki und ist auf einmal sehr müde. Ich würde gern ein Porträt über Sie schreiben, das habe ich schon gesagt. Keinen Porno, keine Enthüllung, keine Tränendrüsen.

Ja, was denn dann sonst? fragt der Sänger erstaunt.

Nur erzählen, wie Sie sich hier präsentieren. Was es bedeutet, daß Sie Ihren Fans nachreisen und nicht umgekehrt.

Bueno, in Ordnung, sagt der Sänger munter. Wann wollen wir? Und die Photos, macht die Ihr Freund? Strandbilder nur aus der Totalen! Keine Abschüsse, sonst rufe ich noch von hier aus meinen Anwalt an. Mein soziales Engagement für die hiesige Schule müssen wir unbedingt erwähnen. Ein Teil meiner Gage fließt dorthin, ich erzähle Ihnen gerne ausführlich davon. Wir nennen es das Kinderstern-Projekt.

Wir? fragt Kecki. Wer ist wir?

Genau solche engagierten Menschen wie ich, sagt Curd Caramel und lächelt wieder. Im übrigen, für Ihre drei vorhin genannten Themenkreise finden Sie hier doch genug anderes Material, nicht? Ich bin nur ein Künstler mit einem weichen Herzen! Normalerweise hänge ich das nicht an die große Glocke.

Da wette ich drauf, sagt Kecki unschuldig. Und was Sie vorhin, am Anfang, gesagt haben, sollte mich nur provozieren, nicht?

Aber sicher, sagt Caramel. Ich kenne alle Vorurteile. Sie

haben auch welche. Besser, wir merzen sie von vornherein aus.

Das könnte dir so passen, sagt Kecki leise, sie hat sich schon zum Gehen gewandt und ruft über ihre Schulter zurück: Übermorgen? Ich rede mit Max, daß er sich mit Ihnen in Verbindung setzt. Wie viele Vorstellungen haben Sie noch geplant, und was für welche? Ich muß meiner Mutter wirklich Abbitte leisten, Sie sind vielseitiger, als ich geahnt hatte.

Ich bin noch da, nicht mehr ganz oben, aber solides Mittelfeld, das habe ich Ihnen vorhin schon gesagt. Und das beweist etwas. Wie viele Supergruppen habe ich sich auflösen sehen wie Eiswürfel in heißem Wasser, spurlos, Dutzende waren das. Gestern der Name noch groß an jeder Plakatwand, Türöffner bei allen Produzenten. Und heute kann ihn keine Sau mehr auch nur richtig schreiben.

Aber Kecki hat die Nase voll von ihm und verwünscht sich schon für ihre Idee. Sie beschließt, es noch einmal bei ihrem böse zugerichteten Elefantenreitgenossen Poldi zu versuchen, allerdings nicht mit leeren Händen. Mit einem Blumenstrauß würde sie krankenbesuchstauglich aussehen, seriös! Und so macht sie sich dran, den schönen tropischen Park auszurauben. Als läge ihm daran, zuzusehen, wie sie klaut, hat sich wedelnd und fröhlich Kautschuk wieder eingefunden. Also Blumenstrauß und Hund, da soll sie einer von der Schwelle weisen!

Es kommt aber anders, denn auf dem Weg wankt ihr eine magere, gebeugte Gestalt in einem weißen Kleid entgegen. Es ist Madame, und Kecki fühlt, wie sie der prachtvollen Blumen in ihrem Arm wegen einen roten Kopf kriegt.

Madame nimmt jedoch den Diebstahl sowenig wahr wie den Rest der Welt um sich, aber sie scheint einen Schluß zu ziehen, den Kecki nicht versteht. Nur so ist zu erklären, daß die verweinte Frau die Hand der Fremden nimmt und sie mit sich zieht. Das läßt sich Kecki gefallen, ihre Neugier überwiegt die Abwehr. Madames Dringlichkeit scheint etwas mit den

Blumen zu tun zu haben. Mittlerweile gehen sie nebeneinanderher, die Thai, von deren stolzer Haltung nichts übriggeblieben ist, Kecki und der Hund. Menschen in Badeanzügen mit Handtüchern und Taschen kommen ihnen entgegen, grüßen unsicher oder gucken weg. Der Tod von Kleines Gemüse hat sich herumgesprochen, vermutet Kecki, aber er erreicht die Paradiesbewohner nicht wirklich. Keiner von ihnen hat die angefressene kleine Leiche mit dem Holzdolch im Nacken in der vom Wald zurückeroberten Baustelle gesehen.

Where we go? fragt Kecki. Sie erwartet keine Antwort.

Card, sagt Madame mit rauher Stimme, Card.

Kecki hat keine Ahnung, was sie meint, aber sie geht brav mit.

Es hat keinen Sinn, mit Madame reden zu wollen. Das ist nicht mehr die elegante Empfangsdame, die mit fünf Worten den Eindruck zu erwecken vermochte, in allen Sprachen zu Hause zu sein. Es ist eine traurige, wütende, nicht mehr junge Frau, die aus irgendwelchen Gründen Keckis Gesellschaft sucht.

Die wagt nicht, sich einfach zu verabschieden und, wie sie sich vorgenommen hat, den Weg zu Strickers Bungalow einzuschlagen. Seltsam ist Kautschuks Verhalten. Der Hund hält sich nah an Madame, seine sonst so stolz erhobene Schwanzspitze malt eine Schleifspur in den roten Straßenstaub, sein Blick ist voll Trauer. Einmal beugt sich Madame zu ihm hinunter und sagt leise etwas, ohne ihn zu berühren. Da läßt er ein ersticktes Klagen hören, und Kecki kriegt eine Gänsehaut.

Sie weiß nicht, wie lange sie schon neben Madame hergestolpert ist, die geklauten Blumen noch immer fest umklammernd. In dieser Region des *resort* ist sie noch nie gewesen, vielleicht gehört das Dickicht aus Tamarisken und grellfarbigen Bougainvilleen auch schon gar nicht mehr dazu. Der Weg ist immer schmaler geworden, sie können nicht mehr nebeneinander gehen. Kecki starrt auf den dünnen, in weiße Seide gehüllten Rücken von Madame.

Jetzt sollte sie sich einfach umdrehen und zurückgehen, aber sie tapert immer weiter, und die trockenen Tamariskennadeln bohren sich in ihre Füße. Sie ist froh, daß sie den Hund hinter sich schnüffeln und prusten hört. Ein kleiner Platz weitet sich, und Kecki sieht zu ihrem Erstaunen einen halb verfallenen Tempel. Er ist umgeben von Stupas, pagodenförmigen Grabmälern, die mit Spiegelscheibchen in allen Farben bedeckt sind. Das bunte, verrückte Glitzern läßt Kecki ungläubig die Augen zusammenkneifen. Sie hat diese Dinger schon gesehen, man kann sie am Straßenrand kaufen, in jenen Läden, die auch Geisterhäuschen in allen Größen und Farben anbieten.

Ein Friedhof, sagt sie zu sich selber. Sieht eher aus wie eine Totendisko.

Madame bleibt an einem besonders reich geschmückten Monument stehen und zeigt darauf. Sie lächelt.

Card, sagt sie, und zwei langsame Tränen kriechen über ihr Gesicht.

Kecki begreift den Irrtum. Madame hat gedacht, die Blumen seien für die kleine Tote gedacht, ihre kleine Tote, der sie dieses wild glitzernde Totenhaus gekauft hat. Es wird die Asche von Kleines Gemüse aufnehmen und bewahren.

Wo ist sie jetzt? fragt Kecki leise.

Card means: Small vegetable! sagt Madame. Nicht hier ist. Bald.

Kautschuk hat ein paar andere Hunde getroffen, Tempelhunde, alt und marode, mit Schwären bedeckt, die Hündinnen mit lang herunterhängendem Gesäuge. Kecki hat ihren Strauß neben das Grabmal gelegt und wühlt in ihren Taschen nach Keksen. Die Hunde schauen ihr müde zu. Es ist still und heiß.

Danke für Besuch, sagt Madame. Bald verstehen.

Also, so geht das nicht, sagt Kecki energisch. Wenn sie jetzt nicht laut wird und sich an ihrem Notizbuch festhält, dem einzig Greifbaren, erstickt sie an dieser Mischung aus Hitze und Schicksalsergebenheit. Was ist überhaupt aus ihr geworden, aus ihr, Albertine Aulich? Sie schaut so widerwärtig gelassen auf die eiterverkrusteten Flanken der Hunde, auf ihre hervorstehenden Rippen, und in ihrem, Keckis, Kopf macht sich der Satz breit: Es ist, wie es ist.

Ein Mordopfer kommt in ein Glitzerhäuschen. An den seltsamsten Orten tauchen Leichenteile auf. Überfälle, Kinderverführung, Gier und Lügen, und die sonst so beißfreudige Journalistin Kecki macht auf Buddhistin. Unerträglich.

Also, so geht es wirklich nicht, sagt sie zu Madame, die sie nicht weiter beachtet. Sie hat Keckis Blumen aufgehoben und näher an das obszön funkelnde Grabmal gelegt.

Was ist mit Polizei? Untersuchung? Hat sie Eltern? Ich kann Ihnen helfen, wenn Sie wollen! Was hat es im übrigen mit diesen merkwürdigen Zetteln auf sich? Das war doch Ihre Lippenstiftfarbe?

Madame dreht sich zu Kecki um und macht ein ganz asiatisches Gesicht. Von Tränen keine Spur mehr, höflich, ohne Bewegung, sie ist wieder Madame, wie man sie aus dem *resort* kennt.

Police nicht, sagt sie. Fragen nicht hilft.

Es ist wie immer. Alles versandet und verschwindet. Meer und Dschungel gehen drüber weg, bis nichts mehr zu sehen ist.

Man kommt sich als Langnase hier ziemlich blöd vor, sagt Kecki freundlich. Aber Madame hört ihr nicht mehr zu, sie schaut zum Hund, wie um ihn zu ermahnen. Kautschuk sieht sie ernst an und verzieht sich dann hinter Kecki. Ohne den Hund, das weiß sie, kann sie nicht zurückfinden. Sie würde sich eher die Zunge abbeißen, als Madame zu fragen, wo sie denn eigentlich sind.

Die ist im Nu hinter den Tamarisken verschwunden, man hört nicht einmal mehr ihre Schritte auf dem heißen, trockenen Nadelteppich. Kecki schüttelt sich.

Hier führst du mich noch mal hin, sagt sie, dann bringen wir richtiges Futter mit und Salbe. Sie mag die erschöpften und vergessenen Hunde nicht anschauen, die jetzt reglos im Schatten liegen und auf nichts mehr zu warten scheinen.

Die Art Götter ist auch nicht besser als die unsere, sagt sie verbittert. Genauso gleichgültig.

In dem Tempelchen sieht sie etwas leuchten. Bisher hat sie nicht, wie sie es sonst tut, ihre ganze Umgebung mit Blicken registriert. Es kommt ihr vor, als entstünde der merkwürdige Ort erst, als träten Dämonen, verfallene Mauern und Grab-mäler nur ganz allmählich aus dem sonnengefleckten Dickicht hervor.

Sei gefälligst rational, ermahnt sie sich streng. Eine muß doch vernünftig bleiben.

Der kleine Tempel ist die Wohnstatt eines liegenden Buddha, an dem Hunderte von Blattgoldplättchen kleben und vom Wind sachte bewegt werden. Der Erleuchtete hat sein verwittertes Haupt auf die linke Hand gestützt und seine Augen fast geschlossen.

Das sieht dir ähnlich, flüstert Kecki dem Erleuchteten zu. Nur nicht hinschauen.

Sie wendet sich ab von der flirrenden, glitzernden Gräber-stätte mitten im Dschungel und sagt zu ihrem Hund: Heim! Hörst du? Wir gehen heim! Und den anderen Hunden ruft sie leise zu: Aber wir kommen wieder. Versprochen. Und dann könnt ihr euch mal richtig satt fressen.

Keiner von ihnen hebt den Kopf.

Das war Profiarbeit, sagt Louis Reinemer auf Maxens Ter-rasse.

Woher willst du das wissen? fragt Max. Hast du so was schon mal in deiner feinen Praxis gesehen?

Sie sitzen schon seit Stunden nebeneinander und schauen aufs Wasser. Kecki ist mit dem Hund gekommen, hat nur kurz gewinkt und ist zu ihrem Bungalow weitergegangen. Santa Clara läßt sich nicht blicken.

Ich nehme an, mein göttliches Weib ist schwimmen gegan-gen.

Gleich wird's dunkel, sagt Max träge.

Wen stört das? Bei Dunkelheit soll das Wasser noch schöner sein. Und sie traut sich, ihr Oberteil auszuziehen.

Man hat ihm sieben Fingerkuppen zerquetscht, vier links, drei rechts, sagt Louis. Gezielte Schläge auf den Solarplexus und die Hoden. Außerdem haben sie seine Zunge gespalten, nicht tief, aber immerhin. Chili kann er erst mal nicht essen.

Warum sind Ärzte eigentlich immer so bemüht zynisch? fragt Max nachdenklich. Nicht bloß die Chirurgen, sogar der kleinste Allgemeindoktor macht dicke Backen. Dabei müßtet ihr doch die demütigsten Zeitgenossen überhaupt sein.

Reinemer gibt darauf keine Antwort und schaut den Weg hinunter, auf dem ein Junge mit einem an die Brust gedrückten Notizbuch entlanghüpft.

Na, gedichtet? ruft Reinemer dem Jungen zu.

Der bleibt kurz stehen und schaut sich nach der Stimme um. Er ist vielleicht acht, klein, mit einem runden, stoppelköpfigen Katerkopf und schiefen Augen.

Jetzt lacht er und zeigt viel zu große und sehr weiße Zähne.

Dichten? Nee, sagt er fröhlich zu den beiden Männern auf der Terrasse. Das tut doch nichts bringen. Ich hab nur die Augen überall!

Und das tut was bringen? fragt Max.

Aber der Kleine wird plötzlich verlegen, zieht die Schultern hoch und hüpft weiter.

Ob es Kindern hier eigentlich gefällt? fragt Louis. Was sie wohl denken? Vielleicht entdecken sie mehr als wir und haben alle Rätsel längst gelöst.

Ich sehe die hiesigen nie mit den Weißen spielen, sagt Max. Wer mag da wen verachten?

Wen hast du als Kind verachtet? fragt Louis.

Und da werden Sie mich sagen hören: alle, sagt Max gelassen. Mein ganzes verdammtes Dorf. Meine Eltern. Die Jungs in der Schule, die mich gehauen haben. Und die, die mich nicht gehauen haben. Du siehst, das Übliche. Eine ganz normale Geschichte. Aus dem simplen Stoff macht man Kosmopoliten, du kannst auch Herumtreiber sagen.

Virikit trippelt an der Terrasse vorbei, wie gerufen.

Louis wird ein bißchen rot, weil er sich an seine winzige Erlösungsphantasie erinnert. Er hustet ausführlich, und Max schaut ihn spöttisch an.

Bringen Sie uns zwei Mai Tai, Lotosblüte, sagt er, bevor mein Freund hier erstickt.

Solly? sagt Virikit kokett. Sie hat verstanden, aber sie möchte noch ein bißchen stehenbleiben und ihr neues Kleid vorführen, grün mit goldenen Drachen, in dem sie so dünn aussieht wie ein Bleistift.

Didn't you understand him, sagt Kecki, die aus der Dunkelheit gekommen ist und sich genötigt sieht, Vergleiche zu ziehen. *Two Mai Tai – no, three!*

Virikit wirft ihre meterlangen schwarzen Seidenhaare zurück, lächelt und muß leider im Weggehen ein bißchen mit ihrem kokosnußkleinen Hintern wackeln, damit die goldenen Drachen ins Tanzen geraten.

Keckilein, sagt Max, Bosheit macht nicht schlanker. Nur älter!

Er ist manchmal ein solches Arschloch, sagt Kecki zu Louis und setzt sich, ohne zu fragen, zu dem friedlichen Männerpaar. Normalerweise respektiert sie die Rückzüge ihres Freundes Max. Aber nicht heute. Es gibt zuviel zu besprechen.

Du mußt übermorgen den Caramel ablichten, sagt sie. Ich hab schon alles klargemacht. Ich schreib ein Porträt über ihn.

Oh nein! sagt Max im Ton echter Verzweiflung.

Oh doch, antwortet Kecki angriffslustig. Verstehst du, da ist endlich was Greifbares. Das heißt, mindestens vier verschiedene Storys, nicht nur fernöstliche Kaffeefahrt oder Ende eines Stars, sondern auch Comeback – er ist ja ziemlich gut! Und nicht zu vergessen seine als Wohltätigkeit getarnten Sauereien. Der wagt das auch noch zu sagen, »er und seinesgleichen« – na warte.

Kaffeefahrt nach Fernost, sagt Max nachdenklich, das ist gar kein schlechter Titel.

Aber Kecki hört ihm nicht zu.

Heute nachmittag, sagt sie, war ich mit Madame auf dem Friedhof. Es war furchtbar heiß beim Tempel, viel heißer als hier. Da lagen ein paar fast verreckte Hunde. Und ich konnte immer nur denken, sagt sie hilflos, daß es eben ist, wie es ist. Scheußlich! Ich hab mich überhaupt nicht wiedererkannt. Morgen will ich noch mal hin, um den armen Kötern was zu fressen zu bringen. Ich habe Angst, Max, verstehst du? Das ist so ein gefährliches Gefühl, du dümpelst im Hier und Jetzt herum, und ob du was tust oder es läßt, ist vollkommen egal. Du bist nicht mehr als eine Made, und was kann man von einer Made schon verlangen? Es ist, als ob du sachte in einem Honigfaß ersäufst.

Max und Louis hören ihr aufmerksam zu, aber keiner von beiden sagt ein Wort. Sie drehen kaum den Kopf, als schön, blond und naß Santa Clara vom Meer kommt, sich schüttelt und dehnt und die tropfenden Haare im Nacken zusammennimmt.

Sie spürt sofort, daß ihre kleine Vorstellung nicht die gebührende Beachtung findet.

Gibt's hier für mich auch so ein nettes buntes Getränk? fragt sie unbefangen, und: Hab ich euch bei was Wichtigem gestört?

Vergiß deine Rede nicht, sagt Max leise zu Kecki, das ist ein alter Spruch zwischen ihnen, er heißt: Nicht jetzt, aber es wird nachgeholt. Er heißt: Ich weiß, was dir wichtig ist. Er heißt: Wir halten zusammen.

Jemand bringt Santa Clara einen Drink. Alle sitzen jetzt auf der kleinen Terrasse und schauen, wie die Sterne erscheinen. Es wird nicht viel geredet, Santa Clara hat die Hand auf Louis' Arm gelegt. Kecki starrt in die Nacht und hört dem Meer zu. Keiner scheint essen gehen zu wollen. Die Muscheln, die Max zum Photographieren gesammelt und auf das Holzgeländer gelegt hat, schimmern blaß. Es riecht nach Jasmin und gebratenem Knoblauch. Die Frösche plärren los und verstummen, plärren und verstummen – wer gibt ihnen den Einsatz? Und wer heißt sie schweigen, alle gleichzeitig?

Das ist ein ganz vollkommener Augenblick, sagt Santa Clara leise.

Kecki will sie schon fragen, woher sie das weiß, aber dann läßt sie es bleiben. Sie will nicht schuld sein, daß der Augenblick kaputtgeht.

Das bringt aber, für seine Verhältnisse sehr aufgeregt, Mr. Oss fertig, der sich mit Mow nähert. Er trägt eine Plastiktüte, die Max bekannt vorkommt.

Ich möchte Ihnen etwas zeigen, sagt er. Sein ruhiges, rundes Gesicht ist rot, die Löckchen um die Glatze sträuben sich, seine einäugige Katze folgt in einigem Abstand, so als traue sie der ganzen Sache nicht.

Ich habe das auf der Terrasse von Gästen hängen sehen. Erst wußte ich nicht, was es ist. Ich weiß es auch jetzt noch nicht, und vielleicht will ich es auch gar nicht wissen. Die Leute haben einen Jungen, ziemlich aufgeweckt. Ich wollte ihn aufklären, daß man Tierhäute oder ausgestopfte Sachen nicht kaufen und auch nicht mitnehmen darf. Sogar größere Muscheln sind seit einiger Zeit verboten, sagt er und wirft einen Blick auf Maxens schöne Geländerausstellung.

Während der Rede seines Chefs hat Mow nicht ein einziges Mal den Blick erhoben. Er malt mit dem Fuß Muster in den Sand, und Deutsch hat er offenbar in seinem ganzen Leben noch nicht gehört.

Na, sagt Max leise zu Kecki, das Haus verliert nichts. Wo mag das Teil in der Zwischenzeit gewesen sein?

Inzwischen hat Mr. Oss aus der Plastiktüte eine zweite geholt, man sieht, daß er sorgfältig darauf achtet, das Ding in der Tüte nicht anzufassen. Wie einen Chirurgenhandschuh benutzt er die innere, dünne Tüte. Und hält es hoch, das Stück, das wirklich nicht wie eine getrocknete Kautschukplatte aussieht. Es ist dunkler und dünner als sie, steifer auch. Außerdem sind ein paar Narben drauf und eine blaue Zeichnung. Ein kleiner Elefant, wie es scheint, grob und kunstlos dargestellt.

Ja, das ist ein merkwürdiges Ding, sagt Max, und Louis schaut zur Seite, als wollte er um jeden Preis vermeiden, als Fachmann gefragt zu werden.

Eklig, sagt Santa Clara, die gar nicht mehr so toll aussieht wie vorhin.

Wieso? fragt Kecki streitsüchtig. Was ist daran eklig? Wem mag es gehören?

Wem auch immer, sagt Max und läßt nicht erkennen, daß ihm das Ding vertraut ist: Er wird es wohl kaum zurückbekommen wollen.

Können, sagt Louis. Zurückbekommen können.

14

»Lasset uns unermüdlich verharren und
voll Scharfsinn die Betrachtung über den
Tod üben.«

Die Reden des Buddha

Alles ist still, der Mond steht über dem schlafenden Dorf. Sie
haben noch bis in die tiefe Nacht auf der Terrasse gesessen,
nun zu sechst, ohne den Hund. Kautschuk hatte Witterung
von dem Ding mit dem blauen Elefanten aufgenommen und
beschlossen, sich zu verkriechen.

Sie haben Mr. Oss und dem schweigenden Mow von ihren
Funden erzählt, von den Teilen eines Menschenpuzzles, die
aber außer diesem zweifelhaften Fetzen alle wieder verschwunden waren.

Kann es sein, daß wir uns nur eingebildet haben, da sei jemand aus der Welt geschafft worden? überlegt Kecki. Andererseits: Die Zettel mit den roten Zeichnungen –

Ob sie eine aufbewahrt hätte, hat Mr. Oss gefragt, so daß er
sich selber ein Bild machen könne? Wirklich nicht?

Alle zwanzig Minuten war Mow aufgestanden, in die samtige Nacht verschwunden und mit einem großen Whisky wieder aufgetaucht. Treibstoff für seinen Chef, Mr. Oss. Der war
ein bißchen gesprächiger geworden als gewöhnlich.

Wenn schon Journalisten da sind, hatte er zu Max und
Kecki gesagt, kann man das auch ausnützen. So furchterregend sehen Sie beide ja nicht aus.

Man möge, bevor man alles ins Reich der Mythen zurück-
stopfe, bedenken, daß ein paar Dinge der Erklärung bedürf-
ten – wie eben zum Beispiel das Hautstück mit der Tätowierung.

Louis hatte lange nichts gesagt, sondern nur Santa Claras
Hand gehalten und in den Mond gestarrt.

Also du bist sicher, es ist Menschenhaut? Max war aufgestanden, um das Ding zu holen, aber Kecki hatte ihn gehindert und gesagt, es sei pietätlos, so was wie eine Ansichtspostkarte herzuzeigen.

Ich habe mal die Sammlung des Instituts für forensische Medizin an meiner Uni in Ordnung gebracht. Ich weiß, wie präparierte Menschenhaut aussieht und wie alt sie ungefähr ist. Bei dieser handelt es sich nicht um irgendeine ehrwürdige Reliquie. Sie ist auch nicht fachkundig präpariert worden.

Mann oder Frau? hatte Kecki gefragt.

Ich tippe auf Mann, aber ich kann mich irren, war Louis' Antwort gewesen.

Mr. Oss schien dieses Gespräch für überflüssig zu halten. Ihn drückten ganz andere Sorgen. Jetzt wollte er seine Verschwiegenheit eine schöne Mondnacht lang aufgeben und hatte es damit eilig.

Mow konnte plötzlich wieder Deutsch und hatte sich besorgt und angespannt nach vorn gebeugt, damit ihm kein Wörtchen entginge.

Chef, Chef!

Aber Mr. Oss hatte seinen Entschluß gefaßt, und das blaue Auge seiner Katze schien ermutigend auf ihm zu ruhen.

In Ländern wie diesem ist nichts, was es scheint. Nichts ist einfach. Wir verstehen von allem höchstens die Hälfte, wenn überhaupt. Es gibt zwei Arten, sich in solchen fremden Welten zu bewegen. Jahrelang habe ich die erste bevorzugt: die eigene Ahnungslosigkeit als Schutz zu benutzen. Das machen hier die meisten Weißen. Und man verübelt es ihnen nicht. Es gibt eine Art stillschweigendes gegenseitiges Ausnutzen, von dem jeder zu profitieren glaubt.

Mr. Oss hatte Whisky getrunken, sich gestreckt und seinen schweren Leib im Korbsessel zurechtgerückt.

Östliche und westliche Skrupellosigkeit ergänzen einander perfekt. Die einen haben weder vor Grausamkeit noch vor Korruption Angst, die anderen – wir – verstehen sich auf Gier und Tücke. Man kann hier mühelos erreichen, daß in einer Nacht ein ganzes Dorf oder Stadtviertel planiert wird, um irgendwelchen Bauvorhaben Platz zu machen. Das würden wir selber nie wagen mit unserer zur Schau getragenen Humanität. Armen alten Frauen und Kindern die Hütten platt walzen! Wir sind sehr dankbar, wenn uns das jemand abnimmt!

Kann ich mir denken, hatte Kecki gemurmelt. Aber ihre Stimme war ihr selber schwächlich und zögernd vorgekommen, und diese andere, verhaßte Stimme von irgendwoher hatte sich eingemischt: Es ist eben, wie es ist.

Wir Weißen machen statt dessen die Planungen, und wir machen sie so, daß irgendeine geldverteilende Behörde sie für förderungswürdig hält, hatte Max eingeworfen. Kein Haus höher als eine Palme. Es gibt ziemlich hohe Palmen.

Mr. Oss war auf Max' Zwischenbemerkung ebensowenig eingegangen wie auf die gelegentlichen beschwörenden »Chef! Chef!«-Rufe seines Dieners Mow.

Die Leute, die hier wohnen, sollen nicht hier wohnen, hatte Mr. Oss mit träumerischer Stimme weitergeredet. Sie verdienen es nicht. Sie können nichts, außer gelegentlich einen Fisch aus dem Wasser zu ziehen und ein paar Bananenstauden zu pflanzen. Sie bringen die Welt nicht voran und halten den Garten Eden besetzt. Reine Verschwendung! Das bißchen Gummi kann man auch anderswo anbauen. Eine solche Küste muß wirklich wichtigen Menschen zur Verfügung gestellt werden! Die ihr Leben dem Bruttosozialprodukt geweiht haben und sich dafür aufreiben – denen gehört das Paradies. An dieses schläfrige Völkchen ist es vergeudet. Sie wissen es nicht zu würdigen.

Jetzt, am Vormittag danach, läuft Kecki eine Gänsehaut über die Arme, wenn sie an die Worte des Clubchefs denkt. Er hat referiert, mit einer ruhigen Stimme, die nichts verriet. Er hat die Zusammensetzung der Konsortien beschrieben, die sich die Erschließung des Paradieses und dessen Rettung vor seinen dumpfen und unwürdigen Bewohnern zur Aufgabe gemacht haben. Schweizer, deutsche, chinesische und holländische Retter!

Mr. Oss hat nicht erkennen lassen, daß er sich schämt, weil er seine eigenen Seufzer über Begriffsstutzigkeit und selige Langsamkeit seiner Mitarbeiter in den Vertreibungsplänen wiedererkannt hat. Die geliebte Tante, seine fingerfertige Freundin, hat ihm schon vor Monaten klargemacht, daß sich die Dinge im Dschungeldorf ändern könnten.

Da sind wir wieder beim Umgang mit dem Fremden, hatte Mr. Oss nach einer langen Pause gesagt. Die erste Art: Nichtbegreifen als Schutz. Man versteht die Sprache nicht. Es kann keiner von einem verlangen, Siamesisch zu lernen. Sollen die doch Englisch lernen, nicht wahr? Da waren wir stehengeblieben. Deshalb kann man die Leute nicht einmal fragen, warum sie sich nicht entwickeln. Ihre Hütten sind bis auf die Fernseher so schäbig wie vor hundert Jahren. Und sie tun bis auf fernsehen dasselbe wie vor hundert Jahren. Sie beschäftigen niemanden, nicht einmal sich selbst. Warum soll man sie nicht einfach ins Landesinnere verfrachten? Um nichts zu tun, brauchen sie keinen perfekten Strand.

Kecki hatte ihn empört gefragt, ob er nicht wisse, daß ein Paradies umgehend zur Hölle werden könne, wenn es den Besitzer wechsle?

Aber Max hatte »halt den Mund« zu ihr gesagt, was sie so verblüffte, daß sie ihn tatsächlich hielt.

Sind wir nicht alle Handlanger? Kolonisatoren? hatte Max gefragt und genausowenig Antwort bekommen wie Santa Clara, die sich heftig gegen diese Zumutung zur Wehr gesetzt und dabei Louis' Hand gedrückt hatte. Das sei eine antiquierte Betrachtungsweise, reines Achtundsechzigergewäsch, man sehe doch, daß es eine friedliche Koexistenz zwischen den Einheimischen und ihren Gästen gebe. Von dem bißchen Gummi und Obst könnten die längst nicht mehr leben, Straßen und Wasserversorgung seien gut. Touristen zu verteufeln ist nun wirklich von gestern, was meinst du, Liebling?

Mr. Oss hatte ihr nicht mehr Aufmerksamkeit geschenkt als den Fröschen.

Diejenigen, die hier das Schicksal bestimmen, kennen den Ort gar nicht. Sie haben die Küste und das Meer nie gesehen, es ist ihnen vollkommen gleichgültig. Die ganz oben brauchen keinen Garten Eden. Sie wollen nur Geld damit verdienen. Ihre Paradiese sind von Architekten gemacht, nicht von Gott.

Sie müssen sich vorstellen, hatte Mr. Oss gesagt, daß man die wilden Tiere aus dem Paradies verjagt und statt dessen Haustiere hineinläßt. Ihnen komfortable Ställe baut, damit sie sich wohl fühlen.

Ach, so was leiten Sie? hatte Max gefragt und gelacht. Einen komfortablen Stall für Nutztiere?

Was sonst? hatte Mr. Oss müde gesagt. Was glauben Sie, daß diese Art Feriendörfer sonst sind?

Und was ist eigentlich die zweite Art, mit dem Fremden umzugehen? hatte Santa Clara neugierig gefragt, bevor sie sich trennten.

Lieben. Lernen. Scheitern, hatte Mr. Oss nach einer längeren Pause geantwortet, während Mow ihm aus dem Korbsessel half. Und dann das Ganze wieder von vorn. So lange, bis Sie die drei Dinge nicht mehr auseinanderhalten können.

Und? Wann geschieht das? Max hatte den Clubchef unverwandt betrachtet und sich vorgenommen, eine Serie von dieser seltsamen Dreieinigkeit aufzunehmen, Mr. Oss, Mow und die zierlich-zickige Einäugige.

Woher soll ich das wissen? Und Mr. Oss war mit seinem kleinen Hofstaat in der Dunkelheit verschwunden.

Vielleicht haben manche in dieser Nacht nicht so gut geschlafen wie sonst. Aus hundert verschiedenen Gründen könnten die Dorfbewohner beider Dörfer wach gelegen haben: Aus Angst vor Vertreibung oder aus Glück über eine Heilung, an die man noch nicht recht zu glauben wagt. Weil zu viele Rätsel da sind. Weil sich die Liebe immer noch nicht gezeigt hat. Weil die Arbeit nicht vorangeht und die Zeit so furchtbar schnell verrinnt. Wie lang sind die Weißen schon in dem Dorf, das sie nach der ersten Woche angefangen haben, »unser Dorf« zu nennen? Vierzehn Tage? So lang? So kurz erst?

Und die im Dschungel auf ihren Schlafpritschen mit den dünnen Decken: Wissen sie überhaupt, daß es Mächte gibt, die ihr Dorf verschlingen wollen und die beiden Klöster gleich dazu? Was denken sie? Und was die Geckos, Schlangen, Hunde und Wildschweine? Fische und Schmetterlinge, Leguane und Katzen, all diese stillen Völker?

Kecki sitzt an einem wackeligen kleinen Tisch, den sie in der Nähe des Alten Boots am Strand gefunden hat. Ihr Laptop wartet unter dem Sonnenschirm, aber Kecki beachtet ihn nicht. Über Nacht ist am Strand etwas Neues entstanden, und Albertine Aulich kommt aus dem Staunen nicht heraus. Da steht eine Art Haremszelt in leuchtendem Rosa, die Zeltwände sind hochgerafft und mit dunkelblauen Seidenschnüren festgebunden. Ein leichter Wind bewegt die Troddeln an den Schnüren, und im Inneren des Zeltes, in einem tiefrosa Dämmer, sieht man zwei flache, weiß bezogene Liegebetten. Auf dem einen kann Kecki die kleine, jetzt aber deutlich gestreckte Gestalt der Lilly Gribouille erkennen, die nur mit einem Badeanzug bekleidet auf dem Bauch liegt. Über ihr hockt eine jüngere, dunkelhäutige Frau. Sie knetet und zieht an der reglosen Zwergin herum. Das zweite Liegebett unter dem merkwürdigen Baldachin ist noch frei.

Eine Frau mit Pferdeschwanz, über der Nase zusammengewachsenen Augenbrauen und mürrischem Gesicht kommt auf Kecki zu. Sie ist nicht zart wie die anderen Thaimädchen, sondern klein und gedrungen, mit winzigen Füßen, die in Flip-Flops stecken.

Massaaaa, Madame! sagt sie gedehnt und verschluckt die Endsilbe, wie sie es alle tun. Massage. Die berühmte Thai-Massage. Kecki erinnert sich schuldbewußt an einen Auftrag, den sie in letzter Minute vor ihrer Abreise angenommen hat.

Die Weiber, hatte der Chefredakteur der *Nadine* gesagt, stehen doch auf diesen ganzen Wellness-Kram. Schau dir das mal an, wenn du schon da bist. Ob das was taugt oder nicht. Erfahrungsbericht. Oder ob das verkappte Nutten sind. In jedem Fall kannst du eine Viertausendzeichengeschichte draus machen.

Und wenn's Nutten sind, dürfen es auch fünftausend werden, nicht?

Man kann sich's nicht aussuchen, flüstert Kecki und lächelt die Massagefrau an. *Later*, sagt sie.

Aber die zückt zu Keckis Überraschung einen Terminkalender und sagt: *Now! No time later!*

Na, das scheint ja einzuschlagen! Kecki spricht den weißen Hinterkopf von Lilly an und betrachtet den kleinen Körper.

Gönnen Sie sich's, sagt Lilly, wo Sie schon nicht im Höhlensee waren.

Hält der Zauber an? fragt Kecki scheu. Sie ist nicht sicher, ob »Zauber« das richtige Wort ist. Aber »Wunder« mag sie es nicht nennen. Aus Aberglauben. Sonst wird vielleicht alles wie zuvor, und sie ist dran schuld.

Wahrscheinlich bleibt es nicht, sagt die Zwergin und dehnt sich unter den Händen der über ihr knienden Massagefrau. Aber das ist nicht das Entscheidende. Ich weiß jetzt, wie Leben sein kann. Diese schmerzfreien Götterstunden! Vielleicht ziehe ich hierher. Es gibt interessante Pläne, eine größere Anlage zu bauen, in der auch Dauergäste Platz finden würden. Organisatorisch ist ein hiesiger Hauptwohnsitz kein großes Problem.

Ist das Ihr Ernst? fragt Kecki. Sie traut sich nicht, der schlechtgelaunten Chefin des neuen Unternehmens eine Massage abzuschlagen, und hat begonnen sich auszuziehen. Können Sie sich wirklich vorstellen, daß das funktioniert? Ein Feriencamp samt Seniorenresidenz mit angeschlossenem Wellness-Kloster? Statt Schlagerabende buddhistische Erweckung? Und einen Haufen Quacksalber, die maroden reichen Leuten ein asiatisch eingewickeltes Medizinpaket verhökern? Spätere

Beisetzung in einem von diesen glitzrigen Diskotürmchen inklusive?

Die Masseurin hat ihre neue Kundin unsanft auf die Pritsche neben Lilly Gribouille geschubst.

Wie lang dauert das eigentlich? fragt sie auf dem Bauch liegend mit mühsam gehobenem Kopf.

One hour, sagt die Thai und gibt ihr eine Kopfnuß, daß ihr der Schädel brummt. *One hour. Three hundred Baht.*

Teuer ist es ja nicht, sagt Kecki und hört die Zwergin neben sich lachen.

Was finden Sie denn so furchtbar an der Vorstellung, sagt sie, die Dinge, die man hier vorfindet, so gut wie möglich auszunutzen? Oder ist es Eifersucht? Touristen sind immer eifersüchtig! Kaum haben sie einen schönen, bequemen und gut erschlossenen Ort gefunden, führen sie sich auf wie einsame Entdeckungsreisende. Als würde schon die Existenz von Handtüchern die Kultur des Landes in Gefahr bringen. Aber natürlich wollen sie saubere Handtücher und Klos, und von gerösteten Maden mögen sich nur die wenigsten ernähren. Aber immer so tun als ob! Die Mönche haben meines Erachtens kein Problem, sich eine kommerzielle Nutzung des Klosters vorzustellen. Weder die vom Goldenen Huhn, denke ich, noch die Hüter der *holy snake* und des Höhlensees.

Kecki antwortet nicht und konzentriert sich auf das, was mit ihr geschieht. Es ist anders als das, was sie von ihren zahlreichen Versuchen zu Hause kennt, »etwas für sich zu tun«.

Wenn man sich bei uns zu Hause massieren läßt, murmelt sie in das kleine Kissen, kommt man sich doch wenigstens ein bißchen geliebt und respektiert vor. Aber die da faßt einen an, als wäre man Brotteig oder ein Regalbrett. Oder ein Kartoffelacker.

Es ist nicht unangenehm, das Öl und die bohrenden Griffe, das Zupfen da, wo irgendwelche Nerven sitzen und sich beschweren. Kecki hebt den Kopf und sieht das Meer. Läßt ihn wieder sinken, noch ein paar kummervolle Gedanken an die drohende Zerstörung des Paradieses ziehen ihr durch den Kopf, und daß es ihre journalistische Pflicht ist, dagegen zu kämpfen. Der Wind läßt die Palmwedel ihr verrücktes Applausgeräusch machen, und ein Strauch oder das Massageöl riecht nach Vanille. Sie spürt, wie ihr Kopf angenehm leer wird, zum Schluß läuft nur noch ein ganz kleiner Gedanke durch: Es ist eben, wie es ist.

Und dann ist sie eingeschlafen.

Lilly hört sie leise grunzen und lächelt.

Warum soll man nicht hier bleiben wollen? sagt sie zu ihrer Masseurin, die freundlich dreinschaut und Lillys kleine Gestalt sanft dehnt und zieht. Weil man alt ist und krank? Und den jungen Schönen den Platz wegnimmt? Da ist schon was dran, aber darauf kann ich keine Rücksicht nehmen. Und ihr verdient an uns, das ist doch auch nicht schlecht! Deine Kinder könnten studieren und nach Kanada gehen, sagt sie und lacht.

Indessen kommt nach und nach die ganze Dorfgemeinde, um sich die neue Attraktion anzuschauen. Kecki verschläft einen Personalwechsel hinter ihrem Rücken. Eine sehr dunkelhäutige junge Frau hat das Kneten übernommen, und die Chefin geht mit ihrem Terminkalender auf Kundenakquisition. Den bleichen Poldi, der neben seiner nervösen Frau herhinkt, mustert sie streng. Sagt aber nichts zu ihm, sondern baut sich vor dem Baron auf und klatscht ihm fest auf den Bauch.

When baby come? fragt sie frech, und Wyandotte ist für kurze Zeit sprachlos.

Auch Max ist gekommen, mit seiner ganzen Ausrüstung behangen, so sieht man ihn sonst nie. Über berühmte Kollegen, die eine bis an die Zähne bewaffnete Assistentenschar hinter sich dreinstolpern lassen, macht er sich lustig. Jetzt läßt er das Zeug neben der rosa beschienenen Pritsche, auf der seine Freundin im Tiefschlaf das Kissen naßgesabbert hat, geräuschvoll fallen.

Kecki sagt gähnend: Kannst du nicht aufpassen? Ich hätte einen Infarkt kriegen können. Wozu brauchst du denn dein ganzes Waffensystem?

Ich muß dir was zeigen, antwortet er. Mach Schluß hier. Davon nimmt man sowieso nicht ab.

Du bist so was von ahnungslos, sagt Kecki und macht keine Anstalten, den knetenden Fingern zu entfliehen. Dafür ist Thai-Massage gar nicht gedacht. Sie bringt Yin und Yang in Einklang oder so. Ist gut für die Mitte.

Wessen Mitte? fragt Max und winkt Mow, den Kecki ebensowenig sehen kann wie den Rest der Welt. Vor ihren Augen liegt nur ein Streifen Blau, von einem schwarzen Palmenstamm zweigeteilt: das Meer.

Kannst du den ganzen Kram in meinen Bungalow bringen? fragt Max den Thai. Aber wieder gut zuschließen. Die Filme behalt ich hier und die eine Braut.

Oh Mann, sagt Kecki träge und kneift die Augen zu, um das Flimmern über dem Wasser besser zu ertragen, du redest wie ein Kamera-Assi an seinem ersten Drehtag. Was hat dich denn in eine so abenteuerlustige Laune versetzt?

Zweierlei, sagt Max und versucht sie von der Pritsche zu ziehen. Die junge Frau hat zu kneten aufgehört und wartet darauf, was die Fremden machen werden.

Hör doch auf, sagt Kecki wütend.

Was wird das? fragt die Zwergin von der Nebenpritsche angeregt. Ein Ehekrach?

Wenn er seine blöde Kamera Braut nennt, sagt Kecki zu ihr hinüber, gibt's immer einen Ehekrach! Ich schenke Ihnen meinen Rest Zeit! ruft sie zu Wyandotte und Marianne Stricker hinüber, wobei nicht klar wird, wen von beiden sie meint.

Und Sie habe ich mit einem Krankenbesuch erfreuen wollen, leider waren Sie zu gut bewacht! sagt sie zu dem blessierten Poldi, der sich auf einen Stuhl im Schatten gesetzt hat und vor sich hin schaut.

Mit ein paar theatralischen Gesten versucht sie, der Masseurin das Arrangement klarzumachen, aber der sind die Launen der Fremden völlig egal. Als Kecki ihr einen Hundertbahtschein als Trinkgeld gibt, schießt die mürrische Chefin herbei, um den Hunderter zu kassieren. Die Sklavin will erst nicht recht, aber die Schimpfwörter zischen ihr um die Ohren, und den Zwanziger, den ihre Chefin ihr großmütig hat zuteilen wollen, kriegt sie nun auch nicht.

Laß uns gehen, sagt Kecki müde. Plötzlich gefällt ihr das alles nicht mehr, ein Paradiesüberdruß hat sie ergriffen. Zu viele Schlangen.

Als sie an Poldi vorbeigeht, schaut sie ihn an. Er hält ihren Blick nicht lang aus.

Weißt du, sagt sie zu Max, während sie den Weg vom Meer weg zu den Häusern gehen, es ist, als wenn man jemanden, dem man im Zug seine Lebensgeschichte erzählt hat, unversehens wiedertrifft. Es ist peinlich. Nicht nur, daß sie ihn so fertiggemacht haben und es unmöglich ist, sich an irgendwem ordentlich zu rächen. Man greift immer ins Leere. Erinnere dich an Mr. Oss. Nichts ist, was es scheint. Was willst du mir zeigen?

Daß nichts ist, was es scheint, sagt Max. Erstens habe ich den Klamottenpaten noch mal besucht, den Herrn der Affen, Mr. Aphaluck. Er hat mich in seinen Ateliers herumgeführt. Ich glaube, das wird eine ganz interessante Strecke.

Und mit was für einem Text? fragt Kecki. Ich meine, da muß man dann wieder an Bildern entlangtexten, und der Redakteur sagt, texten Sie bloß nicht an den Bildern entlang!

Das kommt ganz darauf an, wem ich's verkaufe, sagt Max und merkt nicht, daß seine Kollegin sauer wird. Vielleicht mache ich ein Buch.

Das sagen alle, die nichts arbeiten wollen, murmelt Kecki.

Du zum Beispiel, antwortet Max freundlich. Ich bin Zeuge von mindestens fünfundsiebzig Buchprojekten von dir. Und habe mich nie despektierlich darüber geäußert! Außerdem erzähle ich dir von den Klamottenbildern nur der Vollständigkeit halber. Etwas anderes ist wichtiger. Ich glaube, ich habe wieder ein Stückchen von unserem unbekannten Toten gefunden. An einem sehr idyllischen Platz, das muß ich zugeben.

Gehen wir da jetzt hin? fragt Kecki und ist neugierig geworden.

Ja. Zieh vernünftige Schuhe an. Es ist ein hübscher Weg dorthin. Wir könnten allerdings der einen oder anderen Schlange begegnen.

Ich besitze keine vernünftigen Schuhe, sagt Kecki aufsässig. Zu Hause nicht und hier schon gar nicht. Ich weiß überhaupt nicht, was du dir unter »vernünftig« vorstellst. Max seufzt.

Sie gehen an Madames Haus vorbei, durch den Dschungelrest von königlichen Gnaden, der Weg führt in weitem Bogen vom Meer weg zu den Kautschukwäldern. Natürlich hat sich der Hund angeschlossen, fröhlich und mit stolz erhobenem Schwanz rennt er den Weg doppelt und dreifach. Sie passieren das Häuschen mit dem wachhabenden Kindersoldaten nicht, sondern haben das *resort* in westlicher Richtung verlassen. Die überwachsene Baustelle, Fundort des armen, geschundenen Leichnams von Kleines Gemüse, liegt etwas abseits, man sieht ein paar Ruinen. In der Ferne leuchtet ein dünner, blauer Streifen Meer.

Ich komme mit der Geographie hier nicht klar, sagt Kecki, während sie hinter Max hertappt und sich alle fünf Schritte Sand aus den Sandalen schüttelt.

Du bist noch nie mit irgendeiner Geographie klargekommen, sagt Max, vor allem, wenn weit und breit weder Boutiquen noch Bistros zur Orientierung da sind.

Warum bist du eigentlich so ekelhaft? fragt Kecki. Du redest mit mir wie mit einer Schwachsinnigen. Fällt mir schon seit Tagen auf.

Das liegt an meiner Zerstreutheit, sagt Max albern. Im Ernst: Ich weiß nicht weiter.

Seit wann verlangt jemand von dir, daß du weiterweißt? Du bist doch nicht Derrick, sagt Kecki etwas freundlicher, sie schaut ihren Freund an und erschrickt. Er hat abgenommen, seine Haare sind grauer geworden. Wieso hat sie nicht bemerkt, daß es ihm schlechtgeht?

Was ist mit dir, sagt sie besorgt, bist du krank? Fehlt dir was? Bekommt dir das Klima nicht? Machst du dir Sorgen wegen unserer Storys? Gibt es irgendwas, das ich wissen sollte? Hast du ein unangenehmes Telephonat von daheim gehabt?

Kannst du mal die Luft anhalten? sagt Max und lacht. Alles okay. Ich muß viel nachdenken. Das zehrt. Und ich kann nicht ausstehen, wenn ich Enden von Geschichten in der Hand halte, die ich nicht bis zu ihrem Anfang zurückverfolgen kann. Das, was ich dir gleich zeige, ist so ein Ende. Aber ich weiß nicht, wovon. Es ist ziemlich unheimlich.

Wie hast du es gefunden? fragt Kecki.

Man hat es mir gezeigt. Der Junge hat es mir gezeigt, aber er kann mir natürlich nichts erklären. Ich bin nicht sicher, ob er es täte, wenn er könnte. Ich habe dann den Klamottenpaten gefragt, du kannst dich erinnern, den Affenvater, der Stricker zurückgebracht hat.

Herr Aphaluck, ich hab doch kein Sieb anstelle des Hirns, sagt Kecki. Den Jungen hast du mir übrigens vorenthalten.

Ja, Aphaluck. Herr über eine Unzahl von Schneiderateliers und buddhistischer Weiser. Hat seine Hände bis zu den Ellenbogen in jedem Teig, der hier angerührt wird, darauf würde ich schwören. Schau die Puppen in den Läden an, meine Liebe, dann weißt du, wie die Einheimischen uns sehen. Als starre, leblose Wesen, in Stoff gesperrt wie in ein Gefängnis. Die stellen dieses Zeug nicht aus, weil danach verlangt wird. Ich kann mir nicht vorstellen, daß irgendein Tourist sich die Art Anzüge machen läßt, geschweige denn eine Touristin solche Abendkleider! Sie zeigen uns ihr Bild von uns. In aller Unschuld. Und keiner von uns begreift das. Ich habe mich ja zuerst auch über diese Gespensterparade amüsiert.

Kecki schaut ihn an, ohne ihm wirklich zuzuhören. Was ist das eigentlich für ein Junge? fragt sie.

Vielleicht sehen wir ihn am Fluß, antwortet Max leichthin. Ein bißchen sehr leichthin.

Gehen wir zum Fluß? fragt Kecki irritiert. Dann ist das doch die falsche Richtung.

Den Fluß findest du in jeder Richtung, wenn du lang genug gehst. Du gehst ihm immer entgegen. Entweder er findet dich, oder du findest ihn. Man kann ihn gar nicht verfehlen.

Kecki grübelt. Diese beiden Sätze, die sich in ihrem Hirn festgesetzt haben – wie gehen sie zusammen?

Nichts ist, was es scheint.

Es ist, wie es ist.

Und da ist er, der Fluß. Er schimmert bläulich durch das dichte Gebüsch, in der Mitte ist er tief und schwarz. Goldene Blätter treiben auf ihm entlang, ein Leguan gleitet ins Wasser, der kleine Drache faucht und verschwindet hinter einem Felsen.

Ein Leguan, ein Leguan! Kecki ist aufgeregt wie ein Kind und geniert sich im selben Moment. Kautschuk schnuppert mißtrauisch auf dem Sand herum. Seltsame Spuren sind da zu sehen, die Krallenzeichen vieler Vögel und die flüchtigen S-Formen der Schlangen. An zwei Stellen ist offenbar vor kurzer Zeit gegraben und wieder zugeschüttet worden, dadurch ist eine dunklere, feuchte Sandschicht nach oben gekommen. Etwas glänzt in der Sonne.

Überall lassen sie ihren Müll rumliegen, sogar im Herzen von Eden, sagt Kecki böse. Sie hat die Augen zugekniffen und schaut auf die vermeintlichen Dosen, es sind sogar zwei, an den Baumwurzeln, wie gestrandet.

Kein Müll. Jedenfalls nicht im eigentlichen Sinn, sagt Max und nimmt sie am Arm, um sie hinzuführen.

Moment! sagt Kecki, bleibt stehen, reckt sich, schaut sich um.

Es ist der schönste Ort der Welt. Der Fluß macht hier eine seiner zahlreichen Biegungen und hat ein Halbinselchen aus zuckerweißem Sand hingeschüttet. Es ist von dichtem Bambus-, Hibiskus- und Zistrosengebüsch umwachsen. Geplatzte Kokosnüsse treiben Schößlinge, schwarze Schmetterlinge, groß wie Faschingslarven, sitzen auf den feuchten Steinen. Flußkiesel auf flachem Grund leuchten in allen Farben. Große Rosenquarzbrocken und hauchdünne, silberne Schneckenhäuser säumen das Ufer.

Kecki wehrt Max' Hand ab und geht zu einer riesigen schräggewachsenen Banyanwurzel, die wie eine bequeme Uferbank geformt ist. Das Wasser umspült sie, winzige Fische und zwei Babyschildkröten schwimmen in den Wurzelkuhlen hin und her.

Hier will ich nie mehr weg, sagt sie. Hier kannst du mich ruhig allein lassen.

Der Hund scheint ihr Glück nicht zu teilen. Er läuft ruhelos auf dem kleinen Eiland hin und her, die beiden glänzenden Dinger meidet er.

Es scheint, sagt Max, als hätten Tiere doch einen ausgeprägteren Instinkt als Menschen.

Was kümmert einen das an einem solchen Ort? sagt Kecki. Hier wirst du doch sachte selbst ein Tier, ein schwimmendes oder ein fliegendes. Vielleicht auch einfach ein Stein. Die Instinkte kommen dann schon von allein!

Noch immer denkt sie, die häßlichen Fremdkörper an diesem wunderbaren Platz seien weggeworfene Dosen, sie will sie aufheben und wegbringen. Max hebt eine davon auf, um sie ihr zu zeigen. Es ist keine Dose, und man wird das Ding auch nicht ohne Mühe wegbringen können. Es hängt nämlich an einer daumendicken, neuen Gliederkette und ist eine Handfessel.

Drüben ist noch eine, sagt Max. Die Entfernung ist genau richtig für einen Menschen mit ausgebreiteten Armen. Ich habe mir angeschaut, wie die Dinger festgemacht sind. Ziemlich haltbar. Das Wurzelholz hart wie Eisen. Allerdings gilt der Ort als tabu, warum, weiß ich nicht. Mit dem Affenvater war ich in der Nähe, als ich ihn das erstemal traf. Von einer bestimmten Stelle am Fluß aus wollte er nicht weitergehen. Ich dachte, er beschützt sein Traumufer vor fremden Blicken und Füßen. Aber darum ging es wohl nicht.

Moment mal, sagt Kecki und schaltet nur mühsam auf Wachsein um. Was heißt das? Du meinst, das wunderbare Stück Erde hier soll eine Art Gefängnis sein? Aber sie schaut doch nachdenklich auf den unruhigen Hund, der in Kreisen durch den Sand schnüffelt, da und dort stehenbleibt, ein bißchen gräbt und wieder weiterschnürt, die Nase am Boden und das Nackenfell aufgerichtet.

Zwei an Banyanwurzeln fest verankerte Fesseln – sie sind übrigens geschlossen, sagt Max nachdenklich, Schlüssel hab ich bisher nicht gefunden, aber was anderes.

Stahlfesseln, die geschlossen sind. Kein Schlüssel. Das heißt, sie sind gar nicht benutzt worden? fragt Kecki.

Komm zu dir, sagt Max, und denk nach, bevor du redest. Sie können durchaus benutzt und danach wieder abgeschlossen worden sein. Aber ich befürchte, da ist etwas ganz anderes gelaufen.

Er hält ein verschmiertes Papiertaschentuch in der Hand, das er aus einer Filmdose genommen hat. Etwas ist darin eingewickelt, etwas Winziges. Kecki hat wieder keine Brille auf. Sie geht nah an das heran, was in dem Papier ist und braucht eine lange Erkennungsminute, ehe sie loskreischt. Max erschrickt und läßt das kleine Ding fallen, Kautschuk nähert sich mit steifen Beinen.

Laß das, schreit Max, als der Hund seine Nase zu dem Ding im Sand hinuntersenkt, geh weg! Pfui!

Stell dich doch nicht so an, fährt er dann Kecki an, so schlimm ist das doch auch nicht. Hast du noch nie eine Prothese gesehen? Sie lag ziemlich genau zwischen den beiden Fesseln, halb im Sand vergraben.

Als hätte jemand in den Sand gebissen, flüstert Kecki.

Du bist ja ganz bleich, sagt Max. In deinem Beruf mußt du doch bessere Nerven haben!

Er hat das Ding mit einem frischen Papiertaschentuch und spitzen Fingern wieder aus dem Sand geklaubt und sagt: Hast du was Geeignetes zum Reintun? Das Filmdöschen ist zu klein, ich zerdrück sie sonst.

Es ist eine Unterkieferprothese, eigentlich nur vier Zähne und eine Art Drahtbügel, an dem sie festgehängt waren. Keiner von beiden weiß, wie so etwas genannt wird. Aber wie jeder Krimileser wissen sie, daß falsche Zähne fast so gut wie Fingerabdrücke sind.

Sie sind blutig, sagt Max leise. Kay Scarpetta könnte uns jetzt in allen Einzelheiten sagen, was passiert ist.

Der Hund regt sich auf, er bellt sogar, was er sonst selten tut. Kecki klaubt aus ihrer Hosentasche ein zerfleddertes Schminktäschchen, ehemals rot-gold kariert, was man nur noch mit Mühe sehen kann. Für den Zweck ist es trotzdem zu schade.

Nimm das, sagt sie, ich erwarte, daß du mir auf dem Nachtmarkt ein neues kaufst, ein möglichst prachtvolles. Wenn das hier so weitergeht, gewöhne ich mir an, kleine Plastiksäckchen dabeizuhaben wie die Leute aus dem *Tatort*. Kautschuk, still! sagt sie streng und wirft einen traurigen Blick auf den schönsten Platz der Welt. Ein blauer Falter taumelt über den gelben Blüten der Zistrosen, eine der Babyschildkröten ist an Land gekrochen und reckt ihr Runzelköpfchen in die Sonne.

Zwei Jungen sind aus dem Gebüsch aufgetaucht, ein Thai und ein Weißer mit rundem Stoppelkopf. Sie sind unterschiedlich groß, der Thai ist der Ältere. Kecki kann Kinder schwer einschätzen. Die beiden stehen nebeneinander, ganz still, sie sind ungefähr dreißig Meter entfernt. Der weiße Sand blendet Max und Kecki, die beiden Fesseln glänzen in der Sonne. Max schiebt mit dem Fuß Sand drüber, bis man nichts mehr sieht, erst über die eine, dann über die andere.

Hi buddy, ruft er den Jungen zu.

Darf ich erfahren, welchen du meinst? fragt Kecki. Sie ist unsicher. Was weiß sie schon über ihn. Er ist Caramel nicht

ähnlich, er ist keinem von den Männern ähnlich, die hierher-
kommen, um sich Wünsche zu erfüllen. Aber vielleicht hat er
hier neue Wünsche entdeckt. Sie ruft Kautschuk und hält ihn,
wie um sich zu trösten, am Halsband fest.

Ich meine den kleinen Thai, sagt Max ruhig. Den anderen
kenne ich nicht. Er wohnt im *resort*, ich bin ihm einmal dort
begegnet.

Seit wann möchtest du kleine Jungs kennenlernen? fragt sie
spitz.

Seit mir klar ist, daß ich einen nicht kenne. Den, der ich
war.

15

>*Niemand außer dem Mönche kommt doch hierher;*
>*sollte das nicht etwa das Werk des Mönches sein?«*
>
>　　　　　　　　　　　　　*Die Reden des Buddha*

Lieben, lernen, scheitern, murmelt Kecki vor sich hin.

Es ist Mittag, und der Himmel über der Bucht hat sich zum erstenmal, seit sie hier sind, bezogen. Graue Armeen marschieren auf, vom Horizont her, und das Meer liegt ganz still, aber gar nicht einladend unter den drohenden Wolken. Lieben, lernen, scheitern, das hat Mr. Oss gesagt, als Rat, wie man sich dem Fremden nähern kann. Kecki ist allein mit ihrem Notizbuch, sitzt auf einem Plastikstühlchen am Alten Boot und denkt nach. Kein Mensch läßt sich blicken, nur in der Ferne, am westlichen Strand, sind die Figürchen der Angestellten zu sehen, die ohne Hast Sonnenschirme zusammenklappen und Liegestuhlpolster in Sicherheit bringen. Die Frösche im Lotosteich beim Geisterhäuschen quaken ohrenbetäubend, als spürten sie ein nahendes nasses Glück und richteten dankbar Gesänge an den Gott der Frösche, Lurche und Echsen. Kecki malt eine Schildkröte in ihr Notizbuch und denkt an das Caramel-Porträt, das sie schreiben will.

So eine blöde Idee, murmelt sie. Das, was man über ihn machen müßte, druckt keiner. Oder nur die, von denen man nicht gedruckt werden will. Angeblich. In Wirklichkeit bin ich zu feige. Ich kann so was nicht. Reporter des Satans, investigativ bis in die Arschfalte. Oh Mann. Warum will ich es immer nett haben?

Und weil sie nicht ungerecht zu sich selber sein will, schreibt sie ein Listchen mit ihren richtig guten Reportagen in ihr Notizbuch. Als Ermutigung! So kurz ist die Liste übrigens gar nicht. Sie hat sich nach dem Ausflug von Max getrennt, sie wolle erst mal nachdenken! Und sich mit der Kanadierin und einem der Kellner bis spätabends an der Strandbar festgehalten. Max hatte sich unsichtbar gemacht.

Ein melancholisches kleines Gespenst ist im Paradies aufgetaucht, es heißt *Abschied*. Mow, Mr. Oss, sogar die verzweifelte und rapide alternde Madame hätten es ihnen sagen können: Es taucht pünktlich auf, nach zwei Dritteln der zugemessenen Zeit, und die Menschen versuchen es auf ganz unterschiedliche Weise zu bannen: Buchen den nächsten Urlaub am selben Ort, sammeln Visitenkarten in der Landessprache, die sie nicht lesen können, Prospekte und die unvermeidlichen Muscheln, kleiden sich landestypisch auf dem Nachtmarkt ein, damit das Gespenst sie nicht findet. Alle Zimmermädchen und Kellner werden noch schnell zu Freunden erklärt, samt ihren unübersehbaren Familien: Habt doch ein Herz, scheinen die Fremden, die bald wieder wegmüssen, zu schreien – behaltet uns!

Kecki betrachtet die Wolkenbilder, das Meer ist aufgewacht und wird lauter und lauter. Die draußen verankerten Longtails reißen an ihren Ketten. Ein Regen kleiner, silberner Fische geht auf dem Sand nieder, Kecki rennt hin. Aber die Fischchen verzappeln so schnell ihr Leben, daß sie nur wenige retten kann. Eine Sandkrabbe zieht einen der winzigen Kadaver in ihr Loch.

Mal wieder Schicksal spielen wollen und die Götter maßregeln, murmelt Kecki, obwohl sie getrost schreien könnte in das anschwellende Getöse hinein.

Sie ist froh, daß sie endlich Regen erlebt, so wie er hier ist, ein echtes Naturereignis. Offenbar haben Tausende kleiner Lebewesen nur auf ihn gewartet, es hopst und kriecht aus allen Ecken, aus dem Sand, unter Steinen hervor, der Rasen scheint auf einmal zu wimmeln.

Man kann keinen Schritt tun, ohne zur Massenmörderin zu werden, sagt Kecki laut. Also bleibt sie auf ihrem Plastikstuhl sitzen und hebt ihr Gesicht dem warmen Geplatsche entgegen, das den menschenleeren Strand verzaubert. Im Nu haben die Tropfen tiefe Löcher in den Sand gehauen, unscheinbare Steine am Flutsaum beginnen in allen Farben zu leuchten. Der Himmel ist gelb.

Mönchsgelb, schreit Kecki begeistert. Und erschrickt fürchterlich, als sich ihr plötzlich eine nasse Hand auf die Schulter legt. Sie dreht sich um und sieht durch die lauen Wassergüsse hindurch einen mittelgroßen, dunkelhaarigen Mann mit einem weißen Leinenanzug, der jetzt an ihm klebt, was auf eine ulkige Weise obszön aussieht.

Haben Sie noch alle Tassen im Schrank? Mich hätte der Schlag treffen können, sagt Kecki und schüttelt seine Hand von der Schulter. Hat sie den Kerl schon einmal gesehen? Etwas kommt ihr bekannt vor, aber sie weiß nicht, was. Das Gesicht? Die Haltung? Eine Art professioneller Unauffälligkeit? Natürlich verändern solche Wassermassen menschliches Aussehen, das ist klar. Sie selber unterscheidet sich im Augenblick von der teuer frisierten und chicen Person, für die sie sich hält, ganz erheblich. Kecki muß lachen.

Wenn Sie mich hier gesucht haben, spricht das für echtes Interesse! sagt sie und kichert. Nicht einmal mein Hund hatte Lust mitzukommen.

Ich möchte mich mit Ihnen unterhalten, sagt der nasse Mann, ohne zu lächeln.

Was für eine absurde Situation, antwortet Kecki. Ausgerechnet jetzt kommen Sie, pünktlich zur Sintflut, und eröffnen eine Konversation. Könnte es sein, daß Sie das Wetter aus dem Froschteich gelockt hat und man Sie nicht einmal zu küssen braucht?

Herrlich süß schmeckendes, warmes Regenwasser läuft ihr übers Gesicht und in den Mund, sie streckt die Zunge vor und leckt einen Tropfen auf.

Respekt, sagt der Mann. Das bringen nicht viele Frauen fertig, bei einem solchen Sauwetter im Freien zu flirten.

Ich kann manches, das nicht viele Frauen fertigbringen, antwortet Kecki.

Wollen Sie was trinken? sagt sie dann, im Alten Boot gibt's immer einen Notvorrat für Verrückte und Ausreißer!

In diesem Moment erkennt sie ihn. Als habe er sich vor ihren Augen gehäutet, als habe das Wasser Bild um Bild von ihm heruntergewaschen, ist er zum Vorschein gekommen: der Chamäleonmann. Kein Zweifel.

Ziemlich schlau, sagt sie, daß Sie den großen Regen abgewartet haben um meine Bekanntschaft zu suchen. Da werden Sie nicht gesehen. Irgend jemand ist hinter Ihnen her, schon drüben in Europa, nicht? Ich habe Sie beobachtet und mich über Ihre Verkleidungen amüsiert. Ich war übrigens nicht die einzige! Aber irgendwann hatten Sie offenbar Alberichs Tarnkappe gefunden und waren verschwunden. Eine Zeitlang dachte ich – aber lassen wir das. Womit kann ich Ihnen helfen? Und was noch wichtiger ist: Sind Sie es wert, daß ich Ihnen helfe?

Ein Bier, sagt der Mann.

Bitte? fragt Kecki verwirrt.

Sie haben mir doch was zu trinken angeboten, sagt der Mann.

Sie angelt eine Dose Singha aus dem rostfleckigen Kühlschrank und reicht es ihm stumm. Der Mann bedankt sich nicht.

Eine Zeitlang dachten Sie, sagt der Mann, Sie hätten mich wiedergefunden. Stückchenweise, in ganz verschiedenen Zubereitungen. Und es geht mir keineswegs um Ihre Hilfe. Ich will ein Geschäft mit Ihnen machen, weil ich Sie für die geeignete Person halte. Sind Sie es wert, daß ich ein Geschäft mit Ihnen mache? äfft er sie nach.

Die Sonne glimmt orange hinter den Wolken, noch immer regnet es in langen, silbernen Schnüren. Der Strand ist dunkel geworden, die Löcher, die die ersten schweren Tropfen geschlagen haben, sind längst verschwunden. Tausende von Sandkrabben sausen kreuz und quer über den Strand, Regenvögel kreischen voll wildem Entzücken, zwei Leguane mit

drohend aufgebogenen Schwänzen haben das Alte Boot er-
obert und sitzen reglos auf der nassen Reling.

Kecki wagt nicht, ihre Begeisterung zu zeigen. Der Mann
im nassen Anzug kommt ihr vor, als würde er die schönen kleinen Echsen gleichmütig erschlagen können. Etwas an ihm ist
böse, nicht dämonisch oder geheimnisvoll, sondern ganz an
der Oberfläche, für jedermann zu erkennen. Er ist die Sorte,
die ohne Grund kaputtmacht. Lebewesen oder Dinge, ganz
egal.

Komm zu dir, Albertine, flüstert Kecki, und sei nicht albern. Sie hat das Gesicht von dem Typ weggedreht, das Meer
schluckt ihr Geflüster. Es würde auch ihre Hilfeschreie schluk-
ken, wenn sie welche ausstieße. Oder die ganze Albertine Aulich verschlingen und nicht mehr hergeben.

Trotzdem hört sie jetzt etwas, das sie augenblicklich glücklich macht, ein vertrautes Klicken, und da riecht es auch schon
köstlich nach nassem Hund.

Guter Hund, sagt Kecki zu Kautschuk, der sich schüttelt
und dabei sein lächerliches Halsband, einen ausrangierten
Gucci-Kettengürtel, zum Klirren bringt. Hat sie es nicht von
Anfang an gesagt? Einen Hund muß man hören! Selten hat sie
ein Geräusch so froh gemacht.

Der Mann, von dem Kecki noch immer nichts weiß, außer
daß er ihr unheimlich ist, scheint durch den Hund irritiert zu
sein, zumal der das Rückenfell aufstellt und seine Zähne sehen
läßt.

Schicken Sie den Köter weg, sagt er.

Ich denke nicht dran, antwortet Kecki. Was sollte eigentlich
diese Faschingsveranstaltung auf dem Flug hierher? Meinen
Sie nicht, daß Sie dadurch auch den letzten Schnarchsack auf
sich aufmerksam gemacht haben?

Das war der Sinn der Sache, sagt der Mann und lacht. Hat
funktioniert, sehen Sie? Sogar eine Starjournalistin wie Sie ist
drauf reingefallen.

Also haben Sie von jemandem ablenken wollen? fragt Kecki

und geht in Gedanken die Passagiere durch. Von wem nur? Und vor allem: Warum?

Der Regen wird sanfter und leiser, Meer und Himmel haben sich beruhigt. Noch immer sitzen die zwei Leguane reglos auf der Reling vom Alten Boot, dessen Farben wie frisch gestrichen leuchten, rot, blau, türkis, gold.

Der Mann im weißen Anzug und Kecki sind klatschnaß.

Wir haben Pläne mit diesem hübschen Fleckchen Erde, sagt der Chamäleonmann. Und wir möchten dafür die Unterstützung von jemandem wie Ihnen.

Welche Art Unterstützung? fragt Kecki. Was für Pläne sind das? Und wer ist »wir«? Und wer sind eigentlich Sie? Haben Sie einen Namen?

Eins nach dem anderen, sagt der Mann. Er versucht nicht einmal, höflich zu sein. Kein »entschuldigen Sie, daß ich mich nicht vorgestellt habe« oder ähnliches. Auch das clubübliche Du benützt er nicht, als wäre sie es nicht wert. Sein Sie klingt nicht respektvoll, sondern verächtlich. Den Hund, der ihn stumm fixiert, ignoriert er jetzt.

Auch Kecki schaut den Mann an, als müßte sie ein Phantombild anfertigen. Er ist keine einsachtzig groß, ein wenig untersetzt, man sieht festes Fleisch unter dem nassen Stoff. Kurzgeschnittene dunkle Haare mit ein paar weißen über den Ohren – Kecki versucht, den oberen Ohrenrand zu sehen – da! Eine deutliche Verdickung, der Rest der Ohrspitze aus Tierzeiten. Das Teufelszeichen. Die Augen stehen ein wenig zu eng und verstecken ihre Farbe hinter dicken, fast geschlossenen Lidern. Sie sind dunkel. Der Mann hat einen kurzen, sehnigen Hals, schmale Schultern und einen zu kleinen Mund, den er beim Sprechen kaum öffnet. Dennoch spricht er deutlich, mit einem leichten Akzent, den Kecki nicht zuordnen kann. Seine Hände haben plumpe Gelenke und dicke blaue Adern. Er trägt links ein Armband mit einem Anhänger. Seine Unterhose ist weinrot und zu klein, das kann sie deutlich durch die nasse Anzughose sehen, auch ohne Brille.

Eins nach dem anderen, sagt er noch mal. Sie können mich meinetwegen Steve nennen, wenn es sein muß. Es wird allerdings kaum Gelegenheiten geben, wo Sie mich ansprechen müßten. Was die Pläne betrifft, haben Sie doch längst von ihnen gehört, in groben Zügen wenigstens. Die Feinheiten kommen später und spielen fürs erste keine Rolle. Und wer »wir« ist, tut jetzt auch noch nichts zur Sache. Ihr Part ist ganz einfach – nichts, was Sie nicht sowieso Ihr halbes Leben lang gemacht haben. Hübsche Dinge über einen hübschen Ort, einen einmaligen Ort in diesem Fall, zu schreiben.

Das ist doch dreist, sagt Kecki und spürt, wie ihre Gesichtshaut spannt, vom Regen oder weil ihr die Situation unangenehm ist. Bloß, weil ich zufällig hier bin, wollen Sie mich einspannen, um PR für diese finsteren sogenannten Entwicklungspläne zu machen. Den Teufel werde ich tun. Nehmen Sie sich doch eine Agentur, es gibt genug von diesen Werbeleuten, denen es egal ist, was sie vermarkten, das Paradies oder das Gegenteil davon.

Der Mann – Steve? Der Name paßt nicht zu ihm, falsche Farbe, zu heiter – sagt: Sie sind nicht zufällig hier. Zufälle mögen wir nicht.

Der Regen hat aufgehört, es riecht nach Erde, die beiden Leguane sind verschwunden, Kautschuk hat sich geschüttelt und liegt, den Kopf auf den Pfoten, neben seiner derzeitigen Herrin. Ein Auge hält er halb offen, sicherheitshalber. Der Mann hat sich abgewendet und zieht sein nasses Jackett aus. Drunter ist er nackt. Kecki schaut scheinbar gleichgültig aufs Meer.

Wie, ich bin nicht zufällig hier? sagt sie leichthin, als wäre das alles ein Spiel, haben Sie und Ihre ominöse Organisation etwa da dran gedreht? Ich fühle mich geschmeichelt. Erwarten Sie bloß nicht, daß ich diesen Quatsch glaube, faucht sie dann, Schluß damit.

Ihre Sekretärin heißt Reglindis, Sie nennen sie Lindis. Kooperative Person. Sie hat natürlich keine Ahnung, was wir wollen, aber über Ihre aktuelle Auftragslage weiß sie Bescheid.

Sie haben immer noch einen ziemlich guten Namen, aber die Aufträge werden rarer, nicht wahr? Und ältere Tiere kommen nicht mehr so leicht an die guten Wasserstellen!

Kecki weiß nicht, was sie sagen soll. Das kommt selten vor, aber sie hat den Umgang mit echter Grobheit nie gelernt. Deswegen sagt sie nach einer zu langen Pause: Sie scheinen irgendwas von mir zu wollen. Da sollten Sie ein paar Regeln beachten, finde ich. So ein bißchen »Ich Tarzan, du Jane« ist doch wohl das mindeste. Nicht, daß ich die Absicht hätte, Ihnen noch länger zuzuhören. Aber vielleicht lernen Sie ja für die Zukunft.

Fünfhunderttausend, sagt er. Für den Anfang.

Ach, wenn doch nur Max da wäre. Er würde dem Typ eine reinhauen oder ihn auslachen, er hätte bestimmt nicht so ein seltsames Gefühl zwischen Ekel und Begehrlichkeit, gegen das sie jetzt ankämpfen muß und das sie erschreckt. Eine andere Welt hat sich ihr in den Weg gestellt, das ist widerwärtig und aufregend. Nicht mehr die Einladung zum mittelteuren Italiener für eine freundliche Besprechung, eine Erwähnung, eine beiläufig eingestreute Namensnennung. Oder das mittelteure Parfum. Oder der mittelteure Barolo. Nein, einfach eine fette Zahl.

An diesem Teil der Küste wird nichts bleiben, wie es ist, sagt der halbnackte Mann mit dem kleinen Mund. Er sagt es sehr deutlich.

Kein einfacher Job, man muß gegen Trägheit und Sentimentalität ankämpfen. Aber die Ressourcen hier sind einmalig, lohnen jede Mühe und Investition. Korruption ist normal, aber es dauert, bis man weiß, wer geschmiert werden muß. Immer kriechen neue aus ihren Löchern, und jeder ist mit jedem verwandt. Damit haben Sie nichts zu tun. Sie sollen die Heimatfront aufbauen, Sie sind genau die Richtige. Wir haben uns Ihre Arbeit angeschaut. Auch wie Sie öffentlich auftreten.

Kecki hört ihm zu, obwohl sie eigentlich längst weg sein

will, oben im Restaurant vielleicht auf einen dreifachen Mekong, irgendwo, wo sie nur eine nette, harmlose Reisende ist,
die gern schwimmt und Tiere liebt.

Heimatfront, sagt sie höhnisch.

Es klingt piepsig. Sie kneift sich heimlich, aber fest in den
linken Handrücken. Das tut sie immer, wenn sie Härte zeigen
will. Schmerz macht die Stimme fester. Heimatfront, sagt sie
noch einmal. Für welchen Krieg denn?

Oh, der Krieg wird hier sein, den führen wir, keine Sorge.
Zu Hause sollen Sie nur für das neue Paradies werben, das wir
hier erschaffen. Sie haben die richtige Mischung aus Bieder-
keit und Überzeugungskraft, die wir brauchen. Für die von
uns angepeilte Klientel perfekt. Glaubwürdig.

Das bin nicht ich, die Sie da beschreiben, sagt Kecki.

Wie sieht sie sich? Sie will jetzt nicht darüber nachdenken.
Es könnten unangenehme Erkenntnisse dabei herauskommen.

Max! ruft sie probeweise und schaut sich um.

Ich bin nämlich mit meinem Kollegen hier verabredet, plap-
pert sie, er wollte Regenbilder machen, untypisch für diese
Region, wissen Sie, die Farben, die Tiere, es sind ja immer nur
kurze Momente, in denen alles wie neu erschaffen aussieht.

Bockmist, sagt der Mann. Sie sind mit niemandem verabredet. Ihr Freund macht mit dem kleinen Thaijungen rum und
denkt an nichts anderes. Das meine ich übrigens auch mit
Ressourcen. Darum brauchen wir eine Repräsentantin, die so
spießig und vertrauenswürdig rüberkommt wie Sie.

Wie soll sie mit einem wie dem reden? Was ihm antworten?
Sie wäre längst aufgestanden und hätte den nassen Strand verlassen, stünde da nicht diese absurde und grelle Zahl im Weg:
Fünfhunderttausend. Man muß mindestens so lang mitspielen, bis man genauer weiß, worum es geht.

Lassen Sie mich raten, sagt Kecki mit der hochnäsigsten
Talkshow-Stimme, die sie zustande bringt, lassen Sie mich raten, was Sie an diesem wunderbaren Ort vorhaben. Alle Möglichkeiten ausschöpfen? Tropen und Drogen? Tempel und

Puff? Wahrscheinlich ein Wellness-Angebot für Senioren plus angeschlossener Orgie, und wenn's die letzte ist? Für das größere Budget eine Option auf Spontanheilung?

Gar nicht verkehrt, sagt der sogenannte Steve, eine seit der Antike bewährte Mischung. Natürlich sind wir es nicht allein, die diesen Zukunftsmarkt entdeckt haben. Sie sind die passende Person im passenden Alter, um für uns das Gesicht hinzuhalten.

Da könnten Sie recht haben, sagt Kecki. Es ist mir schon oft aufgefallen, daß Schönheit und Mode von Leuten verwaltet werden, für deren Aussehen sich jeder, der bei klarem Verstand ist, herzlich bedanken würde! Den Fehler wollen Sie offenbar von Anfang an vermeiden. Was wird aus dem Dschungeldorf? Und den Klöstern?

Ich habe nicht die Absicht, sagt der Mann, meine Zeit mit überflüssigem Geschwätz zu vertun. Wir geben Ihnen eine Chance, vergessen Sie das nicht. Und vergeuden Sie unsere Zeit nicht mit irgendwelchem sozialen Trotzköpfchen-Gehabe. Sollten Sie nicht imstande sein, diese Gelegenheit zu nutzen, werden nicht mehr viele andere auf Sie warten. Sie haben das Logo, das wir drüben brauchen – Ihren Namen. Ohne uns wird der schneller verdorren, als Sie für möglich halten.

Gott, sagt er böse, wie armselig Ihresgleichen ist! Wären Sie nicht gern einmal mutig, ein einziges Mal? Statt dessen tun Sie sich lächerlich viel drauf zugute, als fleischgewordene Beiß- und Tötungshemmung durch die Welt zu kriechen! Sie kleben moralische Bonuspunkte in Ihr uninteressantes Lebensbüchlein, nicht? Verändern sollen die anderen, die Bösen. Aber man braucht euch zum Verkaufen, euch, die Mittelmäßigen. Und manchmal lernt jemand wie Sie dabei sogar was und kriegt Konturen.

Moment mal, sagt Kecki und schaut an dem Mann vorbei, ich würde mich gern ein bißchen übergeben, wenn Sie gestatten.

Ach, was redet sie. Rückzugsgefecht, ohne Truppen. Der

Himmel wird klar, die Wolken sind verschwunden, auch die herumhopsenden kleinen Tiere haben sich wieder versteckt.

Wenn es doch nur dunkel würde, sagt sie sehr leise.

Der Mann hat sein nasses Jackett wieder angezogen, es trocknet jetzt schnell an seinem Körper.

Es ist noch Zeit, sagt er. Denken Sie ruhig drüber nach, es ist keine uninteressante Aufgabe. Sie müssen der Sache ganz und gar zur Verfügung stehen. Ihren journalistischen Kramladen können Sie vergessen. Eine Riesenchance! Sie werden sich nie mehr darüber ärgern müssen, irgendwo nicht eingeladen zu sein.

Das Problem hatte ich nie, sagt Kecki mühsam. Wo ich hinwollte, war ich auch eingeladen, schon immer! Ich frage mich, wie Sie bei Ihrer Einschätzung meiner beruflichen Relevanz ausgerechnet auf mich gekommen sind.

Lassen Sie es mich so sagen, sagt der Mann und wendet sich zum Gehen: Es ist wie bei einem Casting. Völlig egal, ob die Schauspielerin lausig ist – wenn der Typ stimmt, ist sie richtig. Und Ihr Typ stimmt, jedenfalls für Westeuropa.

Er läßt Kecki am Alten Boot sitzen und ist schnell hinter den Bananenstauden verschwunden, die glänzen, als wären sie lackiert.

Der Tag ist noch einmal hell geworden, das schon. Aber diese Zahl, diese Zahl! Fünfhunderttausend, so was kann die Sonne verdunkeln. Vor ein paar Jahren wäre es *eine Million* gewesen, aber *fünfhunderttausend* – das klingt glaubwürdiger. Professioneller, nicht so kindisch.

Es ist für die nicht richtig viel Geld, flüstert Kecki. Für mich schon. Aber das darf ich nicht zugeben, unter keinen Umständen.

Der Hund liegt desinteressiert da, das Verschwinden des Mannes hat er nicht zur Kenntnis genommen.

Für das Geld könnte ich ein Flugzeug chartern, nur für uns drei! Und zehn thailändische Tierärzte bestechen! Komm!

Sie geht vom Strand weg, während die anderen Gäste allmählich wiederkommen. Handtücher werden ausgebreitet und Drinks bestellt. Das Meer wirft die Badenden ein bißchen herum, nur so zum Spaß. Man hört ihr Gekreisch. Lilly Gribouille kommt aus ihrem Bungalow, in einen bunt gestreiften Seidenkimono gehüllt, hübsch sieht das zu ihren weißen Haaren aus.

Als sie Kecki begegnet, sagt sie: Ich habe ihn gesehen. Sie sollten sich vor ihm in acht nehmen. Ich bin zwar eine Verfechterin dieser geplanten neuen Anlage, schon weil ich den Rest meines Lebens gern hier verbringen würde, in der Nähe des Höhlensees. Aber ich habe Augen im Kopf und verstehe was von Investoren. Hätten wir in Kanada nicht im letzten Moment auf die Bremse getreten, stünde kein Baum mehr. Investoren. Immer finden sie jemanden, der ihnen zeigt, wie sie bekommen, was sie wollen. Das ist es, was ich nicht begreife, wissen Sie? Dem Investor kann egal sein, wie es nach seinem Angriff in der Gegend aussieht, er lebt da nicht und hat nicht die Absicht, es zu tun. Aber seine Helfer? Es ist ihre Heimat, die sie verraten. Wissen Sie, daß unser Verkleidungskünstler mit dem Gelben Mönch verbunden ist? Ziemlich eng sogar.

Woraus schließen Sie, daß mich das interessiert? sagt Kecki patziger, als sie will. Dreht sich um und hat ein Gefühl, als läge ihr die Zahl auf den Schultern wie ein Sack Zement.

Sie will Max jetzt nicht sehen. Wahrscheinlich sucht er nach dem Mund, in dem das Gebißteil vom schönsten Ort der Welt mal gesteckt hat und nach den Gelenken, die von den Stahlfesseln im Sand festgehalten worden sind. An eine lichtscheue Geschichte mit dem Jungen glaubt sie keine Sekunde.

Diese Zahl, das ist allein ihre Sache. Sie ist irgend jemandem eine solche Zahl wert. Und: Sie ist nicht zufällig hier. Man hat sie hierher dirigiert, ohne daß sie es gemerkt hat. Also ist sie wichtig.

Lieben, lernen, scheitern, murmelt sie vor sich hin.

Sie geht zum Geisterhäuschen, vielleicht hat sie dort eine Erleuchtung. Denn die Zahl wird mächtiger und mächtiger, es nützt überhaupt nichts, wenn sie sich leise die Gehälter von Vorstandsvorsitzenden und sogenannten Spitzenmanagern vorsagt – für eine wie sie mit Zeilenhonorar und Presseversorgungswerk ist die Zahl überwältigend.

Alles Unglück kommt aus der Begehrlichkeit, flüstert Kecki und wandert über den feuchten, heißen Rasen, zwischen betäubend duftenden Vanillebüschen und Zistrosen hindurch am Teich entlang. Lotosblüten recken sich auf dünnen Hälsen aus dem Wasser, als wollten sie an Land.

Das Geisterhäuschen glitzert in der Sonne, ein verrücktes Schlößchen auf einer Säule, das seine Geheimnisse nicht verrät. Jemand hat frische Jasminkränze drangehängt, neben dem winzigen Mönch mit der Brille im Inneren steht ein neues blaues Elefäntchen. Zum erstenmal fällt Kecki auf, daß das Mönchsfigürchen dem Gelben Mönch gleicht.

Dem wäre so eine Zahl gleichgültig, sagt Kecki.

Wirklich?

Zu glaubwürdig scheint ihr die kleine Kanadierin, außerdem: Sie, Kecki, ist nicht das naive Muttchen, zu dem der Mann sie hat machen wollen. Als hätte sie nicht Dutzende von Reportagen über korrupte Kommunalpolitiker, sündige Geistliche und verworfene Funktionsträger aller Art gemacht! Sogar Drohbriefe hat sie schon bekommen, gut, das ist ziemlich lang her, es waren auch nicht sehr viele, aber es zeigt immerhin, daß sie in die düsteren Ecken des Lebens reingeleuchtet hat. Manchmal.

Kecki versucht sich zu konzentrieren. Das Geisterhäuschen hat nichts Ehrfurchtgebietendes, es hilft ihr nicht, ihr durcheinandergeratenes Hirn zu ordnen. Vielmehr bringt es sie dazu, Unsinn vor sich hinzumurmeln.

Scheitern, sagt sie. Warum eigentlich? Vielleicht ist das eine Lebensaufgabe? Und ich kann Böses verhindern? Liebe und Frieden und schönes Wetter, oh ja. Ewige Jugend, den Sterbenden wachsen die Haare wieder. Das Wasser des Lebens als Aktiengesellschaft, das ist echter Fortschritt. Und wo so viel

Geld für eine wie mich locker gemacht wird, gibt's noch mehr davon.

Aber vergiß nicht, Albertine, alles Unglück kommt aus der Begehrlichkeit! sagt sie und fängt an zu kichern. Als Virikit vorbeistöckelt, tarnt sie das mit einem Niesanfall.

Komm, sagt Virikit zu ihr. Komm gleich!

Wer? fragt Kecki verwirrt. Ich? Meinen Sie mich?

Komm jetzt, sagt das Mädchen und schaut ungewohnt finster drein. Kecki schüttelt sich und sagt: Wie in der Schule, zum Direktor, wenn man geraucht hat oder geknutscht!

Aber sie zupft ihre getrocknete Hose und das Shirt zurecht, zieht sich die Lippen nach, fährt sich durch die Haare und tappt hinter dem Mädchen her.

Was haben Sie denn vor? sagt Curd Caramel, den sie in Begleitung des ernsten Kindes im Dorf trifft. Was wird aus unserem Plan? Haben Sie schon mit Ihrem Kollegen wegen der Photos geredet? Ich brauche etwas Vorbereitung, keine Schnappschüsse, das wissen Sie!

Plötzlich wird Kecki zornig.

Sie legen sicher keinen Wert darauf, daß Ihre Begleitung mit auf die Bilder kommt, sagt sie und spürt, wie ihre Lippen zittern. Ihre Mutter behauptet, es zeige sich ein weißer Ring um ihre Nase, wenn die Wut sie gepackt habe.

Wie kommen Sie darauf? sagt der Schlagersänger kalt. Ganz im Gegenteil. Ich mache gern Werbung für unser Projekt.

Virikit ist stehengeblieben und sieht das ernste Kind an. Kecki kann in ihrem Gesicht nichts lesen, auch in dem des Kindes nicht.

Komm, sagt die Thai wieder und dann ein paar schnelle zwitschernde Worte zu dem Kind neben Caramel. Das antwortet zögernd, nimmt die Hand des Schlagersängers und zieht ihn weiter.

Sie ist eifersüchtig! ruft der über die Schulter zurück, Virikit zuckt mit den Achseln und verzieht ihren Mund. Dann sagt sie wieder: Komm!

Es ist Madames verstecktes, summendes Haus, dem sie sich jetzt nähern. Die Hausherrin steht auf der Terrasse und scheint Kecki ungeduldig zu erwarten. In der kurzen Zeit, die nach dem Besuch des Tempels und der Grabmäler vergangen ist, hat sie sich sehr verändert, obwohl ihre Kleidung und das Make-up untadelig sind, wie Kecki bemerkt. Das Rot des Lippenstifts, das Rot der ominösen kleinen Zeichnungen – Kecki versucht einen Blick ins Innere des Hauses zu werfen. Der Generator ist so laut, daß sie schreien muß: Was kann ich für Sie tun? Warum haben Sie mich holen lassen?

Madame trägt heute ein schmales Kleid aus lila Seide mit eingewebten Hibiskusblüten. Die Farbe des Kleides ist genau die des riesigen Amethystrings, den sie am Zeigefinger der rechten Hand trägt. Im Inneren des Hauses ist eine Bewegung zu sehen, aber wer da ist, kann Kecki in der Dunkelheit nicht erkennen.

Morgen zu Mönch, ja? sagt Madame.

Zu welchem Mönch? fragt Kecki. *Holy Snake* oder *Golden Chicken*? Sie muß lachen. Das klingt, als wollte sie sich in einem Fastfoodrestaurant verabreden.

Madame spricht mehrere ungeduldige Sätze in ihrer Sprache. Sie unterstreicht die Dringlichkeit ihres Wunsches so heftig mit den Händen, daß die Ringe Blitze auszusenden scheinen.

Na, Frau Zeus, sagt Kecki, so schlimm wird's schon nicht sein. Außerdem bin ich zum Arbeiten und zum Urlaubmachen hier, das ist sowieso schwierig, und immer kommt das eine oder das andere zu kurz. Da kann ich mich nicht auch noch mit all diesen Rätseln abgeben.

Chicken, sagt Madame. Huhn wird helfen. *Snake* nicht.

Sie sind ein schönes Beispiel für die Segnungen einer knappen Sprache, meine Teure, sagt Kecki plötzlich sehr gut gelaunt. Ihr Zorn und ihre Lähmung durch die Zahl, mit der man sie einzufangen versucht, sind verschwunden. Jedenfalls für den Augenblick, diesen schönen Augenblick auf der blumenüberwucherten Terrasse eines wie ein freundliches Tier brummenden Hauses.

Stört Sie der eigentlich nicht, dieser Generator? fragt Kecki. Er ist doch sehr laut.

Nicht stört, sagt Madame.

Ich lasse mich nur auf weitere geheimnisvolle Klosterbesuche ein, sagt Kecki, wenn sie der richtigen Seite dienen! Wobei ich nicht verhehle, daß ich gar nicht weiß, ob es eine richtige Seite eigentlich gibt.

Es kümmert sie nicht, daß Madame sie wahrscheinlich nicht versteht.

Was die Mönche betrifft, habe ich einiges gelesen, das gar nicht so heilig klingt. Gibt es da zwei Lager? Die Traditionalisten und die Fortschrittsgläubigen? Geld gegen Glauben. Oder Geld und Glauben, das funktioniert anderswo ja auch seit ein paar hundert Jahren ganz gut? Wird der See noch heilen, wenn ein Kreditkartenlesegerät davor steht?

Madame sieht Kecki an, ein winziges Lächeln erhellt zum erstenmal seit Tagen ihr Gesicht.

Warte, sagt sie.

Sie verschwindet im Inneren ihres Hauses und läßt die Tür weit offenstehen. Kecki macht einen langen Hals, sie wüßte zu gern, wer da im Dunkeln ihr Gespräch belauscht hat. Aber sie sieht nur zwei große, goldene Füße, die in ihr Blickfeld ragen, die Füße eines liegenden Buddha offenbar, langzehig, mit kunstvoll ausgearbeiteten Nägeln. Weiter hinten steht eine blaue Vase mit mindestens fünfzig weißen Callablüten drin, Kecki kneift die Augen zusammen, die Vase hat ein interessantes Muster.

Verdammte Brille, flüstert sie. Nie ist sie da, wenn man sie braucht!

Da kommt Madame schon wieder zurück, wie ein eleganter lila Geist steht sie in der Tür und verhindert weitere Erkundungen. In der Hand hält sie ein Zettelchen mit einer roten Zeichnung.

So ist jetzt, sagt sie. Bald.

Ich hole morgen für *chicken*-Vat, sagt sie noch.

Wann? fragt Kecki brav.

Kommen dann, antwortet Madame, morgen mit Freund.

Ich soll Max mitbringen? fragt Kecki.

Freund, sagt Madame, dreht sich um, verschwindet im Dunkel des Hauses und schließt die Tür.

Wo warst du eigentlich die ganze Zeit, sagt Kecki zu Kautschuk, der etwas verlegen dreinschaut und das Fell gesträubt hat.

Da ist wieder so ein Zettelchen, sagt sie dann und hält es ihm vor die Schnauze. Er dreht den Kopf weg und schüttelt sich.

Das rote Männchen ist besser gezeichnet als seine Vorgänger. Man kann ein lächelndes rundes Gesicht erkennen, kahlköpfig – und durchgestrichen, mit einem dünnen, energischen Strich. Genau wie beide Hände, ein Bein und der Bauch. Das Männchen trägt ein Gewand, keine europäische Kleidung. Wieder bewundert Kecki dieses ganz besondere Rot.

Könnte ein Mönch sein, sagt Kecki zu ihrem Hund, der jetzt zu erkennen gibt, daß er sich in der Nähe von Madames Haus nicht wohl fühlt. Er rennt immer wieder ein Stück in Richtung Strand, kommt zurück, schüttelt sich ein ums andere Mal, so daß sein Halsband klirrt.

Einen Hund soll man hören, war es nicht so? sagt eine viel zu lang nicht gehörte Stimme.

Mann, Max! Kecki ist erleichtert und will es nicht zugeben. Da passieren die wildesten Sachen, und du hast dich ausgeklinkt!

Ausgeklinkt? antwortet er. Daß du dich nur nicht irrst. Ich habe mich vielmehr richtig eingeklinkt, außerdem ein bißchen gearbeitet. Ich will schließlich nicht mit leeren Händen heimkommen.

Er sieht gut aus, ein bißchen breiter vielleicht die weiße

Strähne, ein bißchen tiefer die Falten am Mund als noch vor wenigen Tagen, aber was macht das schon. Wie immer untadelig angezogen, ganz in Silbergrau diesmal, Hose und T-Shirt.

Ungefähr eine Monatsmiete in einer guten Gegend, schätze ich, sagt Kecki und schaut anerkennend.

Ungefähr, sagt Max. Deswegen muß ich ja arbeiten!

Er nimmt ihr den Zettel aus der Hand und schaut lang drauf.

Ich glaube, ich weiß, wer das ist, sagt er. Und dein zusammengeschlagener Freund, dein Elefantenrittgenosse, weiß es auch. Und jetzt sollten wir erst schwimmen und dann ganz luxuriös essen gehen. Das erste für deine Linie und das zweite auch, meine Liebe! Ich habe dich vermißt!

16

»Sage, Herr Gotamo: ist die Welt ewig? Und ist
nur dies allein wahr, alles andere aber Unsinn?«

Die Reden des Buddha

Sie sind nebeneinander hergeschwommen, zwei schweigende
Köpfe auf dem Wasser. Die Stelle, an der damals – wie lang
war das schon her – die Hummerreuse auf dem Meeresgrund
lag, haben sie gemieden, ohne eine Bemerkung darüber zu
machen. Lillys weißem und Wanda Landaus frisch bewachse-
nem rötlichem Kopf sind sie genauso entwischt wie dem Boot,
in dem sie den Schlagersänger und das Kind erkennen konnten.

Offenbar ist nicht einmal das Meer groß genug für eine
lächerliche Handvoll Menschen, hat Max gesagt.

Kecki hat keine Antwort gegeben. Sie ist weiter hinausge-
schwommen als je zuvor, dem Horizont entgegen, der den roten Abendsonnenball verschluckt.

Es wird schnell dunkel, hat Max freundlich gesagt, Zeit, zurückzuschwimmen. Bis Europa schaffst du's heute ja doch
nicht!

Jetzt steht sie in ihrem Bungalow und überlegt, was sie anziehen soll. Den weißen Anzug? Das rotgemusterte Ding, das
im Laden so überirdisch ausgesehen hat, an ihr aber vielleicht
nicht? Sie schaut ihre Haare an, die farbmäßig aus der Kontrolle geraten sind, zu lang außerdem, sie stehen nicht mehr
richtig, und Kecki sagt: Albertine, du siehst aus wie eine
Mutti.

Kämmen nützt nichts, bürsten erst recht nicht. Bis zum
Dinner hat sie noch eine Stunde Zeit. Auf dem Tisch liegt die
letzte der roten Zeichnungen, Kecki schaut sie nachdenklich
an. Der durchgestrichene kahle Kopf: Es geht etwas seltsam
Würdevolles von ihm aus. Sie nimmt eine Nagelschere und

ihren Beinenthaarer und geht vor den Spiegel: Was für ein Vermögen blondiert worden ist, die hellen Spitzen, sie erscheinen ihr plötzlich dumm und überflüssig. Die dunkle Wahrheit setzt sich durch!

Na gut, sagt sie leise.

Der Hund schaut sie besorgt an und legt sich, als gäbe es etwas zu bewachen, vor den großen Spiegel, vor dem die Frau jetzt Platz genommen hat. Große, faltenvernichtende, Liebesakte adelnde Spiegel gibt es an jeder Wand in den Bungalows. Mit einem Kamm zieht Kecki Strähne für Strähne ihrer zu lang gewordenen Haare vom Kopf und schneidet ab, was blond ist. Sehr sorgfältig tut sie das, hält manchmal inne, betrachtet ihren dunkler werdenden Kopf.

Klasse, sagt sie. Warum nicht? Und murmelt immer wieder die Zahl, die auch das Meer nicht hat wegspülen können, vor sich hin.

Fünfhunderttausend, sagt sie.

Schnipp.

So billig bin ich nicht zu haben.

Schnipp.

Um sie herum schweben weißblonde Büschel zu Boden und zerfallen in feine Flusen, es ist eine ziemliche Schweinerei. Kautschuk niest zweimal, als wollte er sich beschweren.

Eine andere Frau schaut sie aus dem rotgoldenen Spiegel an, dunkel, mit großen, kurzsichtigen Augen, braunhäutig, langwimperig.

Na bitte, sagt Kecki. Sie sucht in ihrem riesigen Schminkbeutel nach einem bestimmten Lippenstift, den sie bisher noch nie benutzt hat, ein wahres Stopplichtrot, nicht so schön wie das von Madame, aber auch nicht schlecht.

Ich werde von Minute zu Minute teurer, sagt Kecki zu ihrem Spiegelbild und malt ihren großen, lebendigen, ein bißchen rissigen Mund an.

Der Hund hat sich aufgesetzt und klopft freundlich mit dem Schwanz auf den Boden.

Danke für den Applaus! sagt Kecki zu ihm. Du bist sicher mit mir einer Meinung, daß nur der weiße Anzug in Frage kommt. Rotgemustert ist was für Pauschalreisende.

Wie ein Engelsgewand hängt der weiße Anzug einladend im Halbdunkel.

Erinnert mich leider an das Kostüm vom Caramel, flüstert Kecki.

Man kann es auch übertreiben mit den Assoziationen, Albertine, sagt sie dann streng und steht auf, um sich anzuziehen.

Es klopft leise, Kautschuk knurrt. Eigentlich kann er gar nicht richtig knurren, er knarzt wie eine alte Tür.

Redest du wieder Siamesisch? sagt Kecki liebevoll und: *Please, come in.*

Es rührt sich nichts, also nimmt Kecki ihren Bademantel und geht, blonde Flusen wie Schneeflocken verstreuend, zur Tür.

Mow! sagt sie ein bißchen erstaunt.

Kommen morgen in Vat, Höhlensee, sagt er. Lady nicht dort gewesen. Jetzt können.

Dafür kommst du extra angewackelt? sagt Kecki mißtrauisch. Da stimmt doch was nicht. Wer schickt dich? Oder hast du mitgekriegt, daß ich morgen ins andere Vat will? Zum *Golden Chicken*? Soll ich da nicht hin? Was wird denn hier eigentlich gespielt, und von wem?

Sie sprechen zu schnell, sagt Mow ohne jeden Akzent. Ich führe nur einen Auftrag aus, eine Einladung! Ganz höflich!

Dann sage wem auch immer ganz höflich, wenn er was von mir will, soll er selber kommen. Ich werde mir den Höhlensee schon noch anschauen, aber dann, wann ich Lust habe. Schließlich will ich drüber schreiben und vielleicht nicht nur das. Das siamesische Lourdes lasse ich mir nicht entgehen! Zeit genug bleibt, wenn mir auch jetzt die Tage wegrutschen wie nasse Seife.

Vielleicht werden Sie länger hierbleiben, als Sie wollen, sagt Mow, aber dann fällt er wieder in sein Domestikendeutsch:

Wenn schon hier bin – Lady etwas braucht? Uhr, schöne Uhr oder Thaiseide, ganz billig?

Ach Mow, sagt Kecki, Sie sollten sich für eine Rolle entscheiden und dann dabei bleiben. Was hat es übrigens mit dem Kind auf sich, das der Caramel mit sich herumschleppt?

Solly, sagt Mow, versteht mal wieder kein Wort Deutsch und macht sich aus dem Staub. Im Schein der Bodenlämpchen sieht Kecki nur noch seine grellrosa Flip-Flops.

Die kenne ich doch? sagt sie nachdenklich. Verdammt, wo hab ich nur diese rosa Dinger schon mal gesehen? Aber dann vergißt sie den Besuch, jedenfalls fürs erste, zieht den weißen Anzug an, er sitzt besser als beim Kauf. Was für Schuhe? Rote! Sie schaut sich wohlgefällig an, doch, das ist sie. Anders. Fünfhunderttausend wert, ha! Wenn nicht einen ganzen Haufen mehr.

Komm, Hund, sagt sie. Du mußt doch zu mir passen! Mit ihrem Luffahandschuh striegelt sie ihn ein bißchen glatt, er macht sich lang und stöhnt vor Freude.

Dann gehen sie beide stolz und ein bißchen aufgeregt den Weg zum Restaurant hinauf, am Geisterhäuschen vorbei. Der Lotosteich glänzt schwarz in der Dunkelheit. Brennende Räucherstäbchen spiegeln sich, kleine glühende Funken. Kein blaues Geisterlicht heute.

Es ist ein bißchen spät geworden, was bedeutet, sie wird einen Auftritt haben. Eigentlich haßt sie es, als letzte in einen Raum zu kommen, aber heute: Nur ein paar Haare abgeschnitten, aber ganz verändert. Ob man es sieht? Ob Max es sieht? Max sieht alles, aber er gibt nur selten Kommentare.

Boah, sagt Max. Na so was. Ich würde schwören, du warst im Höhlensee!

War ich nicht, sagt Kecki.

Sie hört ein anerkennendes Gemurmel, nicht die kollektive Atemlosigkeit wie bei Lilly und Wanda Landau, das muß ja auch nicht sein. Schließlich sind eine Nagelschere und ein Beinenthaarer zum Säubern des Nackens nichts Spirituelles.

Aber das ist jetzt nicht das wichtigste. Es freut sie, daß sie Max gefällt.

Eine halbe Stunde, zwei mit gebratenen Shrimps gefüllte Papayas und etwas Merlot später sagt Max: Da gehst du nicht allein hin. Das ist klar. Ich begleite dich, vorher gibt es ein paar Dinge, die du wissen solltest. Du hast doch diesen Klamottenkönig gesehen, Herrn Aphaluck. Mittlerweile finde ich seine modischen Gruselkabinette nicht mehr das Interessanteste an ihm. Ich hatte es ziemlich leicht, an ihn heranzukommen. Erstens nehmen sie uns Langnasen nicht ernst, trauen uns aber andererseits viel Cleverness zu. Zweitens ist er furchtbar stolz auf sein Französisch, bei mir kann er es endlich benutzen. Er spricht übrigens, als käme er direkt aus einem Brassaï-Photo. Drittens: Die immer gleiche Urlaubsgeschichte: Totalvertrauen für eine Stunde. Garantiert folgenlos. Kann allerdings gefährlich werden, für alle Beteiligten! Kurz gesagt, sieht es so aus: Das wundertätige Vat, dieser verrückte Ort zwischen Tod und Wiedergeburt, soll nutzbar gemacht werden. Und unser lächelnder Heiliger, der Gelbe Mönch, hat wohl gar nichts dagegen. Hier funktioniert das nicht so wie bei uns, Herr A will einen Flughafen bauen und Frau B macht eine Bürgerinitiative dagegen. Hier sind alle miteinander verwandt, verschwägert, in Familienbanden und -fehden verheddert. Und weil es so ist, wird dieses ganze Menschen- und Interessenknäuel fremdgesteuert, jedenfalls stellt es sich mir so dar.

Ich glaube übrigens, unser rotes Männchen ist der Bruder oder der Freund des Gelben Mönchs. So genau war das nicht rauszukriegen. Jedenfalls gab es im Vat am Affenfelsen ein alter ego des Gelben Mönchs, immer mit ihm zusammen, mächtiger und offenbar wesentlich charismatischer als er. Er muß der Berater der Blauen Elefanten gewesen sein, dieser merkwürdigen Mischung aus Loge und *development trust*. Oder aber er hat sie bekämpft. Jedenfalls ist er seit einiger Zeit verschwunden.

Kecki trinkt ein bißchen Merlot und fühlt sich, als wäre

etwas Stärkeres angebracht. Von der Zahl hat sie Max noch nichts erzählt, sie weiß nicht, wie sie anfangen soll, und außerdem ahnt sie, daß er ihr den Spaß verderben wird. Den hat sie nämlich! Schämt sich zwar dafür, aber andererseits wird einer wie ihr nicht jeden Tag ein ordentlicher Geldwert zugebilligt! Ganz abgesehen von Macht, nach der das Angebot deutlich gerochen hat.

Du hörst mir nicht zu, sagt Max streng.

Duftet Macht oder stinkt sie? fragt Kecki. Das ist sehr wichtig. Ich will es wirklich wissen.

Der Chamäleonmann hat einen blauen Elefanten am Handgelenk getragen, sie sieht jetzt das Amulett deutlich vor sich.

Ich stelle mich manchmal blind, weißt du? Meine blöde Brille ist oft nur eine Ausrede, sagt Kecki leise.

Erstens: Am Anfang duftet sie. Zweitens: Das weiß ich schon lang. Es macht einen Teil deines Charmes aus. Manchmal geht es mir auch auf die Nerven. Max grinst.

Sie ist jetzt ein bißchen unkonzentriert, denn sie kann den Blick nicht von Marianne Stricker wenden, die magerer und zappeliger als je zuvor aussieht und nervös auf den fetten Wyandotte einredet, ihre Halsadern vibrieren wie Seile vor Anstrengung. Zuhören ist leider nicht möglich, eine dichte Wand aus Klimpermusik, Geschwätz und Tellerklappern schützt die beiden. Der Streichholzmann sitzt mit am Tisch, hält sich aber offenbar raus. Wanda, das Wunder, ist nicht zu sehen.

Vorhin beim Schwimmen schien es ihr gutzugehen, sagt Kecki zu Max.

Er weiß immer, wohin sie schaut, was sie denkt und registriert. Für ihn kommen solche Sätze wie der eben nie unvermittelt.

Das kann täuschen, sagt er. Ob sie in diese Entwicklungssache involviert ist, weiß ich nicht. Die nötige Ahnung hätte sie. Ihr Mann war ein ziemlich großes Tier in der Berliner Baubranche.

Interessant wäre, zu wissen, wer in dem Spiel eigentlich zu

wem gehört, sagt Kecki, trinkt wieder einen Schluck Wein und schämt sich.

Wer die Guten sind und wer die Bösen? fragt Max, sie hört ein bißchen Hohn in seiner Stimme, aber das macht wahrscheinlich nur ihr schlechtes Gewissen.

Das ändert sich von Tag zu Tag, nehme ich an, sagt er.

Kecki schaut auf ihren Teller, eine vielbeinige Seespinne schaut von einem Bett aus Ingwerreis und in Rosenform geschnitzten Rüben zurück.

Ich glaube, mir wird ein bißchen schlecht, sagt sie.

Max winkt, der Teller wird schnell abgeräumt, und er sagt: Was ist eigentlich los mit dir? Willst du ein neues Leben anfangen? Hast du dich verknallt? Oder versucht jemand, dich zu bestechen?

Ein Gefühl der Erleichterung, endlich ist ein Anfang gemacht.

Ich liebe dich, Max, ehrlich, sagt Kecki.

Das weiß ich, Albertine, du dusselige Kuh, antwortet Max.

Während sie mit plötzlichem Heißhunger eine frische Portion Reis ohne Spinne vertilgt, erzählt sie ihm die merkwürdige Regenbegegnung und nach einem ordentlichen Mekong auch die Zahl.

Da fängt Max an zu lachen.

Das ist ein blödes Angebot, sagt er. Entweder viel zu wenig, wenn man was richtig Kriminelles von dir erwartet, oder zu viel, wenn es nur um so eine Art gehobene Empfangstante gehen soll. Der Typ ist nicht sauber. Und nicht jeder, der miserable Manieren hat, ist deswegen schon gefährlich.

Kecki wagt nicht zu widersprechen. Sie hat Angst vor dem Chamäleonmann und keine Lust, nicht auf sich selber zu hören. Es wird sich zeigen. Jedenfalls ist sie jetzt alles losgeworden!

Erst viel später, mitten in der Nacht, als Max nach einem Häppchen Liebe gegangen ist, wird ihr auffallen, daß er von seinen Erlebnissen so gut wie nichts erzählt hat.

Frühstück nach der Liebe, auch wenn sie nur als kleines Souvenir dahergekommen ist – göttlich, sagt Kecki. Aber jetzt gehe ich erst schwimmen.

Es ist noch früh, die Massagedamen bereiten gähnend ihr orientalisches Zelt am Strand für den Tag vor. Ein Junge bringt Stapel von frischen Leintüchern, die Chefin ißt laut schmatzend Suppe aus einem Plastikbeutel. Die Luft ist nach dem Regen frischer als sonst, Webervögel kreischen begeistert. Kleine, goldfarbene Schmetterlinge sind über Nacht aufgetaucht. Sie sprenkeln die Büsche wie ein Regen aus blanken Münzen.

Oben im Restaurant sitzen die beiden dann nebeneinander, schauen aufs Meer und machen einen Plan.

Zuerst wollen sie Madames Wunsch erfüllen und das *Golden Chicken* besuchen, allerdings zu Fuß und nicht hoch zu Elefant.

Soll ich dir noch was mitbringen? fragt sie. Zum drittenmal geht sie zum Buffet, heute in roten Hosen und rot-orange gestreiftem T-Shirt. Zu den neuen dunklen Haaren und ihrer Bräune sieht das klasse aus, findet sie. In den Ohren trägt sie untertassengroße Creolen, ihr Zeichen für besonders gute Laune.

An die ominöse Zahl hat sie an diesem schönen Morgen erst dreimal gedacht, höchstens.

Nach dem Besuch beim Goldenen Huhn, dessen Sinn und Zweck sie sich beide nicht vorstellen können, reicht die Zeit noch für die heilige Schlange, die, wie es aussieht, mitsamt ihrem Wundersee an einen Großkonzern verhökert werden soll.

Ob sie dann mal auftaucht? murmelt Kecki.

Max hat gnädig eine dritte Portion Zwiebelomelette mit *bacon* akzeptiert und führt ein langes, umständliches Telephongespräch auf französisch.

Aphaluck, sagt er lautlos, mit übertriebenen Mundbewegungen, zu seiner wiederentdeckten Freundin.

Noch eine unsichtbare Schlange, murmelt die.

Vergiß nicht, sagt Max, der scharfe Ohren hat: Keine Schlange ist unsichtbar. Auch die heilige nicht. Ich habe sie gesehen. Und du wirst sie auch sehen, da bin ich sicher. Weil du sie brauchst.

Als sie gehen, kommt Marianne Stricker hinter ihnen her. Offenbar hat sie Keckis Veränderung registriert, sie nickt ihr zu.

Nicht schlecht, sagt sie. Gehen Sie heute ins Vat? Könnten Sie etwas von mir dorthin mitnehmen? Es ist nicht schwer zu tragen, nur ein kleines Päckchen. Ich möchte nicht selber hingehen, außerdem braucht der Poldi mich. Er ist noch ziemlich lädiert.

Aber natürlich, sagt Kecki.

Eigentlich nicht so gern, sagt Max gleichzeitig.

Merkwürdigerweise ignoriert Marianne Keckis freundliche Bereitschaft und wendet sich nur an Max.

Ich rede vom Goldenen Huhn, sagt sie, nicht von der *holy snake*. Die würde ich Ihnen selbstverständlich nicht zumuten, ich bitte Sie. Darf ich es gleich holen?

Ist gut, sagt Max. Ich nehme nicht an, daß Sie mich unnötigen Risiken aussetzen würden!

Ach, mein Lieber, sagt die um Jahre gealterte Restaurantchefin und schaut ihn an. Was passieren konnte, ist schon passiert. Wir versuchen nur eine Schadensbegrenzung. Man unterschätzt leicht die dunklen Kräfte, wenn man aus Europa kommt. Hokuspokus, Folklore! Während du noch drüber lachst, hast du schon Scharen von Geistern am Hals. Und sie haben mächtige Helfer! Verstehen Sie, sagt sie und schaut sich furchtsam zu Wyandotte um, der wie ein chinesischer Buddha lächelnd über seinen Bauch weg zu ihr hinüberblickt, jedes Zimmermädchen, der letzte Wäscheboy ist mit Geistern im Bunde und unsereinem überlegen. Gehen Sie nur nicht zu den Masseusen am Strand! Die kneten Ihnen das Unglück förmlich in den Leib hinein!

Da war ich schon, sagt Kecki, und es ist überhaupt nichts

passiert! Holen Sie nur Ihr Päckchen, wir wollen nämlich gleich los.

In ihrem schönen roten Beutel – passend zum Outfit – verwahrt sie außer Wasserflasche, Sonnenmilch und vom Buffet geklauten Würstchen den kleinen, blauen Elefanten. Warum sie den mitgenommen hat, weiß sie nicht. Nur, daß etwas genau das von ihr verlangt hat.

Das Päckchen, das Marianne ihnen gibt, ist ungefähr so groß wie zwei Schachteln Zigaretten, dick in braunes Papier verpackt und mit einer merkwürdigen Sorte Klebstreifen umwunden, die Kecki noch nie zuvor gesehen hat. Neonblau, das Zeug riecht scharf nach irgendeiner Chemikalie.

Soll das so stinken? fragt Kecki mißtrauisch. Das versaut mir ja meine Würstchen.

Ach, das verfliegt sofort, sagt Marianne unterwürfig, und danke für Ihre Mühe! Bitte geben Sie es dem Abt dort, nur ihm, niemand anderem.

Wie erkennen wir den? fragt Max, dem die Sache sichtlich noch immer nicht paßt. Die sehen doch alle gleich aus.

Er spricht Deutsch, sagt Marianne. Er wird sich zu erkennen geben.

Sie wissen, daß auf Drogen hierzulande die Todesstrafe steht, sagt Max. Und deswegen wüßte ich gern, was da drin ist, bevor ich mich damit auf den Weg mache.

Kecki hält immer noch das Päckchen in der Hand, sie stehen auf dem Platz vor dem Lotosteich, am Geisterhäuschen bewegen sich frische Jasminkränze sachte im Wind.

Es ist nur eine Spende, flüstert Marianne, es ist nur Geld. Thailändische Baht. Ziemlich viele. Man darf sie weder aus- noch einführen, aber wir hatten sie eben, und ich möchte sie jetzt dem Kloster geben. Bitte.

Sie ist offenbar den Tränen nah, gleichzeitig wirkt sie, als sei eine Last von ihr genommen.

Eine Spende, sagt Max etwas sarkastisch. Da wollen wir natürlich gern behilflich sein.

Kecki schaut ihn böse an. Wenn wir zurück sind, heute abend, sagt sie, dann können wir mal reden, Marianne! Sie müssen sich aussprechen.

Ach Gott, sagt Marianne Stricker matt. Was soll das nützen? Ich habe einfach manches falsch eingeschätzt, vor allem meine Nerven. Irgendwie sind mir meine Pläne abhanden gekommen. Und sie waren so klar!

Wir müssen gehen, sagt Max. Sonst schaffen wir unser Programm nicht.

Ein paar Minuten später, sie sind in die Stille der Plantage eingetaucht, sagt Max: Seit wann redest du solches Zeug daher? Sie muß sich aussprechen! Aussprechen! Solche Wörter benutzen doch nur *Yellow-press*-Tanten!

Ich bin manchmal eine *Yellow-press*-Tante, sagt Kecki friedlich.

Man hört nur das weiche Tapptapp ihrer Schritte auf dem roten Sandweg. Vor langer Zeit ist sie ihn schon einmal gegangen, damals hat sie dem Hund seinen Namen gegeben. Heute ist Kautschuk nicht dabei, aus Eifersucht. Oder weil er mal wieder einen Tag mit seinen Kumpels am Strand verbringen und vor ihnen angeben will!

Ein mausetoter Wald, sagt Max, ein Stangenacker. Bäume nur, um sie bluten zu lassen. Sieht aus wie ein Bühnenbild.

Riecht aber komisch, dein Bühnenbild, sagt Kecki.

Irgendwas liegt hier immer rum und verrottet, sagt Max leichthin. Wird zu Erde. Das geht hier schneller als anderswo. Vielleicht ist es wieder ein Stück von unserem Freund.

Keiner von beiden hat Lust, nachzuschauen.

Hier hat Kautschuk damals so komisch reagiert, sagt Kecki, aber da sind sie schon hundert Meter weiter, wo der Dschungel beginnt, den kleinen Elefanten hat er dort hinten in der Plantage gefunden.

Max hört ihr nicht zu.

Gleich werden sie am Fluß sein, an der Stelle, die einem Himmel auf Erden ähnlich sieht und doch für mindestens einen Menschen die Hölle gewesen ist. Er ist dort mit Herrn Aphaluck verabredet, wahrscheinlich wird auch der Junge da sein, der ihm die Stelle das erstemal gezeigt hat. Der Junge sucht oft seine Nähe. Miteinander reden können sie nicht, das ist gut. Das verhindert Peinlichkeiten.

Kecki sieht ihn als erste: Dein kleiner Freund, sagt sie. Ich glaube, er wartet auf dich.

Mehrere Freunde, hoffe ich, antwortet Max.

Der silberne Strand mit der Banyanbaumwurzel, den Schmetterlingen und den bunten Steinen am Flußufer sieht unschuldig aus wie ein Bild vom ersten Schöpfungstag. Von seinem im Sand vergrabenen häßlichen Geheimnis ist nichts zu sehen. Herr Aphaluck sitzt auf einer großen Baumwurzel, die Gibbons hocken brav auf seinen Schultern und lausen ihn mit ihren mageren, dunklen Händchen.

Das Kind neben ihm hat ganz ähnliche Händchen, das ist das erste, was Kecki auffällt. Minuten später glaubt sie, es zu erkennen, und flüstert Max zu: Ist das nicht Caramels – ja, wie nennt man so was? Eroberung? Schützling? Kleine Gespielin? Jedenfalls ist sie es.

Der Junge steht neben ihnen und schaut strahlend zu Max. Er macht eine Geste, als wollte er sich etwas auf den Rücken laden, er übertreibt, geht ganz krumm wie unter einer schweren Last ein paar Schritte.

Ich glaube, er will wieder als Assistent bei dir arbeiten, sagt Kecki.

Max lacht. Bald! ruft er dem Jungen zu, und der wiederholt: Bald!

Dann macht Max Anstalten, ans Flußufer zu gehen, aber Herr Aphaluck und die beiden Kinder werden aufgeregt und reden durcheinander. Die unsichtbare Grenze! Nicht einmal ein Langnasiger soll sie überschreiten.

Sie werden still und schauen verschreckt zu, wie Max sich in aller Ruhe bis auf die Boxershorts auszieht und in den Fluß geht. Er legt sich auf die bemoosten Steine in der Mitte, schließt die Augen und läßt das klare Wasser über sich strömen und strudeln.

Ein paar Minuten später, als er rauskommt, grinst er: Jetzt wissen sie, daß mir die Geister nichts tun!

Wie selbstverständlich schließen sich der Affenvater und die beiden Kinder an. Max spricht leise und intensiv mit Herrn Aphaluck, Kecki dreht sich noch ein paarmal um, Paradies im Paradies, murmelt sie. Zum Schluß bleibt einem als wahres Bild der Vollkommenheit eine Baumwurzel, auf der man sitzen und den Fluß die Füße streicheln lassen kann.

An die vergrabenen Fesseln denkt sie nicht mehr, auch nicht an die Zahl.

Der Kopf des Goldenen Huhns erscheint in der Ferne über den Bäumen. Die Kinder sind beide die ganze Zeit schweigend hinter ihnen hergegangen, auch Maxens kleiner Freund hält den Mund. Caramels ernstes Kind schaut zu Boden und setzt Schrittchen vor Schrittchen. Kecki würde es gern in den Arm nehmen oder streicheln. Nicht einmal Bonbons hat sie, Würstchen kann man einem buddhistischen Kind wohl nicht anbieten.

Es ist ein dünnes Mädchen mit dem lackschwarzen Pagenkopf, den sie hier alle haben, verwaschenen Shorts und buntem T-Shirt. Einmal schaut sie zu Kecki und lächelt scheu. Ihre Augen verraten nichts.

Es liegt an meiner Dummheit, sagt Kecki zu dem Kind und schaut auf den großen goldenen Kopf über den Bäumen. Du bist vermutlich gar nicht verschlossen, das ist nur ein Klischee, weil wir euch nicht lesen können. Ihr benutzt andere Zeichen als wir, das ist alles. Aber wenn man euch verletzt, blutet ihr wie wir.

Max gesellt sich zu ihnen, und das Kind studiert wieder den sandigen Boden vor seinen Füßen, Schrittchen für Schrittchen.

Sie bringen sie ins Vat, sagt Max. Soweit ich verstanden habe, ist sie da sicher.

Sicher vor dem, den ich porträtieren will? fragt Kecki.

So einfach ist es nicht. Nichts ist hier einfach. Die Organisation, hinter der Caramel sich versteckt, gibt es natürlich, die hat er nicht erfunden. Ziemlich einflußreich, Benefiz im Adlon jedes Jahr mit den üblichen gelifteten Wohltätigkeitstussis. Da fließt durchaus Geld, so ist es nicht. Und auf das wollen sie nicht verzichten. Aidsprogramm, Musikschule, Sportentwicklung, Waisenhäuser, die ganze Palette.

Nun sind sie angekommen, das Goldene Huhn steht breitbeinig und einladend da, unter seinem leuchtenden Bauch hindurch geht das Grüppchen ins Kloster.

Der Ort scheint in tiefem Schlaf zu liegen. Keine Händler auf dem Platz, nur ein paar verwaiste Eiskarren und klapprige Ananasstände erinnern an die Betriebsamkeit bei der Ankunft der Elefanten.

Der weite Hof des Klosters hat in seiner Mitte, vor dem Tempel, einen algengrünen kleinen See, in dem eine Gipsnixe mit Sonnenbrille sitzt. Ebenso gipsern sind die beiden bunten Schlangen, die das Tümpelchen rechts und links einfassen und den Besuchern entgegenzüngeln. Ein mächtiger, etwa fünf Meter hoher Dämon steht aufgerichtet im hinteren Teil des Hofes, schwarz ist er, mit rotem Maul und prachtvollen Krallen.

Freund oder Feind? fragt Kecki leise.

Aus der Beklemmung hat den Ausweg allein der Erleuchtete erkannt, sagt Max. Oder so ähnlich. Also mach dir keine Sorgen, es kommt eh, wie es soll.

Unauffällig macht er mit seiner kleinen Kamera ein Bild nach dem anderen, vor allem die Nixe mit der Sonnenbrille hat es ihm angetan.

Was machen wir jetzt? fragt Kecki. Das Geldpäckchen scheint in ihrer Tasche schwerer geworden zu sein. Herr Aphaluck ist mit den beiden Kindern tiefer ins Klostergelände hineingegangen, man sieht die drei nicht mehr. Aber da steigt ein Mönch die Tempelstufen herunter und kommt lächelnd auf die beiden zu.

Er umarmt den verblüfften Max und verneigt sich vor Kecki. Willkommen, sagt er. Ich habe schon auf Sie beide gewartet.

Sind Sie der Abt? fragt Max förmlich. Wenn das der Fall ist, sind wir beauftragt, Ihnen etwas zu übergeben.

Der Mönch ist kein Asiate. Er ist fast so groß wie Max, hager und sehnig, kahlköpfig, mit Eulenaugen hinter einer dikken Brille.

Es würde zu weit führen, sagt der Mönch in seinem currygelben Tuch, Ihnen meinen Rang erklären zu wollen. Ich bin so etwas wie der Sprecher unseres Vat, die Verbindung zur Außenwelt, wenn Sie so wollen.

Er hat eine schöne, kultivierte Stimme und spricht etwas zögernd, als sei er Deutsch nicht mehr gewohnt.

Verzeihen Sie, sagt Max, Sie kommen mir bekannt vor. Ich bin sicher, daß wir uns schon einmal begegnet sind.

In einem anderen Leben? sagt der Mönch sanft belustigt. Wir wissen beide, daß es kein anderes Leben gibt. Nur andere Straßen, in die man einbiegt. Ja, ich hatte schon einmal die Ehre, von Ihnen photographiert zu werden, Herr von Deggendorf – allerdings unter etwas hektischen Bedingungen. Das war vor sehr langer Zeit.

Das Lämmchenmonster, sagt Max erschüttert.

Wahrhaftig, Ulf Hagebrecht. Kecki erkennt ihn im gleichen Moment. Zwanzig Jahre ist der Prozeß mindestens her. Viel Wirbel damals, als der zweifache Kindesentführer und Totschläger geflohen war, aus dem Gerichtssaal, damals hatte Max das Photo des Jahres gemacht: der Typ beim Sprung aus dem ersten Stock des Gerichtsgebäudes, durch das geschlossene Flurfenster. Gegenlicht, die Silhouette mit hoch erhobenen gefesselten Händen, in denen deutlich ein Stofflämmchen zu erkennen war, Glassplitter wie einen Kometenschweif hinterdrein. Ein Bild wie ein Lottogewinn und Maxens erster Maserati, unter anderem.

Wir können später darüber reden, wenn Sie es dann noch für nötig halten, sagt der Mönch mit der schönen Stimme.

Madame wollte, daß ich Ihnen unsere Arbeit hier zeige, und das möchte ich tun.

Es schien ihr wichtig zu sein, sagt Kecki und starrt den Mann an.

Aus mancherlei Gründen, sagt Hagebrecht. Sie ist eine komplizierte Person. Es ist nicht leicht, zu entscheiden, ob sie uns schadet oder nützt. Der Erleuchtete warnt uns nicht ohne Grund vor den Frauen.

Max wagt einen kurzen Blick zu Kecki.

Keine Sorge, sagt die hochmütig, ich kenne die Bücher. Hab mich schon immer über die Hobbybuddhistinnen bei uns gewundert. In Wahrheit ist der Buddhismus keine Heimat.

Sie haben den Platz mit den verrückten Figuren überquert und gehen zu einer Ansammlung langgestreckter Häuser. Es sind barackenähnliche Gebäude mit Bretterböden, in denen Bänke und ein paar Tische stehen. Mindestens fünfzig Kinder sitzen da, manche schreiben oder zeichnen, es ist sehr still. Ein Buddha mit halbgeschlossenen Augen sitzt an der Stirnwand eines Raumes. Hunde schlafen auf dem Boden, leere Plastiknäpfe stehen neben ihnen. Man kann von außen in die Häuser schauen, im nächsten, einem kleineren, das man in Kämmerchen unterteilt hat, liegen ein paar alte Leute auf Pritschen.

Sie sind schon in dem Stadium, sagt Kecki leise, wo man nicht mehr sehen kann, ob es Männer oder Frauen sind!

Was auch immer, sagt der Mönch, am meisten freuen sie sich über ein paar Zigaretten.

Max photographiert und photographiert, schweigend, beiläufig, als sei das Bildermachen für ihn wie Atmen.

Was sind das für Kinder? fragt er. Waisen? HIV-positive?

Manche sind beides, und manche keines von beidem, antwortet der geläuterte Totschläger Ulf Hagebrecht. In jedem Fall sind es benutzte Kinder.

Benutzte Kinder? sagt Kecki. Sie meinen, es sind mißbrauchte Kinder?

Das Wort mag ich nicht, sagt der Mönch, dessen neuen Namen sie noch immer nicht kennen. Klingt so klugscheißerisch. Benutzt trifft es besser. Zur Hausarbeit, in der Fabrik, in der Plantage, zur Unterhaltung für die Fremden.

Und damit hat es hier ein Ende? fragt Kecki.

Oh nein, sagt der Mönch. Hier machen sie nur – wie soll man sagen? – eine Pause. Haben ein bißchen Ruhe, Unterricht, medizinische Versorgung. Nicht so wie im Westen, so – gründlich. Keine Psychologen. Wenn sie Drogen nehmen, kriegen sie Brechnuß, heißes Wasser und Arbeit. Viele gehen wieder, weil sie sich hier langweilen. In Bangkok ist mehr los. Sie wollen lieber wieder benutzt werden, als hier in der Stille zu leben.

Sie sind nicht froh und dankbar? fragt Kecki mit einer Mischung aus Traurigkeit und Ironie.

Wenige, sagt der Mönch.

Wunder, sagt er noch und lacht wie einer, der sehr selten lacht, Wunder geschehen hier keine. Dafür sind die im anderen Vat zuständig.

Max macht einen schmalen Mund, und Kecki klaubt endlich das Päckchen aus ihrer Tasche. Hätten wir fast vergessen, sagt sie.

Sündengeld, sagt der Mönch unbewegt. Hier wollen sie es waschen. Geben Sie her. Wir können es brauchen.

17

»Es kommt eine Zeit, ihr Mönche,
da diese Welt sich auflöst.«

Die Reden des Buddha

Jetzt sind sie auf dem Weg zum Affenfelsen. Kecki schweigt, und Max erzählt, woran er sich erinnert.

Ich stand unten, sagt er, weil ich keine Lust hatte, mich mit der Meute im Gerichtsgebäude um eine gute Position zu prügeln. Intuition? Kaum. Daß der Typ den Abflug machen würde, war nicht vorherzusehen. Er hockte während der ganzen Verhandlung still und ziemlich belämmert da. Irgendwer hatte ausgesagt, die Mutter von den beiden Kindern sei eine Erzschlampe, und dann kam das übliche Riesengeschrei. Die Zeitungen versuchten auf die Tränendrüsen zu drücken, hat aber nicht funktioniert. Die Frau sah noch auf den retuschiertesten Bildern aus, als könntest du ihr nicht mal einen Goldhamster anvertrauen. Jedenfalls hat Hagebrecht mit gefesselten Händen dem einen Kind auf dem Gerichtsflur dieses Stofflamm weggerissen und ist durchs geschlossene Fenster gesprungen. Klasse! Aber dann war er wie vom Erdboden verschwunden. Ich bin ihm noch hinterdrein, aber der Typ ging ab wie gedopt. Erinnerst du dich an die Serie, er im vollen Lauf mit dem blöden Schaf?

Das waren drei, vier Bilder, er hält das Lamm wie einen Pokal über den Kopf, sagt Kecki nachdenklich. Ich weiß. Er hatte auf nicht schuldig plädiert, oder?

Komm, sagt sie dann. Ich will dir was zeigen.

Der verwitterte alte Tempel, zu dem Madame sie geführt hatte, ist aus dem Dschungel aufgetaucht, einzelne Sonnenstrahlen fallen durchs Laub und bringen die Grabmäler zum Glitzern.

Ich hatte versprochen wiederzukommen, sagt Kecki leise zu

den mageren alten Hunden, die im Schatten liegen, als lebten sie kaum noch.

Max schweigt und macht Bilder von ihnen.

Kecki packt ihre Würstchen aus, bricht kleine Stücke von ihnen ab und füttert reihum. Die Hunde heben höflich die Köpfe, nehmen behutsam die Wurststückchen aus ihrer Hand und deuten ein Schwanzwedeln an.

Sie haben nicht einmal Wasser, sagt Kecki wütend.

Und was ist das? fragt Max ruhig. Er deutet auf ein paar zerbeulte Aluminiumschüsseln, in denen Wasser und ein bißchen gekochter Reis ist.

Kecki hat eine Tube ausgepackt und streicht vorsichtig Salbe auf die blutigen Hundeohren. Eine der Hündinnen leckt ihr die Hand.

Also bitte! sagt Max. Wasch dir, sobald es geht, die Hände, und faß dir vorher bloß nicht ins Gesicht! Vorhin im Kloster, bei den Kindern und den alten Leuten, hast du doch mühelos die Fassung behalten!

Du Arschloch, sagt Kecki.

Auf die Art sind wir morgen früh noch nicht bei der *holy snake*, antwortet Max freundlich. Wenn wir eine Geschichte konzipieren wollten, eine Art Gegenüberstellung der beiden Klöster – wie würden wir sie bewerten? Nicht nur, wie brauchbar sie für gestreßte und seelisch ausgehungerte Westeuropäer sind, sondern insgesamt, mit ein bißchen religiöser Tiefenbohrung: Der Buddhismus ist nicht, was Sie denken. In der Art ungefähr. Wer sind dann die Guten und wer die Bösen?

Kecki putzt sich die Nase und schaltet auf Arbeit um. Die Hunde heben zum Abschied nicht die Köpfe.

Warum wollte Madame, daß wir da hingehen? fragt sie nachdenklich. Es hatte sich so angehört, als würde sie uns am Goldenen Huhn treffen.

Wir haben einiges, das nicht zusammenpaßt. Das Goldene Huhn steht für karitative Arbeit und hat offenbar mit dieser merkwürdigen Stiftung zu tun, in der man den Bock Caramel als Gärtner beschäftigt.

Kecki kichert.

Das wäre ein Titel für mein Caramel-Porträt, sagt sie.

Die *holy snake* sorgt fürs Magische, ist aber Teil eines Konzepts, in dem die Arbeit, die wir grade gesehen haben, keinen Platz hat. Oder kannst du dir vorstellen, daß die ihr internationales Wellness-Zentrum in Sichtweite von aidskranken Kindern und moribunden Junkies bauen? Die Gegend hier wird weiträumig gesäubert, Dörfer an der Küste dürfen nur noch wie unseres aussehen, nicht wie das Dschungeldorf, in dem ich die besseren Bilder kriege, nebenbei.

Und dein Freund Aphaluck? fragt Kecki. Gehört er zu den Wohltätern oder zu den Abzockern? Und Madame?

Sie schaut sich immer wieder um, als könnte sie das still endende Leben am Tempel noch sehen.

Das ist das Dumme, sagt Max. Wahrhaftige Güte muß immer wieder an ihren Tatort zurückkehren – oder gleich da bleiben. Sich einmal oder zweimal wie ein Engel auf die leidende Kreatur herabzusenken bringt gar nichts. Der Kreatur jedenfalls nicht.

So reden Leute, die gar nichts machen, sagt Kecki.

Jetzt wirst du mir gleich wieder mit Konfuzius kommen, aber der hat hier gar nichts zu melden, sagt Max vergnügt. Wenn wir schon dabei sind: Solltest du dir nicht langsam Gedanken über das weitere Schicksal deines Findlings machen?

Da ist es wieder, das Gespenst Abschied. In der feuchten Hitze des Dschungels fast körperlich spürbar: Nur scheinbar steht die Zeit still. Vögel fliegen auf, eine Eidechse huscht über den Weg, ein Bananenblatt entrollt sich.

Ich habe mich längst entschieden, sagt Kecki.

Max fragt sie nicht, wozu.

Ich wüßte gern, sagt sie zehn Minuten später, als sie fast am Affenfelsen angekommen sind: Hat der Fall der beiden toten

Frauen vom vorigen Jahr, die bei den Strickers gearbeitet oder sonstwas gemacht haben, mit dem Goldenen Huhn zu tun? Hatten sie die beiden dort kennengelernt? Oder jemand anderer?

Wyandotte, sagt Max.

Der ist so naheliegend als Bösewicht, sagt Kecki. Das stört mich irgendwie.

Sie laufen um den Affenfelsen herum, wie große Orangen hängen ein paar meditierende Mönche im Berg.

Hast du eigentlich dein ultimatives Bild von denen? fragt Kecki, die sich an seinen Frust der ersten Tage erinnert.

Längst, sagt Max. Ich weiß auch schon, wem ich's verkaufe.

Der Gelbe Mönch sitzt allein auf einem Bänkchen neben dem Höhleneingang. Hinter ihm bleckt im Halbdunkel der alte Steindämon seine Zähne. In einer rosa Plastikschüssel neben dem Grabmal des einstigen Abts liegen ein Haufen zusammengeknüllte Geldscheine, nicht nur Baht, Max kann auch Dollarnoten und Euro erkennen.

Auf dem blauen Tablett sind die Bananen für die heilige Schlange angerichtet.

Der Gelbe Mönch lächelt, als er Max sieht.

Kecki gräbt erfolglos nach ihrer Brille und kneift die Augen zusammen. Ihre Schuhe hat sie frech neben den Dämon gestellt. Ich habe keine Angst vor dir, soll das heißen.

Max unterhält sich leise mit dem Gelben Mönch. Kecki staunt immer wieder über seine Fähigkeit, Sprachbarrieren zu ignorieren und eigene Sprachen zu erfinden, nur für kurze Zeit, nur für zwei Menschen. Jetzt grade scheint er die Gelbe-Mönch-Sprache perfekt zu beherrschen.

Kecki schaut ein bißchen furchtsam um sich. Da ist sie noch, die dritte Hand im Glasschrein, Kecki kann sie durch die verdreckten Scheiben deutlich erkennen. Wer sollte sie auch wegnehmen? Es kam offenbar darauf an, jemanden so zu verteilen, daß nur Gott oder der Erleuchtete ihn wieder zusammenkriegen konnte. Aus Haß? Ist es ein Ritual, um einen

Sünder zu retten? Zu bestrafen? Oder um einen Reinen zu schützen?

Warum, flüstert Kecki, verbrennt man die Toten? Das macht man auf der ganzen Welt, aber grausig ist es trotzdem. Als wollte man sie nicht haben. Viel hübscher ist es doch so wie hier, wenn man sie verdorren läßt wie alte Rosensträuße und hinter Glas aufhebt!

Ich bin soweit, ruft sie Max zu, ich geh jetzt rein.

Das mußt du, sagt er und kommt näher. Der Gelbe Mönch lächelt noch immer und tut, als verstünde er nichts.

Niemand kann dich dabei begleiten. Was du sehen und fühlen wirst, gehört dir allein. Du wirst niemals wissen, ob es wahr ist.

Jedenfalls will ich es noch erleben, bevor ein Kassenhäuschen davorsteht, sagt Kecki patzig. Sie fürchtet sich ein bißchen und will das nicht zugeben.

Dann winkt sie dem Gelben Mönch zu, der zurückwinkt, wirft noch einen Blick auf den Glasschrein mit dem dreihändigen Toten und bückt sich entschlossen unter der ersten niederen Felsendecke hindurch. Sie dreht sich noch einmal um und sieht den Rücken des alten Dämons im goldenen Gegenlicht der Eingangshöhle.

Ab jetzt muß sie sehr achtsam sein – nicht nur wegen der Skulpturen und Felsenbilder, die sie genau anschauen will, sondern auch wegen der Tücken des Berges, in dessen Bauch sie langsam eindringt.

Er scheint es den Menschen nicht leichtmachen zu wollen. Immer wieder greifen Felsen von der Höhlendecke wie steinerne Tatzen, Vorsprünge stellen sich in den Weg, nasse Stellen, schleimig wie Spucke, bringen sie zum Ausrutschen.

Die Luft ist im Vergleich zur Hitze draußen kühl, aber Kecki spürt trotzdem, wie ein dünner Schweißfilm sie überzieht. Jetzt hätte sie gern ihre Schuhe gehabt. Aber man darf die heiligen Höhlen nur mit bloßen Füßen betreten. An dünnen Strippen hängen ein paar Neonröhren von der Felswand herunter und geben ein schwaches, kaltes Licht.

Immerhin, sagt Kecki und erschrickt vor ihrer eigenen Stimme.

Immerhin, sagt ein Kind neben ihr.

Immerhin, flüstert weit vor ihr eine Greisin.

Bin das alles ich?

Kecki schaut sich um.

Bin das alles ich? fragt heiter von der Höhlendecke herunter ein junges Mädchen.

Bin das alles ich?

Sie hört deutlich die Stimme ihrer Mutter, mit beleidigtem Unterton meldet sie sich hinter dem nächsten Felsvorsprung.

Kecki tastet nach ihrem Notizbuch. Sie schreibt im Gehen, das hat sie sich schon vor langer Zeit antrainiert.

Im Licht der Neonröhren erscheinen Dämonengesichter, Drachenköpfe und Schlangen, in leuchtenden Farben auf den Fels gemalt. Wer immer die Künstler waren, sie haben die rauhen Felsbuckel und Kanten so geschickt in die Darstellungen einbezogen, daß sie dreidimensional wirken.

Habe ich Angst?

Kecki bewegt nur die Lippen. Die Spiele des Echos sind ihr unheimlich, zumal die Schlange, die jetzt neben ihr auftaucht, eindeutig die graugrünen Augen ihrer Mutter hat.

Mama, sagt Kecki fast lautlos zu der gemalten Schlange, die legt den Kopf ein wenig schief.

Geh, sagt sie.

Bist du die heilige Schlange? fragt Kecki. Gibt es für jeden eine eigene *holy snake*? Bananen verabscheust du doch, Mama!

Unter ihren nackten Sohlen spürt sie die verschiedenen Böden der Höhle, das erinnert sie an ihre Kindheit, an die Lehrpfade im Wald: Moos, Kies, Gras.

Hier ist es rauher Stein, manchmal Inseln von uraltem Schwemmsand, dann wieder glitschiger Lehm. Einmal erschrickt ihr Fuß auf einer stacheligen, bösen Flechte.

Wieviel Zeit ist vergangen? Sie weiß nicht, ob überhaupt Zeit vergeht in diesem hohlen Bergbauch, über dem Hunderttausende von Tonnen Stein lasten, aber auch der Himmel, die Sonne und die meditierenden Mönche, die sachte in ihren Netzen schaukeln.

Längere Zeit sind die Felswände dicht neben ihr gewesen, jetzt öffnen sie sich zu einer kleinen Höhle. Ein Geruch nach heißem Kerzenwachs und Räucherstäbchen erfüllt sie, goldener Rauch verwischt die Konturen.

Dutzende von Buddhafiguren sind an den Wänden entlang aufgestellt, der kleinste nicht einmal handgroß, der größte reicht bis zur Höhlendecke. Hunderte von Goldplättchen kleben an ihnen, der leise Lufthauch von Keckis Bewegungen läßt sie zittern und glitzern.

Alle Buddhas haben jene Haltung, die man *in argumentation* nennt. Kecki sieht sich strengen goldenen Lehrern gegenüber, sie scheinen etwas von ihr zu fordern, sie an etwas hindern, vor etwas bewahren zu wollen.

Warte, scheinen die erhobenen rechten Hände zu bedeuten, diese vielen, ihr wie abwehrend entgegengestreckten Handflächen: Halt ein! Überleg noch mal! Mach keinen Fehler!

Aber sie kann keinem von ihnen in die Augen schauen. Unter halbgeschlossenen Lidern hervor gehen Hunderte von Blicken ins Leere.

In kleinen rosa und hellblauen Wachstümpeln brennen Kerzen, von ihnen kommt das rauchige, goldene Licht.

Es kann nicht schaden, in der Höhle der Erleuchteten ein bißchen auszuruhen.

Kecki merkt, wie ihr die Lider schwer werden, im Wegdösen hört sie Glockentöne wie von einer fernen Dorfkirche.

Sie schreckt hoch. Hat sie geschlafen? Oder ist vielleicht für einen sterblichen Menschen nicht genug Luft zum Atmen in der Höhle?

Plötzlich hat sie es eilig, wegzukommen.

Man kann sich gar nicht genug in acht nehmen vor diesem

Geisterpack, sagt sie und versucht zu lachen. Das setzt sich einem auf die Brust und macht, daß einem der Tod wie ein Spaß vorkommt, eine Kleinigkeit, ein letzter Witz.

Na, wo bist du geblieben? ruft sie dem Echo zu. Schon aufgegeben? Da braucht eine gestandene Europäerin aber mehr, damit sie das Gruseln lernt!

Außer einem schwachen Flattern, einem Geräusch wie dünnes zerreißendes Papier, ist nichts zu hören. Die Luft wird plötzlich kühl und frisch, als hätte sich im Berg ein Fenster geöffnet. Das schwächliche weiße Licht der Neonröhren zeigt feuchten Fels, an dem Wasser heruntersickert und im Boden verschwindet.

Das Wasser sieht dickflüssig aus, wie Blut.

Plötzlich riecht es nach Blumen, aber das ist nicht der süße, ein wenig faulige Blütenduft des Dschungels, sondern eine Wiese, zart und ein bißchen scharf, Kamille und Gundelrebe.

Jetzt geht es zurück, sagt Kecki erstaunt. Dreißig Jahre zurück oder mehr.

Ihr läuft die Nase, und um die Beine hat sie das unangenehme Gefühl von Kniestrümpfen mit ausgeleierten Gummis.

Im Fels kann sie die Umrisse eines mächtigen Ochsen erkennen, nicht so mager wie die Rinder in diesem Land, sondern muskulös und voll Kraft. Ein Halbrelief, Kecki sieht alle Einzelheiten, den breiten Nacken mit dem Joch, das Maul, die stolzen Augen.

Hannibal, sagt sie zärtlich. Wie kommst denn du hierher?

Der Zugochse der Großeltern, längst schnöde geschlachteter, gefressener und vergessener Freund.

Ich konnte doch damals nichts machen, sagt sie zu dem Steinbild.

Plötzlich ist der Weg zu Ende, Keckis nächster Schritt wäre ins Leere gegangen. Hannibal hat sie vor einem Sturz bewahrt, aber er ist nicht mehr zu sehen.

Sie ist angekommen. Vor ihren Füßen fällt der Fels jäh ab,

etwa drei Meter tiefer glänzt das Wasser des Sees. Sie kann nicht genau sehen, wie groß er ist, die Fläche verliert sich im Dunkel der Höhle. Hier hängen an gefährlich blanken Strippen die letzten Neonröhren. Die Höhlenkuppel sieht aus wie mit dunkler, lose flatternder Seide bespannt. Da sitzen die blauen Falter und bewegen sachte ihre Flügel.

Oh Mann, sagt Kecki. Und wie komme ich jetzt da runter?

Ich fühle mich gut, flüstert sie, und das zarte Geräusch der Falterflügel spielt Echo. Alles in Ordnung. Ich werde schön, weise und gesund. Wenn ich mir nicht vorher das Genick breche, sagt sie lauter und schaut ein schütteres Strickleiterchen an, das am Felsen befestigt ist und ins Wasser hängt. Die Konstruktion erinnert an die Stricke, die den Berg umspinnen und in denen die meditierenden Mönche Halt finden.

Still liegt es da, das blaue, blaue Wasser. Kecki zieht sich aus, in diesem Wasser muß man nackt sein wie ein Neugeborenes. Sie hängt Hose und T-Shirt, BH und Slip sorgfältig über eine trockene Felsnase. Ihr Notizbuch mit Stift legt sie obendrauf.

Alle Angst ist verschwunden. Sie atmet tief ein und klettert ohne Zögern auf der Strickleiter nach unten. Je näher sie dem Wasserspiegel kommt, desto dichter scheint die Atmosphäre zu werden, es riecht schwach nach etwas Metallischem. Das Wasser sieht aus wie eine feste Masse, als könne man darauf gehen. Vorsichtig setzt Kecki Fuß für Fuß in die Schlaufen. Es schwankt ein bißchen, aber sie fürchtet sich nicht. Angenehme Wärme umgibt sie, Sommerferienwärme. Der Wiesengeruch wird überwältigend stark, dann ist er verschwunden, nur der Metallatem des Wassers bleibt.

Jetzt hat sie das Wasser erreicht und läßt sich hineingleiten. Sehr schnell hintereinander fühlt sie auf der Haut jedes Wasser, in dem sie je gewesen ist – die Kälte des Eisbachs, die schlammige Brühe der Pferdeschwemme, das wunderbar warme, schwarze Wasser im nächtlichen Löschteich, zum erstenmal nackt mit den Buben, hundert Pools in hundert Hotels auf der ganzen Welt, das bissige Salzwasser des Toten

Meers, schmutzige Flüsse, klare Alpenseen, deren Kälte einem das Fleisch vom Leib schneidet – alle Wasser ihres Lebens sind wieder da.

Sie schwimmt, aber sie kommt nur langsam vorwärts. Der See umschließt sie wie eine feste Hülle. Gleichzeitig fühlt sie sich sehr leicht und dünn, gar nicht wie ein Menschenweib mit seiner mühsam im Zaum gehaltenen Schwere, sondern wie – ja, wie eine Schlange.

Sie taucht ihren Kopf ein, wie sie es immer tut, Frauen, die beim Schwimmen ihre Haare trocken halten wollen, verachtet sie. Sie probiert, wie der heilige See schmeckt. Nach Metall, ganz leicht salzig, sie kann nicht aufhören zu trinken.

Normalerweise hält sie den Mund geschlossen, aus hygienischen Gründen, weil sie leider überall an ins Wasser pinkelnde Menschen denken muß. Aber hier ist sie der erste Mensch, in uraltem, unschuldigem Wasser, sie läßt den See durch sich hindurch, er wäscht sie innen und außen. Nichts ist zu hören als dieses Geräusch wie von zerreißendem Seidenpapier.

Seit einer Ewigkeit hat sie nicht mehr an die Zahl gedacht, aber jetzt kommt sie ihr in den Sinn, während ihre Arme das schwere Wasser teilen und sie den schwach erleuchteten Höhlenhimmel anschaut. So lächerlich ist diese Zahl, so lächerlich die Frau, die sich von ihr fast hat verführen lassen.

Es ist doch ganz klar, was ich tun werde, sagt Kecki laut, und ihr Atem bewegt den Wasserspiegel.

Werde! sagen alle Stimmen von vorhin, das Kind, das junge Mädchen, ihre Mutter, ja, auch die. Ganz deutlich sagen die Stimmen aus dem Berg: Werde!

Ja, ist ja gut, antwortet Kecki. Ich hab's verstanden, ich bin nicht doof!

Sie schaut noch einmal hinauf zu den Faltern, es sind ihre Flügel, die das seltsame Geräusch machen. Dann schwimmt sie gemächlich zurück zum Höhleneingang, den Neonröhren entgegen.

Wer hat das gesagt? fragt sie ihr Gesicht im Wasserspiegel:

Du mußt dein Leben ändern. Wo kommt das vor, verdammt noch mal?

Aber als sie die Ausstiegsstelle erreicht hat, vergißt sie diese Frage und alle anderen auch.

Die Strickleiter ist nicht mehr da.

Nackt und blank steht die Felswand vor ihr, mehr als drei Meter hoch.

Zuerst versteht sie nicht. Sie schwimmt an der Wand hin und her, schaut immer wieder nach oben. Nein, sie ist nicht an eine falsche Stelle geraten, nur hier hängen die Neonröhren. Das Licht erscheint ihr wie Hohn. Amtsstubenlicht! Und langsam wird ihr klar, daß sie hilflos ist wie eine Maus in der Regentonne.

Ruhig, Kecki, sagt sie mit zittriger Stimme. Ganz ruhig. Du bist eine exzellente Schwimmerin. Du bist schlau und mutig, und du gerätst jetzt nicht in Panik.

Sie horcht, aber da ist nur das trockene Flattergeräusch. Das Echo läßt nichts von sich hören.

Wenn man dich braucht, bist du nicht da, sagt Kecki und schwimmt mit ruhigen Zügen an der steilen Felswand hin und her. Oben an der Kante ist nichts zu sehen, nicht einmal ein Seilende, gar nichts. Sie paddelt ein Stück weiter zur Mitte des Höhlensees, damit sie einen größeren Teil des Ufers erkennen kann.

Das gibt's doch nicht, sagt sie.

Noch hat die Panik sie nicht ergriffen, noch ist es die Journalistin, die da in einer Falle gefangen ist und jetzt mit ihren kurzsichtigen Augen feststellen muß, daß auch ihre Kleider von der Felsnase, auf der sie so sicher und trocken zu liegen schienen, verschwunden sind.

Das Notizbuch! schreit Kecki zornig.

Sie ist so wütend, daß ihr der Gedanke, sie könnte vielleicht nie mehr ein Notizbuch brauchen, gar nicht kommt.

Kecki fühlt sich überhaupt nicht müde, von richtiger Erschöpfung ist sie noch weit entfernt. Der heilige See erscheint ihr auch jetzt, da sie ihm nicht entkommen kann, als Freund, ein verläßliches, gütiges Wesen, das über sie wacht und ihr niemals etwas Böses antun würde.

Sie trinkt wieder.

Verdursten kann ich schon mal nicht, flüstert sie.

Ich hätte doch was hören müssen, sagt sie nachdenklich.

Ohrenbetäubende Schreie machen, daß sie zusammenzuckt, mit Mund und Nase unter Wasser gerät und nach Luft ringt. Ein böser Schmerz fährt ihr wie eine Messerklinge in die Stirnhöhle, sie fängt an zu husten und zu würgen. Etwas scheint sie nach unten zu ziehen, es ist der See selbst, glaubt sie, der seine Materie verändert hat. Er trägt sie nicht mehr.

Sie versteht nicht, was die Stimmen aus dem Berg schreien.

Müssen! ruft die Stimme ihrer Mutter in höchster Not.

Müssen! brüllen andere höhnisch durcheinander.

Mit einem drohenden Rumpeln löst sich ein Felsstück von der Höhlendecke und donnert keine zehn Meter von ihr entfernt in den See.

Aber das Wasser spritzt nicht auf, keine Wellenringe erscheinen, alles ist still.

Als Kecki hochschaut, sind die Falter verschwunden. Kahler, schwarz und feucht glänzender Fels umgibt sie und hält sie unerbittlich gefangen. Der See trägt sie wieder, Wasser, gewöhnliches Wasser, mit einem leichten Metallgeruch.

Das Gefühl, ins Nichts gezogen zu werden, ist trotzdem geblieben, und jetzt weiß Kecki, was es ist: Angst. Sie hat Angst.

Der Höhlensee scheint kälter zu werden, vielmehr: Wohin sie auch schwimmt, bildet das Wasser eine eisige Hülle um ihre Nacktheit. Was soll sie tun, um sich zu wärmen? Sie versucht sich an der aufragenden Wand festzuhalten, es gibt Menschen, die mit Fingern und Füßen und ganz ohne Hilfsmittel solche Wände hochklettern können.

Aber nicht Albertine Aulich, flüstert Kecki. Albertine Aulich ist schon in der Schule wie ein Sack von der Sprossenwand gefallen! Und von Sprossen kann hier gar keine Rede sein.

Eigentlich, sagt sie, müßte das mit dem Film doch jetzt losgehen. Das ist einem doch versprochen worden: Das ganze Leben noch mal als Film zu sehen, wenn es zu Ende geht. Oder ist das alles gar nicht wichtig?

Von Höhleneingang her hört sie das wunderbare Lachen ihrer Mutter. Es ist ein seltenes und deswegen so ersehntes Lachen, wie lang hat sie es nicht gehört!

Da ist noch etwas. Ein entferntes, schnell näher kommendes Geräusch, das vorher nicht da war. Kein Echo.

Wahrscheinlich habe ich Halluzinationen, sagt Kecki und schluchzt. Oder das alles sind welche, aber warum friere ich dann so saumäßig?

Sie kennt das Geräusch genau, aber sie wagt nicht, an seine Wirklichkeit zu glauben. Das herrliche, unverwechselbare Klirren ihres zu einem Hundehalsband umfunktionierten Gucci-Gürtels. Einen Hund muß man hören!

Aber sie wagt nicht, nach ihm zu rufen. Wer immer die Strickleiter eingezogen und ihre Sachen beiseite geschafft hat, kann noch irgendwo in der Höhle sein.

Sie darf den Hund, wenn er es wirklich ist und ihr verwirrtes Hirn ihr nichts vorgaukelt, nicht in Gefahr bringen.

Wer hilft, ist immer in Gefahr, flüstert sie und denkt flüchtig an Kleines Gemüse mit dem Holzmesser im Nacken, Madames treuen Schatten.

Das Geklirr kommt näher, verstummt, entfernt sich ein Stück, kommt wieder näher.

Such die Mami, flüstert Kecki.

Sie bewegt sich jetzt kaum mehr. Mit einer Hand hält sie sich an einem lächerlich kleinen Felsvorsprung fest.

Und dann sieht sie Kautschuks schönen Kopf, der von oben zu ihr herunterschaut.

Mein Hund, sagt Kecki. Hilf mir, mein Hund. Bitte hilf mir.

Sie hat aufgehört zu heulen und konzentriert sich mit aller Kraft auf den Wunderhund, der da oben aufgetaucht ist, ihren rettenden Engel. Aber das muß er erst einmal kapieren.

Die Leiter, flüstert Kecki und schaut nach oben. Sie sieht Kautschuk nicht mehr. Das Halsbandklirren ist verstummt. Nur das Rascheln hört sie und ein sehr leises *Leiter!* Die ferne Stimme eines Kindes.

Keine Panik, sagt sie mit zitternden Lippen. Kälte und Angst haben sich in ihr untrennbar vermischt. Als ihr etwas Rauhes direkt auf den Kopf fällt, schreit sie auf. Ein böser, mißtönender Chor von Schreien setzt ein, dröhnt von allen Seiten, Wut- und Schreckensgeschrei, wieder erkennt sie die Stimme ihrer Mutter mitten in dem Höllengekreisch.

Es ist die Strickleiter, die auf sie gefallen ist. Der Hund muß begriffen haben, was er tun soll. Sie wagt aber nicht, nach oben zu schauen. Denn wenn die Strickleiter nicht festgemacht ist, nützt sie ihr gar nichts, nicht einmal erhängen könnte sie sich damit mitten im See!

Kein Laut mehr, nicht einmal ein Nachhall. Kein Rascheln, Totenstille. Da: das leise Halsbandklirren.

Kautschuk? sagt Kecki halblaut.

Da ist wieder sein Kopf, und da sind die dunklen, dünnen Linien der Seile, die am Felsen herunterhängen.

Sehr warm ist es plötzlich, und es riecht wieder nach Wiese. Sie lacht, und als sie Fuß vor Fuß in die Schlaufen setzt und die steinerne Wand hinaufklettert, fühlt die sich warm und kratzig an wie Baumrinde. Oben werden sie der Zugochse Hannibal erwarten und ihre Großmutter.

Nicht nach unten schauen, sagt sie, nur ruhig!

Der Hund hat angefangen vor Freude zu hecheln, braver Hund, sagt sie, oh, so ein braver Hund. Dich hat der liebe Gott geschickt. Der hat mich nicht den Geistern in die Hände fallen lassen wollen.

Wie hoch diese lächerlichen paar Meter sind, wie weit entfernt das Rettende!

Kecki fängt an zu schwitzen: Nicht nach unten schauen!

Kautschuk winselt ein bißchen, das hat sie vorher noch nie von ihm gehört. Auch das Echo klagt leise, dann ist sie oben. Ihre Knie geben nach, sie fällt hilflos auf den feuchten Lehmboden in der Höhle, und flüchtig kommt ihr der Gedanke, wie das wohl aussehen mag: die pudelnackte Albertine im häßlichen Neonlicht, eine freudig wedelnde Promenadenmischung umarmend.

Eben verpaßt du das Bild deines Lebens, Mäxchen, sagt sie und weint. Den Hund mag sie gar nicht mehr loslassen und heult sein Fell naß.

Irgendwann ist sie leergeheult und hat sich gefaßt. Und wird neugierig: Ohne Tatortbesichtigung geh ich hier nicht weg, sagt sie laut. Die sollen mich kennenlernen.

Ihre Kleider liegen zwar nicht mehr auf der Felsnase, aber dahinter, zusammengeknüllt im Dreck. Sie klopft sie ein bißchen aus, zieht sie an und fühlt sich sofort wehrhafter. Ihr Notizbuch bleibt verschwunden. Aber in ihren Hosentaschen findet sie wunderbare und lebensrettende Dinge: ein Blöckchen mit lila Klebezetteln, etwas verdreckt, aber brauchbar. Einen Kugelschreiber von der FDP, was sie verblüfft. Und das allerschönste – eine zerdrückte Packung Lucky Strike, in der noch ein Feuerzeug steckt.

Sie schaut sich die Befestigung der Strickleiter an, zwei eiserne Ringe, die im Boden fest verankert sind. Wer immer sie da wie eine Ratte hat ersaufen lassen wollen, konnte die Leiter nur hochziehen und nicht aushängen. Sie abzuschneiden hätte wahrscheinlich zu lange gedauert, warum auch? Mit einem vierbeinigen Schutzengel konnte der Täter ja nicht rechnen.

Der Boden läßt keine Fußspuren erkennen, er ist zu fest. Kecki schaut sich noch einmal genau um, aber sie will jetzt raus, so schnell wie möglich raus.

Komm, sagt sie. Keine Sekunde fürchtet Kecki, den Rückweg nicht zu finden, der Hund läuft ihr zielbewußt und ohne zu zögern voraus.

Sie achtet nicht mehr auf Felsenbilder und Erinnerungen, sind überhaupt noch welche da? Es scheint, als habe der Hund einen anderen Weg zurück eingeschlagen, zwischen kahlen Felswänden hindurch, die sich manchmal zu kleinen Höhlen erweitern. Keine Götter mehr, keine Kindheit. Es riecht nach nassem Lehmboden und nur ganz leicht nach abgestandenem Rauch.

Da erscheint schon das Tageslicht, wie kurz der Rückweg war! Sie kommen an derselben Stelle hinter dem alten Dämon heraus, von der aus Kecki in den Berg gegangen ist. Ihre Schuhe stehen noch da, sie kneift die Augen zusammen, irgendwas ist anders. Sie geht näher und sieht: Auf dem rechten liegt ihr Notizbuch, ordentlich mit dem Stift obendrauf, und auf dem linken ein kleiner, blauer Gipselefant, der sie aus Menschenaugen anschaut.

Kleine Geschenke? sagt Max und umarmt sie. Ich habe gar nicht gemerkt, daß du den Hund mitgenommen hast.

Noch immer sitzt der Gelbe Mönch auf seiner Bank, aber jetzt in Gesellschaft von Herrn Atropos. Der Chamäleonmann steht vor ihnen und hat eine Art Stadtplan ausgebreitet, irgendein Riesenpapier, das er gegen den Wind verteidigt, was albern aussieht. Mow hockt zu Füßen des Gelben Mönchs und schaut nicht zu Kecki, aber Madame hat sie gesehen, lächelt ein bißchen und kommt auf sie und Max zu.

Wie lang war ich da drinnen? fragt Kecki leise.

Was denkst du? fragt Max zurück.

Ich hasse Gegenfragen! faucht sie.

Keine Stunde, sagt Max besänftigend. Ich weiß, es kommt einem vor wie eine Ewigkeit. Aber schau auf die Sonne – sie hat sich kaum um den Affenfelsen bewegt!

Die Sonne, sagt Kecki böse. Als ob man sich auf die Sonne verlassen könnte! Der sind wir doch vollständig egal.

Oh je, sagt Max und faßt sie am Ellenbogen. War es so schlimm? Hab ein bißchen Geduld! Bald wird's dir bessergehen als je zuvor!

Das weiß sie. Sie spürt es schon, will es aber um keinen Preis zugeben. Der Hund treibt sich fern von den Menschen beim Glassarg herum, mit gesträubtem Fell. Kecki hält ihr Buch und den blauen Elefanten mit der linken Hand fest und versucht ungeschickt, mit der rechten den Dreck von ihrer Hose zu wischen.

Immer wenn ich Sie sehe, sagt sie etwas frech zu Madame, komme ich mir noch unordentlicher vor als sonst.

Komm mit, sagt Madame. Reiche Frau sterben. See nicht geholfen. Nie hilft. Sie sagt das mit einem finsteren Blick zu Mow und schaut Kecki nicht an.

18

»Und was vergänglich ist, das ist elend.«
Die Reden des Buddha

Das Allerübelste, was einem Hotelier passieren kann, sind Todesfälle, sagt Mr. Oss zu seiner Katze. Mr. Oss fällt auf, daß sie
den Platz seines Ziehsohnes Mow eingenommen hat. Seit einiger Zeit ist der nur noch selten an der Seite seines Lehrmei-
sters, vielleicht emanzipiert er sich, vielleicht fischt er im trüben, wer kann das wissen?

Schon vor langer Zeit hat sich Mr. Oss abgewöhnt, enttäuscht oder traurig zu sein. Der Buddhismus kommt, wie es
scheint, seinem Gemüt entgegen. Mit den Jahren haben ihn
heftige Emotionen immer seltener heimgesucht, geblieben ist
ihm ein mildes Erstaunen über die Labyrinthe menschlicher
Torheit und eine Entschlossenheit, da seinerseits nicht hinein-
zugeraten.

Sein Job hilft ihm dabei. Einen ständigen Strom gewasche-
ner Handtücher und Bettlaken, aufgefüllter Eiskübel, frischer
Blumen und delikater Mahlzeiten in Gang zu halten ist anstrengend, aber befriedigend. Daran mitzuwirken, daß die
Welt sich ohne Knirschen dreht, hat was Erhebendes.

Krisen muß er bewältigen, das weiß er. Aber gegen jene, die
jetzt den Frieden und das schläfrige Wohlbefinden seines
Staatswesens bedroht, ist er machtlos.

Wanda Landau, die vom Höhlensee in ein kurzes, trügeri-
sches Glück getauchte Wanda, liegt nun doch im Sterben. Das
ist das eine und wäre schon problematisch genug.

Aber das andere, was ihn unruhig macht, ist wichtiger, es ist
das große Ganze seines leider nur geliehenen Königreichs. Wie
vielen fernen Eigentümern er im Lauf der Jahre schon gedient
hat, weiß er gar nicht mehr, auch die Höhe seines Vermögens,
das sich irgendwo auf der anderen Erdhälfte stetig vermehrt,

ist ihm unbekannt. Ihm genügt das Wissen um die Existenz eines mehr als fetten Geldpolsters. Stockkonservativ angelegt, wartet es auf ihn wie eine treue Gattin.

Aber wie Odysseus verspürt Mr. Oss überhaupt keine Lust, heimzukehren. Genausowenig kann er sich vorstellen, die geplanten neuen Wellness-Angebote zu unterstützen.

Wenn du es genau nimmst, sagt er zu seiner Gefährtin, wollen sie alles zusammenwerfen, was früher aus guten Gründen getrennt war: Nicht, daß wir bei uns daheim nicht auch manchmal nach der Kirche ins Bordell gegangen sind! Aber man wäre doch nicht auf die Idee gekommen, beides zusammen unter einem Dach haben zu wollen. Wenn man ins Krankenhaus mußte, ging man eben hin, aber man hat doch nicht erwartet, daß man dort auch einen Pool und einen Golfplatz findet. Und wer merkwürdige Neigungen hatte, mußte sich eben anstrengen, bis er einen Platz fand, wo er ihnen nachgehen konnte! Das ist es, was sie hier machen wollen, ein Sechssternealtersheim mit filmreifer Umgebung, Sex und ärztlicher Betreuung rund um die Uhr. Dazu ein bißchen Religion für die reichen alten Aussteiger. Meinst du, ich sehe nicht alle schon auf der Lauer liegen? Ich weiß genau, was die Masseurinnen für ihren Platz am Strand bezahlen und an wen. Dealer, freundliche Ärzte mit genauso freundlichen und kooperativen Apothekern, dienstbereite Mädchen und Jungen, und dazu Sonnenuntergänge! Das wird ein sicherer Hit.

Mr. Oss klingt verbittert. Auch früher haben Dorfgäste Verwirrung mitgebracht, Krankheiten, Streit, manchmal sogar den Tod. Aber nach den ihnen zugemessenen einundzwanzig Tagen haben sie alles wieder eingepackt und dorthin mitgenommen, wo sie hergekommen waren. Jetzt werden sie Probleme dalassen, die er nicht will, und manche werden wiederkommen, nicht als friedliche Dorfbewohner, sondern als Eroberer.

Mr. Oss erinnert sich daran, wie es aussah, als das Luxusdorf noch nicht gebaut war und nur das andere, das Dschungeldorf, am schönsten Ort der Welt vor sich hin träumte. Berge von stinkigen Fischköpfen vor maroden Hütten, bunte Fetzen an den Wäscheleinen und der Qualm schwelender Kokosnußschalen. Säuglinge mit Triefaugen, und spätestens mit vierzig hatte kein Mensch mehr Zähne. Die perlfarbene Bucht und die Sonnenuntergänge hat von denen keiner beachtet.

Idylle, von wegen, sagt er.

Hast du gehört, erzählt er der Siamesin, warum die Mönche jetzt so viele Hunde haben? Weil geklaut wird, was das Zeug hält!

Aber die Katze überläßt sich dem Schlaf, einem Gespräch über Hunde kann sie nichts abgewinnen.

Zeit für eine Runde, sagt Mr. Oss.

In Wirklichkeit wird seine sogenannte Runde ein zögernder Weg zu Wandas und Herrn Atropos' Bungalow sein, in dem sich seit dem frühen Morgen ein chinesischer Arzt und zwei junge Schwestern aus dem Krankenhaus von Takuapa aufhalten.

Inzwischen sind Madame, Max und die sehr schweigsame Kecki mit ihrem Hund vom Affenfelsen zurückgekommen.

Unterwegs hat Madame zu verstehen gegeben, daß die reiche, sterbende Dame unbedingt besucht werden muß. Auf Keckis Frage, warum Madame nicht zum Goldenen Huhn gekommen sei, sie wären doch quasi verabredet gewesen, schweigt die Thai. Sie sieht erschöpft aus. An ihrer Hand leuchtet der Amethystring.

Kannst du nicht mal versuchen, was aus ihr rauszukriegen? fragt Kecki ihren Freund Max. Mit dem unheimlichen Gelben Mönch im Kloster scheinst du dich ja bestens verstanden zu haben. Du sprichst offenbar Sprachen, die du gar nicht gelernt hast!

Wenn du mir verrätst, worum es dir geht, sagt Max behutsam.

Kecki hat ihm nicht viel erzählt, das Erlebnis will noch nicht aus ihr heraus.

Sie fühlt sich müde und gleichzeitig erhoben, fast auserwählt.

Ich brauche eine Stunde, sagt sie zu Madame in einem Ton, der keinen Widerspruch zuläßt. Ich muß mich waschen und andere Sachen anziehen.

Eigentlich müßte sie sagen, ich will meinen Hund küssen und mit Würstchen und Keksen vollstopfen, ich will danach ein paar Minuten einfach auf meinem Bett liegen und die Klimaanlage über mich pusten lassen, ich will unbedingt meine Notizen ergänzen, solange ich mir selber die Bilder, die ich gesehen habe, noch glaube.

Sie meint schon zu spüren, wie sie verblassen. Das kennt sie von ihren Träumen, aber die Höhle und der See sind kein Traum. Trotzdem weiß sie, sie kann das nur auf eine Art behalten, nämlich indem sie es aufschreibt. Und zwar schnell.

In einer Stunde kann tot sein, sagt Madame. Dich ruft.

Wanda Landau wird nicht in einer Stunde tot sein, sagt Kecki ruhig.

Sie schielt zu Max, weil ihr einfällt, was der zu ihrer Gelassenheit angesichts menschlichen Leids gesagt hat.

Du hast recht, sagt Kecki zu Max, und wie immer fragt der nicht nach, sondern weiß, was sie meint.

Holt mich um fünf hier ab. Dann sind wir pünktlich zum Sonnenuntergang bei Wanda.

Sonnenuntergang, wahrhaftig, sagt Max leise.

Kecki merkt, wie ihr eine kleine Hitze den Hals hinaufsteigt, hoffentlich nur aus Verlegenheit. Sie hat keine Lust mehr, weiterzureden, sie will statt dessen ihre Gedanken zurück in die Höhle schicken. Vielleicht das erste von unzähligen Malen den Weg zurück in den Bauch des Berges gehen.

Am Strand warten in Sichtweite von Wandas Bungalow deren Lebensgefährte Herr Atropos, bleich, schwärzlichköpfig und einem abgebrannten Streichholz ähnlicher denn je, Varus Wyandotte und der Chamäleonmann. Sie sitzen auf Stühlen, während der noch immer lädierte Poldi Stricker auf einem

Liegebett untergebracht worden ist. Die Sonne steht schon tief, auf dem ruhigen Wasser der Bucht sieht man ein paar Köpfe von Schwimmern, am Horizont gleitet wie von einer Schnur gezogen ein weißes Passagierschiff vorbei.

Ein himmlischer Frieden, sagt Wyandotte. Nur schade, daß unsere liebe Freundin bald ein bißchen viel davon haben wird.

Sie ist ein zähes Luder, antwortet Herr Atropos beschwichtigend, sie wird mir keine Schwierigkeiten machen und nicht sterben, bevor alles erledigt und unterschrieben ist!

Poldi Stricker hat den Kopf zur Seite gelegt. Er sieht alt und traurig wie ein seit langem Verbannter aus, und das ist er ja auch.

Im Sand hockt Mow auf seinen Fersen, er schaut aufmerksam von einem zum anderen und scheint sehr bemüht, jedes Wort zu verstehen. Vom anderen Ende des Strandes hört man die wohligen Ächzer und Schreie der Massierten, die sich unter den Händen und Füßen der Thaifrauen wollüstig winden.

Mein Gott, was für Möglichkeiten, sagt Wyandotte fast schwärmerisch. Eine vollkommene Welt, und ohne Reglements! Davon träumt jeder intelligente Mensch. Die Platonische Republik, gestützt auf Sklaven, die natürlich nicht so genannt werden. Und dazu ein viel besseres Klima als in Griechenland. Europa ist nur noch interessant als zuverlässige Lieferantin von bedürftigem und zahlungskräftigem Menschenmaterial. Ich gehe jede Wette ein: Die Alterspyramide kriegt Beine und macht sich nach Asien auf den Weg! Um dort die finalen Freuden zu finden und dafür zu bezahlen. Wir sind erst am Anfang einer Entwicklung. Die Erkenntnis, daß man Geld nicht mit hinüber in irgendein Jenseits nehmen kann, ist von der Werbung noch gar nicht entdeckt worden. Das wird ein Boom, gegen den der Neue Markt ein Dreck war. Befreien Sie sich! Gönnen Sie sich den Himmel, aber auf Erden! Drehen Sie Ihren Nachfahren eine lange Nase! Vererbt wird nichts mehr! Das letzte Hemd hat keine Taschen, also machen Sie Ihre leer, so lange Sie noch können!

Wyandotte schaut Herrn Atropos an, der nicht gewagt hat, den Redefluß des dicken Barons zu unterbrechen.

Das Dumme ist, sagt der Streichholzköpfige zischend mit seinem falschen griechischen Akzent, daß die Asiaten nicht nur Dienstboten sein wollen. Wenn die Chinesen hier einsteigen, kriegen wir als Investoren kein Bein mehr auf die Erde.

Mehr Selbstvertrauen, mein Lieber! sagt Wyandotte gönnerhaft. Die Chinesen sind klug. Sie wissen, daß sie so was nicht in eigener Regie machen können. Es würde zu chinesisch. Die Kunden werden noch für eine sehr lange Zeit in der Mehrzahl aus dem Westen kommen und sich vor gekochten Hunden und Menschenrechtsverletzungen grausen.

Ihr unterschätzt alles, sagt Poldi von seinem Schmerzenslager, schaut mich doch an. So wie ihr hab ich auch gedacht, oder vielmehr: Ich hab erlaubt, daß die Marianne angesteckt wird. Als würde man in der Küche ein neues Gewürz ausprobieren, mischt man ein bißchen was Exotisches und Gefährliches in unseren Spießerbrei. Ein paar kleine Sünden, damit die Welt nicht so fade schmeckt.

Mow schaut den Baron furchtsam an. Ihr Verhältnis hat sich gemessen an der Wut, mit der Varus Wyandotte anfangs über den armen Mow hergefallen ist, verbessert. Mow läuft diesem Golem jetzt so nach, wie er früher Mr. Oss nachgelaufen ist – lernbegierig und dienstbereit. Der alte Dämon am Eingang des Höhlenklosters hat auch was davon. Weil Mow etwas gutmachen muß, opfert er jeden Tag einen Jasminkranz, die teure Sorte, doppelte Blütenreihe und Rosenknospen in der Mitte. Nur dieser alte Dämon mit seinem stummelzahnigen Grinsen und den Glotzaugen bietet Schutz vor einer trüben Zukunft.

Na, sitzen die Geier schon auf dem Dach und schlagen mit den Flügeln? fragt die schöne, sinnliche und kräftige Stimme der sterbenden Witwe aus dem Dämmer ihres Bungalows.

Kecki, Max und Madame sind angekommen. Sie sehen erst einmal gar nichts, aus der nachmittäglichen Sonne kommend. Aber riechen kann man ihn schon, den Tod. Ein Parfum aus Kräuterölen, süßlichen Medikamentendüften, Pisse, krankem Schweiß und Atem und eben jenem Bestandteil, den man nicht benennen kann – etwas Metallisches? Der unter den anderen Gerüchen fast versteckte Duft erinnert Kecki an den See. Vielleicht hat Wanda, deren Umrisse jetzt auf dem breiten Bett zu erkennen sind, etwas davon auf der Haut behalten wie ein allerletztes Glück.

Kommen Sie näher, Mädchen, sagt das Skelett mit den blauen Einstichstellen und dem morphiumtrunkenen Blick. Kommen Sie näher. Ich weiß, daß ich stinke, tut mir leid. Hab ich auch nicht gewußt, daß man damit schon anfängt, bevor es mit einem vorbei ist.

Madame hat sich ans Fußende des Bettes gesetzt, ohne zu fragen – so, als sei da schon länger ihr Platz. Sie hat sehr vorsichtig einen Fuß der Sterbenden hochgehoben und sich in den Schoß gelegt. Ganz leicht streichelt und knetet sie das armselige Füßchen, dann nimmt sie das zweite.

Wanda Landau sagt etwas zu der Thai, in einer Sprache, die Kecki nicht versteht. Danach zu ihr: Ich hab nicht mehr viel Zeit, also passen Sie auf: Da draußen warten sie auf eine Unterschrift, die ihnen genug Geld einbringt, um den halben siamesischen Süden zu kaufen und jeden, ausgenommen den König, zu bestechen. Meine Unterschrift. Und die werden sie nicht kriegen. Mein Liebhaber hat das Geld, das er wert war, längst ausgegeben, das und mehr.

Sie lacht, ihr Lachen klingt nach Schleim und Blut im Hals.

Diese exotische Lady mir zu Füßen kennt ihn. Deswegen weiß er hier im Paradies so gut Bescheid, sie hat ihm alles beigebracht und gezeigt. Auch wer die Schlange ist und wie man sie besticht. Und daß man sich vor blauen Elefanten besser hütet oder lernt, sie zu reiten.

Er ist einer, der immer von Frauen profitiert hat. Aber jetzt ist es aus mit meiner Eifersucht, leider. Zeit für mich, verbündete Weiber für die Schlußrunde zu suchen. Ihn werde ich nicht mehr brauchen. Irgendwie schade.

Er hat mich übrigens nicht zum Sterben hierhergebracht. Die Super-PR für seine Pläne wäre meine wundersame Genesung gewesen, ein absoluter Knaller. Der Baron weiß das. Da wird notgedrungen das kanadische Krüppelchen herhalten müssen, auch nicht schlecht. Aber mit Krebsheilungen machst du weltweit Schlagzeilen.

Jetzt muß er Schadensbegrenzung betreiben, das heißt, er muß an mein Geld. Ich weiß, was denen vorschwebt.

Meine Liebe, sagt sie und dreht sich mühsam zu Kecki um, die stumm und nachdenklich dasteht. Meine Liebe, ich bin kein scheues Reh, und wie man Geld macht, habe ich von meinem Mann gelernt. Aber das, was die Typen hier tun wollen, darf man sie nicht tun lassen.

Dieser Platz gibt eine Menge Glück her, sagt sie, und ihre Stimme klingt mehr und mehr erstickt, als steige etwas sehr Mächtiges ihre magere Kehle hoch. Noch kann sie es zurückdrängen.

Es klingt für Kecki, als sei es der Tod selber, der aus Wandas Innerem nach außen strebt, um sich zu zeigen.

Aber es ist für unsereinen hier kein dauerhaftes Glück zu holen, das sehen Sie an mir. Die wenigen Stunden nach dem Bad im See, das war's. Das war für mich vorgesehen, nicht mehr. Und das ist in Ordnung.

Wenn die ihr Projekt hier realisieren, wird das Besondere nicht mehr existieren, dieses – na, Sie wissen schon, keine Ahnung, wie ich es nennen soll. Um noch schnell glauben zu lernen, ist es zu spät. Übrigens, was Glauben sein könnte, hab ich da im Wasser kapiert. Vielleicht reicht es für drüben.

Madame ist aufgestanden und schaut der Sterbenden ins Gesicht. Der Haarflaum ist geblieben, alle paar Minuten kriecht Wandas rechte Hand zum Kopf, um das Pelzchen zu befühlen.

Ich will nicht, sagt Wanda, deren Stimme jetzt feucht klingt, wie mit Blut vollgesogen. Ich will noch nicht!

Ich ihm erst geholfen, damals, sagt Madame zu Kecki, die gern raus an die Luft möchte. Andererseits will sie das Drama bis zum Ende sehen.

Aber er uns nicht Respekt. Nur für Arbeit. Vat gut, Vat nicht gut. Sie gesehen!

Ich kann es mir nur zusammenreimen, sagt Kecki. Der falsche Grieche will sich mit Ihrem Geld, Wanda, und davon haben Sie offenbar einen Haufen, einen Lebenstraum erfüllen, und seine Kumpane wollen auch was davon haben. Der Dicke steuert, soweit ich das sehe, die Philosophie und ein Stück echte Lasterhaftigkeit bei, der andere, der Verkleidungskünstler, der damals im Flugzeug die Aufmerksamkeit von Ihnen abgelenkt hat, ist für Logistik und kriminelle Energie zuständig. Und der arme Kerl, den sie neben mir vom Elefanten geholt und zusammengeschlagen haben, war mit seinem spießigen Gourmetetablissement eine Art Versuchsstation. Die Geschäftsidee ist eigentlich gar nicht dumm: Alle werden alt. Sie haben Geld und Lüste und sollen dazu gebracht werden, auf ihre Nachkommen, also ihre Erben, zu pfeifen und sich zu kaufen, was immer sie wollen. Und zwar hier. Fern von der neidischen Verwandtschaft, lästigen Gesetzen und aufdringlicher Presse. In einer wunderbaren Gegend hinter mehr als sieben Bergen. Wo Dienstleistungen billig sind, das Wetter traumhaft und die Menschen jung und willig! Und zu allem Überfluß ist auch noch für die Seele gesorgt, wenn alles andere nicht mehr klappt: Heerscharen von Geistern, Göttern und Wundern bieten sich an, wenn das Laster keinen Spaß mehr macht!

Ein unschlagbares Konzept, sagt Kecki. Der Typ hätte mir gar nicht so einen großen Eimer voll Geld anbieten müssen – man wäre blöd, wenn man dafür nicht an allen Fronten werben würde! Nicht wahr?

Es darf nicht passieren, keucht Wanda Landau verzweifelt.

Sie gehen über Leichen, über alle möglichen Leichen. Über meine wollen sie auch, ihr müßt das verhindern!

Wieder sagt sie ein paar Worte in der fremden Sprache zu Madame, die lächelt unerwartet fröhlich und antwortet in schnellen, zwitschernden Lauten.

Weil Kecki die Tür im Rücken hat, weiß sie nicht, wie lang der falsche Grieche schon zuhören konnte. Jedenfalls baut er sich jetzt neben Wandas Sterbebett auf und hält einen Klemmordner in der Hand wie ein Steuerberater.

Ich will nicht, preßt die Sterbende heraus. Die Adern an ihrem Hals werden dick und blau, von unten her läuft die rechte Gesichtshälfte dunkel an, und ein dicker Klumpen Blut flutscht ihr wie ein Fisch aus dem Mund.

Wie Wächterinnen stehen Kecki und Madame zwischen dem Liebhaber und der Witwe, und Atropos erkennt, daß er zu spät gekommen ist.

Eine der kleinen Krankenschwestern fängt geschickt den Blutfisch ein und läßt ihn verschwinden. Wanda atmet, das ist alles, was jetzt noch wichtig ist. Einatmen, noch einmal, noch einmal, ein letztes Mal, den Tod herunterschlucken.

Dann sagt sie etwas, und dann atmet sie nicht mehr.

Fertig und gute Reise, sagt Atropos zu Madame. Das ändert gar nichts, du blöde Hure. In den letzten zwei Jahren hat sie nach jedem guten Fick ein neues Testament zu meinen Gunsten gemacht, arbeite ich halt mit denen. Wird ein bißchen schwieriger, aber das kann mich nicht aufhalten. Und du machst mit, du abergläubische Ziege! Hast du immer noch nicht begriffen, daß dir nichts anderes übrigbleibt?

Raus, sagt Kecki. Raus, Sie Schwein!

Wo ist eigentlich Max? Max ist seit Beginn des Sterbens unsichtbar geworden, nur noch ein gläsernes Auge im tiefsten Schatten.

Jahre später werden diese letzten Bilder von Wanda auf Erden *de profundis* heißen und weltweit Preise abräumen.

Jetzt steht Mr. Oss wie herbeigezaubert im Eingang, im sinkenden Licht, und versperrt Atropos den Weg.

Es fehlt etwas, sagt Kecki hilflos. Man muß irgendwas sagen oder tun!

Ruhig tritt Mr. Oss an das Bett, legt sanft beide Daumen auf Wandas Augenlider und läßt sie einen Moment darauf. Er macht eine Bewegung zu der kleinen thailändischen Schwester, die ihm eine Mullbinde reicht. Sein breites Kreuz versperrt für Minuten die Sicht auf die Tote, dann tritt er zurück. Wanda liegt jetzt ganz grade, mit gefalteten Händen und hochgebundenem Kinn. Sie sieht wie eine mittelalterliche Nonne aus, um die man nicht trauern muß, so weit ist sie entfernt.

Vater unser, beginnt Mr. Oss, und leise sprechen Max und Kecki nach.

Denn dein ist das Reich und die Kraft und die Herrlichkeit in Ewigkeit, amen.

Der Arzt, der die ganze Zeit tatenlos auf einem Hocker gesessen hat, ist verschwunden, Herr Atropos auch.

Jetzt hinausgehen, sagt Madame, jetzt hinausgehen können.

Sie und die beiden kleinen Krankenschwestern werden die Tote schön machen, und dann beginnt ein lästiger Weg, Kühlhaus und Behörden, Frage nach Einäscherung, wer bezahlt, und wie verfrachtet man die Tote in ihre ferne Heimat? Oder soll sie hier bleiben, hier in diesem Land, das ihr zum Ende ihres Lebens ein paar Geheimnisse verraten hat?

Nicht unsere Sache, sagt Max und hält die leise schluchzende Kecki am Ellenbogen fest. Beruhige dich! Du tust ja, als wäre sie deine Tante.

Ich konnte meine Tante nicht ausstehen, sagt Kecki und schneuzt sich heftig. Wie hast du übrigens das mit dem Licht hingekriegt?

Vabanquespiel, sagt Max. Ich hab einfach mit dem Licht von der Tür zu arbeiten versucht. Wenn es was wird, wird es toll. Es gibt solche Alles-oder-nichts-Motive. Wobei Totenporträts eigentlich nicht mein bevorzugtes Genre sind. Man hat hier mehr Gelegenheit, in dieser Disziplin zu arbeiten, als man denkt.

Es war ein furchtbar langer Tag, sagt Kecki. Eigentlich sollten wir uns jetzt einen großen Eimer Margarita bestellen, danach ein fünfgängiges Menu, wir sollten unter dem Sternenzelt ein bißchen Arbeitsgespräch mimen und dann ab ins Bett.

Max sagt nichts und schlägt den Weg zum Restaurant ein.

Was wird eigentlich aus deiner Caramel-Story? fragt er.

Ich hoffe, etwas Vernünftiges, antwortet Kecki patzig.

Und deine Pläne, mit PR endlich ans große Geld zu kommen? Die atemberaubende Zahl, das große, dicke *peanut*?

Du warst doch selber in diesem Wasser, sagt Kecki. Danach geht das nicht mehr, das weißt du. Danach interessiert dich nicht mehr, ob dir eine gutbezahlte Lüge angeboten wird. Mit Moral hat das leider gar nichts zu tun. Ich würde gern behaupten, dieses lebensgefährliche Bad hätte mich ein für allemal geläutert, aber das hat es nicht. Es macht nur hochnäsig. Ein Supergefühl! Und dieser schlechterzogene Kleinkriminelle kann mich kreuzweise.

Dann, während sie, wie längst gewohnt, den Kröten auf dem Weg ausweichen, erzählt sie ihm ein bißchen mehr davon, wie sie die Zeit in der Höhle erlebt hat.

Immer wieder unterbricht Max: Das will ich nicht wissen. Das geht mich nichts an.

Als sie aber von der hochgezogenen Strickleiter berichtet, hört er aufmerksam zu und sagt erst mal nichts.

Wo ist der Hund? fragt er dann.

Aber Kautschuk läßt sich nicht blicken.

Er hat für heute Feierabend als Wachhund, sagt Kecki und lacht nicht. Jetzt bist ja du da.

Dann kriegt er morgen früh eine Wurst, sagt Max. Natürlich hätten wir nach dir gesucht, du wärst da unten nicht abgesoffen!

Ach, die schönen Lichter des Restaurants oben am Hang,

goldene Muster auf dem schwarzen Rasen, leuchtende Finger in den Palmen! Das Orchesterstück aus Besteck- und Gläserklirren, Schlagerfetzen und Stimmen klingt wie jeden Abend.

Und doch fehlt eine, sagt Kecki. Für immer. Diese schöne, saftige Nuttenstimme. Ob es schon alle wissen?

Sie haben nicht genau hingehört – es spielt zwar das gleiche Abendessenorchester, aber heute ein anderes Stück. Gedämpfter. Keine spitzen Gelächtertriller wie sonst. Und es liegt Angriffslust in der Luft, dafür haben beide einen Riecher.

Und da sitzen sie, mit ernsten Gesichtern.

Schau sie an, die verlogene Bande, die Leichenfledderer! sagt Kecki wütend. Schon verteilen sie die Beute.

Woher willst du das denn wissen, antwortet Max. Nicht so schnell. Wir werden denen mal ein bißchen auf den Zahn fühlen. Es dient nicht der Wahrheitsfindung, wenn du dich aufbläst wie ein Ochsenfrosch. Hast du denn alles vergessen, was du gelernt hast?

Ich bin im Urlaub, sagt Kecki und muß lachen.

Dürfen wir uns dazusetzen? fragt Max munter und tritt auf den Männertisch zu.

Atropos, Wyandotte und Poldi nicken ohne Begeisterung.

Der Chamäleonmann sitzt mit Caramel am Nebentisch, in Hörweite. Wie von Geisterhand gerückt, kommt aber das Nebentischchen dem großen Sechsertisch immer näher.

Kecki überläßt Max die Konversation, sie fühlt sich noch nicht in der Lage, beim normalen gesellschaftlichen Betroffenheitsgetue mitzumachen.

Haben Sie denn Entschlüsse gefaßt? fragt der Chamäleonmann, den Steve zu nennen Kecki keine Lust hat.

Meinen Sie mich? fragt die zurück.

Und als er ihr schweigend sein höhnisches Gesicht zuwendet, sagt sie: Ja, ich habe Entschlüsse gefaßt. Und eine ganze Menge Dinge begriffen. Nämlich daß man in diesem Fall eine ganz andere Art von Öffentlichkeitsarbeit beginnen muß, als sich die Investoren wünschen.

Das sollten Sie sich gut überlegen, antwortet der Verwandlungskünstler.

An diesem Abend trägt er schwarz, seidenes Halbarmhemd und schwarze Jeans. Auch die drei anderen tragen Trauer: Wyandotte hat sich in eine Art Maoanzug gehüllt und sieht aus wie ein Gebirge im Gewitter. Poldi in T-Shirt und Bermudas gleicht mit seinen Blessuren dem gemütlichen Gastwirt, der er noch vor kurzem war, überhaupt nicht mehr. Atropos gibt den gebrochenen Witwer.

Ich warte auf den ersten, der sagt, das Leben geht weiter, flüstert Kecki Max ins Ohr, während sie den Jungen mit den Vorspeisen wegschickt. Trotz ihres Hungers hat sie keine Lust auf Seegetier.

Grießnockerlsuppe, sagt sie träumerisch.

Also bitte, sagt Max leise und lacht. Der darauf zwingend folgende Spruch heißt übrigens: Sie hätte das so gewollt. Und du solltest dir eine Nudelsuppe bestellen, die hilft gegen fast alles.

Der wichtigste Mann fehlt noch, sagt Wyandotte träge. Solange er nicht da ist, können wir ruhig noch ein bißchen Leichenbittermiene zeigen. Alle, die hier sitzen, sind potentielle Kunden für unser Unternehmen, das wollen wir doch nicht vergessen.

Für Sie, mein Freund, wird dann auch gesorgt sein, wendet der Baron sich an den Schlagersänger, der vor sich hinstarrt.

Das bezweifle ich, antwortet Caramel zu Keckis Erstaunen.

Am Eingang entsteht eine kleine Unruhe, erst achtet niemand darauf, aber dann machen die Gäste doch lange Hälse.

Es ist Herr Aphaluck mit Gefolge, der sich, hochmütig nach links und rechts grüßend, durch die Tische drängt.

Max grinst, während er die Verwirrung auf den Gesichtern der Gäste registriert.

Die kleine Kanadierin, die den Abend in Gesellschaft von Marianne Stricker, Santa Clara und Louis ziemlich stumm an ihrem Tisch verbracht hat, wird auf einmal redselig, man hört sie sogar lachen.

Die Schweden unterhalten sich lauter als sonst, Kinder werden zu ihren Plätzen zurückbeordert, aber genau ist nicht auszumachen, was das Volk denn so aufregt.

Wandas Tod kann es nicht sein, der hat eher für Bedrücktheit gesorgt, auch für einen ungewohnten Ernst beim Personal. Auch der ist aber jetzt dahin, die Mädchen und Jungen kichern und wieseln hin und her.

Er ist ein Thai, sagt Max.

Ja und? fragt Kecki naiv.

Ein Thai, der als Gast kommt, mitsamt seinem ganzen Clan, sagt Max fröhlich. Das paßt nicht ins Konzept. Es ist nicht üblich, verstehst du?

Wir leben doch nicht in der Apartheid, sagt Kecki empört. Oder in den Südstaaten vor dem Bürgerkrieg!

Natürlich weiß sie, daß Max recht hat.

Herrn Aphaluck aber kümmert das nicht, vielmehr: Er scheint ein Abweichen von den Regeln für geboten zu halten.

Er hat einen tadellosen Abendanzug an, ein bißchen veraltet im Schnitt, mit einem bunten Brokatkummerbund um die schmale Mitte. Aus dem gleichen Stoff tragen die beiden Gibbons, die unbeweglich auf seinen Schultern sitzen und wie kleine Dämonen dreinschauen, Schleifen um den Hals. Die Füße des Herrn Aphaluck sind verblüffenderweise nackt.

Füße, die unter einem prächtigen Abendanzug hervorschauen, sind besonders nackt, die Köpfe aller speisenden und starrenden Gäste senken sich, um diese stolzen Füße anzusehen.

Drei sehr schöne Frauen begleiten ihn, zwei hellhäutige und eine, die aus dem verschlossenen Land zu kommen scheint. Sie sind weiß angezogen. Alle drei führen kleine Jungen an der Hand, die in bunten Höschen stecken. Wie Gouvernanten folgen in zwei Metern Abstand die geheime Freude des Mr. Oss, Tante genannt, und, Gipfel der Verwirrung: die Chefin des Massagezelts am Strand, in Abendgarderobe nach einer Schrecksekunde durchaus wiederzuerkennen.

Fast alle, die hier fein angezogen essen, Wein trinken und sich angeregt über den Tod der reichen Witwe unterhalten, fühlen sich schlagartig bloßgestellt.

Die weiß, wie jeder von ihnen aussieht und sich anfühlt! Die kennt jedes Fettpolster, jede quabbelige Stelle und jede Krampfader an diesen miteinander flirtenden und lachenden Leibern!

Kleinere Laute des Unmuts werden hörbar, aber gleich wieder erstickt. Max bekommt einen Lachanfall und verschluckt sich an einer Gräte.

Kecki versucht, sehr vornehm ihre Nudelsuppe zu essen und auf nichts zu achten.

Atropos, Wyandotte, der Chamäleonmann und Poldi sind aufgestanden und erwarten den bunten, exotischen Zug, der sich langsam ihrem Tisch nähert.

Immer wieder gibt es Aufenthalte, wenn die Serviermädchen aufgeregt mit erhobenen zusammengelegten Handflächen und tiefer Verbeugung grüßen.

Alle sind am Tisch angelangt und umstehen ihn ein wenig steif. Nur die aufgetakelte Massagefrau klapst Wyandotte auf den Bauch und fragt: *And when baby come?*

Und der Chamäleonmann neigt sich zu Kecki hinunter und sagt: Darf ich vorstellen – die Herrscherfamilie. Ein kleiner Teil von ihr. Wollen alle bezahlt sein, aber dafür mischen sie sich nicht in die Staatsgeschäfte.

Er lacht laut, und ein zitternder Boy bringt ein Riesentablett mit Chivas Regal, einem mächtigen Eiskübel und englischen Gläsern, die Kecki hier noch nie gesehen hat.

Wo ist eigentlich Mr. Oss? fragt sie leise.

Hat vielleicht schon abgedankt, antwortet Max.

19

»Nur eine kleine Menschenschar gelangt zum
andern Ufer hin; die andern aber laufen alle
entlang dem Ufer, auf und ab.«

Die Reden des Buddha

Also, wer ist was? fragt Kecki spät in der Nacht. Wer sind die Guten? Wer die Bösen? Wechseln die sich vielleicht sogar ab?

Das ist nicht die wichtigste Frage, sagt Mr. Oss.

Sie sitzen zu dritt auf der Terrasse des Clubchefs, eine seltene Auszeichnung!

Ist Ihr Stern wirklich im Sinken? fragt Max und nimmt einen großen Schluck Whisky. Echten. Nicht dieses sinnverwirrende thailändische Gebräu, an das man sich zwar gewöhnen kann, das aber jedes Urteilsvermögen wegspült.

Das war er schon tausendmal, antwortet Mr. Oss.

Er sitzt breitbeinig und sehr entspannt in seinem Lieblingssessel, von dessen Art und Bequemlichkeit gibt es nur einen einzigen im Dorf, diesen. Auch Mr. Oss trinkt Whisky.

Wirklich, ich habe keine Ahnung, wie oft schon irgendwo auf dieser Welt entschieden worden ist, mein Stern müsse nun sinken oder in ein schwarzes Loch stürzen. Meistens habe ich das gar nicht mitgekriegt, und bis der Donner dem Blitz hierher gefolgt ist, war das Gewitter – oder die Änderung der Besitzverhältnisse – längst von gestern. Diesmal ist es anders.

Alles hat mit den beiden Frauen angefangen, glaube ich, sagt Kecki.

Sie sitzt klein und müde auf einem Segeltuchstühlchen, ihr unvermeidliches Notizbuch in der Hand und einen ganz dünnen Whisky in der anderen. Eigentlich nur parfümiertes Wasser.

Es ist sehr heiß, die Nachttiere schweigen.

Nein, mit denen hat es nicht angefangen, antwortet Mr. Oss nach einer Weile. Da ist eigentlich etwas beendet worden. Aber das weiß ich erst jetzt. Vielmehr – ich hatte keine Lust, über die Sache nachzudenken. Glauben Sie mir, Nichtwissen wird einem hier leichter gemacht als anderswo. Natürlich hätte ich mich einmischen müssen, aber ich weiß, was dann passiert wäre! Sie hätten mich für mißgünstig gehalten. Wenn man die Menschen von hier vor unserer Art zu leben warnt, denken sie, man gönnt sie ihnen nicht. Sie alle unsere Dummheiten nach-machen lassen – das versteht man hier unter Solidarität. Zum Kotzen, sagt er und trinkt einen großen Schluck.

Die Burmesin war eine Schwester von Kleines Gemüse und hatte ein Kind, sagt Mr. Oss. Das Kind ist nach dem Tod der beiden Frauen im Dorf untergebracht worden. Die Taub-stumme konnte ihre Nichte nicht zu sich nehmen, und zu den Verwandten auf der anderen Seite der Grenze wollte man sie wohl nicht schicken, zurück in die Finsternis.

Zugegeben, sagt Mr. Oss, ich wußte lang nichts über das Kind. Es gibt so viele hier, man versteht sie nicht, sie ähneln einander – aber ich habe einen Streit zwischen Madame und ihrer Taubstummen mitbekommen, wegen des Kindes, glaube ich. Nur – wie hätte ich davon was begreifen sollen? Eine Thai hat Zoff mit einer kleinen Angestellten, die weder reden noch hören kann! Das ist für unsereinen ungefähr so durchschaubar wie die Peking-Oper. Und es hat mich auch nicht interessiert. Das Kind war übrigens ziemlich hell, keine Ahnung, wieso. Es hätte eigentlich viel eher der schönen Nichte von dem gehö-ren können, der heute seinen großen Auftritt hatte, unserem Klamotten- und Immobilienkönig.

Wissen Sie, was ich denke? sagt Kecki aus dem Schatten heraus. Es ist dieses Kind, das sich der Caramel unter den Na-gel gerissen hat. Das jetzt ins Kloster gebracht worden ist, zum Goldenen Huhn.

Vielleicht sind wir alle ein bißchen naiv, sagt Max, obwohl ich mir immer eingebildet habe, genau das nicht zu sein, sondern welterfahren, zynisch, ja, abgebrüht und durch keine noch so abgründige Sauerei zu erschüttern!

Er fängt an zu lachen, aber es klingt nicht heiter, dieses Lachen.

Wenn man sich entschlossen hat, die Welt abzubilden, hat man in der gleichen Sekunde auf seinen Wunsch nach Veränderung verzichtet. Das merkt man aber erst nach Jahren.

Oh Mann, Max, sagt Kecki mit dünner Stimme. Krieg nicht du auch noch den Moralischen. Schließlich bin ich um ein Haar von den Gangstern angeworben worden. Und fast überfallen! Und fast ersäuft!

Immer passiert dir alles nur *fast* – fällt dir das nicht auf?

Es hat keinen Sinn zu streiten, sagt Mr. Oss. Ich würde lieber versuchen, den anderen zwei, drei Züge voraus zu sein.

Wenn man so genau wüßte, wer die anderen eigentlich sind! Kecki steht auf und setzt sich auf das hölzerne Geländer, das feucht ist, als schwitzte selbst das Holz.

Mir scheint, als hätten die Pläne für diese ganz neue Sache am Anfang viele beeindruckt, auch Einheimische, die davon jetzt nichts mehr wissen wollen. Welche Rolle spielt Mow? Und Madame? Und wer, glauben Sie, ist da stückchenweise auf Ihrem Gelände entsorgt worden?

Nicht nur da, soweit mir zu Ohren gekommen ist, sagt Mr. Oss freundlich. Man hat doch auch das Meer benutzt. Und die Kautschukplantage!

Von der weiß ich nichts, nichts Genaues jedenfalls, sagt Kecki.

Haben Sie wirklich keinen dieser rotbemalten Zettel mehr? fragt Mr. Oss streng.

Meinen Sie wirklich, daß Sie durch diese Kritzeleien schlauer werden? fragt Max.

Du hast doch gesagt, daß du weißt, wer da drauf ist! platzt Kecki heraus. Und möchte im gleichen Moment die Wörter zurückholen und runterschlucken. In den vielen Jahren ihrer Laufbahn ist es ihr nicht gelungen, sich das Herausplatzen abzugewöhnen. Wie viele Storys ihr das schon versaut hat, wie oft man ihr Themen buchstäblich von den Lippen geklaut hat – es passiert immer wieder.

Ach ja, sagt Mr. Oss aufmerksam zu Max, ich bin gespannt. Lassen Sie hören!

Es ist zu früh, antwortet Max zu Keckis Überraschung. Ich muß noch ein paar Einzelheiten herausfinden.

Welche Teile sind eigentlich – übrig? fragt Mr. Oss.

Gemach, antwortet Max. Gedulden Sie sich. Wo bewahren Sie eigentlich den Tüteninhalt auf, den Sie diesem aufgeweckten Knaben weggenommen haben?

Im Kühlhaus, antwortet Mr. Oss und wird rot. Gut verpackt, natürlich. Ich habe einen blauen Elefanten darauf gestellt. Keiner meiner Angestellten wird sich auch nur in die Nähe trauen.

Also, auf jeden Fall haben wir noch keinen Kopf, sagt Max und wirft Kecki einen warnenden Blick zu. Die klappt den schon redebereiten Mund wieder zu. Sie verkneift sich eine liebevoll ausgemalte Erzählung vom schönsten Ort der Erde, an dem sich ein Stückchen Zahnersatz gefunden hat. Auch über dessen vorläufiges Asyl in einem ausrangierten Kosmetiktäschchen schweigt sie notgedrungen.

Was weiß man eigentlich über den Blauen Elefanten? fragt Max.

Mr. Oss trinkt und schaut vor sich hin, als habe er die Frage nicht gehört.

In Deutschland, sagt er nach einer Weile, brennt immer mal wieder ein chinesisches Restaurant ab. Dann gibt's in den Lokalzeitungen ein Artikelchen über die Triaden, jeder Reporter schreibt vom vorhergehenden ab, mal gilt ein Aquarium als sicheres Zeichen für Mafiaeinfluß, dann wieder ein Buddha am Eingang. Nach ein paar Wochen sind die Brandschäden beseitigt, was vorher Lotosgarten hieß, nennt sich jetzt Jadepalast, und alle essen dort wieder ihr abscheuliches Schweinefleisch süßsauer. Keiner weiß was, keiner redet.

Und was ist der Blaue Elefant? Eben das. Das Tier, das zeigt, wo die richtige Seite ist. Wo die Gottgesegneten sind, die Erwählten. Für die Geld beschafft wird, überall auf der Welt, mit allen Mitteln und bis ins letzte Dorf im Hindukusch organisiert. Daß man zwangsläufig dazugehört, weiß man erst, wenn man sie gestört hat, wenn man Schuld hat an einem falschen Lauf der Dinge.

Kecki schweigt jetzt freiwillig.

Ein falscher Lauf der Dinge, flüstert sie dann. Für eine schäbige halbe Million soll man die Dinge in die richtige Richtung schieben!

Mr. Oss schaut sie fragend an, aber sie klärt ihn nicht auf.

In ihrem Windschatten läßt sich gut leben, sagt er freundlich. Man braucht von ihnen sowenig zu wissen wie von einer fremden Gottheit. Das sind sie auch – fremde Götter. Sie haben die Geister auf ihrer Seite, nicht nur die bösen. Weiße kommen in ihrer Hierarchie höchstens bis zur mittleren Ebene. In ihrer kolonialistischen Dämlichkeit merken die das natürlich nicht und halten sich für Chefs, für Entscheidungsträger. Wie unser Freund, der Baron. Eine fette Marionette.

Wissen Sie, warum die Weißen ihren Einfluß in der Welt unaufhaltsam verlieren? fragt Mr. Oss. Weil sie das Wichtigste verloren haben: die Familie. Macht funktioniert nur über die Familie. Blut heißt der Klebstoff, der alles zusammenhält – nicht Geld. Blut bewahrt Geheimnisse, Blut wäscht Sünden ab, Blut läßt die Götter lächeln. Die Weißen sind zu kastrierten Helfershelfern geworden. Kennen noch ein paar Tricks aus großen Zeiten, aber das ist schon alles. Wenn sie überhaupt noch Söhne haben, sind sie ihnen fremd. Arme sterile Männchen, zum Aussterben verdammt.

Du armes steriles Männchen, flüstert Kecki Max zu und kichert.

Der blaue Elefant hat mitleidige Augen, ist Ihnen das schon aufgefallen? wendet sich Mr. Oss an Kecki.

Die nimmt sich zusammen: Menschenaugen, sagt sie.

Grade die sind für ihre Fähigkeit zum Mitleid so bekannt, nicht wahr?

Die Demonstration von Aphaluck heute abend, zusammen mit seinen schönen Frauen und ausgewählten Früchten seiner Lenden – was hatte die zu bedeuten? fragt Max ernst.

Wer weiß? sagt Mr. Oss nachdenklich. Ein Weißer würde das so interpretieren: Seht her, ich habe den Laden übernommen, mir gehört nicht nur dieses Paradies, sondern auch alles, was ihr hineingestellt habt. Nichts könnte falscher sein. Denn er wäre der erste von ihnen, sagt Mr. Oss nachdenklich, der sich in seinem eigenen Laden blicken läßt. Und das ist ausgeschlossen, so weit läßt sich einer wie er niemals herab. Es ist ein Gesichtsverlust für Blaue Elefanten, wenn sie sehen, wo und womit ihr Geld gemacht wird. Das tun andere. Sie, die Elefanten, lenken nur die Ströme. Aphaluck ist ein großer Elefant, eine Legende, weil er auf dem höchsten Gipfel angekommen ist, dem der Bedürfnislosigkeit. Dafür ist er weltweit geachtet. Fällt also als Grund für seinen Auftritt flach. Oder Genugtuung?

Mr. Oss scheint mit sich selber zu sprechen, seine Stimme trägt kaum in der bewegungslosen feuchten Hitze.

Das schon eher. Etwas ist für ihn zum Abschluß gekommen, etwas ist gesühnt, gerächt, was weiß denn ich. Man muß immer die Familie bedenken!

Und woher weiß man, wer dazugehört? fragt Kecki zaghaft. Ich meine, wer wem etwas schuldet? Wer von wem abhängig ist? Der Deutsche im Kloster vom Goldenen Huhn – wissen Sie, daß wir den kennen? Ist er einer von den Guten? Man denkt es, aber denkt man richtig? Ich habe am Anfang bemerkt, Horst, sagt sie, und Mr. Oss schaut erstaunt, als wüßte er seinen richtigen Namen nicht mehr, ich habe bemerkt, daß Sie Vorbehalte gegen das Höhlenkloster haben. Nur so? Ist es Ihnen zu esoterisch? Oder wissen Sie Konkretes über die Rolle, die die Mönche bei der sogenannten Entwicklung dieses Stückchens Erde spielen?

Sie hat gelernt, hosianna! sagt Max frech. Es ist nie zu spät für eine Erkenntnis.

Sie müssen nämlich wissen, wendet er sich an den Clubchef, daß diese Dame berühmt ist für ihre effiziente Art, Paradiese in Höllen zu verwandeln. Sie beschreibt sie einfach so einladend, daß in Monatsfrist von der gerühmten Stille, Einsamkeit, Unverfälschtheit und wie die ganzen touristischen Verlogenheiten sonst noch heißen nichts mehr übrig ist. Dann ist es entwickelt, das Paradies. Menschenwürdig. Höchste Zeit, einen neuen Garten Eden zu suchen, den man versauen kann.

Es ist längst dunkel, das Dorf liegt in tiefem Schlaf. Das Meer flüstert kaum hörbar, die Frösche schweigen. Ein Laut aber stört die stille Schwüle, es ist der Hund. Kautschuk heult, in klagenden, langgezogenen und allmählich anschwellenden Tönen. Ganz leise hat er begonnen, als hätte er einen Hundealptraum, aber er ist wach und steht mit steifen Beinen mitten auf dem Weg vor dem Haus des Mr. Oss.

Bist du verrückt geworden? Du weckst ja das ganze Dorf auf, sagt Kecki halblaut. Ich weiß nicht, was er hat.

Der Hund wirft einen Blick aus grauen Augen auf die Menschen, die da sitzen. Er sieht auch die siamesische Katze an, als wollte er sagen: Du verstehst mich wenigstens. Die dort aber begreifen nichts.

Kecki schnuppert.

Es riecht so komisch, sagt sie. Riecht ihr das auch?

Sie verbrennen Kokosschalen, wie immer, sagt Max. Der Wind steht ungünstig.

Auch Mr. Oss schnüffelt und macht ein nachdenkliches Gesicht.

Tatsächlich, sagt er. Es ist stärker als sonst. Man gewöhnt sich nicht an den Geruch. Hundertmal haben wir schon drüben im Dorf darum gebeten, das Zeug anderswo, weiter weg, zu verbrennen. Nein, sie haben es immer so gemacht, und sie wollen sich bis in alle Ewigkeit selber räuchern. Das gehört zu den vielen Dingen, die einen hier müde machen. Oder brutal, wissen Sie? Entwicklung heißt ja auch, mit denen, die entwickelt werden sollen, die Geduld zu verlieren.

Da! ruft Kecki. Schaut! Das sind keine Kokosschalen!

Sie deutet auf den Himmel, der sich zur falschen Zeit rötet, tief und glühend, ein Sonnenaufgang, mitten in der Nacht und im Westen.

Feuer, sagt Mr. Oss und springt auf. Verdammte Scheiße.

Über dem Wald sieht man im Widerschein des Feuers Funkenfontänen hoch zum Himmel schießen und in leuchtenden Bögen niederregnen.

Sie haben Gasflaschen in den Hütten, sagt Mr. Oss leise.

In den Bungalows wird es lebendig, einzelne Lichter gehen an, auf dem Weg kommen Madame und Virikit gerannt, beide in blauen Hosen. Man erkennt sie kaum. Sie laufen, so schnell sie können, sie laufen um das Leben ihrer Leute. Die paar Jungen, die über Nacht Dienst haben, rennen hinterher. Was kümmern sie die Fremden in dem fremden Dorf? Sie lassen sich von Mr. Oss nicht aufhalten. Er ist nicht mehr ihr Chef, sondern ein Fremder.

Auf geht's, sagt Max.

Mein Gott, sagt Kecki. Ich hab Angst. Wo ist eigentlich der Hund?

Aber sie rennt hinter Max her und hat Kautschuk für den Moment vergessen, sie bemüht sich, den Kröten auszuweichen, und spürt doch kurz eine furchtbar lebendige Masse unter ihrem Schuh. Von allen Seiten kommen Menschen, niemand will das Schauspiel verpassen. Und die Nacht verdunkelt sich durch den Rauch. Eine andere Art Schwärze kriecht vom Dschungeldorf über die Bäume und sinkt herunter, eine dicke, böse und erstickende Schwärze. Das Rot am Horizont ist trüb, man hört Detonationen.

Die Propangasflaschen, keucht Max. Er gibt Kecki ein nasses Taschentuch.

Du bist wirklich geländetauglich, sagt sie ein bißchen spitz und hustet.

Es ist wie immer bei einem Unglück: Jeder nimmt nur ein Fetzchen davon wahr und hält seins für das wichtigste. Kecki sieht einen rußverschmierten Mr. Oss aus dem Wald kommen, in den Armen eine reglose alte Frau. Er weint.

Max photographiert zwischen Bananenstauden einen wahnsinnig gewordenen Elefanten, der sich von der Kette losgerissen hat und seinen blutenden Fuß in die Luft hält. Kinder tragen Plastikautos und Zigarettenstangen sinnlos zwischen den Bäumen herum, der Gestank betäubt alle, und noch immer sind sie, die Retter, nicht am Feuer angekommen.

Aber sie hören es. Es ist ein träges Geräusch. Dieses Feuer kann, was man ihm da zum Fraß angeboten hat, nicht ernst nehmen. Die Hüttchen aus Lumpen und Bretterholz sind eine Beleidigung für einen so prachtvollen Brand. Er brüllt unschlüssig auf, jagt ein paar Kochstellen in die Luft, über kleine, liegende Körper leckt er gleichgültig hinweg.

Ist das alles? Diese wehrlosen, jämmerlichen Behausungen? Das Feuer holt lässig die Vögel aus den Zweigen und überrascht Großväter auf ihren Schlafbänken. Es stopft den verzweifelt krähenden Kampfhähnen in ihren geflochtenen Gefängnissen den Schnabel und brät alle Hunde, die es findet. Wer in seiner Hütte ausharrt, wird von ihm eingesperrt und ausgelacht.

Ist das alles? Es umarmt träge ein paar Palmen und Kautschukbäume, legt leuchtende Teppiche auf die Wege und räkelt sich lässig am Flußufer.

Ist das alles?

Nichts mehr da, mein Gott, flüstert Kecki. Keine halbe Stunde und nichts übrig. Max, wo bist du?

Aber Max denkt in diesem Augenblick nicht an Kecki. Er sucht. Er macht Bilder und sucht, er will durchbrechen, was er später als einen umsichtig von Menschenhand angelegten Feuerring erkennen wird, er macht sich vor, daß es ihm um alle geht, die Hilfe brauchen, und weiß, es ist nur der Junge, den er sucht. Ihm darf nichts geschehen sein. Er photographiert wie eine Maschine, es geht um ein Protokoll, um alle Einzelheiten des Feuers. Keine verdächtige Dose oder Flasche darf unabgebildet bleiben.

Im unschuldigen rosa Frühlicht des Sonnenaufgangs wird Max Asche und Trümmer sehen, die verkohlten Käfige mit den Hahnenkadavern, die schwarzen Vierecke der Hüttengrundrisse. Und neun Menschenkörper, die nicht hatten entkommen können aus dem geschlossenen Ring der Flammen, die ihre Familien nebeneinanderlegen und mit einem Stück Plastik notdürftig bedecken.

Aber noch ist es dunkel, noch weiß Max nichts von der Feuerfestung, in der das kleine Dorf untergegangen ist, er macht Bild um Bild ohne Plan und Zusammenhang. Viele Großaufnahmen, von Etiketten auf Dosen und Kanistern zum Beispiel, deren Schrift er nicht lesen kann, die aber vielleicht wichtige Hinweise geben könnten. Auf jeden Fall muß es festgehalten werden, all das armselige, zerstörte Zeug.

Inmitten des Durcheinanders, eines merkwürdig stillen Durcheinanders, bewegt sich der photographierende Mann behutsam und bedächtig, als gehe er durch etwas Kostbares.

An einer anderen Stelle des Dschungeldorfes steht Mr. Oss mit grauem Gesicht. Das, was von der Freude seines Lebens übriggeblieben ist, hat er zu den anderen Menschenbündeln gelegt. Der Pick-up des Fremdendorfs ist auf Mr. Oss' Befehl gekommen und nimmt die Geretteten auf.

Wo ist eigentlich Mow? fragt Mr. Oss.

Es fällt ihm in dieser Minute auf, daß er seinen Ziehsohn und Vertrauten schon sehr lange Zeit nicht gesehen hat. Wer soll ihm antworten? Er schaut in die Gesichter, die zu ihm hinaufsehen, verschlossene Gesichter. Viele Kinder.

Wir sollten zählen, sagt er zu Madame, die in ihren blauen Leinenhosen mit einer Baseballkappe auf dem Kopf wie ein ganz anderer Mensch aussieht.

Wo ist die Lady mit der Anmut einer Wachskerze und den ringebeladenen Händen geblieben? Verbrannt? Oder im Dschungel verschwunden, auf der alten Baustelle, neben dem Leichnam von Kleines Gemüse? Egal, auf jeden Fall ist Madame weg, und die, die da zum Vorschein gekommen ist, sagt: Okay. Zählen. Aber warum? Wissen nicht, wieviel vorher!

Man muß doch wissen, ob jemand fehlt, antwortet Mr. Oss. Wo bleibt eigentlich die Polizei?

Der zarte Schein des Morgens ist unbemerkt übers Meer gekommen, und Madame sagt: Polizei? Wozu? Haben nicht aufgepaßt und paar Hütten gebrannt. Und Menschen. Wen interessiert?

Warum sind Sie so verbittert? fragt Mr. Oss und hilft den Dorfbewohnern, auf den Pick-up zu klettern.

Nicht bin, sagt die neue Madame und lacht. Wohin sollen?

Wir bringen sie bei uns unter, jedenfalls für heute. Sie sollen zu essen und zu trinken bekommen und im Sanitätsraum versorgt werden, so gut es geht. Ich werde den Arzt holen lassen, obwohl er meines Erachtens nicht das geringste taugt. Einer von den Gästen ist auch Arzt, bestimmt wird er helfen. Die Leute sollen sehen, daß man sie nicht im Stich läßt. Ist jemand von unseren Angestellten bei den – er bringt nicht fertig, es zu sagen. Seines Lebens Freude liegt da. Nie mehr wird sie ihn besteigen wie ein Gebirge. Nie mehr.

Nicht, sagt Madame. Sie nimmt seine Hand, und Mr. Oss schaut erstaunt auf diese beiden Hände, seine mollige Tatze und ihre dünne Hand, spinnenfingrig, zwei Tiere, die sich zufällig aus großer Gefahr gerettet haben und einander nicht kennen.

Irgendwann ist heller Morgen, und im Restaurant des Fremdendorfes hat sich eine bunte Gesellschaft eingefunden. Die Einheimischen sind jetzt in der Überzahl, und die Jungs vom Personal bedienen ihresgleichen, ihre Cousins und Tanten. Sie bleiben bei ihnen stehen, vergessen völlig, daß sie Kaffee und Tee nachschenken sollen, reden und reden.

Das ist die Sprache, die eigentlich hierhergehört! sagt Max, der blaß und ernst am Tisch sitzt.

Was ist mir dir? fragt Kecki und greift nach seiner Hand. Es geht dir doch nicht nur um das Feuer!

Du hast den Kleinen verloren, sagt sie plötzlich.

Ich habe bei den Opfern nachgeschaut, sagt Max. Bei denen war er nicht, gottlob.

Der Hund ist auch weg, sagt sie und weiß im gleichen Moment, wie unpassend das klingt.

Man sucht sich eben nicht aus, was man liebt, sagt sie trotzig, nein, man sucht es sich nicht aus.

Guck mal da rüber, sagt sie dann.

An zwei zusammengeschobenen Tischen hat sich eine merkwürdige Gesellschaft zusammengefunden. Wyandotte, Poldi, der sich die Hand vor den Mund hält und krank aussieht, seine Frau Marianne, Herr Atropos und Mow.

Der sitzt bei denen, als gehörte er dazu, sagt Kecki verblüfft.

Vielleicht tut er das ja, antwortet Max.

Vor allen stehen hochbeladene Teller, Wyandotte sitzt hinter einem flaumig gelben Rühreigebirge, das mit Specklocken gekrönt ist. Nur Poldi mit der gespaltenen Zunge begnügt sich mit einem Glas Milch.

Denen geht's richtig gut, sagt Kecki. Entweder interessieren sie sich nicht für Katastrophen, oder sie gefallen ihnen.

Max macht ein Bild von diesem Morgenmahl.

Auch von dem erhöhten Tisch der Kanadierin macht er welche, die sich begeistert einer Schar Kinder annimmt, Sandwiches belegt, Saft einschenkt und tröstend auf weiße Verbände pustet, unter denen Brandverletzungen verschwunden sind.

Sie ist wieder ein bißchen krummer, flüstert Kecki, aber nicht so krumm, wie sie war, als sie herkam!

Lang nicht gesehen, sagt Louis Reinemer, der mit Santa Clara und einer scheu zu Boden schauenden jungen Thaifrau an Keckis und Maxens Tisch stehenbleibt.

Das war ein Morgen! Ich erweitere hier meine ärztliche Erfahrung ganz ungeheuer, sagt Louis und lächelt. Erst als Pathologe, und jetzt sind meine Kenntnisse als praktischer Arzt gefragt. Die Leute hatten Glück im Unglück. Es sind keine tiefen Schichten verbrannt, fast alle Wunden oberflächlich. Die in der Nähe der explodierenden Gasflaschen waren, hatten keine Chance. Bis auf einen Fall also nur Tote und Leichtverletzte.

Bis auf einen Fall? sagt Max.

Ein Junge, sagt Louis. Ich habe ihn mit dir zusammen schon mal gesehen. Er ist jetzt in Takuapa, in der Klinik. Zwanzig Prozent Hautoberfläche, nicht sehr tief, aber natürlich eine Rieseninfektionsgefahr. Die haben hier keine Brandintensivbetten. Aber er hat gute Aussichten, denke ich.

Das Gesicht? fragt Max leise. Ich meine, ist sein Gesicht verbrannt?

Sie hat mir großartig geholfen, sagt Louis und legt seiner Frau die Hand auf den Arm. Und das ist übrigens Anchalee, sagt er und lächelt. Die junge Thai schaut kurz vom Boden hoch, und Kecki erkennt sie.

Ich habe sie schon mal gesehen, sie macht die Zimmer, sagt sie.

Sie wohnt im Dorf und hat jemanden verloren, ich weiß nicht genau, ob den Vater oder den Großvater. Er hatte direkt neben dem Gaskocher geschlafen. Kein schöner Anblick! Wir haben sie unter unsere Fittiche genommen.

Kecki wagt nur einen ganz kurzen Blick in Santa Claras Gesicht, dann sagt sie: Ich geh mal lieber. Sie setzt ihre Brille auf und sieht plötzlich alle Gesichter furchtbar deutlich.

Als könnte man Gedanken lesen, flüstert sie.

Atropos lächelt in sich hinein und setzt, wenn er sich beobachtet fühlt, eine Beerdigungsmiene auf. Wyandotte frißt wie ein Feldherr nach gewonnener Schlacht, der Anblick, den er dabei bietet, ist ihm vollkommen gleichgültig. Sein Gesicht, das Gesicht eines nackten Bären, glänzt. Er spült das Essen mit

Unmengen von Tee hinunter. Der kleine Mow, nun nicht mehr in der niedlichen Kluft des siamesischen Dienerchens, sondern in weißer Hose und weißem europäischem Hemd, hat sein Lächeln ausgeknipst und betrachtet den Baron mit gelassener Verachtung. Marianne redet auf den Thai ein, legt ihm die Hand auf den Unterarm und zieht sie gleich wieder weg. Um ihren zusammengesunkenen Mann kümmert sie sich nicht.

Kecki gibt sich einen Ruck und geht zu dem Tisch, auf dem es aussieht wie nach einer Orgie.

Kommen Sie, sagt sie zu Poldi. Machen Sie einen kleinen Spaziergang mit mir. Schließlich haben Sie und ich ein Abenteuer erlebt und noch kein Wort unter vier Augen drüber reden können!

Marianne schaut Kecki mit einem Blick an, den die nicht deuten kann. Wyandotte lacht, Atropos versucht die Situation zu retten und beginnt mit seiner tiefen Stimme, den Brand zu beklagen.

Geh nur, sagt Marianne zu Poldi.

Der steht auf und streckt sich, wie nach einem Schlaf.

Ich bin immer so müde, sagt er undeutlich. Warum bin ich nur mein Leben lang müde? Andererseits hat mir Wachsein kein Glück gebracht.

Du mußt nicht reden, wenn es dir weh tut, sagt Kecki freundlich. Sie duzt ihn jetzt, vielleicht macht ihn das zutraulicher. Er hat die Bewegungen eines geprügelten Tiers.

Warst du noch mal beim Arzt?

Der Chinese, antwortet Poldi, taugt nichts. Ich war bei unserem, bei dem mit der eifersüchtigen Frau. Es ist alles soweit in Ordnung.

Langsam sind sie zwischen den blühenden Büschen, die vom morgendlichen Gießen glitzern, in Richtung Altes Boot gegangen. Hinter dem Alten Boot endet das Gelände des Dorfes, es kommt ein breites, einsames Stück Strand mit ein paar Felsen. Dort halten sich selten Touristen auf, nur manchmal ein paar Fischer oder Kinder, die Muscheln zum Essen sammeln. Ungefähr fünfhundert Meter lang erstreckt sich der Strand bis zur Flußmündung, dem schönsten Fleck auf Erden, der Kecki für alle Zeit verdorben ist.

Wir bräuchten einen Hut, sagt Kecki besorgt. Der Mann neben ihr ist noch geschwächt, und sie hat gelernt, die Bosheit der Sonne nicht zu unterschätzen.

Zwei Hüte, sagt Poldi. Unter einem haben Leute wie wir keinen Platz.

Na bravo! sagt Kecki erstaunt. Hör ich da Reste von Frohsinn?

Galgenhumor, antwortet Poldi. Ich werde aus diesem Paradies nicht lebend rauskommen.

Na, na, sagt Kecki. Ich bin doch da und paß auf.

Das hat beim erstenmal ja schon so gut funktioniert, antwortet Leopold.

Irgendwie haben sich die Rollen verändert, und Kecki kommt mit der kleinen Inquisition, die sie geplant hat, nicht recht voran.

Sie läuft quer über den Strand, hinauf zu ein paar zerzausten Büschen, und pflückt zwei große, ledrige Blätter.

Da, sagt sie, legt sich das eine auf den Kopf und gibt Poldi das andere.

Wie soll ich über den Tod reden, sagt der, wenn ich herumlaufe wie eine Witzfigur?

Aber er legt sich das zweite Blatt auf den Scheitel, beide halten ihren Paradieshut mit einer Hand fest und marschieren an der Flutkante entlang. Kleine Sandkrabben richten ihre schwarzen Periskopaugen auf das Paar und flitzen eilig in ihre Löcher, Fischchen zappeln in flachen Kuhlen, die zurückgehende Flut läßt die grünen Strähnen des Seetangs im Wasser wehen, Quallen versickern, ein toter Goldkäfer funkelt in der Sonne wie ein Schmuckstück.

Neun Tote, sagt Poldi und schaut auf seine bloßen Füße, magere Füße mit krummen Zehen und gelben, verdickten Nägeln, ungeliebte, ungepflegte Füße.

Auch Kecki schaut hinunter. Sie hat ganz ähnliche Füße schon einmal gesehen, am Eingang des Höhlenklosters, bei Poldis Frau Marianne.

Neun Tote! Oder ist das nicht wahr? Er wendet sich fragend an Kecki. Das haben sie oben gesagt, die Kellner haben es mit den Fingern gezeigt. Neun! Den einen Daumen hatten sie eingeklappt.

Soviel ich weiß, stimmt das. Leider.

Dann bin ich der Daumen, der eingeklappte, sagt Poldi nachdenklich. Dann werde ich der zehnte.

Ich verstehe gar nichts, sagt Kecki wütend. Was hat denn der Brand zu tun mit der Geschichte, die du mir damals auf dem Elefanten angefangen hast zu erzählen?

Ich bin der einzige, den sie hier kennen. Das Mädchen hatte ein Bild von mir nach Thailand geschickt, und es ist tatsächlich angekommen. Das war, nachdem die beiden dann tot waren, wie ein Steckbrief. Es war ja das einzige, woran sich die Familie halten konnte. Der Fremde. Der Schinder. Kam wahrscheinlich noch dazu, was die Kleine erzählt hat. Kinder geben ja gern ein bißchen an.

So erschien sie mir eigentlich nicht, wie eine Angeberin, sagt Kecki wütend.

Sie hat vollkommen vergessen, wie komisch sie aussehen müssen mit den Blättern auf dem Kopf, die gute Dienste leisten gegen die mörderische Sonne.

Eher wie ein abgerichtetes Kind, eins, dem irgendeine Sau beigebracht hat, wie man den Onkels gefällt.

Ihre Mutter hatte nichts dagegen, das kannst du mir glauben, sagt Poldi, und Kecki findet sein feuchtes, qualvolles Genuschel plötzlich widerwärtig.

Das hört man immer, wenn so einer Sache dann ein Ende gemacht wird, du glaubst nicht, in wie vielen Gerichtsverhandlungen ich dieses weinerliche Geschwätz schon gehört habe! Und was hat das Ganze eigentlich mit dem Brand zu tun?

Woher soll ich das wissen? antwortet Poldi, aber man kann nicht hören, ob er wütend ist.

Wird das eigentlich wieder mit deiner Zunge?

Das ist doch egal, sagt er. Sie werden mich so oder so erledigen. Verstehst du, das sind Leute, die tun, was man ihnen sagt. Was die Familie ihnen sagt. Und für die bin ich schuld an der Schande und dem Tod der beiden Frauen. Ich habe immer geglaubt, hier wären alle so friedlich und nachgiebig, vor allem die Frauen. Hört man ja auch bei uns immer wieder, daß die sogar zu den größten Idioten und Kotzbrocken ein Eheleben lang nett sind. In Wirklichkeit hatten unsere beiden nichts am Hut mit Ehemännern. Liebhaber nur soweit, wie sie der Sache nützen konnten.

Weißt du, ich habe weggeschaut. Ich selber hatte keinen Bock auf was Exotisches, obwohl Marianne sie mir angeboten hat.

Welcher Sache? fragt Kecki. Sie nähern sich dem Ende des öden Strandstücks, Baumkronen erscheinen am Ende der Bucht. Wir müssen langsam umkehren. Es sieht komisch aus, wenn wir nicht im Dorf helfen. Oder es zumindest anbieten. Ich muß auch noch was schreiben.

Jetzt erst antwortet Poldi auf ihre Frage. Der Blaue Elefant, sagt der lädierte Gastwirt. Die Organisation. Der Baron weiß da besser Bescheid als ich, nuschelt er verbittert. Mit dem hat alles angefangen. Marianne hat sich nicht mehr als Lockspeise geeignet, die interessanten Gäste brauchten einen Kick. Abwechslung. Was Junges, aber nicht das Übliche. Und die beiden waren das Trojanische Pferd für den Blauen Elefanten. Sie haben Verbindungen hergestellt, sich mit wichtigen Bankern rumgetrieben, die richtigen Stiftungen kennengelernt. Was weiß denn ich? Mir hat niemand erklärt, was da vor sich geht. Nur mein Weib wurde verrückter und nervöser von Tag zu Tag, noch dazu immer dürrer, zum Fürchten. Sie war in die Nähe von Macht geraten wie eine Füchsin zur Falle – ah, riecht köstlich! Und schon macht's peng.

Sie sind im Schatten eines dicken Felsbrockens stehengeblieben, der Schatten reicht kaum für zwei. Ihre Blätterhüte sind welk geworden. Kecki läuft zum Flutsaum und taucht sie ins Wasser. Es ist ein wunderbares Gefühl, die feuchten, kühlen Blätter auf dem Kopf zu spüren.

Jedenfalls ging es schon bald um Auslandsinvestitionen. Hier, natürlich. Im Land der Friedlichen, im Land der Freien. Wyandotte hat schon immer gesagt, daß es in Deutschland keine wirkliche Wunscherfüllung, keine echte Entfaltung für den einzelnen mehr gäbe. Hier wollen sie es bauen, ihr Xanadu für Alte, mit Personal für selbst die ausgefallensten Gelüste.

Könntest du in Deutschland nicht machen, sagt er und lacht mit einem Schmerzenslaut. Da haben sie schon recht, unsere Investoren. Natürlich war es die ganze Zeit der Blaue Elefant, an dessen Fäden sie zappelten, ohne es zu wissen. Unsere beiden Frauen haben da Erstaunliches geleistet. Sie waren die Kuriere, die Bindeglieder. Sie haben dafür gesorgt, daß das Projekt in die richtige Richtung gelenkt wurde. Sie wollen ja nicht einfach das fünfhundertste Feriendorf an irgendeinen Strand pflanzen, sondern etwas ganz Besonderes. Einen einzigartigen Ort, an dem man kann, was angeblich nicht geht: Glück für Geld kaufen. Jede denkbare Art von Glück. Für sehr, sehr viel Geld.

Ich hab das dann mit der Zeit schon verstanden, sagt Poldi. Es sind nicht meine Dimensionen. Aber Marianne und ihre feinen Freunde waren von der Vorstellung wie elektrisiert. Raus aus dem sauren alten Europa, in dem du die Sünden nur noch im Museum besuchen kannst.

Aber warum sind die beiden tot? fragt Kecki. Es lief doch in die gewünschte Richtung! Und wenn ich es recht sehe, tut es das immer noch. Der Plan ist genial und sehr lebendig, er brennt geradezu vor lauter Lebendigkeit, das haben wir ja eben erlebt!

Poldi hört ihr gar nicht zu. Er faßt sich immer wieder an seinen geschundenen Mund.

Sie haben das Goldene Huhn kennengelernt, sagt er mühsam. In Deutschland. Jemanden von dort. Und dann haben sie die Seiten gewechselt.

Also, das wüßte ich gern ein bißchen genauer, sagt Kecki aufgeregt.

Sie hat jetzt, auf dem Rückweg, die Sonne im Gesicht und kann kaum noch was sehen. Das Meer glitzert so, daß es ihr in den Augen weh tut, der Sand blendet sie, kein Schatten weit und breit. Ein Stück Wüste mitten in der Lieblichkeit des Paradieses, ein feindseliger Fleck Erde.

Meinen Informationen nach ist nicht geklärt worden, ob es sich um Mord gehandelt hat!

Mord oder Selbstmord, sagt Poldi, und es schmerzt, ihm zuzuhören, das ist doch ganz egal. Sie beschließen deinen Tod. Dann warten sie. Und dann nehmen sie die Sache selber in die Hand.

Wer? fragt Kecki und bleibt stehen.

Die Familie, sagt Poldi. Man darf der Familie nicht schaden. Der Blaue Elefant ist nichts anderes als die Familie. Nur dem Erleuchteten verantwortlich.

Und der Brand? fragt Kecki.

Aber sie ist nicht ganz bei der Sache. Immer wieder kneift sie die Augen zusammen und sucht nach etwas, einem Punkt auf dem weißen Sand, einem Punkt an der Flutkante, der sich bewegt, der zu einem langgestreckten Strich wird und sich auf sie zu bewegt. Nichts.

Mein Hund ist weg, sagt sie leise. Ich sollte andere Dinge wichtiger nehmen, aber ich kann nicht. Verstehst du das, Leopold?

Ich würde unseren Elefanten gern wiedersehen, sagt der. Der Brand – ich weiß nicht. Sie wollen einen ungestörten Ort machen. Schwer zugänglich. Und das wichtigste ist der Höhlensee, das Wunder. Das spirituelle Zentrum, wenn man alles andere ausgereizt hat. Vielleicht sollte der Brand eine Warnung sein. Oder einfach Platz schaffen. Was weiß unsereiner schon? Die mich so zugerichtet haben, sind jedenfalls Rebellen.

Sie sind jetzt wieder in der Nähe des *resort*, man sieht in der Ferne das Alte Boot und das Massagezelt. Es ist ziemlich viel Betrieb, ferne Juchzer sind zu hören, als wäre nichts geschehen.

Es hilft alles nichts, ich muß meinen Hund suchen. Er hat mir das Leben gerettet, da kann er mich doch jetzt nicht allein lassen, sagt Kecki zu Poldi. Ein bißchen schlauer bin ich, aber da sind noch jede Menge weiße Flecken in der Story. So kann ich sie nicht verkaufen.

Du wirst dich hüten, sie zu verkaufen, versucht Poldi energisch zu werden, was sich jämmerlich anhört.

Na, sagt Kecki gereizt, überlaß mal ruhig mir, was ich tue. Schließlich sollte ich für einen ziemlichen Berg Knete die PR-Tante für diese Gangster spielen. Irgendwie muß ich mich doch schadlos halten, wenn ich das bleiben lasse, oder? Meine Ausbeute ist sowieso eher mager, obwohl wir uns über Langeweile nicht beklagen konnten. Was hier passiert, läßt sich schlecht in Zeitungsportionen zerteilen. Apropos zerteilen – weißt du, ob es noch einen anderen Toten gab?

Eine merkwürdige Geschichte, sagt Poldi matt. Er wirkt erschöpft, und das Blatt hängt ihm schlaff über der Stirn. Sie halten ihre Adam- und Evahüte schon lang nicht mehr fest und denken erst wieder an sie, als das Gelächter der Entgegenkommenden sie daran erinnert.

Ich brauche jetzt was zu trinken, sagt er, und Kecki sieht, daß der grünliche Schimmer in seinem Gesicht nicht vom Widerschein des Blattes kommt.

Schnell, sagt sie, hier, zum Alten Boot. Da gibt es Wasser. Wir sind aber auch blöd, daß wir das vergessen haben! Bei der Hitze!

Sie hakt ihn unter und schaut wieder auf seine trostlosen Füße.

Komm, du Armer, sagt sie. Setz dich in den Schatten. Ich hol Wasser.

Sie läßt ihn am Alten Boot sachte heruntergleiten und bedient sich aus dem rostigen Kühlschrank. Dann gibt sie ihm zu trinken. Das Wasser läuft ihm aus den Mundwinkeln, er hält die Augen geschlossen.

Sie werden dir nicht erlauben, nicht zu tun, was sie wollen, lallt Poldi. Es klingt sehr schwach.

Ich hab dich schon überall gesucht, sagt Max.

Er ist von der Dorfstraße gekommen und guckt jetzt über die bunte Reling. Poldi, der zusammengesunken im Bootsschatten sitzt, kann er nicht sehen.

Komm mit zur Brandstelle, befiehlt er. Die Polizei ist da, mit einem von denen kann man sogar reden.

Jetzt nicht, antwortet Kecki, ich muß mich um den da kümmern!

Max reckt den Hals und sieht das Häufchen Elend.

Der hat eine Frau, sagt er mitleidlos. Soll die sich kümmern. Komm, es ist wichtig.

Er hat recht, sagt Poldi. Geh nur. Mir kann sowieso keiner mehr helfen.

Was ist denn mit dem los? fragt Max. Solche Sätze mag ich besonders gern!

Hast du Kautschuk gesehen? fragt Kecki, während sie sich in Richtung Dschungeldorf auf den Weg machen. Sie dreht sich noch ein paarmal nach Poldi um, aber da ist nur der knallbunte Bootsrumpf.

Wir fahren mit dem Mofa, sagt Max, das geht schneller.

Das klapprige Rädchen steht am Schlagbaum, als warte es nur auf Max.

Es ist ein schönes Gefühl, über die rote Piste zu knattern, das Ding hopst über die Schlaglöcher weg wie ein Geißbock.

Riecht wie immer, sagt Kecki erstaunt.

Ja, genau das haben sie benutzt, schreit Max über die Schulter. Sie haben die Kokosbrandstellen rings ums Dorf mit Reisig und alten Palmblättern zum Ring geschlossen, Benzin und Brandbeschleuniger darauf verteilt, und dann brauchten sie nur noch zu warten, bis die Chose hochging. Eine Feuermauer um das ganze armselige Kaff. Es ist ein Wunder, daß sich so viele retten konnten. Der Fluß war ihre Chance, die einzige Stelle, an der sie rauskonnten. Er ist kaum knietief, aber die alten Leute haben offenbar Angst gehabt, ihn entlang bis hinter die Flammen zu waten.

Stimmt das mit den neun Toten? ruft Kecki gegen den Fahrtwind.

Ja. Morgen fahre ich mit dem Polizisten nach Takuapa, den Jungen besuchen. Vielleicht hat er jemanden gesehen.

Ach Max, sagt Kecki leise, und es ist ihr egal, ob er sie versteht. Eigentlich versteht er sie immer, wenn es darauf ankommt. Ob jemand was gesehen hat oder nicht, ist vollkommen gleichgültig. Alle hier werden wissen, wem sie das zu verdanken haben. Und niemand wird etwas sagen. In zwei, drei Wochen werden die einen hübsche neue Hütten haben, weiter weg, in einer Kautschukplantage oder meinetwegen an der übernächsten Bucht, und die anderen werden irgendwo im Dschungel verschwunden sein. Du und ich, wir werden es nicht erfahren.

Ihr Mund ist voll Sand, feinem, rotem Straßensand. Er pudert die Haare und verklebt die Wimpern.

Eine Dusche wäre mir jetzt ehrlich gesagt lieber als die Wahrheit. Eine Dusche und mein Hund. Und eine Zigarette und ein großer, eiskalter Mekong.

Was plapperst du da hinten? sagt Max und springt wie ein Motocross-Champion über ein paar tiefe Querrillen.

Sie sind angekommen, wo einmal das Dschungeldorf war. Wenn man es nicht gekannt hätte, würde man an verkohltem Boden, Gerümpel und allerlei Brettern und Kisten vorbeifahren, ohne zu ahnen, daß sich da vor wenigen Stunden eine Katastrophe abgespielt hat. Schon scheint sich der Wald über dem verbrannten Platz zu schließen.

Ich habe auf Sie gewartet, sagt ein hochgewachsener Thai in tadelloser Uniform, das häßliche Olivbraun steht ihm und

unterstreicht seine hellbraune Haut und die weißen Zähne.
Das ist Ihre Kollegin? Sehr erfreut! Herr Max hat mir mit seinen Aufnahmen sehr geholfen.

Wo haben Sie studiert? fragt Kecki und geniert sich im gleichen Moment.

Als nächstes wirst du ihn fragen, ob er deinen Hund suchen
könnte, flüstert Max und grinst.

In Jena, sagt der Polizist.

20

»Ja, dem geborenen Erdensohne erwächst
im Munde eine Axt, mit der der Tor sich
selbst vernichtet.«

Die Reden des Buddha

Im Augenblick scheinen alle zu schlafen, Menschen und Tiere, sogar das Meer und die Bäume, obwohl die Sonne hoch am Himmel steht. Die Touristen sind freiwillig zusammengerückt, und bei den Schweden liegen nicht nur blonde, sondern auch ein paar dunkle Kinder auf Kissen, Handtüchern und Badezimmervorlegern.

Die ihr eigenes Dorf verloren haben, schlafen im Fremdendorf. Auf Liegestühlen, im Schatten des Alten Boots, unter den Bügeltischen hinten in der Wäscherei, überall haben sie sich zusammengerollt, ohne Umstände, wie Katzen. Nur manchmal hört man einen von ihnen stöhnen oder im Schlaf reden.

Es ist heller Mittag, auch am Strand liegen Schläfer, in ihre armseligen geretteten Fetzen gehüllt. Das schöne Massagezelt beschützt eine junge Mutter mit winzigen Zwillingen, alle drei liegen da wie tot.

Kecki hat sich mit sorgenvoller Miene hingelegt, ihr Notizbuch krampfhaft in der Hand. Nur fünf Minuten, hat sie gemurmelt und ist seither nicht mehr zu sich gekommen. Max war ausnahmsweise besorgt und hat ein Laken über sie gelegt, damit die Klimaanlage kein Unheil anrichten kann. Jetzt schläft er in Keckis Hängematte, mit ordentlich glattgezogenen Hosen und gefalteten Händen, die weiße Haarsträhne beschattet sein linkes Auge. Klitzekleine Bläschen zeigen sich in seinen Mundwinkeln und zerplatzen. Er sieht aus, als träumte er.

Einer schläft nicht, denn er hat eine Menge zu tun. Der

Baron bleibt neben der bedenklich schaukelnden Hängematte mit dem schlafenden Photographen stehen, unterdrückt sein schweres Schnaufen und beobachtet Max. Hin und her gehen seine Blicke, sie suchen die Veranda ab und wollen ins Hausinnere, dann macht Wyandotte eine zornige Geste.

Sie beweisen gar nichts, deine Scheißbilder, flüstert er. Keiner interessiert sich dafür. Ein armseliger Haufen Gerümpel ist abgefackelt, na und? Sogar Gott brauchte die vollkommene Leere, um das Paradies zu erschaffen!

Er verzieht das Gesicht, sein bärenäugiges, breitbackiges Gesicht, das sonst niemals eine Regung zeigt. Ob er an die kleinen Pakete denkt, die da lagen? Neun Pakete, klein wie schlafende Kinder. Aber sie rochen nach verbranntem Fleisch und Gas.

Er schüttelt sich, daß sein Fett flappt, während er sich in Richtung Altes Boot in Bewegung setzt.

Die Lücken sind bald wieder gefüllt, sagt er mit seiner normalen Stimme. Das wächst hier nach, so schnell kann unsereiner nicht piep sagen. Wozu das Geschrei um einen einzelnen bei dem Überfluß? Die hier vermehren sich, und nichts kann sie bremsen. Wir sterben ab und dürfen uns deswegen bedienen. So einfach ist das.

Grummelnd wie ein alter Mann tappt er durch das schlafende Dorf und wischt sich alle fünf Schritte den Schweiß von der Stirn. Hundert Augenpaare beobachten ihn, aber das weiß er nicht. Die Tiere schlafen nämlich nicht, die halten bloß still, verstört vom Geruch nach Tod.

Als der Baron am Alten Boot angekommen ist, schaut er sich gründlich um. Mustert das nahe Massagezelt, in dem sich die erschöpfte Mutter mit den Babys immer noch nicht bewegt hat.

Es interessiert ihn nicht sehr, ob die drei leben oder tot sind.

Auch den Polizisten ist es offenbar zu heiß. Anstatt zu ermitteln, Einheimische und Fremde auszufragen und Täter zu suchen, schlafen sie, unten am westlichen Strand, eingehüllt ins beruhigende Gebrumm von Madames Generator.

Mr. Oss ist wach. Er sitzt auf dem Boden seines Bungalows und weint in das Fell seiner Katze. Die läßt es sich gefallen, mit einem unergründlichen eisblauen Blick.

Die Sonne scheint ihren eigenen Brand entfachen zu wollen, zur Strafe. Niemand erträgt sie, die Geretteten haben die schweren Strandliegen in den Schatten gezogen, sogar die Leguane suchen unter Blättern Schutz.

Mr. Oss ist aufgestanden und zieht sich an. Er tut das sehr sorgfältig, steif gebügelte weiße Bermudas, weißes Hemd mit kurzen Ärmeln, sogar eine Krawatte hat er herausgesucht. Die hat sie ihm geschenkt, seine Freundin, unter heftigem zahnlosem Gelächter. Sie hatte ihm vorgelesen, was da in roter Stickerei auf blauseidenem Grund geschrieben steht. Er wird nie erfahren, was er bedeutet, der Spruch seiner ermordeten Zauberin, den er sich jetzt umständlich um seinen dicken Hals bindet.

In all den Jahren, die er in diesem bedrängten Paradies verbracht hat, ist er ohne Krawatte ausgekommen. Weder der geheimnisvolle Besitzer von ehedem mit dem Lamborghini ohne Motor noch die Abgesandten des Königs, weder deutsche Industrielle noch japanische Filmstars waren ihm eine wert. Jetzt aber wird er sich untadelig gekleidet einem Gefecht stellen.

Wyandotte verharrt noch immer am Alten Boot. Er hat Poldi gefunden. Poldi Stricker, den Gastwirt, der auf der anderen Seite der Erde gelandet war und sie nicht mehr verlassen wird.

Seine Kraft hat offenbar nur noch dazu gereicht, sich in den Sand unter dem Bootsrumpf zu wühlen, der hier locker und trocken ist, ein Versteck für mancherlei Kreatur. Das Boot und der Sand haben ihn beschützt, vor der Sonne, vor fremden Blicken. Aber so hat keiner ihn retten können, weil keiner ihn gesehen hat.

Das war's, sagt der Baron, der hoch und fett über dem

halb schon begrabenen und beträchtlich kleiner gewordenen Poldi steht. Einfach aufgegeben. Er hat nichts ausgehalten. Schwach. Kein Saft. Eine Schlaftablette. Na, schlafen kann er ja jetzt.

Man muß die Alte davon abhalten, Radau zu machen. Als wüßte ich nicht, daß sie dabei ist, die Seiten zu wechseln. Daß sie diesem kriminellen Klosterheiligen Geld hat zukommen lassen, ist nur einer von vielen Beweisen.

Wer ihn so sehen könnte! Wäre Poldi nicht schon tot, würde er jetzt Schreckens sterben. Wyandottes Mondgesicht ist bleich, mit einem Netz dunkelroter Adern auf den Backen, die sich abzeichnen wie Flüsse in einer Wüste. Seine Augen haben sich hinter einer Festung aus Falten und Fettwülsten versteckt, der Mund sieht aus wie für alle Zeit verstummt. Er wartet.

Lang dauert es nicht, wer würde es wagen, seinen Anordnungen Widerstand zu leisten? Weder Herr Atropos, der sich von seinem verwaisten Strandbungalow her nähert, noch der Chamäleonmann, der hier nicht so heißt, auch nicht Steve, sondern kurz und knapp »Du da«.

Kecki wäre gewiß froh, wenn sie sehen könnte, wie armselig der Verwandlungskünstler jetzt aussieht. Eine halbe Million? Keine zehn Dollar würde man ihm zutrauen, aber man irrt sich leicht, wenn es um Geld geht und um die, die darüber herrschen.

Du da, sagt Wyandotte zum Chamäleonmann, der unversehens aufgetaucht ist, und stößt mit dem Fuß leicht gegen den toten Poldi. Was machen wir mit dem?

Was ist passiert? fragt dieser Steve, aber er redet sofort weiter, als er den Gesichtsausdruck des Barons sieht: Ist ja auch egal. Hätten wir ihn noch gebraucht?

Das spielt keine Rolle, antwortet Wyandotte. Ich mag es nicht, wenn Abgänge sich ohne meine Zustimmung ereignen.

Spätfolgen der Schläge? fragt Herr Atropos, der dazugekommen ist, bleicher und schwarzköpfiger denn je. Es scheint ihn nicht besonders zu interessieren, was den Kumpan Poldi das Leben gekostet hat.

Keiner von den dreien holt Hilfe, warum auch. Der zerschlagenen, schon fast begrabenen Gestalt ist nicht mehr zu helfen. Auch Marianne wird nicht gerufen, sie würde nur stören.

Die erfährt's noch früh genug, sagt Wyandotte grimmig. Was liegt an?

Wir haben keine Zeit mehr zu verlieren, antwortet Atropos. Sonst sind die anderen dran, bei denen geht nicht soviel schief.

Sie meinen, daß bei denen nicht plötzlich die halbe Mannschaft zur Gegenseite überläuft, sagt Wyandotte. Es ist nicht zu glauben! Wie konnte das passieren? Sogar die Landau, die härteste und gierigste Investorin, knickt ein, und Sie unternehmen nichts dagegen?

Ich hatte sie in der Beziehung falsch eingeschätzt, sagt Atropos, aber er sieht weder schuldbewußt noch niedergeschlagen aus.

Wenn's zu Ende geht, werden viele weich, sagt der Chamäleonmann, aber keiner hört ihm zu.

Es gibt ein Ultimatum, sagt Wyandotte. Wenn wir keine Repräsentanz auf die Beine stellen und die geforderte Beteiligung unterschreiten, sind morgen die Holländer dran. Und ich neige zu der Auffassung, daß die ihren Job schneller durchziehen würden, als wir es anscheinend schaffen. Wenn sich der hiesige Investor gleich für die entschieden hätte, sähen wir hier Baugruben, und von dem lächerlichen Slum würde kein Mensch mehr reden.

Dadurch, daß Wanda nicht unterschrieben hat, verzögert sich die Sache etwas, sagt Atropos. Aber es ist nur eine Frage der Zeit. Ich kann mir mit ihren Testamenten die Wohnung tapezieren, eins davon werden sie garantiert anerkennen.

Morgen, sagt Wyandotte. Morgen brauchen wir das Geld. Bis dahin wird niemand irgendwas anerkennen, und wir sind raus. Es sei denn, jemand kriegt diese dämliche Zeitungsschreiberin dazu, ganz offiziell ihre Bereitschaft zu erklären, als Repräsentantin für das menschenfreundlichste und innovativste Projekt der Geschichte aufzutreten. Aus irgendeinem unerfindlichen Grund kaprizieren sich die Großfürsten auf diese blöde Fotze. Das heißt, man muß sie innerhalb von vierundzwanzig Stunden überzeugen, ohne Druck. Wir brauchen sie unbeschädigt.

Sie lehnen zu dritt an der bunten Reling des Alten Boots, jeder hat sich eine Dose kaltes Singha aus dem Kühlschrank geholt. Die Leiche des vierten im Bunde zu ihren Füßen haben sie vergessen.

Jemand, den sie nicht sehen, ist in der Nähe und bemüht sich, zu verstehen, was sie reden. Madame, die zeitweilige Freundin und Beraterin des Streichholzmannes, steht hinter einem wild blühenden Bougainvilleabusch und lauscht angestrengt. Nur ihre Blicke bewegen sich, vom dünnlippigen Mund ihres ehemaligen Liebhabers gehen sie zu Wyandottes fetten Lippen, hinter denen dunkle, unregelmäßige Zähne zu sehen sind. Der Chamäleonmann mit seinem höhnisch verzogenen Mund sagt nicht viel.

Bis auf den Amethystring an ihrer Hand erinnert nichts mehr an Madame von ehedem. Sie trägt chinesische Kulihosen aus verwaschener Baumwolle, ein fleckiges T-Shirt, und ihre schwarzen Seidenhaare sind unter der häßlichsten Baseballmütze verschwunden, die sie hat finden können. Madame lächelt im Schutz des blühenden Busches.

Sie wartet. Und sie muß nicht lang warten, denn die drei Männer werfen ihre leeren Bierdosen in den Sand, würdigen die Leiche keines weiteren Blicks und gehen auseinander. Im Gehen rufen sie sich etwas von Mails zu, die es abzuschicken gelte.

Es ist noch immer sehr heiß, und noch immer scheint das Dorf in einem schweren Erschöpfungsschlaf zu liegen. Vom Alten Boot her weht ein unangenehmer Geruch, der entsteht schnell in diesem Klima. Madame schaut sich um und zieht den armen Poldi aus seinem Sandbett, er hat sich verändert. Steif ist er aber nicht mehr, sondern nachgiebig, und Madame schleift ihn durch das Waldstück zu ihrem versteckten Haus. Sie hat ihn auf eine Liegestuhlauflage gelegt, das war nicht einfach und ging nur mühsam, aber jetzt zieht sie ihn an den Gurten wie auf einem gepolsterten Schlitten heim.

Zwei Polizisten schlafen keinen Meter von ihr entfernt auf Sonnenliegen, die sie in den Baumschatten geschoben haben. Madame beachtet sie nicht. Selbst wenn die beiden hellwach wären, würden sie nichts sehen, was Madame nicht gesehen haben will.

Sie wird in ihrem Haus erwartet. Virikit wirft einen Blick auf den Gast, den ihre Tante dritten oder fünften Grades da mitgebracht hat. Auch das Mädchen trägt chinesische Arbeitsklamotten und eine scheußliche Mütze. Es fängt an, auf Madame einzureden, während es beim Ziehen hilft.

Das Herz des Hauses summt leise, ein unzerstörbares, von der wankelmütigen Dorfelektrizität unabhängiges Herz. Mitten im dämmerigen Wohnraum steht sie, weiß und riesig, bewacht von einem goldenen Buddha: die große Kühltruhe. Tag und Nacht brummt laut der Generator, der sie am Leben hält. Und ihren Inhalt vor Veränderung schützt. Das ist nicht ganz richtig: In Wirklichkeit hält sie den Inhalt für Veränderungen frisch und bereit.

Madame und Virikit öffnen den Deckel, eine weiße Wolke erhebt sich aus der Truhe und befeuchtet die Gesichter der Frauen. Der eisige Sarg ist nicht leer, aber für den zusammengeschrumpelten Poldi bietet er noch Platz. Zärtlich heben sie ihn in die kalte, weiße Höhle, Madame nimmt den geschundenen Kopf, Virikit die Füße. Tote machen sich schwer, aber das hilft ihnen nichts. Sie glätten seine zerknüllten Kleider, so gut es geht, und Madame legt ihm die Hände auf der Brust zusammen. So wird er erst einmal ruhen, mit blaugrauem Gesicht, eingesunkenen Augen und Sand im Mund.

Virikit sagt etwas zu Madame, und die dreht den großen

Buddha so, daß sein Gesicht nicht zur Truhe weist. Der Erleuchtete liegt, mit aufgestütztem Arm und in göttlichem Halbschlaf. Noch ist der schwere Deckel offen, noch steigt der kalte Dampf zur Decke wie Opferrauch.

Madame, die zum chinesischen Kuli gewordene Madame, beugt sich hinunter in den Nebel und nimmt mit beiden Händen etwas heraus. Wie eine sehr kostbare Vase hält sie das Ding fest, es ist ein Gefäß ohne Deckel und Inhalt, aber mit einem Gesicht. Es muß sehr kalt sein, sie behält es nur kurz in den Händen. Man kann nicht erkennen, was in ihrer Miene steht: Stolz? Triumph? Abscheu? Oder etwas von allem?

Virikit hat sich abgewendet und vor den liegenden Buddha gehockt, sie sitzt in Andacht versunken auf ihren Fersen.

Madame legt den gefrorenen Menschenrest zurück zu all dem anderen in die Eistruhe und schließt den Deckel. Man hört das verläßliche Geräusch des Generators. Alles in Ordnung. Es kann gar nichts passieren.

Was die beiden Frauen nicht wissen, ist, daß ihnen jemand zuschaut. Ein rundköpfiger Junge mit sehr blanken Augen und einem Notizbuch kauert hinter dem schweren Vorhang an der Tür, die zu dem vom König selbst geschützten Stück Dschungel führt. Da ist er auch hergekommen, der mutige kleine Rumäne, dessen thailändischer Freund mit schweren Brandverletzungen in einem Krankenhaus liegt und der jetzt nach Schuldigen sucht.

Das brummende Haus ist ihm schon früher verdächtig vorgekommen. Und obwohl er gesehen hat, was die beiden Frauen in die Truhe gehoben haben, fürchtet er sich nicht. Vielleicht, wenn er den Gegenstand in Madames Händen hätte erkennen können? Das ist ihm aber nicht gelungen, obwohl er seinen Kopf so weit wie möglich rausgestreckt hat.

Mist, flüstert er und duckt sich, weil Virikit in seine Richtung schaut.

Aber dann gehen die beiden, er hört die Tür zur Seeseite hin- und herschwingen.

Er wartet.

Sein Notizbuch wartet auch, auf ihn, den Detektiv, dem es gelingen wird herauszufinden, wer daran schuld ist, daß es seinem Freund jetzt so schlecht geht. Es hat keinen Sinn, die Erwachsenen zu fragen. Schon gar nicht seinen Vater, der voller Angst alles gut und schön finden will und sich nicht traut, etwas anderes zu sagen als: Sei doch dankbar, daß wir so was erleben dürfen!

Der Junge hat längst beschlossen, nie bei einem Preisausschreiben mitzumachen. Er möchte nichts gewinnen, weil man sich dafür nur schämen muß. In sein Notizbuch schreibt er, daß die beiden Frauen eine Leiche in die Kühltruhe gesteckt haben, nämlich den Mann, der vom Elefanten gezerrt und verhauen worden ist.

Der Kugelschreiber klebt in seiner Hand, obwohl die Klimaanlage läuft.

Mist, sagt der Kleine zum zweitenmal.

Was soll man schon sagen, wenn man vor einer so schwierigen Entscheidung steht? Deckel aufmachen und nachschauen, wie es sich für einen ordentlichen Ermittler gehört, oder lieber zusehen, daß man aus diesem unheimlichen Haus verschwindet, weg von dem komischen goldenen Gott, der da herumliegt und so tut, als schliefe er? Weg vor allem von der leise summenden Truhe?

Was denkt er, während er in sein Buch kritzelt, um Zeit zu gewinnen? An das Gejammer seines Vaters? Diese Litanei, tu das nicht, stör niemanden, man geht nicht in fremde Häuser, sei leise, siehst du nicht, daß die Herrschaften schlafen wollen, schrei nicht im Wasser, misch dich nicht ein, das geht uns nichts an.

Papa ist ein Feigling, sagt er leise und klappt sein kleines Buch zu.

Vielleicht hat er kein sehr gutes Gefühl, deswegen sagt er es noch mal, ganz leise. Und dann: Ich mach das Ding auf.

Mach das Ding auf, Nico, sagt er zu sich selber.

Eigentlich heißt er Nicolae, aber so nennt ihn keiner mehr, nicht einmal sein Vater. Obwohl es eine mutige Tat gewesen ist, sechs Jahre nachdem das Volk den Conducator und seine Frau wie erlegte Hasen im Fernsehen hat anschauen dürfen, seinen Sohn nach ihm zu nennen. Oder war das bescheuert?

Unter dem Conducator sei es streng gewesen, sagt Papa, aber nicht schlecht.

Nico steht da, sein Buch mit dem reingeklemmten Kugelschreiber hat er auf ein Tischchen gelegt, denn er wird beide Hände brauchen, um den Deckel der Truhe hochzuheben.

Los, sagt er. Und hebt den weißen Deckel hoch.

Erst sieht er gar nichts. Doch, die zusammengekrümmte Gestalt des Leopold Stricker liegt da. Ein paar fest zugebundene Plastiktüten, wie daheim, bei seinen Großeltern in den Karpaten, wenn ein Wildschwein oder ein Hirsch erlegt und zerteilt worden war. Der mutige Nico steckt die Hand in die Kälte und stupst Poldi sachte an, ob er schon gefroren ist. Aber dann sieht er das, was Madame in der Hand gehalten hat, und all sein Mut ist dahin. Da steht er und kann sich gar nicht rühren, und er macht ein Geräusch wie jemand, der sich verschluckt hat und nicht weiß, wie er Luft kriegen soll.

Ein Kopf, ein reifbedecktes Gesicht, weiße Kristalle glitzern in seinem dünnen Bart. Es hat nur eine halbe Stirn, das Gesicht und einen blassen, eingesunkenen Mund.

Daheim in den Karpaten gibt es Tonkrüge mit Gesichtern. Daran erinnert das gefrorene Ding den Jungen, denn wie die Krüge hat es statt der Schädeldecke ein Loch.

In dem Loch, das weiß Nico, müßte etwas sein, das Gehirn. Aber soweit er sehen kann, ist da nichts.

Der Junge steht immer noch wie angeleimt an der Längsseite der Truhe, aus der Kälteschwaden emporsteigen. Das Gesicht ohne Hirn, der leere Krug, der einmal jemand war, trägt einen Schal, einen violetten, eng um den Halsstumpf gewickelten Schal.

Mist, sagt der Junge zum drittenmal, schmeißt den Truhendeckel zu und rennt aus dem Haus. Er nimmt die Tür, durch die er hereingekommen ist und die zum Dschungelstück führt. Zur Meerseite hin traut er sich nicht, wer weiß, ob er da nicht den beiden Frauen in die Arme laufen würde.

Die würden mich am Ende noch dazustecken, sagt er mit klappernden Zähnen, während er einen Weg zwischen den scharfblättrigen, harten Büschen hindurch sucht. Lianen ziehen ihm ihre Peitschenschnüre durchs Gesicht, Sumpflöcher, stinkend und vom letzten Regen übriggeblieben, versauen seine neuen Turnschuhe.

Das kann er nicht sein, sagt er vor sich hin. Ich hab ihn doch gestern noch gesehen. Ohne Bart. Aber er sieht genauso aus.

Endlich ist er auf dem Hauptweg angekommen und sieht, daß das Dorf samt seinen neuen Bewohnern aufgewacht ist.

Ein Kommen und Gehen, hin und her, Koffer werden zur Rezeption getragen, zusammengerollte Matratzen auf Veranden ausgebreitet, die Spontis führen gestikulierend eine ganze Gruppe von verstörten Dschungeldorfbewohnern in ihren Bungalow.

Auch Kecki und Max haben ihre Betäubung abgeschüttelt.

Als hätte mir jemand was in den Drink geschüttet, so fest hab ich geschlafen! sagt Max. Kann ich mal deine Zahnbürste benutzen?

Was für eine delikate Liebeserklärung! sagt Kecki munter. Bedien dich. Ich muß weg.

Was hast du vor? fragt Max aus dem Dunkel des Bungalows, Kecki hört das Surren der elektrischen Zahnbürste, dann ausführliches Gurgeln.

Ich will den Hund suchen, ruft sie ins Bad.

Und während sie sich streckt und diesen merkwürdig kranken und zähen Schlaf aus den Gliedern schüttelt, während sie die Computerausdrucke über Curd Caramel und ein paar Photos zusammensucht – denn die Story will sie schon noch machen –, hat sich der kleine Rumäne am Fuß der Treppe aufgebaut.

Wo ist dein Freund? fragt er.

Warum? fragt Kecki zurück.

Was er Max erzählen will, kann er grade so gut auch ihr erzählen. Sie weiß, daß er mit Maxens Lieblingsjungen zusammengewesen ist, dem kleinen Thaiprinzen, der beim Dorfbrand nicht rechtzeitig rausgekommen ist und jetzt im Krankenhaus von Takuapa liegt. Max wird heute dorthin fahren, auf diesem lächerlichen Motorrädchen, diesem zurückeroberten Stück Jugend, das der kleine Pralinésoldat am Eingang gegen ein paar Baht immer für ihn bereithält.

Das ist nichts für Frauen, sagt der Knabe, und Kecki ist endlich einmal sprachlos.

Max taucht auf, tadellos aussehend und einen deutlichen Geruch nach Keckis teurer Zahnpasta verströmend.

Danke, sagt er, das war ein echter Liebesbeweis.

Von wem für wen? fragt Kecki spitz. Aber Max hört gar nicht zu.

Komm, sagt er zu Nico. Du willst bestimmt mitfahren. Weiß dein Vater Bescheid?

Der sagt nur, ich darf Ihnen nicht auf die Nerven gehen.

Tust du nicht, antwortet Max und verschwindet mit dem kleinen Detektiv im Schlepptau.

Inzwischen ist Madame wieder in ihrem Haus angekommen, ohne Virikit. Das erste, was sie sieht, ist Nicos Notizbuch mit dem eingeklemmten Kugelschreiber.

Sie kann es nicht lesen, aber sie ahnt, was drinsteht. Ohne die große weiße Truhe eines Blickes zu würdigen, verläßt sie das Zimmer. Nach kurzer Zeit kommt sie wieder, angezogen wie früher, eine tadellose Gestalt im roten, engen Kleid. In der Hand trägt sie einen zusammengefalteten Zettel mit einer roten Zeichnung. Was für ein schönes Rot, das Kleid, Madames Lippen und die Zeichnung! An der Tür, die zum Strand hinausführt und von der aus man das Meer sehen kann, wartet jemand auf sie. Kautschuk, tatsächlich Kautschuk. Er sieht magerer aus, ruppiger, älter. Seine Augen sind ruhig auf die rote

Frau gerichtet. Sie beugt sich zu ihm hinunter, aber sie berührt ihn nicht.

Du kannst weg, nütze deine Chance, sagt sie in ihrer Sprache zu ihm.

Ja, antwortet er in seiner.

Kecki hat sich noch einmal hingesetzt. Sie betrachtet die Muschelsammlung, die sie auf dem Terrassengeländer aufgebaut hat, jeden Tag ein paar mehr. Nach Größen und Sorten geordnet, ach, wie oft hat sie schon auf solche Sammlungen geschaut, immer wieder ist das der Anfang vom Abschied aus echten oder unechten Paradiesen. Rosa Mäuler mit kleinen Steinchen drin blecken ihr perlmuttenes, böses Lächeln. Spitze, schneeweiße Meerschneckenhäuser, lila Totenkrallen, behäbige Grünlippen. In wenigen Stunden wird Albertine Aulich fast alle in eine Badetasche stecken und heulend am Strand verteilen. Adieu, adieu. Und immer die leise Frage, ob es das letztemal ist?

Ach Mist, sagt Albertine Aulich, zur Hölle mit der Vergänglichkeit! und rafft ihre Caramel-Unterlagen zusammen. Den werden sie ihr mit Kußhand abkaufen. Sie ist nur nicht sicher, ob sie die Wahrheit schreiben wird. Und ob sie sie überhaupt rausfindet.

Max knattert mit dem kleinen Rumänen auf dem Rücksitz durch den Dschungel zur Hauptstraße nach Takuapa. Auf schütteren Rädchen kommen ihnen vielköpfige Familien entgegen, der Vater am Lenker, die Mutter hinten und dazwischengeklemmt ein Haufen fröhlich zappelnder Kinder. Max hat die abenteuerlichen Fahr- und Transportgemeinschaften oft photographiert, am schönsten: zwei im Abstand von sieben Metern hintereinander hertuckernde Jungen, beide in feuerroten Hosen, zwischen sich eine zu transportierende Bambusstange. Gegenlicht.

Klasse! schreit Max in den Fahrtwind.

Es riecht immer noch ein bißchen nach Rauch, das ist kein unschuldiger Geruch mehr.

Der Junge hält sich routiniert an ihm fest, er kennt diese Art der Fortbewegung offenbar. Helm trägt hierzulande keiner.

Max spürt im Rücken, daß der Junge vor sich hin redet.

Ich versteh dich nicht! ruft Max über die Schulter und hat Sand zwischen den Zähnen.

Da wird es feucht an seiner Schulter, und das ist kein Schweiß.

Heulst du hinter meinem Rücken, sagt Max leise und bremst, ganz sachte, damit der Kleine nicht erschrickt. Er hält an einem der hölzernen Unterstände, die alle paar hundert Meter an der Straße stehen, zum Warten auf die bunten Sammeltaxis, zum Schlafen, als Treffpunkt für Jugendliche. Sie haben Glück, er ist leer.

Der gefrorene Kopf, sagt Nico schniefend, ich kenn ihn. Und auch wieder nicht! Und ich hab mein Buch dort vergessen!

Kannst du das noch mal so sagen, daß ich's verstehe, sagt Max, der sich auf die Bretter gesetzt hat, das Rädchen liegt im Sand, und dem Jungen laufen dreckige Tränenbahnen übers Gesicht.

Es ist der vom Hühnerkloster, schluchzt der Junge, aber auch wieder nicht. Der Deutsch redet, der Dünne, im Kloster, wo die Kinder sind. Der ist es. Aber der kann's nicht sein. Und der Eiskopf hat einen Bart, dafür aber nichts mehr an der Stelle, wo normalerweise die Haare drauf wachsen.

Ein Loch, sagt der Junge laut und zieht einen großen, unglücklichen Rotzballen hoch. Wo ein Kopf dicht sein müßte, hat der Eiskopf ein Loch.

Max denkt an den springenden Mann, vor vielen Jahren, den Mann mit dem hocherhobenen Stofflämmchen in den gefesselten Händen. Und an die vielen Teile eines Menschen, zwischen den Scheren der Hummer, den emsigen Zangen der Ameisen, auf den Trockengestellen für die bleichen Gummimatten: Da überall ist ein Mensch abgelegt worden, damit nichts mehr von ihm übrigbleibt, außer dem Stück Leder mit dem blauen Elefanten – und jetzt vielleicht der offene Kopf.

Max weiß: So ist es. Die Teile, die sichtbaren und die verschwundenen, gehören zusammen. Nur: Wer waren sie, vereint?

Oh, oh! stöhnt der Junge und wiegt sich hin und her, und Max schaut um sich, ob noch etwas anderes da ist, das dem Kind Angst macht – aber da ist nur der Wald, und vor dem Bretterverschlag, in dem sie sitzen, liegen ein paar alte, zerbrochene Geisterhäuschen im Gras. Ein Friedhof. Es ist nicht gut, hier sitzen zu bleiben.

Schauen wir erst nach unserem Freund, wie es ihm geht, und klären dann die Sache? fragt Max. Oder verlieren wir keine Zeit und kehren gleich um?

Er heißt Meksophawannakul, sagt der Kleine und schnieft. Aber ich sag Jimmy zu ihm. Und er zu mir Johnny. Und zu dem fahren wir jetzt.

Zur gleichen Zeit, Kecki will sich grade auf den Weg zu Caramel machen und dabei nach ihrem Hund Ausschau halten, taucht Kautschuk auf, hinter ihm Madame.

Kecki will schon in ihr übliches Deine-Mama-war-ganz-traurig-Geschrei ausbrechen, aber dann reißt sie sich zusammen.

Oh, sagt sie, wieder das besondere Rot? Gibt's einen Anlaß?

Dabei hält sie den Hund ganz fest an seinem Gucci-Gürtel, den er wunderbarerweise immer noch um den Hals trägt. Wie sie das Klirren vermißt hat!

Erst rettet er mir das Leben, und dann haut er ab, sagt sie zu Madame, aber die hört gar nicht zu. Sie hat sich vorbereitet. Wie sagt man etwas unendlich Schweres in einer Sprache, von der man höchstens hundert Wörter kennt?

Sie hält Kecki das lippenstiftrote Strichmännchen hin. Aber wie seltsam: Das Männchen ist intakt. Nichts durchgestrichen!

Noch einer, sagt Madame mühsam. Wieder verschwinden muß. Anderer fast weg.

Das soll jemand verstehen. Auch Madame scheint zu erkennen, daß das Ganze so keinen Sinn hat: Kommen mit Frau Slicker, sagt sie. Frau Slicker muß *come and see.*

Also gut, sagt Kecki. Aber wohin?

My house, sagt Madame.

Ich muß noch was erledigen, antwortet Kecki ruhig. Auf dem Weg dorthin sage ich Frau Stricker Bescheid. Wir kommen dann zusammen zu Ihnen.

Kautschuk hat seinen Platz wieder eingenommen und geht brav neben ihr den Hauptweg entlang. Sie trägt ihr Notizbuch samt den ausgedruckten Caramel-Unterlagen und sieht mit ihren dunklen Haaren, der richtigen Brille und einem, ja, caramelfarbenen Leinenanzug sehr berufstätig und kompetent aus.

Und das ist gut so, flüstert sie, als sie Herrn Atropos sieht, der vor Caramels Bungalow auf sie wartet.

Wollen Sie sich wirklich an einen erledigten Fall wie den alten Caramel verschwenden? fragt der trauernde Witwer. Sie haben ganz andere Chancen, das wissen Sie doch.

Es ist mir etwas unsanft mitgeteilt worden, sagt Kecki. Ein kompetentes *headhunting* hatte ich mir eigentlich anders vorgestellt.

Ich weiß, sagt Atropos. Man bedauert das auch.

Wer ist man? fragt Kecki mit echter Neugier.

Die Investoren, sagt Atropos, der Blaue Elefant. Eine der wichtigsten Gesellschaften im Fernen Osten. Also machen wir's kurz: eine Million und als Geschäftsadresse die Villa Saxifraga.

Tatsächlich, meine liebe Lindis hat Sie gut informiert, sagt Kecki leise. Für die Saxifraga würde ich morden, das weiß sie.

Das rote Haus mit den sonnenförmigen Dachfenstern und den zwei großen Sternmagnolien davor taucht vor ihr auf, auf der anderen Seite der Erde liegt es, unerreichbares Ziel ihrer Wünsche.

Erst jetzt hört sie den Hund, er macht ein seltsames Geräusch, es klingt, als knirschte er mit den Zähnen. Bevor sie ihn noch festhalten kann, wirft er sich auf den Mann und zerfetzt dessen Hemd.

Wenn ich gewollt hätte, heißt das – und sowohl Kecki als auch Herr Atropos verstehen es genau –, wenn ich gewollt hätte, hinge dir jetzt dein Halsfleisch so herunter wie deine Hemdfetzen.

Er scheint Sie zu kennen, sagt Kecki nachdenklich. Sie entschuldigt sich nicht. Der Gucci-Gürtel klirrt, als der Hund abläßt und sich ausführlich schüttelt. Das Klirren: Sie spürt die Kälte des Höhlensees deutlich auf der Haut.

Vielleicht kennt er Sie aus der Höhle?

Atropos kann nicht bleicher werden, als er schon ist, die Attacke läßt ihn scheinbar kalt.

Überlegen Sie es sich, sagt er. Die Investoren haben ihr letztes Wort gesagt. Jetzt sind Sie am Zug. Und denken Sie dran: Kein würdeloser Kleinkram mehr wie einen alten Schreihals porträtieren, keine *Apothekenrundschau*, kein Zeilenschinden. Als Repräsentantin für das neue Wellness-Konzept brauchen Sie sich vor dem Alter nicht mehr zu fürchten – wenn Sie das Konzept selber nutzen, können Sie es bis zum jüngsten Tag repräsentieren!

Kecki spürt, wie sie plötzlich sehr wütend wird. Da steht der Leichenfledderer, bedrohlich und ein bißchen lächerlich aussehend mit seinen zerrissenen Klamotten, und wagt, mit ihren Ängsten herumzuspielen. Woher weiß er das überhaupt mit der *Apothekenrundschau*? Wenn ihr Hund – der sich jetzt ein paar Meter weiter im Schatten zusammengerollt hat, als sei seine Aufgabe bis auf weiteres erfüllt – dem Typ nicht schon an den Hals gegangen wäre, würde sie es selbst tun.

Einen Moment sieht sie wieder die Saxifraga vor sich, das schönste Haus, das sie kennt.

Ich habe zu tun, sagt sie, und der Hund steht auf.

Man sagt nicht einfach Nein zu denen! ruft Atropos hinter Kecki her. Die dreht sich nicht um.

21

»Es kommt aber einmal die Zeit, ihr Mönche,
wo, dann und wann, am Ende eines langen Zeit-
laufes, eine zweite Sonne erscheint.«

Die Reden des Buddha

Die Nacht kommt. Sie stürzt herunter, ohne Dämmerung und ganz unvermittelt. Die Fremden kennen seit fast drei Wochen solche Nächte und sind noch immer nicht daran gewöhnt, von der Finsternis so überfallen zu werden.

Die meisten einheimischen Gäste haben sich davongemacht, leise und ohne Abschied. Ihre Brüder und Cousinen, die im Fremdendorf arbeiten, haben sie mit dem Nötigsten versorgt. T-Shirts und Hosen, Seife, Kämme und Geschirr, sogar Handys – irgendwo tief im Dschungel werden sie so lang bei Verwandten unterkommen, bis sie ihre Hütten am Flußdelta wiederaufgebaut haben.

Kecki geht, ihren Hund an der Seite, durch den sirrenden und kreischenden Dschungel. Wie ein wildes Abschiedskonzert klingt das, all diese fremden Tiere schreien sich für sie, Kecki, die Seele aus dem Leib.

Vor ihrer Verabredung mit Madame, zu der sie Marianne Stricker mitbringen soll, geht sie noch einmal ins Höhlenkloster.

Der war's nicht, der die Leiter hochgezogen hat, dieser falsche Grieche, sagt sie zu ihrem Hund. Du bist ihm aus anderen Gründen an die Gurgel gegangen, ist ja auch okay – aber warum hätte der mich ersäufen sollen? Er braucht mich doch. Eine Million und die Saxifraga – das sind Argumente, mein Lieber! In meinem Alter sollte man sich gut überlegen, ob es sich lohnt, moralisch zu sein.

Ich habe noch nie einen Interviewpartner versetzt, sagt sie plötzlich, während der Affenfelsen im Licht des Monds auftaucht. Das ist heute das erstemal. Aber ich muß hierher, ich muß, Hund, das verstehst du doch?

Im schwachen Mondschein sieht sie zwei Gestalten vor der Höhle sitzen, so still wie der steinerne Dämon hinter ihnen. Die gläsernen Schreine für die toten Mönche schimmern matt, die Glut der Räucherstäbchen spiegelt sich in ihnen.

Ich fürchte mich überhaupt nicht, sagt Kecki zu Kautschuk, der so eng neben ihr geht, daß sie sein trockenes, rauhes Fell am Bein spürt. Der Gelbe Mönch und Mow schauen ihr entgegen. Keiner von beiden lächelt. Sie hat den Gelben Mönch noch nie mit ernstem Gesicht gesehen.

Du bist es gewesen, sagt sie ohne nachzudenken zu Mow. Sie weiß es in dieser Sekunde so genau, als hätte sie ihn dabei gesehen: Er hat die Strickleiter aus dem See gezogen.

Du hast dir eingebildet, sie geben dir den Job, sagt sie und beachtet den Hausherrn, den Gelben Mönch, überhaupt nicht. Die Repräsentanz für das Luxussterbehospiz, für ihren esoterischen Greisenpuff, sie hatten sie dir versprochen, nicht wahr? Herrscher über Sex und Tod, was für ein Traumberuf!

Mow sieht aus, als dächte er angestrengt nach, ob er verstehen soll oder nicht, aber der Haß in seinem netten Gesicht verrät ihn.

Sie können nicht herkommen und alles nehmen, sagt er gepreßt.

Der Gelbe Mönch zündet sich erstaunlicherweise eine Zigarette an und betrachtet Mow aufmerksam von der Seite. Kecki existiert nicht für ihn.

Ich kenne alles, ich kann alles machen, sagt Mow böse. Kontakte. Und wenn Kontakte da sind: Bumm! Aus! Kannst gehen! Nicht mit Mow!

Du wolltest mich aus dem Weg räumen, sagt Kecki. Dann hätten sie den Deal mit dir machen müssen, hast du geglaubt. Du blöder Idiot. Sie brauchen eine mittelalte weiße Halbpromi, keinen einheimischen Kellner.

Ich gehe jetzt noch mal da rein, sagt sie, und ich rate dir gut:

Bleib hier sitzen bei deinem geschäftstüchtigen Heiligen, und rühr dich nicht vom Fleck! Komm, Hund!

Sie muß noch einmal in dieses Wasser, diesmal wird es einfach ein See sein, ein wunderbarer Höhlensee. Was er ihr zu erzählen hatte, ist gesagt. Auch der Berg wird schweigen. Aber das Wasser wird sie unverwundbar machen, immun gegen Anfechtungen. Jedenfalls ist es einen Versuch wert!

Keine halbe Stunde später ist sie wieder am Höhlenausgang, heiter, ruhig, voll mit klaren Gedanken. Sogar den Abschiedsschmerz hat es weggewaschen, das bald warme, bald kühle dunkle Wasser, im Schein der funzligen Neonröhren.

Kautschuk hat oben an der Strickleiter auf sie gewartet. Sein Klirren hat sie die ganze Zeit hören können, aber das Geräusch von reißendem dünnem Papier war verstummt.

Sei unbesorgt, Albertine, sagt sie. Es ist alles noch da. Man muß es nicht sehen, um es zu wissen.

Der Gelbe Mönch sitzt allein am Höhleneingang, neben ihm liegt zusammengerollt und in den schönsten Farben schillernd die *holy snake*, zierlich eine Banane verspeisend. Das breite bewegliche Maul ist gelb von Bananenbrei, die Augen der Schlange haben einen belustigten Ausdruck.

Ich fasse es nicht, flüstert Kecki. Es gibt sie ja wirklich!

You don't know nothing, sagt der Gelbe Mönch, ohne sie anzuschauen.

Mow ist verschwunden.

Zeit, Madame aufzusuchen. Es ist noch nicht spät, Marianne Strickers Bungalow liegt auf dem Weg. Kecki hat ein schlechtes Gewissen, weil sie den armen lädierten Poldi am Alten Boot im Stich gelassen hat, aus schierer Sensationsgier.

Nicht aus Hilfsbereitschaft, Albertine, sagt sie streng zu sich. Du wolltest die Brandstelle sehen! Reine Katastrophengeilheit!

Inzwischen wird er sich erholt haben. Schließlich hat er ihr Anfänge, wichtige Fetzen von Geschichten in die Hand gegeben. Er muß sie weitererzählen, bis zum Ende.

Es sind keine schönen Geschichten, und die Frau, die sie jetzt aufsuchen wird, spielt keine schöne Rolle darin, soviel ist sicher.

Richte nicht, auf daß du nicht gerichtet wirst, Albertine Aulich, sagt sie und kichert.

Als habe sie auf Kecki gewartet, steht Marianne auf ihrer Terrasse. Kleine Windlichter werfen sonderbare Schatten, so daß sie wie eine Hexe aussieht.

Haben Sie meinen Mann gesehen? fragt Marianne müde.

Sie ist noch magerer geworden, ihre Haut sieht aus wie schmutziges Papier. Ein altes schwarzes T-Shirt, zerknitterte rosa Leinenhosen, die Haare zum Putzfrauenknoten zusammengebunden.

Ja, sagt Kecki, es schien ihm nicht gutzugehen.

Es ist ihr peinlich, aber sie entschuldigt sich nicht, sie begründet nicht, warum sie ihn im Stich gelassen hat. Das liegt am Höhlensee: Sein Wasser macht, daß man nichts Überflüssiges mehr redet.

Sie wissen Bescheid, sagt Marianne. Wahrscheinlich. Es muß Ihnen ja aufgefallen sein, daß irgendwas nicht stimmt, als wir Sie baten, das Geld ins Goldene Huhn zu bringen.

Poldi hat mir ein paar Dinge erzählt. Was fehlt, kann man sich zusammenreimen. Ekelhafte Sachen kann man sich immer zusammenreimen. Sie sind meistens gar nicht originell. Ich soll Sie übrigens zu Madame bringen, vielleicht weiß die, wo Ihr Mann ist.

Wenn er bei ihr ist, bedeutet das nichts Gutes, flüstert Marianne Stricker, und die Schatten tanzen auf ihrem Gesicht.

Sie hat das damals gemanagt, den Export der beiden jungen Frauen. Und das Kind, natürlich. Ja, wir waren scharf auf das Exotische, für unseren Laden war das was Besonderes. Wissen Sie, diese Mischung aus bodenständig und ein bißchen lasziv, das kam gut an. Bis wir gemerkt haben, daß die zwei ihren eigenen Kopf hatten und ihren eigenen Plan. Natürlich sind ihnen hauptsächlich die alten Dackel verfallen, die haben die beiden rangelassen, wenn nötig, auch ans Kind, und wenn einer am Haken hing: Für dich gibt's noch ein richtiges Paradies! In unserem Land! Alles erlaubt und immer schönes Wetter! Und haben Verträge gemacht und kassiert, was die Aktiendepots und Lebensversicherungen nur hergegeben haben.

Ja, wir haben mitgemacht. Der Baron vor allem. Damals hat der Poldi das exzessive Schlafen angefangen, weil er sich das mit dem Kind nicht verziehen hat.

Dieses dreckige, schlitzäugige kleine Miststück, sagt Marianne, und die Schatten malen ihr Lepraflecken ins Gesicht. Immer am Lächeln, das kleine Luder! Es heißt, sie ist noch hier. Ich würde sie nicht mehr erkennen! Sie fängt plötzlich an zu weinen, ein rauhes, trockenes Heulen, man kann nicht verstehen, was sie sagt, etwas wie: Sie ist der Engel, und wir kommen in die Hölle! Sie hat nichts dafür gekonnt, natürlich hat sie nichts dafür gekonnt. Ich hab sie gehaßt, weil man keine zweite Chance zur Unschuld kriegt.

Lassen Sie uns gehen, sagt Kecki.

Nico und Max sind auf dem Rückweg vom Hospital in die Dunkelheit gekommen. Takuapa liegt längst hinter ihnen, da und dort sehen sie eine Feuerstelle im Dschungel und manchmal die bunten Lichterketten eines Restaurants.

Wir fahren erst am Goldenen Huhn vorbei, sagt Max in das Geknatter seines Rädchens und in den warmen Fahrtwind hinein. Es ist noch nicht spät. Vielleicht kann der merkwürdige deutsche Mönch was zur Klärung beitragen.

Sie reden beide nicht über das, was ihnen das Herz schwermacht.

Der Ventilator über dem rostigen Bett, das Gesicht eine weiße Maske aus Zellstoff, Mund und Augen frei. Aber kein Lächeln mehr, vielleicht nie mehr. Es waren gar nicht die Augen des thailändischen Freundes, sondern alte, von Schmerzmitteln getrübte Augen.

Jimmy! hat der kleine Rumäne zu dem kleinen Thai gesagt. Dessen »Johnny!« ist kaum zu hören gewesen.

Und damit war alles gesagt, was zu sagen möglich war.

Plötzlich schreit Nico seinem Fahrer von hinten so laut in die Ohren, daß der den wackligen Lenker um ein Haar verrissen hätte: Meinetwegen können sie den auch in Stücke hacken und einfrieren, den, der das gemacht hat. Der das Dorf angezündet hat. Der Jimmy wollte doch wahrscheinlich nur seinen Hahn befreien. Er hat viel erzählt von seinem Hahn. Ich hab's ja nicht verstanden, aber er hat ihn mir aufgemalt, den Hahn. Und gelacht.

In dem Moment taucht es aus der Samtschwärze der Nacht auf, majestätisch und ein kleines bißchen komisch: das Goldene Huhn mit seinen dicken, goldenen Beinen, die das Klostertor bilden. Es trägt eine Halskette aus Glühlämpchen. Rot und grün schimmert hoch oben sein Kopf mit dem scharfen Schnabel.

Max bremst vor dem rechten goldenen Bein und schaut sich um. Keine fliegenden Händler mehr, keine Früchteberge und Plastikcontainer voll bunter Limonaden. Ein leerer Platz, nur die Geräusche der im Wald angeketteten Elefanten sind zu hören, Kettenklirren und lautes Prusten.

Im Hof, in Gesellschaft der Gipsdämonen, haben sich auf Holzpritschen viele Menschen niedergelassen. Es sind Kinder, alte Leute und Paare, es sind stämmige Jungen in Shorts aus grellfarbigem Satin, wahrscheinlich Thai-Boxer, denen der Brand ihre kleine Kampfstätte zerstört hat. Ein paar sehr hübsche junge Mädchen sitzen abseits. Alle essen. Ein alter Mönch in gelbem Umhang geht herum und teilt aus einer Aluminiumschüssel Reis aus. Er hütet sich, den Mädchen oder Frauen zu nahe zu kommen, und schaut sie auch nicht an.

Der kleine Rumäne starrt in die Runde und lächelt ein paar Kindern zu, die zurücklächeln.

Ich hol ihn, sagt er. Ich weiß, daß er da nicht drinsteckt im Eis.

Max setzt sich auf eine leere Pritsche. Er ist plötzlich sehr müde, was ihn nicht hindert, ein paar Bilder zu machen von dieser siamesischen Nachtwache. Das Licht, das aus der offenen Tempeltür fließt und auf einem schwarzglänzenden Köpfchen wie ein goldener Vogel landet! Die Dämonin mit dem Nixenschwanz und der Sonnenbrille! Er weiß, daß er nicht den richtigen Film drin hat, aber da kann man nichts machen.

Der Mönch, der ihm vor vielen Jahren, in einem anderen Leben, einen Haufen Geld und Reputation eingebracht hat, ist lautlos aus der Dunkelheit aufgetaucht.

Willst du mit uns essen? Der Junge wird auch Hunger haben! sagt er.

Der hat sich schon selber geholfen, sagt Max und zeigt auf Nico, der sich neben eines der schönen Mädchen gesetzt hat und mit ihr aus einem Teller ißt.

Er hat etwas gesehen, das ich mir nicht erklären kann. Ich glaube ihm. Aber ich wüßte gern, was es mit dir zu tun hat.

Max haßt es, Menschen zu duzen, die er nicht kennt. Bei diesem mageren Mann mit der Brille und dem Mönchstuch, das wie ein Lappen an ihm hängt, fällt es ihm nicht schwer.

Du sprichst in Rätseln, sagt der geflohene Straftäter, der Mönch.

Hast du einen Doppelgänger? fragt Max. Wenn ja, befindet der sich im Gegensatz zu dir in einem beklagenswerten Zustand.

Ulf Hagebrecht, das Lämmchenmonster, von dem nicht wenige seinerzeit gedacht hatten, er habe die Kinder nicht entführen, sondern sie vielmehr retten wollen vor ihrer ganz und gar verdorbenen Mutter, wird still.

Ich habe keinen Doppelgänger, sagt der Mönch nach einer Weile. Aber ich möchte den sehen, den du dafür hältst. In welchem Zustand auch immer.

Ich weiß gar nichts darüber und halte auch niemanden für deinen Doppelgänger, sagt Max. Der Kleine tut das. Und er hat erstaunlich farbig geschildert, wie sehr ihm die Ähnlichkeit mit dir aufgefallen ist.

Wessen Ähnlichkeit? fragt der Mönch.

Nicht leicht zu sagen, ich fürchte, man muß es sich anschauen, antwortet Max.

Du fürchtest? sagt Hagebrecht.

Mann, leg doch nicht jedes Wort auf die Goldwaage, murmelt Max unbehaglich und versteckt sich hinter seiner Kamera. Er photographiert die schönen Mädchen, ihre tragischen Gesichter über Plastiktellern mit Mickymäusen und Donald Ducks drauf, im Schein der Tempellampen.

Sie ziehen davon, der deutsche Mönch, der elegante, etwas erschöpfte Metzgersohn und Künstler Max von Deggendorf und ein kleiner Junge, der den Namen eines toten Diktators trägt.

Eigentlich ist es längst Zeit zum Abendessen. Der Sänger Curd Caramel sitzt immer noch in seinem abgelegenen und zweitklassigen Bungalow, das Warten auf die Frau, die ihm vielleicht ein spätes Stückchen Berühmtheit verschaffen hätte können, hat er aufgegeben. Caramel, ohne Perücke, nur mit einer Unterhose bekleidet, hat seit Stunden den Blick nicht von einem kleinen Photo gewendet, das er in der Hand hält. Das ernste Kind, ein schäbiges Polaroid, am ersten Abend unter seiner Tür durchgeschoben, ein kurzes großes Glück. Sie haben es ihm weggenommen. Das Barbie-Schloß in seinem grauenhaften Rosa steht noch da, wie um ihn zu verhöhnen. Er hätte sich längst Insulin spritzen sollen, aber er sitzt nur da, still, als hätte er die Welt vergessen. Draußen pfeift beharrlich einer von den kleinen, schwarz-gelben Vögeln, die so mürrische Gesichter haben. Es ist ein einsamer, sich trost- und hoffnungslos wiederholender Ton.

Was für eine seltsame Party! sagt zur gleichen Zeit der zurückgekehrte Max in Madames Haus zu seiner Freundin Kecki, die trotz eines anstrengenden und verwirrenden Tages jung und tatendurstig aussieht. Das Wasser, das Wasser! Sie hat auf dem Weg Marianne davon erzählt, aber die nervöse Gastwirtin hat nur abgewinkt: Ihr brächte das nichts. Da müßten schon stärkere Wässer her, das Weihwasser in ihrer heimischen Kirche St. Cassian würde vielleicht ihre Sünden abwaschen können. Auf die fremden Götter vertraue sie nicht mehr, die verführten und narrten einen grausam.

Das ist keine Party. Die kommt erst später, sagt Kecki zu Max und umarmt ihn. Ich hab dich unheimlich vermißt!

Um die große, weiße Truhe haben sich nun Marianne Stricker, Madame ganz in Rot, Virikit in ihrer chinesischen Verkleidung, der ziemlich erschöpfte Max mit seiner Kamera, Ulf Hagebrecht im senfgelben Mönchsumhang, die muntere Kecki und Nico, der unauffällig nach seinem Notizbuch Ausschau hält, versammelt.

Der Junge hier, fängt Max an, und man merkt, er will die Sache so schnell wie möglich hinter sich bringen, der Junge hat eine seltsame Geschichte erzählt, uns ist in den letzten drei Wochen auch einiges Merkwürdige über den Weg gelaufen. Also kurz gesagt: Darf ich Sie bitten, die Truhe da zu öffnen?

Madame kann gar keine fremde Sprache mehr, nicht einmal eine Silbe.

Sehr schön und ein bißchen alt sieht sie aus, wie sie da steht, die rote Wächterin der weißen Truhe. Der goldene Buddha wendet der Gesellschaft immer noch den Rücken zu.

Mit vor der Brust zusammengelegten Händen begrüßt Madame den deutschen Mönch Ulf Hagebrecht, und dann wird es für alle außer Virikit und ihn ein bißchen langweilig. Denn Madame redet und redet, mit ihrer ungewöhnlich tiefen und rauhen Stimme, manchmal klingt es trotzdem wie ein Zwitschern, dann wieder, als gurgle sie mit etwas Bitterem. Keiner wagt, sie zu unterbrechen. Der Junge schnürt auf der Suche nach seinem Notizbuch unauffällig durch den ganzen Raum, Max macht ein paar Bilder, nur so, Kecki hat sich bei ihm untergehakt, was ihn stört. Virikit hört mit offenem Mund zu und fängt mittendrin plötzlich an zu schluchzen. Alle versuchen die aufdringlich weiße Truhe zu übersehen. Nur Marianne Stricker nicht. Die starrt drauf, als könnte sie sie durch Blicke öffnen.

Plötzlich, mitten in ihrem fremdartigen und dramatischen Monolog, tritt Madame mit einem Schritt ganz nah an die Truhe und reißt mit einer sichtbaren Kraftanstrengung den Deckel auf.

Draußen fängt Kautschuk an zu heulen, ein schrilles, nie zuvor von ihm gehörtes Klagen. Kecki will sofort zu ihm, aber Max hält sie fest und führt sie, die sich heftig sträubt, in die Nähe der Truhe.

Ich brauch das nicht noch mal zu sehen, sagt der Junge, ich geh lieber vor die Tür zu dem Hund.

Das war sein Hund, sagt Ulf Hagebrecht und zieht das Mönchstuch eng um sich, als sei ihm kalt. Das einzige Lebewesen, das er wirklich geliebt hat.

Wie, sein Hund? fragt Kecki, versucht, nicht in die Truhe zu schauen, und macht doch einen langen Hals, sie kann gar nicht anders. Sein Hund? Wessen Hund?

Der Rest von ihm liegt da drin, antwortet Ulf Hagebrecht und schaut in den eisverkrusteten Kasten. Genug, daß man die Ähnlichkeit erkennen kann.

Er steht ein bißchen vorgebeugt da, Marianne aber, die sich die ganze Zeit nicht bewegt hat, schiebt ihn jetzt zur Seite.

Poldi, sagt sie leise. Das ist Poldi, der ist Ihnen nicht ähnlich, der wird Ihnen nie ähnlich sein. Ich hab gewußt, daß er nicht wiederkommt. Hat sie ihn da hineingetan, hat sie ihn umgebracht und da hineingetan, dieser schlitzäugige Teufel? Die Schlitzaugen haben uns um alles gebracht, die Schlitzaugen sind schuld, verschlagen sind sie, wir konnten uns nicht wehren, Poldi, wir haben uns nicht wehren können!

Ruhe! sagt der deutsche Mönch plötzlich in einem donnernden Baß. Das ist Ihr Mann, eines natürlichen, wenn auch unglücklichen Todes gestorben, mit dem unsere Gastgeberin nichts zu tun hat. Allerdings wollte sie dem Toten eine ähnliche Behandlung zuteil werden lassen wie dem anderen, meinem Bruder, der mir wirklich ähnlich sieht, wie sich jeder überzeugen kann.

Er greift in die Truhe, aus der ein kalter Hauch steigt, und hält das Ding hoch, das gefrorene Ding mit dem koketten lila Schal um den Halsstumpf, den Eiskopf mit Eiskristallen im dünnen Bart, den ausgeleerten Kopf, dem die Hirnschale fehlt. Was übrig ist, ist das Gesicht des Mönchs, seine Totenmaske bei Lebzeiten.

Max photographiert, Kecki rennt raus und kommt zwei Minuten später wieder rein. Marianne schnappt nach Luft, zieht eine kleine Spraydose aus ihrer Hosentasche, mit der sie sich zweimal in den Mund zischt, und beugt sich dann tief in die kalte Höhle hinunter, zu ihrem Mann. Madame hat sich vor ihrem Buddha auf den Boden gehockt, so daß der goldene Erleuchtete sie von den anderen trennt, sie vielleicht vor ihnen beschützt.

Zärtlich legt der Mönch das Ding, diesen Rest seines Bruders, wieder in die Truhe, zum kalten Gefährten. Keiner möchte wissen, ob noch mehr von ihm übrig ist, vielleicht in den gut verpackten Paketen, die neben Poldi liegen.

Er hat, könnte man sagen, dasselbe getan, was ich jetzt tue, sagt Hagebrecht und sieht niemanden dabei an. Er hat das Kloster geleitet. Und deswegen büße ich an seiner Stelle.

Er war ein reicher Mann, wissen Sie? sagt er zu Max. Er hat die Schätze dieses schönen Landes exportiert, denn er war der Meinung, er und seinesgleichen hätten ein Recht, sich dieser Schätze zu bedienen. Das Lächeln Asiens erfreut sich großer Beliebtheit, besonders wenn es auf Kindergesichtern liegt. Und man kann sich lange Zeit wohltätig fühlen, wenn man es sich verschafft, dieses Lächeln. Irgendwann löscht man es dann aus, aber dann sind die Betreffenden alt genug, um mit ihrem Leben klarzukommen. Man eröffnet ihnen schließlich Möglichkeiten: Sie dürfen uns bedienen, unsere Sprache lernen, Häuser bauen, wie wir sie schätzen, sie dürfen uns ihr Meer überlassen und ihre Strände.

Sie meinen, Ihr Bruder habe das Kloster benutzt, um ihm anvertraute Kinder zu verkaufen? fragt Kecki.

Unter seiner Herrschaft war es eine Organisationszentrale für den Blauen Elefanten, sagt Hagebrecht langsam, mit einem Zögern in der Stimme, als sage er nur eine halbe Wahrheit und die andere Hälfte sei verborgen.

Der Elefant – das versteht unsereiner nicht. Der Westen versteht das nicht. Sie verkaufen alles, absolut alles, wofür Bedarf besteht. Drogen, Kinder, Orte, Waffen – egal. Jemand will es haben, die Organisation verkauft es. Aber der Kern, das geheime Zentrum des Elefanten, verachtet und haßt seine Kunden. Und deswegen ereignen sich manchmal Dinge, die nicht vorauszusehen sind.

Wer hat ihn denn nun umgebracht? fragt Kecki. Und – war das er, all das, was wir gesehen haben, die Hände, das Hummerfutter?

Sie sagt ja, antwortet der Mönch. Madame sagt ja. Und daß sie ihn aus der Welt schaffen mußte. Umgebracht hat sie ihn allerdings nicht, behauptet sie. Genausowenig wie den anderen Deutschen in der Truhe.

Ich würde gern das Gespräch anderswo fortsetzen, sagt Max erschöpft und schießt ein letztes Bild, den Truheninhalt rangezoomt, da macht ihm das Ganze nichts aus. Aber ohne Kamera vor dem Auge wird er nervös. Vielleicht sollte man das Ding wieder zumachen.

Und wo soll das bleiben, was drin ist? fragt Kecki.

Mit Marianne hat sich in den letzten Minuten eine sichtbare Veränderung vollzogen. Sie sieht nicht mehr so verfallen aus und richtet sich aus ihrer gebeugten Haltung auf. Sie schaut in die Truhe, die anderen weichen ein bißchen zurück.

Gute Reise, mein Alter, sagt sie zärtlich. Niemand werfe den ersten Stein.

Ich kann ihn ins Kloster mitnehmen, sagt der Mönch, als handle es sich um einen lebendigen Menschen, der Hilfe braucht. Da wäre er gut untergebracht. Mein Bruder soll auch dorthin zurückkehren.

Er schließt die Truhe und geht die paar Schritte zu Madame, die immer noch beim liegenden Buddha verharrt. Er sagt ein paar Worte zu ihr, sie steht auf und lächelt, dann winkt sie ihrer Nichte vierten oder fünften Grades, Virikit, und verläßt mit der das Haus in Richtung Dschungel.

Tja, sagt Kecki hilflos, es ist nach neun. Heute nacht tut sich wahrscheinlich nichts mehr.

Ja, sagt Marianne Stricker zu Hagebrecht, das wäre wahrscheinlich das beste, ihn hierlassen. Andererseits hat er nie von zu Hause weg sein wollen. Und immer hat er geglaubt, richtige Bäume müßten Nadeln haben, sagt sie und fängt an zu weinen. Er hatte genug. Nachdem sie ihn entführt hatten, war er wie erleichtert. Jeder blaue Fleck, die zerschnittene Zunge, es war ihm alles recht. Das Schlafen hat ihm ja nicht mehr geholfen. Und gutmachen kann er nichts mehr, hat er gesagt.

Geht was essen! sagt der Mönch gebieterisch. Ich kümmere mich um alles. Im übrigen hat der Blaue Elefant meinen Bruder getötet, seinen untreuen Diener. Jedenfalls sagt Madame das, und ich glaube ihr. Sie haben die Sonne als Mörderin benutzt, am Delta. Sie haben ihn in der Sonne liegenlassen, angekettet, bis er tot war.

Die Prothese, sagt Kecki, und der Hals wird ihr eng, das Ding in meiner Kosmetiktasche! Der hat Nerven, einen jetzt zum Essen zu schicken!

Man kann doch Menschen wie den Poldi nicht einfach verschwinden lassen! Sie brauchen Papiere, irgendwelche Dokumente, sagt sie zu Marianne Stricker, etwas Amtliches!

Warum? entgegnet die. Ich will ihn ja nicht beerben. Ich will auch nicht seine Witwe sein. Er hat sich einfach entschlossen, eine Zeitlang hierzubleiben, im Kloster. Bis es ihm wieder bessergeht. Bis er sich verzeihen kann!

Sie spricht mit ruhiger, vernünftiger Stimme, als habe ihr Poldi eine kleine Urlaubsverlängerung geplant, ein bißchen spirituelle Aufrüstung, ehe es wieder hinter seine bayrische Theke geht.

Ist sie verrückt geworden? flüstert Kecki.

Aber sie bekommt keine Antwort, Max zeigt ihr statt dessen ein Idyll vor der Tür: Kautschuk liegt längelang ausgestreckt im Sand, auf seiner rauhen Flanke hat es sich der kleine Rumäne bequem gemacht und schläft tief und fest.

Eigentlich sollte man gar nicht an Essen denken dürfen, aber ich habe Hunger wie ein Krokodil, sagt Kecki. Oder wie eine heilige Schlange, sagt sie und kichert. Das Maul hättest du sehen sollen!

Ich habe es gesehen, das und vieles andere, sagt Max freundlich, glaub mir.

Auf dem nächtlichen Weg zerstreut sich die Gruppe, einer nach dem anderen verschwindet in die Nacht, und man hört nur noch das Brummen des Generators. Die Lichter des Restaurants oben locken weder Kecki noch Max.

Wir lassen uns was auf die Terrasse bringen, sagt er, dann können wir nebenbei schon ein bißchen Ordnung machen. Die Maschine geht übermorgen früh um sechs, das heißt, wir werden spätestens um vier abgeholt. Nein, ich möchte im Moment niemanden sehen, sagt er, morgen wird es eine Abschiedsparty geben, so oder so.

Keiner hat von Kleines Gemüse gesprochen, sagt Kecki nachdenklich. Irgendwie gehört die doch auch ins Spiel. Und die beiden Frauen, die Sendbotinnen des Glücks ins kalte Europa? Mord oder Selbstmord?

Die Frage stellt sich bei Kleines Gemüse jedenfalls nicht, sagt Max. Man rammt sich nicht selber ein Holzmesser zwischen die Nackenwirbel.

Gehen wir zu dir oder zu mir? fragt Kecki.

Erst zu mir, dann zu dir. Bei mir herrscht kein solches Chaos wie bei dir. Wir essen auf meiner Terrasse und trinken ein paar Gläser.

Bei mir ist gar kein Chaos, sagt Kecki beleidigt. Und die Muscheln bring ich morgen früh wieder zum Strand zurück. Jedenfalls die meisten.

Ich möchte heute nacht nicht stundenlang Entscheidungshilfe leisten müssen, welche du behältst, sagt Max.

Nicht lang danach sitzen sie mit zwei riesigen Clubsandwiches, Fritten, Mixed Pickles, gesalzenen Cashews und einer Flasche Mekong im Eiseimer auf Maxens Terrasse. Außerdem hat der Junge in weißer Seide, der das Riesentablett durch die Nacht geschleppt hat, eine Einladung mitgebracht. Mr. Oss, der Clubchef, bittet zu einer Abschiedsparty am Strand mit Überraschungen. Für ganz Tapfere, heißt es da, werde durchgefeiert und als Abschluß ein *Early-morning-breakfast* serviert. Das Gepäck sei möglichst am frühen Abend an der Rezeption abzugeben, auch möge man dann die Rechnung begleichen.

Kecki hat endlich die zu warmen Hosen ausgezogen und betrachtet ihre braunen Beine. Kautschuk hat sich von seinem neuen Freund verabschiedet und liegt auf seinem Stammplatz unten am Treppchen.

Wenn du das alles schreibst, glaubt es dir keiner, sagt Kecki.

Doch, wenn du die dazugehörigen Photos hast, antwortet Max. Ich habe dich die ganze Zeit nicht nach dem Hund gefragt –

Dann kannst du es dir jetzt auch sparen, sagt Kecki patzig. Ich brauche übrigens keine Entscheidungshilfe wegen der Muscheln. Ich esse mein Sandwich auf, trinke einen Whisky, rauche zwei Zigaretten, und dann hau ich mich hin. Ich bin halbtot.

Das nenne ich einen präzisen Plan, sagt Max friedlich. Man sieht es dir aber nicht an, das Halbtote!

Sie schläft nicht besonders gut in dieser Nacht. Es ist die letzte in dem Kingsizebett mit den straffgespannten Laken, denn sie wird die allerletzte durchmachen, das ist sicher. Sie träumt, von der Schlange mit den belustigten Augen, die graugrün sind wie die ihrer Mutter. Vom Inhalt der Truhe träumt sie nicht, um ehrlich zu sein, hat sie die ganze Zeit keine Brille aufgehabt. Die Vorstellung von dem eisigen Sarg ist gruselig genug. Vielleicht träumt sie vom Höhlensee. Manchmal hört sie das Klirren des Hundehalsbands.

Sehr früh am Morgen macht sie sich auf den Weg zum Meer, in der Hand ihre Badetasche voll mit gesammelten Muscheln. Bis auf eine dürfen diesmal alle zurück. Das hübsche böse Maul mit den Zähnchen behält sie. Santa Claras Muschel.

Als sie draußen im Meer einen weißen Kopf sieht, ist sie kurz beleidigt, aber dann muß sie lachen. Alles wiederholt sich, und so schwimmt sie mit langen Zügen der kanadischen Zwergin Lilly entgegen.

Na, wie geht's Ihnen? fragt sie. Schon Abschiedsschmerz?

Den brauche ich nicht, antwortet Lilly Gribouille freundlich. Ich bleibe.

Ist das Ihr Ernst? Hat Ihnen das Wasser so geholfen? fragt Kecki und bedauert, daß man sich im Meer keine Notizen machen kann.

Ach, Wunder sind nicht haltbar, sagt die Kanadierin, aber hier habe ich die Chance, daß sie sich wiederholen. Außerdem, sagt sie und wird unter ihrem weißen Bubikopf leicht rosa, habe ich jemanden kennengelernt. Und das ist schließlich auch ein Wunder. Er findet es schön, daß ich so klein bin!

Es ist einer von den Jungs, ja? fragt Kecki neugierig.

Der hübscheste von ihnen, sagt Lilly Gribouille.

Der Himmel hat sich ein bißchen zugezogen, kleine Wolkenschleier treiben schnell über das Blau und vereinen sich zu größeren Gebilden.

Vielleicht gibt's ein Gewitter, sagt die Kanadierin. Ich geh raus.

Ich auch, antwortet Kecki. Am letzten Tag rennt die Zeit noch schneller als sonst. Man muß so viel erledigen.

Sie betrachtet Lilly: Nein, ganz so schwerfällig wie am Anfang ist sie nicht mehr, eigentlich bewegt sie sich ganz anmutig an Land – eben ein bißchen anders als andere.

Sie haben schon wieder keinen Hut auf! sagt Kecki und lächelt.

Sie doch auch nicht, antwortet Lilly. Schauen Sie mal, da oben, auf dem Weg!

Im Gegenlicht sieht man da eine seltsame Truppe den Weg entlangziehen, Gulliver, der von Zwergen gefesselte Gulliver, wird durch das morgendliche Dorf gezerrt. Gulliver, das ist Wyandotte, ganz unverkennbar, an Händen und Füßen gefesselt. Die Zwerge sind Polizisten, die kleinen Männchen in ihren häßlichen braunen Uniformen. Sie haben offenbar doch nicht nur geschlafen. Einer der Zwerge trägt keine Uniform.

Wer ist das? fragt Kecki. Ich hab meine Brille nicht dabei.

Mow, sagt die Kanadierin. Das ist Mow, sie haben ihn, scheint es, verhaftet.

Aber da sind schon alle verschwunden, der ganze seltsame Spuk wird vom Wald verschluckt.

Und dann muß man frühstücken, die Rechnungen werden fertiggemacht: Haben wir das tatsächlich alles getrunken? fragt Max, als er das Bündel Belege durchsieht. Gütiger Himmel! Vielleicht war alles hier eine Halluzination im Mekong-Nebel.

Der letzte Tag rast vorbei, dem Abend zu: Haben Sie unsere Adresse? Wir melden uns ganz bestimmt! Madame kommt vorbei und scheucht ihre Crew, die das Abschiedsfest vorbereiten soll, als wäre nie etwas passiert.

Und plötzlich ist es dunkel. Die Tische sind diesmal in den Farben des Meeres gedeckt, Grün- und Blautöne, mit weißen Orchideen. Santa Clara und Louis treten auf, zwischen sich die junge Thaifrau. Herr Aphaluck mit Frauen und Kindern, die geschmückten Gibbons auf den Schultern, sitzt in der Nähe der Musik.

Mr. Oss wartet bis nach den Vorspeisen und tritt dann ans Mikrophon.

Es sei ihm wichtig, sagt er, seinen Gästen mitzuteilen, daß nach langen Verhandlungen nunmehr er der Besitzer des Dorfes sei. Eine große Hilfe bei der Überwindung der bürokratischen Hürden sei ihm der hochverehrte Herr Aphaluck gewesen, den er jetzt seinen Freund nennen dürfe.

Ab der nächsten Saison trage das *resort* den Namen *Blue Elephant* – aber das sei die einzige Veränderung, sonst wollen wir das bleiben, was wir sind! Mr. Oss schaut freundlich in die Runde: Ein Paradies auf Zeit!

Na, sagt Max. Die Überraschung ist ihm gelungen.

Aber es gibt noch eine, jedenfalls für Max. Mr. Oss überreicht Kecki ein Bündel Papiere, Impfbescheinigungen, Ausfuhrgenehmigungen, alles in der fremden Schrift und ungeheuer amtlich aussehend. Dazu eine kleine, weiße Tablette.

Es war nicht billig, meine Liebe, sagt Mr. Oss zu Kecki. Ich hoffe, Sie revanchieren sich mit schönen Geschichten.

Tja, sagt sie. Eine Million und die Villa Saxifraga – perdu. Aber das ist ein würdiger Ersatz!

Caramel ist aufgetreten, noch einmal, ein fast schlanker, schwarzhaariger Künstler im weißen Anzug. Er singt das *Auld Lang Syne* so schön, daß auch die Schweden ein bißchen weinen müssen: Nehmt Abschied, Brüder, ungewiß ist alle Wiederkehr.

Meine Wiederkehr ist ganz und gar nicht ungewiß, sagt Max. Ich schlaf noch eine Runde. Trink nicht so viel.

Das nimmt Kecki sich nicht zu Herzen. Und so hockt sie schluckaufgeplagt in tiefer Nacht, nach dem sogenannten *Early-morning-breakfast* auf ihrer Terrasse und sagt zu dem mißtrauischen Kautschuk: Nimm das Pillchen! Nimm es für die Mama! Alles wird gut! Er nimmt das in einem Würstchen versteckte Ding, nach einer halben Stunde packt sie den schweren Hund in die auf der Terrasse bereitgestellte Box.

Sei mir nicht böse, sagt sie. Aber diesmal muß ich es tun! Und du willst es doch auch! Kautschuk schnarcht.

Es ist noch dunkel, als sie sich auf den Weg zum Flughafen machen, in Taxis und Pick-ups.

Mow ist nicht mehr dabei. Auch die kanadische Zwergin

nicht, dafür sind Santa Clara und Louis kein Paar mehr, sondern zu dritt.

Kecki sitzt neben der Box und fürchtet sich vor dem Moment, da man sie ihr wegnehmen wird für den langen Weg nach Hause. Sie hat einen Kater und läßt sich von Max mit Aspirin füttern.

Ich glaube, Mow hat Kleines Gemüse erstochen, sagt sie schläfrig.

Vermutlich, sagt Max. Und es hat ihm nichts genützt. Madame ist trotzdem zur Gegenseite übergelaufen, und ihn haben sie fallenlassen. Deinetwegen! Verrückt.

Kann ich ihn mal besuchen? fragt Nico und zeigt auf die Box.

Sei den Herrschaften nicht lästig, sagt sein verschüchterter Vater.

Wie kommen Sie darauf? antwortet Kecki. Klar kannst du!

Während der Himmel im Osten langsam rosa wird, legt sich der Schlagersänger Caramel mit Anzug und Perücke lächelnd auf sein Bett und wartet darauf, daß ihm das Insulin hilft, diesmal endgültig. In seiner Hand wird man später das Polaroidphoto eines ernsten Kindes finden.

Kecki verabschiedet sich am Flughafen tränenreich von Kautschuk, und Max murmelt, sie sei ja beim Mitnehmen schlimmer als früher beim Dalassen!

Oh Mann, sagt Kecki, hoffentlich dauert das nicht so lang mit der Paßkontrolle. Ich will nur noch schlafen.

Paradies ist auf die Dauer anstrengend, Liebste, sagt Max. Das wissen wir doch beide.